BASTEI
LÜBBE

WOLFGANG HOHLBEIN
FRANK REHFELD

# Giganten

Phantastischer Roman

BASTEI
LÜBBE

BASTEI-LÜBBE-TASCHENBUCH
Band 13 539

Erste Auflage:
August 1993


Lektorat: Michael Schönenbröcher
Titelillustration: Oliviero Berni
Umschlaggestaltung:
Quadro Grafik, Bensberg
Satz: KCS GmbH,
Buchholz/Hamburg
Druck und Verarbeitung:
Cox & Wyman
Printed in Great Britain

ISBN 3-404-13539

Der Preis dieses Bandes
versteht sich einschließlich der
gesetzlichen Mehrwertsteuer.

# VORWORT

Dinosaurier haben mich schon immer begeistert. Schon als Kind war ich von diesen gigantischen, wilden Geschöpfen fasziniert. Brontosaurus und Tyrannosaurus Rex haben Winnie den Bär und Bambi in meiner Zuneigung stets um Längen geschlagen, und sie tun es heute noch. Überdies ist dies ein Faible, das ich wohl mit den meisten von Ihnen teile – ansonsten hätten Sie sich wohl kaum dieses Buch gekauft, oder?

So ist es eigentlich kein Wunder, daß ich mich schon in einer meiner ersten Geschichten den einstigen Herren unseres damals vielleicht noch nicht ganz so durchgestylten Planeten gewidmet habe – *Die Nacht der Giganten* erschien bereits 1981 im BASTEI-LÜBBE Verlag. Und wenn sie auch mittlerweile – wie so vieles – fast vergessen worden ist, gehört sie doch zu meinen persönlichen Favoriten.

Übrigens nicht nur zu meinen. Frank Rehfeld, einer meiner langjährigen Freunde und Kollegen, fand schon damals ebensolchen Gefallen an der Story wie ich, und da war es eigentlich nur konsequent, daß wir uns T. Rex & Co gemeinsam noch einmal vorgeknöpft haben. Das Ergebnis hat uns eigentlich beide überrascht: kein bloßes Remake, sondern eine völlig neue und auch (wie wir meinen) bessere Geschichte – na ja, auf jeden Fall ist sie länger . . .

Also, lassen Sie sich von Frank und mir an die Hand nehmen und folgen Sie uns auf einem Ausflug ins Land der Traumzeit und der Giganten!

Viel Spaß – und ein von Herzen kommendes *Roooaar!*

Wolfgang Hohlbein
Neuss, im April 1993

# Erster Teil

# DER PARK

*If you go down to Willow Farm*
*to look for butterflies, flutterbyes, gutterflies*
*Open your eyes, its full of surprise, everyone lies,*
*like the focks on the rocks,*
*and the musical box.*

Genesis: *Supper's ready*

Craigh Ellison lehnte sich müde zurück und lauschte mit halb geschlossenen Augen auf das Geplärre des Autoradios. Er haßte es, vor zehn oder elf Uhr aus dem Bett zu steigen, und hätten sie sich hier nicht zufällig an einem der heißesten Orte der Welt aufgehalten, hätte er Bettys Vorschlag, um drei Uhr – drei Uhr *nachts!* – aufzustehen und loszufahren, als persönliche Beleidigung aufgefaßt.

Jetzt aber beglückwünschte er sich im stillen zu dem Entschluß, noch vor Sonnenaufgang aufzubrechen. Obwohl die Sonne erst vor wenigen Augenblicken über den Horizont geklettert war, war es bereits heiß. Das kräftige, in Karmesin überwechselnde Orange des Sonnenaufgangs verblaßte, und in einer Entfernung von zwei, drei Meilen vor dem Wagen begann die Luft vor Hitze zu flimmern und alle Perspektiven zu verfälschen. Der Himmel nahm eine seltsame Färbung an, eine Mischung zwischen Azurblau und der Farbe gehämmerten Stahls, auf der der weißglühende Ball der Sonne wie ein Fremdkörper wirkte. Später, wenn sie den Höchststand ihrer Bahn erreichte, würden hier draußen unerträgliche sechzig oder siebzig Grad herrschen.

Aber die Hitze näherte sich auch jetzt schon der Grenze des Erträglichen. Die altersschwache Klimaanlage des Mietwagens kämpfte vergeblich gegen den warmen Wind, der über die Sanddünen der Großen Victoria-Wüste strich. Alles, was aus den Lüftungsschlitzen im Armaturenbrett kam, war ein Schwall stickiger, trockener Wärme. Und auch die Idee, das Fenster zu öffnen, um sich ein wenig Linderung zu verschaffen, war nicht besonders gut gewesen. Selbst der Fahrtwind war *heiß*.

Nein, dachte Craigh, so hatte er sich Australien wirklich nicht vorgestellt.

Er wußte nicht viel über den kleinsten Kontinent der Erde, und das Wenige stammte hauptsächlich aus Filmen und einfältigen Fernsehserien – die zu mehr als neunzig Prozent im dichtbesiedelten und lebensfreundlicheren Südosten spielten. Sydney, Melbourne, Brisbane, Adelaide – das waren Städte und Landstriche, die er mit dem Wort *Australien* verband. Von der anderen Seite des Kontinents hatte er zwar gewußt, dieses Wissen aber geflissentlich verdrängt. Allmählich begriff er, warum hier keine Filme gedreht wurden.

Und das beste an allem war, daß es dem Kalender zufolge Mitte Januar war, dachte er mit fast fröhlicher Verzweiflung. Weihnachten lag nicht einmal einen Monat zurück, und noch vor wenigen Tagen war ihm in New York bei fünfundzwanzig Grad unter Null fast die Nase abgefroren. Aber hier in Australien galten völlig andere Klimagesetze. Hier war von Dezember bis Februar Hochsommer; im klimafreundlicheren Südosten wurde Neujahr meist mit Strandparties gefeiert.

Craigh blinzelte. Es war hell, ein Licht von fast schon schmerzhafter Intensität, und er fühlte sich, als wäre er in einem Zimmer mit viel zu vielen Lampen eingeschlossen. Seit zwei Tagen befanden sich Betty und er in Australien, lange genug, diesen Kontinent hassen zu lernen. Vorgestern waren sie in Perth angekommen, wo sie Zwischenstation gemacht hatten, aber er glaubte nicht, daß er sich jemals an das Licht hier draußen gewöhnen würde.

Jetzt ein kaltes Bier, dachte er. Oder noch besser einen eisgekühlten Whisky. Eine noch halbvolle Flasche lag unter dem Sitz. Mittlerweile dürfte der Scotch vermutlich warm wie Pferdepisse geworden sein, aber der Hauptgrund, weshalb Craigh die Flasche trotz seines Durstes dort liegen ließ, saß neben ihm. Es gelang ihm nicht, den verächtlichen Blick zu vergessen, den Betty ihm zugeworfen hatte, als er sich nach dem Frühstück – dem ersten gemeinsamen Frühstück mit ihr – ein kleines Glas genehmigt hatte; sein persönliches Ritual der täglichen seelischen Wiederaufrichtung. Ein Schluck, um den Kreislauf und das Gehirn in Gang zu bringen, ein Schluck auf dieses Scheißland, einen auf den Scheißjob – und der Schluck, den er auf Betty hatte trinken wollen, war nach einem Blick in ihr Gesicht schließlich im Abfluß gelandet. Er hatte sich vorgenommen, nichts mehr zu trinken, zumindest, bis sie ihr Ziel erreichten, weniger um sich selbst zu beweisen, daß er eine

Weile auch ohne das Zeug auskommen konnte (das wußte er mittlerweile – fragte sich nur, wie lang diese Weile dauern durfte), sondern um es auch Betty zu demonstrieren.

Mißmutig starrte er auf die Kamera, die quer über seinen Knien lag, wühlte einen Moment in seiner Fototasche und förderte schließlich einen gelbgetönten Sonnenfilter zutage. Mit geschickten Bewegungen begann er den Filter in den Fotoapparat einzubauen.

»Das ist der stärkste, den ich habe«, knurrte er. »Ich bin trotzdem nicht sicher, ob mir dieses Scheißlicht keine Löcher in den Film brennt.« Er seufzte tief und warf der jungen Frau auf dem Sitz neben sich einen beistandheischenden Blick zu. Der Luftstrom aus den Lüftungsschlitzen spielte mit Bettys gelockten, dunkelblonden Haaren. Sie trug ein weißes Kleid, dessen Saum ziemlich weit hochgerutscht war. Darunter kamen wohlgeformte braune Knie zum Vorschein. Betty hatte die obersten Knöpfe des Kleids geöffnet, so daß die Ansätze ihrer Brüste freilagen.

Craigh wandte den Blick rasch wieder ab und beugte sich achselzuckend erneut über seine Kameraausrüstung, als die erhoffte Antwort ausblieb. Mit dem riesigen, fast unterarmlangen Teleobjektiv, den Zusatzgeräten und dem Handgriff unter dem Tele sah der Apparat jetzt eher wie eine Strahlenwaffe aus einem Science-fiction-Film, denn wie eine Kamera aus.

Craigh verstand etwas von teuren und exotischen Kameras, und diese hier war so ziemlich die beste, die es gab. Eine Schande, dachte er grimmig, so ein technisches Wunderwerk in einen tausend Quadratmeilen großen Backofen zu schleppen, den jemand in einem Anflug von Wahnsinn mit Sand vollgeschaufelt hatte. Auf dem mattschwarzen Gehäuse der Kamera lag schon jetzt ein dünner Staubfilm, der einfach nicht abging, so oft er auch versuchte, ihn wegzuwischen. Craigh schwor sich, Bredham, seinen Chefredakteur, der ihn hierhergeschickt hatte, zu erschießen, wenn die Kamera auch nur einen einzigen Kratzer abbekam. »Dieses Licht ist scheußlich«, sagte er noch einmal. »Viel zu grell. Möchte wirklich wissen, wie ich da anständige Bilder zustandebringen soll.«

Betty lächelte wortlos. Sie warf ihm einen kurzen, spöttischen Blick zu, der zeigte, wie wenig sie auch unter normalen Bedingungen von seinen Fähigkeiten als Fotograf hielt, und schüttelte den Kopf. Dann konzentrierte sie sich wieder auf das eintönige Gelbbraun des hochtrabend als Straße bezeichneten, in Wahrheit jedoch nahezu unbefestigten Weges, das sich seit mehr als zwei Stunden stur unter dem Wagen abspulte.

Es machte müde, auf dieser Straße zu fahren, die geradewegs in die Unendlichkeit zu führen schien. Und es hatte etwas Hypnotisierendes, denn es gab nichts, absolut nichts, was das Auge ablenkte. Keinen einzigen Baum und, seit sie vor rund hundert Meilen vom Great Eastern Highway abgebogen waren, nicht einmal mehr Büsche. Nur Wüste und einige verdorrte Grashalme. Wenn jetzt am Straßenrand vor ihnen ein Baum auftauchen würde, war Betty sicher, daß sie geradewegs dagegenfahren würde, gebannt wie das berühmte vom Blick der Schlange hypnotisierte Kaninchen. Ihre Bewegungen waren fahrig, und unter ihren Augen lagen dunkle Schatten.

Sie waren am vergangenen Abend extra zeitig schlafen gegangen, um den Anstrengungen des nächsten Tages gewachsen zu sein, doch obwohl sie im Gegensatz zu diesem Nachtmenschen auf dem Beifahrersitz das frühe Aufstehen gewöhnt war, fühlte sie sich schon wieder müde. Sie hätte niemals geglaubt, daß absolute Eintönigkeit so erschöpfend sein konnte.

»Wie weit ist es noch?« fragte Craigh.

»Nur ein paar Meilen«, antwortete Betty nach einem kurzen Blick auf den Zähler am Armaturenbrett. »Warum?«

»Ich glaube«, antwortete Craigh nach einer Weile, »ich werde unserem geschätzten Herrn Chefredakteur ein paar ziemlich unfeine Worte sagen, sobald wir zurück sind.« Seine Stimme wurde schrill, als er versuchte, Bredhams Tonfall nachzuahmen. *»Bezahlte Ferien. Fast schon Urlaub auf Redaktionskosten!* Zur Hölle damit! Aber ich glaube, die kann auch nicht schlimmer sein.«

Betty schaltete das Autoradio aus. In der plötzlichen Stille wirkte das leise Brummen des Motors doppelt laut. Eine Straßenkreuzung tauchte aus dem flimmernden Sonnenglast vor ihnen auf. Betty nahm den Fuß vom Gas, lenkte den Kombi an den rechten Straßenrand und klaubte die zusammengefaltete Karte aus dem Handschuhfach. »Rechts«, sagte sie nach kurzem Überlegen. »Dann noch höchstens zwei oder drei Meilen.«

»Das hast du vor zwei Meilen auch schon behauptet«, sagte Craigh.

Zwischen Bettys Augen erschien eine steile Falte. »Kann ich etwas dafür, wenn die Karte nicht stimmt?«

»Natürlich«, nickte Craigh. »Du bist der Boß. Und damit bist du verantwortlich. Prinzipiell und für alles.«

Betty legte die Karte zurück und fuhr los. Sie hatte es schon längst aufgegeben, auf Craighs Sticheleien zu reagieren, durch die er nur seine Unzufriedenheit sich selbst und dem Rest der Welt gegenüber abzureagieren versuchte. Jedenfalls hatte sie sich diese Erklärung zurechtgelegt. Aber schließlich war es nicht ihre Schuld, wenn Bredham ihn nun schon zum dritten Mal hintereinander quasi degradiert hatte. Jemand mit Craigh Ellisons Fähigkeiten hätte es längst zum stellvertretenden Chefredakteur bringen können, aber Craigh hatte nun mal ein geradezu unglaubliches Talent darin, den falschen Leuten zum falschen Zeitpunkt das Falsche zu sagen. Wenn er nach fast fünfzehn Berufsjahren noch immer – beziehungsweise wieder – nur einfacher Fotoreporter war, dann trug er selbst die Schuld daran. Und eigentlich hatte er schon ausgesprochenes Glück, daß er wenigstens *das* noch war. Bredham hatte mehr als einmal ernsthaft damit gedroht, Craighs Presseausweis zu nehmen und in den Reißwolf zu werfen. Und Craigh selbst gleich hinterher.

Betty konnte es ihm nicht einmal übelnehmen. Sie hatte während der letzten Monate mehrmals mit Craigh zusammengearbeitet, aber sonderlich gut ausgekommen war sie nie mit ihm – geschweige denn, daß sie ihn jemals verstehen gelernt hätte. Irgendwann hatte sie sich mit der Erklärung zufriedengegeben, daß Craigh zu viele schlechte Krimis über Journalisten gesehen hatte und diese sein Weltbild prägten. Er gefiel sich in der klischeehaften Rolle des Zynikers, dessen wahre Qualitäten nur deshalb noch niemand entdeckt hatte, weil sich die ganze Welt gegen ihn verschworen hatte. Vielleicht tat sie ihm mit dieser Einordnung Unrecht, aber bislang hatte er ihr noch keinen Grund gegeben, ihr Urteil zu revidieren – sah man davon ab, daß er von Zeit zu Zeit wirklich kooperativ und gelegentlich – sehr selten – sogar charmant oder wenigstens freundlich sein konnte.

Nach wenigen Minuten tauchte das erste Hinweisschild vor ihnen auf – oder wenigstens das Rohrgestell, das später einmal die fünfzig Quadratyards große Reklametafel tragen würde. Nach Craighs Ansicht bereits eine Idiotie in sich: Wenn tatsächlich jemand den Weg bis hierher finden sollte, würde er für das letzte Stück auch kein Hinweisschild mehr brauchen. Aber jetzt zeigte es ihm wenigstens, daß sie sich doch nicht so gründlich verirrt hatten, wie es ihm vorgekommen war.

Nach ein paar weiteren Minuten sahen sie den Zaun. Es war ein knapp zwei Yards hoher, geradezu lächerlich wirkender Maschendrahtzaun, der sich scheinbar von einer Seite des Horizonts zur anderen erstreckte und die Landschaft säuberlich in zwei Hälften teilte, von denen die eine so langweilig und leer wie die andere aussah. Das Tor war angelehnt, und direkt neben der Straße baumelte von einem rostigen Metallpfahl ein handgemaltes Schild, auf dem in weithin sichtbaren Buchstaben BETRETEN VERBOTEN stand.

Craigh deutete auf die Hinweistafel. »Vielleicht sollten wir das Ding ernst nehmen und umkehren«, sagte er spöttisch. Wesentlich ernster fügte er einen Moment später hinzu: »Ich habe bei der ganzen Sache kein gutes Gefühl. Dieser Auftrag stinkt mir jetzt schon.«

Betty zog es auch diesmal vor, nichts zu sagen. Sie hielt an, stieg aus dem Wagen und öffnete das Tor. Die Scharniere quietschten vernehmlich. Als sie zurückkam, war auf ihrem weißen Sommerkleid ein häßlicher Rostfleck.

»Vielen Dank für deine Hilfe, du Kavalier«, sagte sie spitz.

Craigh nickte ungerührt. »Gern geschehen. Die Höflichkeit ist ein Erbe meiner britischen Vorfahren.«

Sie fuhren weiter, ohne das Tor hinter sich zu schließen. Nach einem knappen Dutzend Yards tauchte hinter der Kuppe eines kleinen Hügels ein zweiter Maschendrahtzaun vor ihnen auf. Und dessen Tor war nicht leer. Dicht am Straßenrand war ein ausgewachsenes Handgemenge im Gange: Eine Anzahl stämmiger Männer in uniformartigen blauen Overalls, ebenfalls blauen Kappen und mit spiegelnden Sonnenbrillen hatten eine etwas kleinere Gruppe hauptsächlich jugendlicher Aborigines eingekreist. Es war noch keine richtige Schlägerei ausgebrochen, aber es war nahe dran: Es wurde geschubst und gerangelt, Fäuste wurden drohend geschüttelt. Die Aborigines trugen billige bedruckte Hemden, die ebenso wie ihre weitgeschnittenen Leinenhosen um mindestens zehn Jahre hinter der Mode herhinkten.

Obwohl sie keinerlei Rassenvorurteile hegte, waren Betty die australischen Ureinwohner mit ihren breiten Gesichtern, den großen flachen Nasen, den tiefliegenden, von buschigen Brauen überschatteten Augen und vorspringenden Unterkiefern ein wenig unheimlich. Vielleicht lag es nur daran, daß der Anblick für sie so ungewohnt war. Zugleich besaß sie aber auch einen stark ausgeprägten Gerechtigkeitssinn, und da sie nicht wußte, wer hier im Recht und wer im Unrecht war, ergriff sie in Gedanken automatisch Partei für die zahlenmäßig unterlegenen Schwarzen. Die Männer in den Overalls waren sämtlich stämmige Kerle; viele von ihnen waren bewaffnet, wenn ihre Pistolentaschen auch noch geschlossen waren. Es schien sich um eine regelrechte Privatarmee zu handeln, einen militärisch gedrillten und entsprechend disziplinierten Schlägertrupp, und so etwas erfüllte sie immer mit Unbehagen.

Sie nahm den Fuß vom Gas, ließ den Wagen ausrollen und runzelte demonstrativ die Stirn. »Was ist denn da los?«

Craigh antwortete nicht, aber er setzte sich auf und kurbelte das Fenster herunter. Seine Kamera klickte ein paarmal hintereinander. Er wußte nicht, was hier vorging, aber Berichte über Rassenunruhen machten sich immer gut, und wenn sich TIME-LIFE nicht dafür interessierte, gab es noch andere Möglichkeiten. Für eine kurze Notiz in ein paar Tageszeitungen würde es allemal reichen, und schließlich brachten auch Kleinigkeiten Geld, wenn sein Vertrag solche Nebenarbeiten auch verbot.

Erst als er genügend Fotos geschossen hatte und Betty ein Zeichen gab, betätigte sie die Hupe. Auf die Beinahe-Schlägerei vor ihnen nahm das keinen Einfluß, aber ein besonders bulliger Uniformierter sah auf und kam mit gewichtigen Schritten und noch gewichtigerem Gesichtsausdruck auf sie zu. Auch Betty öffnete ihr Fenster. »Was ist los?« fragte sie. »Ärger?«

»Keiner, der Sie was anginge«, blaffte der Mann unfreundlich und mit eindeutig amerikanischem Akzent. Er nahm seine Kappe ab und wischte sich damit den Schweiß von der Stirn, ehe er sie wieder aufsetzte. »Ihre Papiere! Was suchen Sie überhaupt hier? Haben Sie das Schild vorne an der Straße nicht gesehen?«

Bettys Gesichtsausdruck blieb freundlich, aber ihr Lächeln war nicht mehr ganz echt. Sie mochte es nicht, wenn sie anstelle der Augen eines Gegenübers nur ihr eigenes, verzerrt in einer Sonnenbrille widerspiegelndes Gesicht sah. Und noch weniger mochte sie es, wenn man sie ohne Grund so anblaffte.

»Doch«, antwortete sie mit erzwungener Ruhe. »Aber das gilt nicht für uns. Wir haben eine Einladung, wissen Sie?« Statt des verlangten Ausweises reichte sie dem Mann den Brief, in dem Professor Sondstrup den Besuchstermin bestätigt hatte. Gleichzeitig wies sie mit einer Kopfbewegung auf die beiden streitenden Gruppen vor dem Tor. »Aber wie es aussieht, kommen wir zu spät. Die Party scheint schon in vollem Gang zu sein.«

Der Uniformierte ignorierte die Bemerkung, las den Brief aber sehr aufmerksam und verlangte anschließend noch einmal nach Bettys Papieren. Diesmal reichte sie ihm ihren Paß und den Presseausweis ohne Widerspruch.

»In Ordnung«, sagte er, nachdem er beides eingehend geprüft und zurückgegeben hatte, »Sie können durch.« Er drehte sich um und ging, ohne Betty Gelegenheit zu irgendwelchen weiteren Fragen zu geben. Zusammen mit einem der anderen Männer öffnete er das Tor.

Betty gab wieder Gas und fuhr los, nicht ohne noch einen ausgiebigen Blick auf die Streitenden zu werfen. Einer der Aborigines fiel ihr besonders auf: Er stand ein wenig abseits und war wesentlich älter als die anderen. Sein Gesicht war voller Falten, sein krauses Haar und der struppige Bart grau. Auch beteiligte er sich nicht an den Handgreiflichkeiten, sondern beobachtete statt dessen scheinbar gelangweilt, in Wahrheit jedoch sehr aufmerksam den Wagen. Betty konnte ein Schaudern nicht ganz unterdrücken, als sie seinen Blick auf sich ruhen spürte. »Siehst du den Alten da?« fragte sie. »Mach ein paar Fotos von ihm.«

»Lieber nicht«, gab Craigh mit einem Blick auf den Uniformierten zurück, der sie ungeduldig durch das Tor winkte. »Ich habe das Gefühl, dieser Ausbund an Freundlichkeit sollte meine Kamera besser nicht zu sehen bekommen. Er hat so einen typischen *Geben-Sie-mir-sofort-den-Film-Mister-oder-ich-werde-verdammt-ungemütlich*-Ausdruck im Gesicht.«

Betty lachte leise. »Da kannst du sogar ausnahmsweise recht haben«, sagte sie. »Irgend etwas geht hier vor, und ich wüßte zu gerne, was es ist. Ich fürchte, Sondstrup wird sich ein paar recht unbequeme Fragen gefallen lassen müssen.«

Die Straße verzweigte sich und führte durch eine ganze Ansammlung niedriger, roh zusammengezimmerter Wellblechhütten, die ein regelrechtes Dorf rechts und links der Straße bildeten, und am Horizont wuchs langsam das Stahlskelett eines erst halbfertigen Hochhauses von futuristischer Architektur empor.

Craigh versuchte sich vorzustellen, welche Temperaturen in den Blechhütten herrschen mußten. Allein der Gedanke trieb ihm den Schweiß auf die Stirn. Wahrscheinlich dienten sie nur als Lagerschuppen. Ein paar Wagen standen zwischen den Hütten und am Straßenrand, und von irgendwoher drang das quäkende Plärren eines Transistorradios zu ihnen herüber. Die Szene kam Betty fast absurd normal vor, nach dem, was sie gerade erlebt hatte.

»Da vorne ist jemand«, sagte sie.

Ein Mann war aus einer der niedrigen Hütten getreten und starrte dem näherkommenden Wagen neugierig entgegen. Er trug die gleiche Art von blauem Overall wie die Männer vorne am Tor, und sein Blick war auch nicht viel freundlicher.

Sie fuhren an den Straßenrand. Craigh kurbelte das Fenster

herunter und rückte automatisch seine ohnehin sehr nachlässig gebundene und im Verlauf der letzten Stunden noch mehrfach gelockerte Krawatte ein wenig zurecht, die er ohnehin nur auf Bettys Drängen hin angezogen hatte. Mit einem geschäftsmäßigen Lächeln erwiderte er den fragenden Blick des Mannes. »Entschuldigen Sie, wir suchen Professor Sondstrup.«

»Den Professor?« Der Mann trat einen Schritt näher und kratzte sich am Kopf. »Der wird wohl auf der Baustelle sein. Aber was zum Teufel tun Sie überhaupt hier? Haben Sie das Schild am Tor nicht gesehen?«

»Haben wir«, erwiderte Craigh ungerührt. »Und wir haben es sogar gelesen. Ich möchte nur wissen, warum uns jeder danach fragt, es ist ja schließlich nicht zu übersehen. Aber jetzt sagen Sie uns lieber, wo wir diese Baustelle finden, statt uns mit dummen Fragen die Zeit zu stehlen.«

Die Überrumpelungstaktik hatte Erfolg, denn der Mann im blauen Overall schluckte und deutete mit dem Daumen über seine Schulter. »Fahren Sie einfach weiter. Sie fallen direkt in die Grube, wenn Sie nicht aufpassen.« Er grinste flüchtig und entblößte dabei zwei Reihen gelblicher Zähne. »Ein weißer Fertigbau«, erklärte er mit einer vagen Geste auf das halbfertige Hochhaus. »Sie können ihn gar nicht verfehlen.«

Craigh bedankte sich mit einem Kopfnicken, kurbelte das Fenster wieder hoch und lehnte sich zurück. Betty legte den Gang ein und fuhr los. »Ich dachte, das soll nur ein Freizeitpark werden«, murmelte sie. »Aber mittlerweile kommt es mir eher wie ein zweites Fort Knox vor.« Mit Verwunderung registrierte sie, daß Craigh entgegen aller Erwartung nicht mit einer seiner spöttischen Bemerkungen konterte. Sein Gesicht war sehr ernst. Hätte sie geahnt, was ihm gerade durch den Kopf ging, wäre sie wahrscheinlich noch weitaus beunruhigter gewesen.

Die Landschaft änderte sich schlagartig, als sie das provisorische Dorf hinter sich gelassen hatten. Um sie herum erstreckte sich immer noch Wüste, aber die eintönige flache Ebene wurde jetzt von riesigen, fast symmetrisch angeordneten Sandhügeln verunziert, zwischen denen das helle Gelb schwerer Straßenbaumaschinen im Sonnenlicht glänzte. Der festgefahrene Sand unter ihren Reifen wurde von Asphalt abgelöst. Überall stand schweres Gerät, der Boden war zerwühlt und aufgerissen von den Ketten der Planierraupen, und über den Kamm eines Hügels lugte der riesige Ausleger eines Hundert-Tonnen-Krans. Aber es war kein Mensch zu sehen.

»Seltsam«, murmelte Craigh.

»Was ist seltsam?«

»Daß niemand da ist. Auf einer Baustelle wie dieser sollte es eigentlich von Menschen wimmeln.«

Betty sah demonstrativ auf die Uhr. »Es ist noch nicht einmal sechs«, sagte sie. »Vielleicht fangen sie später an.«

»Quatsch«, sagte Craigh überzeugt. »Die arbeiten mit Sicherheit im Schichtdienst rund um die Uhr. Darauf wette ich einen Monatslohn.«

Betty zuckte mit den Schultern. »Dann gibt es vielleicht noch ein paar andere Tore, an denen sie sich streiten können.«

Die provisorische Straße machte einen Knick und führte dann in weitem Bogen um einen pyramidenförmigen Sandhügel herum, auf dessen Flanke eine Planierraupe wie ein überdimensionaler Urzeitkäfer hockte. Als sie um den Hügel bogen, sahen sie den Grund für die seltsame Stille. Direkt vor ihnen blockierte eine Menschentraube die Straße, größtenteils Männer in den schon bekannten blauen Overalls. Es waren mindestens vierzig oder fünfzig Personen, wahrscheinlich die ganze Schicht, die normalerweise hier arbeitete.

Betty trat auf die Bremse und zog den Zündschlüssel ab.

»Zum Teufel, was ist denn hier bloß los?« murmelte Craigh. »Nach einem fröhlichen Happening sieht das nicht gerade aus. Muß irgend etwas passiert sein.«

Betty zog eine Grimasse. »Scharfsinnig wie immer, unser rasender Reporter.«

Craigh grinste, hängte sich die Kamera über die Schulter und stieg aus dem Wagen. Die Hitze traf ihn wie der Schlag einer weichen, trockenen Hand, und für einen Moment wurde ihm so schwindelig, daß er sich am Wagendach festhalten mußte.

Ein paar Männer drehten sich um und musterten sie neugierig, als sie näherkamen. Es waren Arbeiter; schwere, grobknochige Männer mit schwieligen Händen und sonnenverbrannten Gesichtern, die offenbar hier in der Gegend groß geworden waren. Craigh hatte die Einheimischen, die sich anstelle der Aborigines für die rechtmäßigen Herren dieses Landes hielten, in den letzten beiden Tagen ein wenig kennengelernt, aber er konnte nicht gerade sagen, daß sie ihm übermäßig sympathisch waren. Die Menschen, die in dieser Hölle aus Sand und Hitze lebten, waren meistens still, verschlossen und allen Fremden gegenüber abweisend, obwohl sie zu einem Gutteil von ihnen lebten. Oder eben gerade deshalb. Vielleicht irritierte ihn ihr Anblick auch nur so, weil sie ihn durch ihre Kleidung unangenehm an die Schläger vorne am Tor erinnerten.

Ein grauhaariger Riese im schmutzigen Overall drehte sich vollends um, als Craigh und Betty zu der Gruppe traten. Sein Blick war ungefähr so freundlich wie der eines Gorillas, dem Tarzan gerade auf die Füße getreten war. »Ihr Jungs von der Presse werdet immer schneller«, sagte er. »Wie habt ihr so rasch Wind von der Sache bekommen?«

»Von welcher?« fragte Betty. »Der vorne am Tor oder der hier?«

Craigh machte ein unschuldiges Gesicht und fügte hinzu: »Wer sagt Ihnen überhaupt, daß wir von der Presse sind?«

Der Hüne blickte einen Moment verwirrt zwischen Betty und ihm hin und her, dann deutete er mit einer Kopfbewegung auf Craighs Kamera. »Das Ding kostet wahrscheinlich mehr als mein Auto«, sagte er. »Ein Tourist fährt so etwas bestimmt nicht durch die Wüste spazieren. Außerdem rieche ich Reporter zwei Meilen gegen den Wind.«

Craigh überlegte einen Moment, ob das nun ein Kompliment oder eine Beleidigung war. Schließlich entschied er, daß es wohl besser war, die Antwort nicht zu kennen. Außerdem war er erleichtert, daß sein Gegenüber Bettys Bemerkung überhört zu haben schien. »Wir sind nur zufällig hier«, sagte er. »Eigentlich suchen wir nur jemanden. Aber wenn es hier gerade etwas Lohnendes zum Fotografieren gibt . . .«

»Gibt es nicht«, antwortete der Mann im blauen Overall grob. »Hier ist alles in Ordnung, Mister.« Er warf Betty einen raschen, unfreundlichen Blick zu, trat einen weiteren Schritt auf Craigh zu und stemmte herausfordernd die Hände in die Hüften.

Craigh stellte sich auf die Zehenspitzen und versuchte, über die Köpfe der Männer hinweg etwas zu erkennen. Aber alles, was er sah, waren noch mehr Köpfe und ein formloses Etwas, um das sich die aufgeregten Männer drängelten. »Was ist passiert?« fragte er. »Warum sagen Sie es uns nicht einfach, bevor wir es auf eigene Faust herausfinden?«

Sein Gegenüber sog scharf die Luft zwischen den Zähnen ein, und sein Gesicht verfinsterte sich noch weiter. Aber der erwartete Wutausbruch kam nicht, denn in diesem Moment löste sich ein weiterer Mann aus der Gruppe und kam auf sie zu. Er sah erschöpft und übernächtigt aus, dunkle Schatten lagen unter seinen Augen. »Was suchen Sie hier?« fragte er unwillig. »Das ist Privatbesitz. Sie ...«

»Wir suchen Professor Sondstrup«, unterbrach ihn Betty. »Man hat uns gesagt, daß wir ihn hier finden.«

»Professor Sondstrup?« Zwischen den Brauen des Mannes entstand eine steile Falte. Dann, ganz plötzlich, hellte sich sein Gesicht auf. »Sie sind ... Sie kommen vom TIME-LIFE-Magazin, nicht wahr? Sie sind die beiden Journalisten, die für heute angekündigt waren.«

Betty nickte. »Na endlich mal einer, der hier den Durchblick hat«, sagte sie in einem Tonfall, der sehr deutlich machte, daß ihre Geduld nun bald wirklich erschöpft war. »Vielleicht wären Sie jetzt so freundlich, uns zu Sondstrup zu führen.«

Der andere lächelte plötzlich, trat einen Schritt vor und streckte ihr die Hand entgegen. »Sie müssen mein schlechtes Gedächtnis entschuldigen, meine Liebe. An Sie habe ich überhaupt nicht mehr gedacht. *Ich* bin Professor Sondstrup.«

»Oh«, sagte sie, schien aber nicht wirklich überrascht zu sein. »Ich bin Betty Sanders.« Während sie ohne zu zögern Sondstrups Hand ergriff und herzhaft schüttelte, reagierte Craigh vor Verblüffung überhaupt nicht, sondern starrte sein Gegenüber nur an. Er wußte nicht, *was* er erwartet hatte, aber den Paläontologen hatte er sich auf jeden Fall anders vorgestellt. Die meisten Leute denken unwillkürlich an einen alten, weißhaarigen, ein wenig vertrottelten Greis, wenn sie das Wort ›Professor‹ hören. Natürlich gab es auch noch den anderen Typ: den jungen, blauäugigen, sportlichen Wissenschaftler aus Kriminalromanen, Spionagegeschichten und Teenagerschnulzen, in den sich seine Sekretärin oder seine Studentinnen mit ermüdend dramaturgischer Regelmäßigkeit verlieben.

Aber Sondstrup gehörte keiner der beiden Kategorien an, sondern besaß die Unverschämtheit, wie ein ganz normaler Durchschnittsbürger auszusehen. In seinem blauen, schlechtsitzenden Overall hätte er genausogut Kranführer oder Truckdriver oder ein x-beliebiger Handwerker sein können.

Er war ein großer, dabei aber schlanker, fast schon ausgemergelter Mann schwer zu schätzenden Alters mit kurzem, an den Schläfen angegrauten Haar und sehnigen Händen. Seine Bewegungen waren knapp und zielgerichtet, als lege er Wert darauf, alles, was er tat, mit einem Minimum an Energieaufwand zu erledigen. Trotz seiner unverkennbaren Müdigkeit hatte er sehr wache und aufmerksam blickende Augen.

»Natürlich wußte ich, daß Sie heute kommen wollten, ich habe den Termin ja selbst bestätigt«, fuhr Sondstrup nach ein paar Sekunden fort. »Aber ich hatte in den letzten Stunden ziemlich viel um die Ohren, und in der Aufregung habe ich es völlig vergessen. Tut mir leid.« Er trat nun auch auf Craigh zu, streckte die Hand aus und zog sie nach ein paar Augenblicken wieder zurück, als er begriff, daß Craigh nicht daran dachte, danach zu greifen. Sein Blick wirkte irritiert, aber nicht sonderlich verärgert. Eher amüsiert. »Mister . . . Craigh, wenn ich nicht irre?«

»Ellison«, korrigierte ihn Craigh. »Craigh ist mein Vorname. Aber das wird oft verwechselt, machen Sie sich also nichts daraus. Ich habe es mir auch schon längst abgewöhnt.«

»Und Miss Sanders ist Ihre Assistentin, nehme ich an?«

Craigh grinste. »Nicht direkt«, sagte er. »Genaugenommen ist sie der Boß und ich der Assistent. Meine Aufgabe erschöpft sich darin, zu fotografieren, was sie mir aufträgt.« Er deutete mit einer Kopfbewegung auf die Menschenansammlung. »Vielleicht würden wenigstens Sie uns endlich erklären, was passiert ist?«

Sondstrups Gesicht wurde eine Spur abweisender. »Eigentlich geht das gerade die Presse nichts an«, seufzte er, »aber wenn Sie schon einmal da sind . . . Sie werden es ohnehin erfahren. Irgendein Vandale hat in der vergangenen Nacht unseren Pteranodon zerstört.«

»Ihren Pterowas?« fragte Craigh. Natürlich wußte er, was er sich unter dem zungenbrecherischen Namen vorzustellen hatte, denn schließlich hatte sich nicht nur Betty in den letzten Tagen eine Menge Fachwissen für diese Reportage angelesen, sondern das gleiche auch von ihm verlangt, damit sie nicht ganz so unbeholfen und auf die Aufrichtigkeit ihrer Gesprächspartner angewiesen waren. Aber er hatte gute Erfahrungen damit gemacht, sich prinzipiell erst einmal dumm zu stellen. Es gab kaum einen besseren Weg, an Informationen zu kommen, als dem jeweils anderen Gelegenheit zu geben, seine Überlegenheit zu demonstrieren. Ein wenig Schauspielerei hatte noch nie geschadet.

»Unseren Pteranodon«, wiederholte Sondstrup mit einem flüchtigen Lächeln. »Ein Pterosaurier der Gattung Pterodactyloidea aus der Kreidezeit. Kommen Sie mit – ich zeige Ihnen, was das ist.« Er drehte sich um und ging davon, ohne eine Bestätigung abzuwarten oder sich zu überzeugen, daß sie ihm folgten.

Craigh wußte nicht recht, was er von Sondstrup halten sollte. Auf Anhieb spürte er, daß der Professor ein ausgeprägtes Selbstbewußtsein besaß, vielleicht sogar ein wenig zur Arroganz neigte. Egal, sie waren schließlich nur hier, um eine Reportage zu machen, und nicht, um neue Freundschaften zu schließen. Craigh hängte sich die Kamera wieder über die Schulter und folgte Sondstrup in geringem Abstand. Er war ein bißchen überrascht, daß Betty sich ihnen nicht anschloß; aber sie tat so, als hätte sie gar nichts mitbekommen, und sah demonstrativ in eine andere Richtung. Nun, dachte Craigh, wahrscheinlich würde sie sich den erstbesten Arbeiter schnappen und ausquetschen, kaum daß Sondstrup und er außer Hörweite waren. Nachdem die Männer nun wußten, daß Betty und er auf Einladung des Professors hier waren, würden sie sich vielleicht nicht mehr ganz so reserviert geben.

Er drehte sich rasch wieder um und schritt schneller aus, um zu Sondstrup aufzuschließen. Ein halbes Dutzend Männer mit gelben Helmen – offensichtlich eine Art Aufseher oder Vorarbeiter – versuchten gestikulierend, die übrigen Männer zurück an die Arbeit zu scheuchen. Nach und nach erwachte die Baustelle wieder zum Leben. Der Motor eines gigantischen Räumers sprang brummend an, jemand brüllte mit überschnappender Stimme Anweisungen, und als Sondstrup und Craigh neben dem umgestürzten Etwas angelangt waren, das einmal eine sorgfältig angefertigte Kunststoffkopie eines urzeitlichen Riesenvogels gewesen war, herrschte um sie herum bereits ein Höllenlärm. Die trügerische Ruhe war verflogen, statt dessen hatte sich eine ameisenhafte Aktivität ausgebreitet, die selbst die Luft zum Summen zu bringen schien. In Anbetracht der frühen Stunde empfand Craigh die allgemeine Hektik fast schon als obszön.

»Ist es hier immer so laut?« fragte er.

Sondstrup nickte. »Leider«, sagte er knapp. »Aber wir können in mein Büro gehen. Dort ist es ohnehin angenehmer.«

»Später«, wehrte Craigh ab. »Zuerst möchte ich mir mal diesen Peronadol ansehen.«

»Pteranodon«, verbesserte Sondstrup geduldig.

Craigh grinste, nahm die Kamera von der Schulter und überprüfte das Objektiv.

Sondstrup räusperte sich. »Es ... äh ... wäre mir lieber, wenn Sie das nicht aufnehmen würden«, sagte er.

»Warum?« fragte Craigh und drückte auf den Auslöser.

Sondstrup fuhr zusammen. Sein Gesichtsausdruck war der eines Mannes, der plötzlich heftige Zahnschmerzen bekommen hat, doch er blieb auch weiterhin ruhig. »Nun«, sagte er nach einer Weile mit überraschender Offenheit, »wir haben Ihrer Redaktion die Erlaubnis zu dieser Reportage eigentlich aus Publicity-Gründen erteilt.«

Craigh nickte und schoß in aller Ruhe eine weitere Aufnahme. »Ich weiß.« Er hatte vor, von Anfang an seinen Handlungsspielraum auszuloten. Sondstrup schien es gewohnt zu sein, daß man tat, was er sagte. Craigh war entschlossen, ihm zu zeigen, daß er sich nicht nach Belieben herumkommandieren ließ. Es war ihm immer schwergefallen, sich gegenüber Menschen mit starkem Selbstbewußtsein zu behaupten; daran hatte auch seine langjährige Berufserfahrung nicht viel ändern können. Gerade deshalb war es wichtig, keine Unsicherheit zu zeigen. Immerhin hatte er im Laufe der Zeit gelernt, sich seine Gefühle nicht anmerken zu lassen, sondern sie hinter einer recht überzeugenden Maske aus Kaltblütigkeit und Zynismus zu verbergen, auch wenn es darunter ganz anders aussah. Die meisten Menschen waren längst nicht so stark, wie sie sich gaben, und er mußte herausfinden, wie weit er bei Sondstrup gehen konnte. Wenn die Grenzen erst einmal abgesteckt waren, würde alles leichter werden.

»Glauben Sie vielleicht, so etwas dient der Reklame?« fragte Sondstrup. Diesmal klang seine Stimme schon etwas schärfer; sein Blick wurde zwingender. Craigh konnte direkt sehen, wie er zwischen dem Bemühen, nicht die Beherrschung zu verlieren, und dem Wunsch, ihm kurzerhand die Kamera aus der Hand zu schlagen, hin und her schwankte.

Er konnte Sondstrups Gefühle allerdings auch fast verstehen, während er die umgestürzte Skulptur durch den Sucher der Kamera betrachtete. Es war ein bizarrer Anblick, etwas, das ihm unwillkürlich Unbehagen bereitete, obwohl er genau wußte, daß er nichts anderem als Plastik und Metall und einer gewaltigen Menge Kunstfertigkeit gegenüberstand.

Das Modell war nicht nur lebensgroß, sondern auch ungeheuer lebensecht. Der nicht einmal drei Yards lange Körper erinnerte eher an eine Fledermaus als an einen Vogel. Aber obwohl sie Flügel hatten, waren Pterodaktylen ja auch keine Vögel gewesen, erinnerte er sich. Sie waren Echsen. Gigantische Bestien mit teilweise mehr als sieben Yards Flügelspannweite und furchteinflößenden Klauen. Das Schlimmste an der Erscheinung war der Kopf. Kleine böse Augen schienen Craigh abschätzend anzustarren. Der Schnabel war fast einen Yard lang, mit rasiermesserscharfen Rändern und zwei Reihen kleiner, nadelspitzer Zähne, und am Hinterkopf saß ein ebenso langer, horniger Fortsatz. Craigh unterdrückte ein Schaudern. Spätestens der Anblick des Schnabels zerstörte jede Ähnlichkeit mit einem Vogel. Das Ding war so etwas wie ein fliegender Haifisch, dachte er.

Das Bizarrste aber waren die Zerstörungen. Die Flügel des Flugsauriers waren vielfach gebrochen, zum Teil abgerissen, die geschuppte Haut aufgeplatzt. Aus den Wunden quollen Zahnräder und andere Metallteile wie stählerne Gedärme heraus. Etwas an dem Anblick störte Craigh, doch es dauerte Sekunden, bis er begriff, was ihn mit so tiefem Unbehagen erfüllte. Um das gigantische Modell so zuzurichten, reichte es nicht, es einfach nur umzustürzen. Jemand hätte es schon stundenlang mit einer Motorsäge oder wenigstens einer Axt bearbeiten müssen.

Das Ding sah aus, als wäre es nicht umgekippt, sondern – so verrückt die alleinige Vorstellung auch anmutete – *abgestürzt*. Und zwar aus beachtlicher Höhe.

»Alles ist Publicity«, sagte Craigh schließlich lahm, nur, um überhaupt etwas zu sagen und sich von seinen verrückten Gedanken abzulenken.

»Hm?«

Craigh lächelte. »Ihre Frage, Professor. Ob ich glaube, daß so etwas der Reklame dient. Alles, was die Leute interessiert, dient der Reklame. Gute Nachrichten sind einfach nur gut; man nimmt sie lediglich zur Kenntnis und kümmert sich nicht weiter darum. Aber schlechte Schlagzeilen erhöhen sowohl das Interesse wie auch die Auflage. Negativpublicity ist manchmal die beste, auf alle Fälle besser als gar keine Meldung. Glauben Sie mir.«

»Trotzdem . . .«

»Ich werde die Aufnahmen nicht veröffentlichen, wenn Sie Wert darauf legen«, versprach Craigh halbherzig. »Aber ich hoffe, Sie gestatten mir, noch ein paar Schnappschüsse für mein Privatarchiv zu machen. Schließlich kommt einem nicht jeden Tag ein Drache vor die Linse. Jedenfalls nicht so einer«, fügte er mit dem Gedanken an Betty grinsend hinzu, ging mit raschen Schritten um die umgestürzte Figur herum und schoß ein paar Aufnahmen aus verschiedenen Blickwinkeln. Schon wollte er sich wieder abwenden, als er etwas abseits von den anderen Bruchstücken etwas entdeckte, das nicht zu den übrigen Teilen zu passen schien. Er bückte sich und hob ein Stück hellgrauen, fast weiß lackierten Metalls auf, dessen Kanten scharf und ausgefranst waren. Unschlüssig betrachtete er seinen Fund einen Moment lang, vergewisserte sich mit einem raschen Blick, daß er nicht beobachtet wurde, und steckte das Metallstück schließlich in seine Umhängetasche. Abgesehen von den Zähnen – die zudem wahrscheinlich aus Kunststoff bestanden – gab es weder an der Hülle noch im Inneren des Sauriers so hell lackiertes Metall. Er würde sich später in Ruhe damit beschäftigen.

Um keinen Verdacht zu erwecken, schoß Craigh noch ein paar Aufnahmen. Schließlich kniete er nieder, legte sich fast auf den Bauch und visierte das Profil des schrecklichen Drachenkopfes an. Einer der halb angelegten Flügel schnitt wie ein schwarzer Bergrücken durch das Bild. Es würde eine eindrucksvolle Aufnahme werden, dachte er.

Im gleichen Moment jedoch, in dem er auf den Auslöser drückte, erschien ein Paar schlanker Beine vor dem Objektiv.

Craigh überlegte kurz, ob er dieses zwar wertlose, dafür jedoch wesentlich hübschere Motiv noch einmal knipsen sollte, setzte aber statt dessen die Kamera ab und stand auf. »Das ist wieder einmal typisch«, sagte er grollend. »Erst verschwindest du, ohne mir ein Sterbenswörtchen zu sagen, und dann tauchst du genau im richtigen Moment wieder auf, um mir ein Foto zu versauen.« Anklagend blickte er von seiner Kamera zu der umgeworfenen Drachenfigur und wieder zurück zu Betty und wartete darauf, daß sie zur Seite trat und ihm Platz für seine Aufnahme machte. Betty dachte jedoch gar nicht daran, ihm den Gefallen zu tun, sondern lächelte nur flüchtig. Ihr weißes Kleid war staubig und verschwitzt, und auch auf ihrer Stirn glänzte Schweiß. »Ich habe mich ein wenig umgesehen«, sagte sie. »Und du?«

»Ich habe mich mit Sondstrup unterhalten. Leider war der Bursche nicht sehr gesprächig«, grollte Craigh, nachdem er sich vergewissert hatte, daß der Professor weit genug entfernt stand, um ihn nicht zu hören. »Und außerdem habe ich ein prachtvolles Bild gemacht. Ohne deine Beine vor dem Objektiv wäre es allerdings noch viel prachtvoller geworden.«

»Aus den anderen war kaum ein Sterbenswörtchen herauszubekommen«, murmelte Betty, ohne auf die Spitze einzugehen. »Hast du schon erfahren, was hier passiert ist?«

»Ich wäre froh, wenn ich das selbst wüßte.« Sondstrup trat zu ihnen und wandte sich an Betty. »Es wäre mir lieber, wenn Sie nicht allein auf der Baustelle herumlaufen würden«, sagte er. Betty sah ihn fragend und nicht gerade freundlich an, und er fügte mit einem entschuldigenden Lächeln hinzu: »Die Stimmung ist hier nicht besonders gut, wissen Sie? Seit ein paar Tagen . . .« Er sprach nicht weiter, sondern machte eine vage Handbewegung, die alles mögliche bedeuten konnte. »Außerdem haben viele der Männer schon lange keine gutaussehende Frau mehr zu sehen bekommen. Und wir haben ein paar reichlich rauhe Gesellen hier.«

Die Ausrede war mehr als dürftig. Betty verzog das Gesicht, als hätte sie in eine besonders saure Zitrone gebissen. »Ich weiß mich schon zu wehren«, sagte sie knapp und deutete dann auf die Überreste des Sauriers. »Waren das auch Ihre *rauhen Gesellen*?«

»Kaum.« Sondstrup schüttelte den Kopf. »Eher ein paar vandalierende Boongs.«

»Boongs?« Betty schaute ihn fragend an.

»Aborigines. Wir nennen sie Boongs. Schon seit Beginn der Bauarbeiten haben wir Ärger mit ihnen.«

»Muß aber ein verdammt kräftiger Vandale gewesen sein«, meinte Betty skeptisch. »Wieviel wiegt dieser kleine Piepmatz?«

»Zwei, genaugenommen fast zweieinhalb Tonnen.«

»So viel? Meines Wissens haben die echten Pterodaktyloiden kaum mehr als zehn Kilo gewogen.«

»Aber die bestanden auch aus Fleisch und Blut, nicht aus

Metall. Sie sehen ja selbst, daß das Modell mit Elektronik vollgestopft ist. Unsere Monster sollen nicht einfach nur in der Gegend herumstehen, sondern sich auch bewegen. Natürlich werden sie nicht brüllend umherstampfen, aber Mikroprozessoren steuern einige ziemlich realistische Bewegungsabläufe.«

»Realistisch genug, um auch ein paar Runden in der Luft zu drehen?« fragte Craigh. Es war nicht genau zu erkennen, ob er seine Frage ernst oder spöttisch meinte.

»Ganz so weit geht der Realismus nun auch wieder nicht«, antwortete Sondstrup. »Leider. Warum fragen Sie?«

»Nur so. Könnte es nicht vielleicht eine Art Kurzschluß gegeben haben? Das wäre doch eine Erklärung für die Zerstörung.«

»Eine interessante Theorie, aber trotzdem unmöglich. Die Modelle sind alle noch nicht an das Stromnetz angeschlossen. Nein, hier handelt es sich um blindwütigen Vandalismus, wenn ich auch noch nicht weiß, wie jemand einen solchen Koloß in kürzester Zeit so zurichten kann.«

»Irgendwelche Reifenspuren?«

Sondstrup deutete auf die Ansammlung gelblackierter Baumaschinen, dann auf den aufgewühlten Boden. »Hier? Nicht einmal ein Fährtensucher würde in diesem Durcheinander eine bestimmte Spur entdecken.«

»Haben Sie denn schon die Polizei benachrichtigt?« wollte Betty wissen.

Sondstrup seufzte und schüttelte abermals den Kopf. »Wie ich Ihrem Kollegen schon sagte: Wir wollen jede negative Publicity vermeiden, und bislang haben wir uns sehr gut selbst schützen können. Was sollte die Polizei hier draußen auch ausrichten können? Die nächste Stadt liegt -zig Meilen entfernt.« Als er sah, daß Betty etwas sagen wollte, machte er eine rasche Handbewegung in Richtung eines weißen Pavillons, der am Rande des Baugeländes stand, und schlug vor: »Gehen wir in mein Büro, dort können wir uns bequemer unterhalten. Ich lade Sie zu einem Drink ein. Nach der langen Fahrt wird Ihnen eine Erfrischung bestimmt guttun.«

»Für einen Drink ist mein werter Kollege immer zu haben«, sagte Betty spitz. »Das ist so etwas wie ein Zauberwort für ihn.«

Craigh schaute sie zornig an. Diese Bemerkung hätte sie sich auch verkneifen können. Es war absolut nicht nötig, in der Öffentlichkeit schmutzige Wäsche zu waschen. Zudem merkte er nur zu deutlich, daß Sondstrup sie von der umgestürzten *(abgestürzten!)* Saurierfigur weglocken wollte, doch Betty hatte ihm jeden Widerspruch unmöglich gemacht. Aber vielleicht hatte sie es ja ebenfalls gemerkt, und gerade das war ihre Absicht gewesen. Betty sah gar nicht gut aus, wie er mit einem raschen Blick feststellte. Das ungewohnte Klima bereitete auch ihm immer noch Kreislaufschwierigkeiten, aber ihr schien die Hitze noch schlechter zu bekommen. Der müde, abgespannte Ausdruck, den er schon vorhin an ihr bemerkt hatte, hatte sich verstärkt, und ihre Schritte waren schleppend, als könnte sie sich nur noch mit Mühe auf den Beinen halten.

»Was ist los mit dir?« fragte er leise, als sich Sondstrup ein paar Schritte entfernt hatte.

Betty schüttelte den Kopf. »Nichts«, erwiderte sie. Selbst ihre Stimme klang matt und strafte ihre Worte Lügen. »Es geht schon.«

Craigh starrte sie noch eine Sekunde lang an, ehe er mit den Achseln zuckte und sich Sondstrup anschloß.

Dick hob die Pistole. »Seid ihr soweit?«

Niemand antwortete, aber die Frage war sowieso nur rhetorisch gemeint. Charles und Roderick waren fast eine halbe Stunde zu früh gekommen und warteten seither fieberhaft darauf, daß es endlich losging. Ebenso wie die übrigen Mitglieder der Gangs und die etwa dreißig Schaulustigen – Weiße und Aborigines gleichermaßen –, die zusätzlich gekommen waren, um sich das Elefantenrennen nicht entgehen zu lassen. Irgendwie hatten sie Wind von der Sache bekommen, obwohl eigentlich Stillschweigen vereinbart worden war, da die Angelegenheit intern geregelt werden und ohne großes Aufsehen über die Bühne gehen sollte. Das war auch einer der Gründe, weshalb das Rennen so spät in der Nacht stattfand. Es mußte eine undichte Stelle geben, aber darum konnten sie sich später noch kümmern. Im Moment zählte nur das Rennen.

Dick grinste, lehnte sich im Sattel seiner schweren Honda zurück und zählte provozierend langsam von zehn rückwärts. Es kam selten genug vor, daß er einen der beiden Großen zappeln lassen konnte, geschweige denn beide. Um so mehr gedachte er die Situation weidlich auszunutzen.

Charles warf ihm einen bösen Blick zu und spielte am Gashebel. Die achtzig Pferdestärken seiner dunkelroten Harley Davidson brüllten auf. Die Maschine zitterte. Soweit Dick wußte, war der Farbige erst vor vier oder fünf Jahren aus England nach Australien übersiedelt und hatte begonnen, sich in Melbourne ein eigenes Reich aufzubauen. Es sprach für seine Fähigkeiten, daß er es in so kurzer Zeit geschafft hatte, sich an die Spitze einer der größten Straßengangs des Kontinents zu setzen; zumal als Schwarzer, die hier ohnehin nicht gerade gut angesehen waren, ob Aborigine oder nicht.

»Sechs«, sagte Dick. Er sah, wie sich Roderick vorbeugte. Seine Haltung verriet höchste Konzentration.

»Fünf!«

In das Grollen der Harley mischte sich jetzt das hellere, nervenaufreibende Jaulen von Rodericks Kawasaki. Er hatte bis zum letzten Moment gewartet, ehe er die Maschine überhaupt anließ, wie immer auf Show bedacht.

»Vier!« Dicks Finger tasteten nach dem Abzug. Die Gestalten der Kontrahenten versteiften sich. Dick konnte die Nervosität der beiden geradezu spüren. Aber immerhin stand auch genug auf dem Spiel.

»Drei!« Er hob die Pistole noch weiter, so daß sie jetzt senkrecht nach oben wies, und wartete, bis die beiden Maschinen an die dünne Kreidelinie herangerollt waren, die als Start und Ziel galt.

»Zwei!«

Roderick klappte sein Visier herunter. Sein Gesicht glänzte vor Schweiß, obwohl es selbst hier in der Nacht eher kühl war.

»Eins!« schrie Dick. »Und . . . los!«

Das *Los* wurde vom Knall des Schusses verschluckt.

Die beiden Maschinen brüllten auf. Rodericks Vorderrad stieg eine Handbreit hoch in die Luft und krachte auf den Straßenbelag zurück, als die Maschine nach vorne katapultiert wurde. Das unfreiwillige Kunststück kostete ihn eine wertvolle Sekunde, in der Charles schon einen Vorsprung von mehreren Yards herausholte. Aber bei diesem Rennen kam es weniger auf die Geschwindigkeit an. Roderick würde mit seiner Kawa auf den ersten zwei Meilen so oder so einen guten Vorsprung herausfahren.

Die Rücklichter der beiden Maschinen schrumpften zusammen, und das Gebrüll der Motoren sank auf ein dünnes, kraftvolles Summen herab, das schließlich ganz in der Ferne verklang.

Dick atmete hörbar aus. Während der nächsten dreißig, fünfunddreißig Minuten konnte er nichts weiter tun als warten. Er steckte die Pistole ein, zog den Reißverschluß seiner Lederjacke hoch und stieg aus dem Sattel der Honda. Die übrigen Maschinen der beiden Gangs bildeten ein stummes Spalier aus Stahl und Chrom rechts und links der Straße.

Dick blieb einen Moment lang an der Ziellinie stehen, starrte in das wattige Dunkel und versuchte zu erraten, wie das Rennen jetzt stand. Roderick würde vorne liegen; klar. Aber sie mußten bald die Abzweigung erreichen, und von da an würde es nicht mehr über glatten Asphalt gehen, sondern quer durch die Wüste, über Sanddünen, zwischen Felsgruppen und durch flache Treibsandgruben hindurch, in denen die schweren Maschinen wie in Morast steckenbleiben und versinken konnten. Zudem war Charles der bessere Fahrer, und ihm würde die scheinbare Plumpheit seiner Maschine zugute kommen. Der Koloß aus Stahl und Kunststoff konnte allein durch seine Masse Hindernisse überwinden, in denen Rodericks Kawasaki eher steckenzubleiben drohte, was ihn wertvolle Zeit kosten würde. Der Parcours war sorgsam so ausgewählt worden, daß beide Kontrahenten auf die Gesamtlänge der Strecke bezogen die gleichen Chancen hatten.

Dick zuckte mit den Achseln, drehte sich herum und schlenderte zu den anderen zuruck, die jetzt in losen Grüppchen bei den Maschinen standen und diskutierten.

Die mühsam zusammengeschweißte Gruppe war erneut in zwei Teile gespalten. Aus dem geplanten *Miteinander* war längst schon wieder ein *Gegeneinander* geworden, auch wenn niemand das offen zugeben wollte. Das Zweckbündnis drohte zu zerbrechen; eigentlich war es ein Wunder, daß es überhaupt so lange gehalten hatte. Die einfachen Mitglieder der Gangs hatten sich untereinander einigermaßen angefreundet, aber Charles und Roderick hatten sich gegenseitig vom ersten Moment an nicht ausstehen können. Alte Rivalitäten, die schon immer zwischen den Revieren Melbourne und Sydney bestanden hatten und sich nicht durch einen Handschlag und ein paar Flaschen Bier so einfach beilegen ließen.

Sydney war Rodericks Revier, dort war er der unumschränkte Herrscher der Straße. Er hatte mehr Leute mitgebracht, aber als seine rechte Hand spürte Dick noch deutlicher als er, daß es sogar in der eigenen Gruppe gärte. Viele hielten insgeheim jetzt schon mehr von Charles als von ›King‹ Roderick. Niemand wagte es, sich offen gegen ihn zu stellen, aber Roderick hatte in letzter Zeit mehr und mehr Anhänger verloren. Vielleicht, dachte Dick, machte sich der Altersunterschied doch allmählich bemerkbar. Roderick ging stark auf die Vierzig zu; fast schon ein wenig zu alt für den Anführer einer Motorrad-Gang. Ihm fehlte die Power, er wurde vorsichtig, fast schon behäbig. In letzter Zeit scheute er mehr und mehr das Risiko, während Charles offener und aggressiver war und durch seine weniger hochmütige Art die Leute mitzureißen vermochte.

»Na, woran denkst du?«

Dick schreckte auf und sah einen Herzschlag lang verwirrt in Nippers Grinsen. Nipper war ein Mischling. Seine Haut war heller als die der reinrassigen Aborigines, aber er konnte seine Abstammung nicht verleugnen. Trotzdem wurde er sowohl von den Angehörigen der Gangs wie auch den wenigen Ureinwohnern, die noch in diesem Gebiet wohnten, respektiert. Er war es auch, der die ganze Sache erst ins Rollen gebracht hatte. Genaues wußte Dick nicht, aber Nipper sollte eine Weile in Melbourne studiert und dort Kontakt zu Charles gefunden haben. War ihm auch egal. Er verstand sich ganz gut mit Nipper. Der Mischling war in Ordnung; im Gegensatz zu Denny und Bob und den meisten anderen Idioten, die Charles um sich geschart hatte.

»Was ist los mit dir?« fragte Nipper. »Schiß?«

Dick bemühte sich, ein möglichst unbeteiligtes Gesicht zu machen. »Warum sollte ich?«

Nipper zuckte mit den Achseln. »War nur so eine Idee. Könnte ja sein, daß Charles das Rennen gewinnt.«

»Wird er nicht«, gab Dick ohne rechte Überzeugung zurück. »Und selbst wenn – was soll's?«

Nippers Grinsen wurde noch breiter. »Könnte sein, daß er dir das eine oder andere übelnimmt. Du bist zwar auch bei unseren Jungs einigermaßen beliebt, aber du hast in letzter Zeit ein paar nicht so feine Sachen gesagt. Und du bist ein hohes Tier bei Roderick.«

»Na und?« erwiderte Dick gereizt. »Wollt ihr hier einen Bandenkrieg anfangen? Ich denke, wir haben Frieden geschlossen, bis wir die Amis vertrieben haben?«

»Haben wir«, bestätigte Nipper. »Aber es war auch ausgemacht, daß Charles und Roderick gleichberechtigt bestimmen. Euer Boß hat sich nicht daran gehalten, und den Jungs gefällt es nun mal nicht, wie er sich zum Anführer aufzuschwingen versucht.«

»Ansichtssache«, gab Dick zurück. »Aber vielleicht sollten wir später darüber reden. Nach dem Rennen.«

Nippers Lächeln erlosch. »Du hast recht«, sagte er. »Aber viel wichtiger als dieser Kinderkram ist, daß wir unser Hauptziel nicht aus den Augen verlieren. Allmählich frage ich mich, ob es wirklich richtig war, euch zu holen, wenn ihr hier nur eure Spielchen abziehen wollt.« Er machte eine kurze Pause und ließ seinen Blick umherwandern, bevor er sich wieder Dick zuwandte. »Sag mal«, fragte er leise und ernst, »glaubst du wirklich, daß Roderick seinen Anspruch auf die Führerschaft so einfach aufgibt? Ich meine, selbst wenn er verliert . . .«

»Kaum. Genausowenig wie ich glaube, daß Charles aufhört, ihm das Wasser abzugraben, wenn *er* verliert.« Dick verstummte, zögerte einen Moment und sagte dann: »Ich sollte gerade mit dir eigentlich nicht darüber sprechen, aber ich habe ein ziemlich mulmiges Gefühl. Wir hätten vielleicht besser Posten entlang der Strecke aufgestellt. Ich habe vorhin ein Funkeln in Rods Augen gesehen, das mir gar nicht gefällt. Es wird Ärger geben, ganz egal, wie das Rennen ausgeht.«

»Und?« fragte Nipper lauernd.

»Was und?«

»Auf welche Seite stellst du dich, wenn die beiden ernsthaft aneinandergeraten?«

Diesmal lächelte Dick sanft. »Auf die des Siegers, Nipper«, sagte er leise. »Egal, ob es nun Rod oder Charles ist. Und wenn du schlau bist, tust du das gleiche. Und eure restlichen Leute auch.« Er boxte dem anderen spielerisch gegen die Schulter, drehte sich um und ging zu seiner Maschine. Unterwegs nahm er einem der Herumstehenden eine Whiskyflasche aus der Hand und trank einen Schluck, bevor er sie zurückgab. Nipper hatte genau das ausgesprochen, was auch Dick schon seit Tagen befürchtete. Natürlich würde keiner der beiden seinen Führungsanspruch aufgeben, nur weil er im Wettkampf gegen den anderen verlor. Ein Scheißspiel war das. Schließlich waren sie nicht hergekommen, um übereinander herzufallen, sondern um gemeinsam den Arschlöchern von diesem beschissenen Touristenpark die Abfuhr ihres Lebens zu erteilen.

Dick zog eine Zigarette aus der Brusttasche und ließ sein Feuerzeug aufschnappen. Vielleicht wäre es gar nicht so schlecht, wenn Charles gewinnen würde, dachte er, auch wenn er das natürlich nie laut aussprechen würde. Der Schwarze würde wenigstens dafür sorgen, daß hier endlich mal was abging. Sie hatten alle genug vom tatenlosen Warten. Das Nichtstun war der Hauptgrund für die Unruhe und die dauernden Reibereien.

Leises Motorenbrummen drang an seine Ohren. Einen Moment lang glaubte er, Charles oder Roderick kämen schon zurück, dann fiel ihm auf, daß das Geräusch aus der falschen Richtung kam, und er entdeckte den Schatten am Himmel. Eine kleine Sportmaschine. Sie flog nicht allzu hoch, und der Mond schien hell genug, sie in Umrissen zu erkennen. Das Flugzeug drehte eine Schleife, dann verlor der Pilot offenbar das Interesse an dem, was hier unten vorging, und flog weiter.

»Neugieriger Arsch«, murmelte Dick, dann vergaß er den Flieger wieder. Es wurde wirklich Zeit, daß er sich zusammen mit den anderen Jungs Gedanken über Roderick machte. Irgend etwas würde passieren, noch in dieser Nacht, das war so sicher wie das Amen in der Kirche. Die Entscheidung fiel im Verlauf der nächsten halben Stunde, vielleicht schon jetzt gerade irgendwo da draußen in der Weite der Wüste, wo es keine Zuschauer, keine Zeugen gab. Dick spürte es nicht nur, er *wußte* es, und er fürchtete sich davor, weil er ebensogut wußte, daß keiner von ihnen noch irgendeinen Einfluß darauf nehmen konnte. Am liebsten wäre er den beiden auf seiner Maschine nachgefahren, aber er wußte, daß es keinen Sinn hätte. Roderick war es von Anfang an nicht um das Rennen gegangen, sondern er hatte es nur vorgeschlagen, um für eine Weile mit Charles allein zu sein.

Dick versuchte sich einzureden, daß er sich täuschte, doch es gelang ihm nicht. Er hatte Nipper nur einen Teil der Wahrheit erzählt, nicht alles. Was er kurz vor dem Start in Rodericks Augen gesehen hatte, war nicht allein ein beunruhigendes Funkeln gewesen, sondern noch etwas anderes.

Blanke Mordlust.

Das Innere des Pavillons bestand aus einem einzigen hellen Raum, der eine Mischung aus Wohn- und Schlafzimmer, Küche, Arbeitszimmer und Fotoatelier zu sein schien. Die Rauhfasertapete an den Wänden wurde beinahe vollkommen von einem Durcheinander riesiger Skizzen, Blaupausen, Listen und anderer Pläne verdeckt, und in den Zwischenräumen hingen zahlreiche Farbfotos.

Betty atmete hörbar auf, als Sondstrup die Tür hinter ihnen schloß und das angenehme Summen der Klimaanlage sie empfing. Jetzt, als sie der Sonne wenigstens für kurze Zeit entkommen waren, merkte sie erst richtig, wie heiß es draußen war. Ihre Knie zitterten, und ihr war kalt, obwohl sie gleichzeitig in

Schweiß gebadet war. Erleichtert sank sie auf einen Stuhl, während Craigh seine Kamera absetzte und neugierig an die Stirnwand des Raumes trat, um die Fotografien zu begutachten. Betty fragte sich, warum. Er hatte nie einen Hehl daraus gemacht, daß er nur Fotograf geworden war, weil er auf diese Art am bequemsten seinen Lebensunterhalt verdienen konnte; und Pressefotograf, weil er auf diese Art auch noch kostenlos in der Weltgeschichte herumreisen konnte.

In Wahrheit interessierte er sich nicht sonderlich für Fotos, jedenfalls hatte sie diesen Eindruck gewonnen, und so war es fast ein Wunder, daß er gelegentlich dennoch einige recht beachtliche Aufnahmen zustande brachte. Allerdings wirklich nur gelegentlich. Den meisten seiner Fotos fehlte das gewisse Etwas, das ihnen Leben einhauchte, und daß sie einigermaßen erträglich waren, lag allein an Craighs Routine und der Qualität seiner Ausrüstung, wobei Betty bis zur Stunde noch nicht herausgefunden hatte, aus welchen dunklen Kanälen diese Ausrüstung eigentlich stammte. Gekauft hatte Craigh sie bestimmt nicht, jedenfalls nicht in einem Fachgeschäft zum handelsüblichen Preis. Er lebte auf recht großem Fuß, war ganz bestimmt nicht der Typ, der mindestens zehn Jahre lang von der Hand in den Mund lebte, um sich von dem gesparten Geld eine Kamera zu kaufen. Einmal hatte Betty ihn darauf angesprochen, woher er das Geld bekommen hatte. »Vom Flaschenpfand«, war seine lakonische Antwort gewesen. Sie hatte kein zweites Mal gefragt.

»Gefallen Ihnen die Aufnahmen?« fragte Sondstrup.

Craigh nickte. »Sicher. Haben Sie sie selbst gemacht?« Für jemanden, der ihn nur flüchtig kannte, mußte die Bewunderung in seiner Stimme fast echt klingen. *Verdammter Heuchler,* dachte Betty.

»Die meisten. Wenn es meine Zeit zuläßt, fotografiere ich auch schon mal ein wenig.«

*Ein wenig* war mehr als nur eine Untertreibung, fand Betty. Sie wußte nicht, was Craigh wirklich von den Bildern hielt. Ihr gefielen sie ganz ausgezeichnet. Viele zeigten gleiche Motive: Urzeitliche Reptilien, Flugdrachen, Saurier, stachel- und panzerplattenbewehrte Monster, die aus einem Horrorfilm hätten stammen können. Besonders ein Bild fiel ihr auf. Die Gegenlichtaufnahme einer gigantischen, aufrecht gehenden Echse, die mit aufgerissenem Maul den Sonnenuntergang anbrüllte. Die Bildkomposition war so geschickt, daß der Betrachter unwillkürlich befürchtete, das Ungeheuer könnte lebendig werden und sich auf ihn stürzen.

»Tyrannosaurus Rex«, erklärte Sondstrup, der ihren bewundernden Blick bemerkt hatte. »Davon haben Sie sicher schon gehört.«

»Habe ich«, sagte Betty, ohne den Blick von der Aufnahme zu wenden. Sie fragte sich, ob Sondstrup sie für völlig verblödet hielt. »Sind die Bilder alle hier entstanden?« Sie öffnete ihre Handtasche, nahm eine Zigarette heraus und suchte nervös nach dem Feuerzeug. Sondstrup ließ sein eigenes aufschnappen, hielt ihr die Flamme hin und schüttelte den Kopf.

»Nein. Einige stammen noch aus der Planungsphase. Dies und dies und das dort hinten, neben dem Fenster. Der Tyrannosaurus auch. Viele Modelle sind noch nicht fertig, wissen Sie?« Er lächelte, verlieh seinem Gesicht einen verlegenen Ausdruck und eilte zu einem Wandschrank. »Ich glaube, ich hatte Ihnen etwas zu trinken angeboten«, sagte er entschuldigend. »Was möchten Sie?«

»Egal. Nur kalt muß es sein.«

»Wenn ich gewußt hätte, daß Sie selbst so fabelhaft fotografieren, hätte ich mir die Schlepperei sparen können«, sagte Craigh mit einem Blick auf seine Kamera.

Sondstrup schien geschmeichelt. Er brachte das Kunststück fertig, mit einer Hand eine Flasche Bourbon und drei Gläser gleichzeitig aus dem Schrank zu nehmen und unbeschädigt auf seinem Schreibtisch abzusetzen. Aus dem Kühlschrank holte er einige Eiswürfel und verteilte sie auf die Gläser.

»Früher habe ich mehr fotografiert«, sagte er. »Heute ist es nur noch ein Hobby. Ich habe leider kaum Zeit dazu.« Erst jetzt schien ihm bewußt zu werden, daß er Craigh noch keinen Platz angeboten hatte, deutete einladend auf einen freien Stuhl und goß den Whisky ein. »Aber wenn Sie glauben, daß Sie mit meinem alten Apparat ebenso gute Bilder hinbekommen wie mit Ihrer Kamera, bin ich gerne bereit zu tauschen«, sagte er. »So ein Ding wünscht sich wahrscheinlich jeder Amateurfotograf der Welt.«

Craigh setzte sich. »Und eine Menge Profis ebenfalls«, sagte er ohne jede Bescheidenheit. Er nahm sein Glas, trank und genoß für einen Sekundenbruchteil die Kälte, der gleich darauf das Gefühl von Hitze folgte, die sich in seinem Inneren ausbreitete. Im allgemeinen trank er lieber Scotch, aber der Bourbon war recht gut. *Kennergeschmack,* meldete sich eine spöttische Stimme in seinem Inneren. *Du hast ihn schließlich auch lange genug trainiert.*

Sondstrup atmete tief ein. »Also«, begann er. »Fangen wir mit dem offiziellen Teil an. Was wollen Sie wissen?«

»Eigentlich alles«, antwortete Betty rasch, bevor Craigh etwas sagen konnte. Es ärgerte sie ohnehin, daß er immer wieder mit spielerischer Leichtigkeit das Gespräch an sich riß, dabei hatte er bei der Begrüßung selbst ganz richtig festgestellt, daß eigentlich sie der Boß war. Sondstrup jedoch nahm sie offenbar trotzdem nicht richtig ernst. Nein, korrigierte sie sich gleich darauf. Er nahm weder sie noch Craigh ernst. Dies schien für ihn nicht mehr als ein Spiel zu sein, ein lästiger Routinejob, auch wenn er sich bemühte, seine Überlegenheit nicht allzu deutlich zu zeigen. In seiner Gegenwart fiel es ihr schwer, sich auf ihre Fragen zu konzentrieren. »Vor allem möchte ich wissen, wie ein honoriger Professor wie Sie dazu kommt, bei der Erschaffung eines Spielzeuglandes mitzuwirken«, fuhr sie fort.

Craigh zog verwundert die linke Augenbraue hoch, als sie so bereitwillig auf Sondstrups Ablenkungsmanöver einging, war aber wenigstens jetzt klug genug, nichts zu sagen. Genau wie er interessierte sich auch Betty sehr viel mehr dafür, was draußen am Tor passiert war. Aber sie wußte auch, daß sie zumindest momentan nichts darüber erfahren würden. Sie hatten Zeit, und die wirklich wichtigen Fragen würden ihnen nicht davonlaufen. Zunächst mußte eine halbwegs vertrauensvolle Basis für ein Gespräch geschaffen werden.

Sondstrup lächelte. Offensichtlich hatte er die ganze Zeit auf diese Frage gewartet.

»So honorig bin ich vielleicht gar nicht«, sagte er. Er nippte an seinem Glas – in dem sich wesentlich weniger Whisky und dafür mehr Eis als in den beiden anderen befand – und setzte sich lässig auf die Schreibtischkante. »Aber Spaß beiseite. Die Gründe sind einfach. Auch Professoren sind Menschen, und als Mensch habe ich ein ziemlich enges Verhältnis zum Geld. Die Arbeit hier wird verdammt gut bezahlt. Dieses Bekenntnis dient sicherlich nicht gerade meinem Image, und vielleicht raube ich Ihnen damit Ihre Vorstellungen von der Ehrbarkeit eines weltfremden Wissenschaftlers, der nur in seine Arbeit vernarrt ist. Aber wenn Sie eine Ahnung hätten, was ein normaler Universitätsprofessor verdient, würden Sie diese Frage wahrscheinlich gar nicht stellen.«

Betty lächelte und tat so, als würde sie sich etwas notieren. In Wirklichkeit kritzelte sie nur einige Striche und Kreise ohne jede Bedeutung auf ihren Block. Sie machte sich während eines Gesprächs so gut wie nie Notizen, sondern erst später, wenn sie Ruhe hatte, alles zu überdenken. Solange vertraute sie auf ihr recht passables Gedächtnis. »Trotzdem, normal dürfte so eine Laufbahn für einen Professor nicht gerade sein.«

»Bestimmt nicht, und natürlich ist das Geld nicht der einzige Grund«, fuhr Sondstrup bereitwillig fort. »Ich war nie der Typ eines Gelehrten, der gerne in alten Bibliotheken herumwühlt und verstaubte Bücher wälzt. Ich glaube, wenn es so einen Lehrstuhl gäbe, wäre ich Professor für praktische Problemlösungen geworden.«

»Es gibt eine Menge bedeutsamer Probleme auf der Welt«, warf Craigh in einem zwischen Schärfe und mildem Spott schwankenden Tonfall ein. Bettys warnenden Blick bewußt ignorierend, fügte er hinzu: »Und die Lösung der meisten davon ist wesentlich wichtiger als die Erschaffung eines Erholungsparks.«

Sondstrup nickte. »Ich weiß«, sagte er ernst. »Aber darum allein geht es auch nicht. Es geht um das Thema. Ein Park mit irgendwelchen Märchenfiguren hätte mich kein bißchen reizen können. Die Frühgeschichte unserer Welt hat mich jedoch schon als Kind fasziniert. Nur... das Studium mit allem Drumherum war eine verdammt schwere Zeit, wissen Sie? Ich bin nie einer von diesen Wunderknaben gewesen, denen alles in den Schoß fällt. Ich habe mir alles mühsam erarbeiten müssen, und als ich es endlich geschafft hatte, da war ich auch nicht zufrieden. Meine damaligen Professoren hatten es mit ihren endlosen, stinklangweiligen Vorträgen geschafft, mir mein Interesse fast völlig auszutreiben. Es hat mich noch nie ausgefüllt, nur zu theoretisieren, ein mühsam zusammengesetztes Skelett zu untersuchen und mir bunte Bildchen anzusehen.«

Er machte eine kurze Pause und trank einen weiteren Schluck. »Ich glaube«, fuhr er dann schwärmerisch fort, »wenn ich die Möglichkeit dazu gehabt hätte, hätte ich eine dieser Science-fiction-Zeitmaschinen bestiegen und wäre in die Prähistorie gereist. Jetzt können Sie sich vielleicht besser vorstellen, warum ich mit Händen und Füßen gleichzeitig zugegriffen habe, als man mir diese Stellung anbot.«

»Das Kind im Manne?« fragte Betty schmunzelnd.

»Zum Teil, sicher«, gab Sondstrup zu. »Darin sehe ich nichts Verwerfliches. Welcher Junge hat nicht schon gelegentlich davon geträumt, einmal einem richtigen Dinosaurier zu begegnen? Aber unterschätzen Sie unsere Arbeit nicht. Sicher, das Unternehmen ist in erster Linie kommerzieller Natur – die Geschäftsleitung will Geld verdienen, das ist klar.«

»Aber wenn es nur um die Illusion gegangen wäre, hätte man sich ein paar Trickspezialisten aus Hollywood kommen lassen können«, warf Betty ein.

Sondstrup nickte. »Stimmt. Auch wenn viele es bezweifeln – es gibt auch in der modernen Welt noch ein paar wissenschaftlich interessierte Menschen. Die Aufgabe, die man mir stellte, war die, die Saurier der Urzeit so lebensecht zu rekonstruieren, wie es nach dem heutigen Wissensstand überhaupt möglich ist.«

»Wenn ich an die Überreste Ihres Pteranodon denke, scheint Ihnen dies gelungen zu sein«, sagte Craigh.

Sondstrup blinzelte verwirrt, als der komplizierte Ausdruck

diesmal glatt über Craighs Lippen kam, aber er ging nicht näher darauf ein. »Ich zeige Ihnen nachher die anderen«, sagte er. »Ich gebe zu, daß ich mächtig stolz darauf bin. Wir haben in den letzten zwei Jahren schon viel geschafft. Der Flugsaurier ist dabei noch einer der Kleineren. Warten Sie, bis Sie erst die richtigen Giganten gesehen haben.«

Betty nippte an ihrem Drink. Der Stolz in Sondstrups Stimme war unüberhörbar, und er gab sich auch gar keine Mühe, ihn zu verbergen. Er *war* in gewisser Hinsicht noch ein Kind – aber warum auch nicht? Schließlich, dachte sie spöttisch, waren das die Raketenköpfe im Pentagon und im Kreml auch: erwachsene Männer, die Soldat spielten. Allerdings mit wesentlich gefährlicheren Spielzeugen und auf eine Art, daß man des öfteren denken konnte, auch ihr Verstand wäre noch der von Kleinkindern.

Da war ihr Sondstrup schon lieber. Außerdem war er ihr noch aus einem anderen Grund sympathisch: Er gehörte zu den äußerst angenehmen Interviewpartnern, die von selbst redeten, statt sich jedes Wort mühsam aus der Nase ziehen zu lassen.

Wenigstens, so lange es um Dinge ging, über die er reden *wollte* ...

»Eins ist mir aufgefallen«, sagte Craigh plötzlich. »Diese ... Monster stammen doch, soviel ich weiß, aus allen möglichen verschiedenen Epochen. Und doch ...«

Sondstrup unterbrach ihn mit einem geduldigen Kopfnicken. »Ich weiß, worauf Sie hinauswollen. Sehen Sie, die Herrschaft der Saurier dauerte viele hundert Millionen Jahre. Zahlreiche Rassen entwickelten sich und vergingen, ehe die Saurier schließlich ganz verschwanden. Längerfristig hoffe ich, hier ein regelrechtes Zentrum für die wissenschaftliche Erforschung der Urzeit schaffen zu können. Aber vorläufig haben wir nun mal nur einen beschränkten Platz. Zwar haben wir versucht, die verschiedenen Zeitepochen voneinander zu trennen, aber wir mußten Konzessionen an unseren Etat machen. Uns steht eine Menge Geld zur Verfügung, unsere Mittel sind jedoch nicht unbegrenzt. Trotzdem bin ich mit dem vorläufigen Ergebnis ziemlich zufrieden. Vordergründig geht es ja nur darum, den Leuten, die hierherkommen werden, ein paar vergnügliche

Stunden zu bieten, trotz aller wissenschaftlichen Anliegen, die wir damit verbinden. Ich zeige Ihnen nachher die Grube, wenn Sie wollen. Sie werden sehen, daß wir die einzelnen Tiere soweit wie möglich in ihren natürlichen Umgebungen dargestellt haben.«

»Umgebungen?«

»Sicher«, bestätigte Sondstrup. »Wir stellen nicht einfach nur einen Gummisaurier in die Wüste, falls Sie das glauben. Im Augenblick sind wir dabei, einen ganzen Urzeitwald aufzubauen. Aus Kunststoff, versteht sich, wenngleich wir auch einige genetisch speziell gezüchtete Pflanzenfasern verwenden.«

Betty überlegte einen Moment, wie sie das Gespräch auf ein anderes Thema lenken konnte, das sie brennend interessierte. »Etwas gibt mir noch zu denken«, begann sie. »Sie sind gebürtiger Amerikaner, nicht wahr?«

»Kanadier.«

»Aber die Geldgeber dieses Projekts sind meines Wissens amerikanische Firmen.«

»Zumindest überwiegend, richtig. Und jetzt wollen Sie vermutlich von mir wissen, warum wir dieses Projekt nicht in den Staaten, sondern hier am – sorry – Arsch der Welt realisieren.«

»Ganz genau.«

»Nun«, antwortete Sondstrup gedehnt und legte eine kurze Kunstpause ein, die Betty zeigte, daß er sich die Antwort genau zurechtgelegt hatte, »dafür gibt es mehrere Gründe. Zunächst einmal herrscht in Amerika fast schon eine Inflation an Freizeitparks – allen voran Disneyland und Disneyworld, von den vielen kleineren gar nicht erst zu reden. Australien hingegen bietet diesbezüglich noch geradezu jungfräuliches Terrain. Es ist in vielerlei Hinsicht ein Land der Zukunft. Die Bevölkerung wächst ziemlich explosionsartig, die systematische industrielle Erschließung dieses neuen Marktes hat erst in den letzten Jahrzehnten in großem Maßstab begonnen. Die Gründe, warum Australien das reinste Paradies für viele Industriezweige ist, liegen auf der Hand.«

»Ja«, sagte Betty. »Billige Grundstückspreise, korrupte

Behörden, nach Belieben auslegbare Gesetze und untereinander zerstrittene Gewerkschaften.«

Sondstrup nickte. Er ignorierte den bitteren Unterton in ihrer Stimme, wenn er ihn überhaupt bemerkt hatte. »In gewisser Hinsicht handelt es sich bei diesem Park um einen Probelauf. Wenn der Erfolg unseren Erwartungen entspricht, werden wir ein gleichartiges Projekt mit den hier gewonnenen Erkenntnissen in ein paar Jahren vielleicht auch in den Staaten in Angriff nehmen. Das ist jedoch noch reine Zukunftsmusik. Für den Park hier haben wir aber schon konkrete Vereinbarungen mit verschiedenen Verkehrsgesellschaften und auch der australischen Regierung getroffen. Wir werden von überall aus der Welt sehr günstige Reisen hierher anbieten können.«

»Und wo wollen Sie all die Touristen unterbringen?« warf Betty ein. »Es gibt keine einzige Stadt in vertretbarer Nähe.«

»Gerade da liegt ja der Ansatz, um das ganz große Geld zu machen«, sagte Sondstrup grinsend. »Wir werden Hotels und Urlauberclubs geradezu aus dem Boden stampfen müssen. Das heißt, natürlich nicht wir, aber die Firmen, mit denen wir zusammenarbeiten. Deswegen waren sie ja überhaupt erst bereit, so viel zu investieren. Einige der Rohbauten haben Sie wahrscheinlich schon gesehen. Wo jetzt noch die Baracken stehen, wird in den nächsten Jahren ein wahres Touristenparadies entstehen.«

Einige Minuten herrschte Schweigen. Die Vision, die Sondstrup heraufbeschworen hatte, war beeindruckend; faszinierend und erschreckend zugleich.

»Wie lange werden Sie noch brauchen?« fragte Betty schließlich.

Sondstrup hob die Schulter. »Zu den Hotels kann ich nicht viel sagen, damit habe ich nur am Rande zu tun. Für den Park selbst noch ein Jahr, höchstens eineinhalb«, antwortete er nach kurzem Überlegen. »Wir haben den Zeitplan bisher eingehalten, und ich schätze, wir werden ihn auch weiterhin einhalten können.«

»Wenn nichts mehr passiert«, warf Craigh ein. »Mit zerstörten Sauriermodellen werden Sie bestimmt keine Touristen anlocken.«

Der Professor zuckte merklich zusammen. »Das ist wohl kaum zu befürchten«, sagte er mit plötzlicher Schärfe, entspannte sich jedoch gleich darauf wieder und rang sich ein nichtssagendes Lächeln ab. »Wir werden die Wachen verstärken. Außerdem glaube ich nicht, daß die . . .«, er zögerte einen Moment, ». . . die Vandalen wiederkommen«, führte er den Satz schließlich zu Ende und stand auf. »Ich habe eine Mappe mit den wichtigsten Presseinformationen für Sie vorbereiten lassen«, sagte er. »Daraus können Sie alle für Ihre Reportage wichtigen statistischen Erwägungen und Hintergrundinformationen entnehmen. Wenn Sie und Ihre Begleiterin Lust dazu haben, sehen wir uns jetzt die Baustelle an.«

Craigh erhob sich ebenfalls, doch Betty zögerte. »Was war heute morgen los?« fragte sie geradeheraus. »Was wollten die Demonstranten? Diese Leute draußen am Tor . . . das waren Aborigines, nicht wahr?«

Sondstrups Lächeln sah nicht mehr ganz echt aus, als er nickte. »Jedenfalls die meisten«, gestand er schließlich. »Aber was immer Sie jetzt vermutlich denken – es ist falsch.«

»Dieses Land hier. . . « begann Betty.

». . . gehört nicht den Aborigines, wenn Sie darauf hinauswollen«, fiel ihr Sondstrup ins Wort. Er seufzte. »Ich habe dieses Gespräch erwartet«, sagte er, »und es wäre mir lieber gewesen, wir hätten es später führen können, erst nachdem ich Ihnen alles gezeigt habe. Aber wenn es sein muß, bitte.«

Er öffnete eine Schublade seines Schreibtischs und warf Betty einen schmalen Plastikschnellhefter zu. »Da drin finden Sie auch zu diesem Thema alles, was Sie wissen wollen. Beglaubigte Abschriften aus dem Grundbuch, eine Fotokopie des Kaufvertrages, die Unterlagen der letzten drei Landvermessungen, von namhaften – und völlig unabhängigen – Wissenschaftlern erstellte Gutachten über die Ökologie dieses Gebietes . . .« Er machte eine rasche, flatternde Handbewegung. »Sie können sich selbst davon überzeugen, daß wir keinerlei Grenzen verletzen und die Umwelt in keinster Weise schädigen. Wir holzen keine Wälder ab, wir verändern den Spiegel des Grundwassers nicht, wir zerstören nicht einmal irgendein Biotop. Das hier ist Wüste, sonst gar nichts. Sand und Steine und noch mehr Sand und noch mehr Steine, das ist alles. Allenfalls vertreiben wir ein paar Spinnen und Ameisen.«

»Die Leute draußen am Tor scheinen anderer Ansicht zu sein«, sagte Betty. »Und außerdem: Wer sind die anderen, wenn es sich nur zum Teil um Aborigines handelt?«

Sondstrup schnaubte. »Wer schon? Sie wissen doch, wie das ist: Kaum stößt man heutzutage irgendwo eine Schaufel in den Boden, schon tauchen irgendwelche Öko-Chaoten auf und schwenken Spruchbänder. Ich möchte wetten, daß viele von ihnen nur eine Gelegenheit gewittert haben, hier mal ordentlich die Sau rauszulassen. Es geht nicht mehr darum, was gebaut wird, sondern nur noch darum, Randale machen zu können. Das ist hier in Australien nicht anders als in den Staaten oder in Europa. Wir könnten auf dem Mond bauen, und trotzdem würde mit Sicherheit irgend jemand kommen, um zu protestieren.«

Das hörte sich ein bißchen dünn an, fand Betty, und außerdem nicht einmal echt. Ihre Menschenkenntnis warnte sie davor, weiterzubohren, aber ihr journalistisches Gespür erklärte ihr auch sehr eindeutig, daß Sondstrup entweder jetzt oder überhaupt nicht mehr über diesen Punkt reden würde. Es war nicht leicht, sich gegen seine selbstbewußte Überlegenheit durchzusetzen. Sie mußte sich zwingen, eine weitere Frage zu stellen.

»Nehmen wir einmal an, es handelt sich wirklich nur um Krawallmacher«, sagte sie so ruhig und nüchtern wie möglich. »Welche Rolle spielen dann die Aborigines?«

»Sie sind die schlimmsten von allen«, entgegnete Sondstrup. »Die differenzieren noch weniger, weil sie einen völlig absurden Besitzanspruch auf diesen gesamten Kontinent erheben. Gerade unter den jungen Boongs gibt es zahlreiche Fanatiker. Denen wäre es am liebsten, wenn alle Weißen wieder aus Australien verschwinden würden. Deshalb versuchen sie, alle möglichen Bauvorhaben zu sabotieren, egal, um was es sich handelt.«

»Könnte es nicht sein, daß ihnen dieses Land heilig ist?« wandte Betty ein. »Ich habe von Fällen gehört . . .«

»Ich auch«, fiel ihr Sondstrup barsch ins Wort. »Meistens sind diese religiösen Gründe nur ein Vorwand. Man könnte manchmal glauben, ganz Australien wäre für die Eingeborenen heiliges Land. Hier jedoch trifft nicht einmal das zu. Wir haben Rücksprache mit allen möglichen Leuten gehalten, die die Geschichte der Aborigines kennen. Auch darüber finden sie Unterlagen in der Mappe. Außerdem können Sie eigene Erkundigungen einziehen. Wenden Sie sich an die *Aboriginal Development Commission* in Perth, Victoria Avenue 8, erster Stock. Oder an *Aboriginal Publications,* Irwin Street 2. Dort wird man Ihnen alle Angaben bestätigen. Daran, daß ich die Adressen schon auswendig kenne, können Sie sehen, wie oft ich in letzter Zeit dort gewesen bin, weil mir die Sache am Herzen liegt. Dieses Stück Land ist niemals eine Kultstätte gewesen, es ist so karg, daß überhaupt niemals Aborigines hier gelebt haben. Die einzige kleine Siedlung haben wir in unseren Plänen ausdrücklich berücksichtigt. Das restliche Gebiet hier hat nie jemandem gehört, und nie hat sich jemand dafür interessiert. Bevor wir hergekommen sind, versteht sich.«

Unschlüssig blätterte Betty in dem Hefter, den Sondstrup ihr zugeworfen hatte. Die Kopien sahen echt aus, aber sie war nicht unbedingt jemand, der das beurteilen konnte. »Ich kann das . . . mitnehmen?«

Sondstrup nickte. »Meinetwegen können Sie es sogar wörtlich in Ihrer Zeitung abdrucken«, erklärte er. »Wir haben nichts zu verbergen. Was glauben Sie, warum Sie sonst – übrigens als erstes Journalistenteam der Welt – hier sind?«

Betty sah überrascht auf.

»Bestimmt nicht, um ein klein wenig belanglose Werbung für einen Freizeitpark zu machen, der erst in frühestens einem Jahr eröffnet wird«, sprach Sondstrup mit erstaunlicher Offenheit weiter. »Oh, natürlich auch deswegen, aber längst nicht nur. Aber das haben Sie ja wohl ohnehin nicht vor. Ihre Zeitung schickt niemanden wegen eines unkritischen Werbeartikels um die halbe Welt, und Sie machen auch nicht den Eindruck, als ob Sie sich für so eine Werbearbeit hergeben würden.«

»Und warum sind wir Ihrer Meinung nach dann hier?« fragte Betty.

»Wir haben Ihrer Redaktion die Erlaubnis für einen Bericht

erteilt, weil wir die öffentliche Meinung brauchen«, sagte Sondstrup. »Wir wollen der ganzen Welt zeigen, daß wir nichts zu verbergen haben. Dies ist eines der wenigen Großprojekte in diesem Land, das im Gegensatz zu den unzähligen Fabriken für Unkraut- und Insektenvertilgungsmittel und anderen Chemikalien wirklich niemandem schadet. Sie werden mir vielleicht nicht glauben, aber ich bin sogar froh, daß Sie eine kritische Einstellung dazu haben. Sie werden Gelegenheit finden, alle Aspekte unseres Vorhabens zu prüfen, und ich bin sicher, daß Sie Ihren Lesern die Wahrheit viel überzeugender darbieten können, wenn Sie jetzt selbst noch Bedenken haben und diese sich als nicht stichhaltig erweisen.«

»Und wenn doch?« wandte Craigh ein. Betty verschluckte sich fast an ihrem Drink. Craigh hatte sich bislang bemerkenswert zurückgehalten, und was sie so überraschte, war weniger seine Frage als vielmehr die beiläufige, fast desinteressierte Art, in der er sie stellte.

Auch Sondstrup blinzelte einen Moment irritiert, ehe er sich – sehr langsam und mit Bewegungen, die seine Verwirrung noch deutlicher machten als sein Gesichtsausdruck – zu Craigh umwandte und ihn verblüfft anstarrte. »Wie bitte?«

»Sie haben mich schon richtig verstanden«, sagte Craigh. »Ich möchte wissen, was passiert, wenn wir zu anderen Ergebnissen kommen.«

»Ich bin überzeugt, daß das nicht geschehen wird. Warum also sollten wir über Unmöglichkeiten sprechen?« erwiderte Sondstrup diplomatisch. Sein Blick wurde erneut zwingend, besaß eine fast schon hypnotische Macht. Dann hellte sich sein Gesicht auf. »So, nachdem wir den unangenehmen Teil hinter uns haben, schlage ich vor, daß wir uns wieder dem eigentlichen Grund Ihres Hierseins widmen. Wenn Sie nichts dagegen haben, zeige ich Ihnen jetzt den Park.«

Diesmal widersprach keiner von ihnen.

Der Anblick war gigantisch.

Sondstrup hatte Craigh und Betty in weitem Bogen um die

eigentliche Baustelle herumgeführt, wahrscheinlich, um ihnen als ersten Eindruck genau diesen Blick zu präsentieren: ein Panorama, das sogar nach Craighs Meinung die Mühe des fast fünfzehnminütigen Fußmarsches unter der glühenden australischen Vormittagssonne gelohnt hatte. Bis zum letzten Augenblick hatten ihnen Baumaschinen und Sandhügel die Aussicht auf die Grube versperrt, aber was sich ihnen jetzt bot, war einfach ... *phantastisch*. Craigh fiel kein passenderer Ausdruck ein, um es zu beschreiben – und das, obwohl er schon nach den ersten zwei Minuten ihres Marsches beschlossen hatte, sich durch überhaupt nichts mehr beeindrucken zu lassen, um sich nicht die schlechte Laune zu verderben.

Eigentlich war es keine Grube; der Ausdruck hatte sich wohl nur unter den Arbeitern eingebürgert und war schließlich in den allgemeinen Sprachgebrauch übernommen worden. Es war eher eine flache Senke, deren Ränder sorgfältig planiert und geebnet und mit Beton und sandfarbenem Kunststoff befestigt worden waren. In der Mitte, mehr als eine Meile vom Standpunkt der Beobachter entfernt, glitzerte die unbewegte Oberfläche eines Sees unter den Strahlen der Sonne.

Vor ihnen erstreckte sich eine urzeitliche Savanne, und obwohl die Bauarbeiten noch nicht einmal zur Hälfte abgeschlossen waren, war die Illusion schon jetzt fast perfekt. Zwischen einer überwältigenden Vielfalt verschiedener Farngewächse standen niedrige, seltsam kantig aussehende Büsche, die mit prachtvollen Blüten ausgestattet waren und vollkommen lebensecht aussahen, in losen Gruppen vor dem Hintergrund eines gewaltigen Palmdickichts. Der Boden zwischen den einzelnen, mannsdicken Stämmen war nackt, soweit es Craigh erkennen konnte.

Er öffnete den Mund, um Sondstrup darauf anzusprechen, doch Betty kam ihm zuvor.

»Stimmt, und das wird wohl auch so bleiben«, erklärte der Professor. »Erstens können wir unseren Besuchern den Weg schlecht mit verfilztem Unterholz verstellen, falls Sie so etwas erwartet haben, und zweitens gab es damals noch nicht allzu viele Grasgewächse. Prärien, wie wir sie heute kennen, haben sich erst viel später entwickelt.«

Seine Augen leuchteten vor Stolz. Der Schatten, den die Diskussion über die Aborigines auf ihr Verhältnis geworfen hatte, war vergessen. Sondstrup war wieder ganz der Zauberkünstler, der einem staunenden Publikum sein neues Spielzeug präsentieren konnte. Aus keinem anderen Grund hatte Betty ihre Frage schließlich gestellt.

»Der See«, murmelte Craigh. »Ist das echtes Wasser?«

»Aber natürlich.«

»Hier? Mitten in der Wüste?«

»Ich weiß, das paßt wie die Faust aufs Auge«, antwortete Sondstrup. »Aber wir haben dieses Gelände nicht ganz willkürlich ausgewählt. Es gibt hier eine mächtige unterirdische Wasserader. Zwar ziemlich tief, aber wir können das Wasser hochpumpen. Was glauben Sie, was wir für einen Verbrauch haben werden, wenn die Hotels erst mal eröffnen? So paradox es sich anhören mag, aber wir haben hier in der Tat mitten in der Wüste keinen Wassermangel, deshalb haben wir uns ja gerade für dieses Gebiet entschieden. Anderenfalls wäre das Projekt von vornherein zum Scheitern verurteilt. Solche gewaltigen Pipelines durch die Wüste zu verlegen, würde unseren Etat weit überschreiten.«

»Nicht schlecht«, sagte Craigh. Ausnahmsweise meinte er es sogar wirklich ehrlich.

»Und wo sind nun Ihre Lieblinge?« fragte Betty neugierig.

Sondstrup deutete auf einen Punkt ein Stück vor ihnen. »Der erste steht dort. Kommen Sie.« Er ging los, auch diesmal ohne sich davon zu überzeugen, ob sie ihm folgten. Betty konnte fast sehen, wie er auflebte. Hier war er in seinem Element. Sie warf Craigh einen raschen Blick zu, deutete auf seine Kamera und beeilte sich, zu Sondstrup aufzuschließen.

Aus der Entfernung hatte sie die Gestalt für einen Arbeiter gehalten, aber der Eindruck verschwand, als sie näherkamen.

Sah man von dem zerstörten Flugsaurier ab, war dies das erste Modell, das sie zu Gesicht bekam. Und sie mußte zugeben, daß sie der Anblick beeindruckte; fast noch mehr als der des Pteranodon, obgleich dieser wesentlich größer und gefährlicher ausgesehen hatte. Aber er war auch beschädigt gewesen, und die Bruchkanten der künstlichen Schuppenhaut sowie die herausgequollenen Metallteile hatten den Eindruck eines lebenden Vorzeitungeheuers doch nachhaltig gestört.

Das Modell hier war unbeschädigt, und Betty mußte zugeben, daß seinen Schöpfern ein wahres Meisterwerk gelungen war. Das Wesen sah aus wie eine Kreuzung zwischen einem Emu und einer aufrecht gehenden Eidechse, eine an die zwei Yards große, grüngeschuppte Scheußlichkeit mit einem mindestens ebenso langen Stützschwanz, einem plumpen, tonnenförmigen Leib, übergroß ausgebildeten, in riesigen, dreizehigen Füßen endenden Hinterläufen und einem absurd kleinen, fast kugelrunden Kopf, der auf einem biegsamen Schlangenhals saß. Es erforderte wirklich nicht viel Phantasie, sich vorzustellen, daß in den kleinen schwarzen Knopfaugen plötzlich Leben aufglomm, dachte Betty unbehaglich.

»Beeindruckend«, sagte sie. »Wirklich beeindruckend, Professor.«

»Ein Struthiomimus aus der Gattung der Ornithomimiden«, erklärte Sondstrup geschmeichelt. »Eine fabelhafte Arbeit, nicht?«

Betty nickte nur abwesend. Sie hörte kaum hin, sondern starrte das Modell fasziniert an, und auch Craigh war viel zu sehr damit beschäftigt, den Kunststoffsaurier aus allen möglichen Perspektiven zu fotografieren, als daß er Zeit zum Antworten gefunden hätte.

Vorsichtig trat Betty näher. Das Modell wirkte so lebendig, daß sie nicht einmal sonderlich überrascht gewesen wäre, wenn der Saurier sich umgedreht hätte und gemütlich davongestapft wäre.

Sondstrup bemerkte ihr Zögern und lächelte. »Fassen Sie ihn an«, sagte er aufmunternd.

Betty streckte vorsichtig die Hand aus. Die Oberfläche des Modells fühlte sich warm und lebendig an. Ganz und gar nicht wie ein synthetischer Gummiüberzug. Verblüfft runzelte sie die Stirn.

»Was ist das?«

Sondstrup grinste wie ein Schuljunge, dem ein besonders

guter Streich gelungen war. »Ein Spezialkunststoff. Unsere Forscher haben verdammt lange gebraucht, um dieses Material zu entwickeln«, erklärte er. »Wir wollen den Leuten die perfekte Illusion bieten, verstehen Sie? Natürlich werden sie die Modelle anfassen, ob es nun erlaubt ist oder nicht. Und ich bin der Meinung, daß die Illusion erheblich gestört wird, wenn sie plötzlich kaltes Plastik oder hartes Metall unter den Fingern spüren.«

»Vielleicht könnten Sie einige Modelle so programmieren, daß sie jedem allzu Neugierigen ein paar Finger abbeißen«, schlug Craigh trocken vor. »Nur um die Illusion perfekt zu machen, meine ich.«

Sondstrup sah ihn böse an und überlegte offenbar, was er auf die Bemerkung erwidern sollte, während Betty es für das Beste hielt, Craighs sonderbaren Sinn für Humor auch diesmal kurzerhand zu ignorieren.

»Das ist . . . phantastisch«, sagte sie. Sie trat zurück, warf Craigh einen auffordernden Blick zu und winkte. »Das mußt du selbst spüren. Komm her.«

Craigh zögerte. Sein Blick hing wie gebannt an dem künstlichen Ungeheuer, und in seinen Augen flackerte ein seltsamer Ausdruck. Der Spott, der in seiner letzten Bemerkung mitgeklungen hatte, war nicht ganz echt. Wenn Betty es nicht besser gewußt hätte, hätte sie geglaubt, daß er Angst vor dem Ding hatte.

»Komm schon«, drängte sie ungeduldig.

Mit einem Schulterzucken hängte sich Craigh die Kamera um und trat näher. Betont gleichgültig fuhr er mit den Fingerspitzen über den Rücken des Struthiomimus und zog die Hand sofort wieder zurück. Eine steile Falte erschien auf seiner Stirn. Er hatte bereits den zerstörten Pteranodon angefaßt, aber hier war die Illusion wirklich ungleich überzeugender. Noch einmal streckte er die Hand aus, und diesmal ließ er sie ein paar Sekunden lang auf der künstlichen Schuppenhaut liegen.

»Sie sagten, die Modelle wären noch nicht ans Stromnetz angeschlossen?«

»Kein einziges. Warum fragen Sie?«

»Halten Sie mich nicht für verrückt, aber ich hatte gerade das

Gefühl, etwas im Inneren dieses ... *Dings* würde vibrieren.« Craigh lächelte verlegen. »Eine ganz leichte Bewegung nur«, fügte er rasch hinzu.

Sondstrup lachte laut auf. »Ich war schon enttäuscht, daß Ihre Kollegin es nicht zu spüren schien. Sie haben recht, der Kunststoff fühlt sich nicht nur warm an, sondern scheint zu pulsieren, als wäre die Haut lebendig. *Vibrieren* trifft die Sache vielleicht sogar genauer. Es handelt sich um Spannungen im molekularen Aufbau der Zellen, die durch starke Sonnenbestrahlung ausgelöst werden. Ihnen das jetzt genauer zu erklären, würde zu weit führen, und natürlich habe ich auch nicht vor, Ihnen alle unsere kleinen Geheimnisse zu verraten.«

»Trotzdem«, murmelte Craigh wenig überzeugt und schüttelte den Kopf. Immer noch lag seine Hand auf der Haut des Struthiomimus, und immer noch waren die leichten Vibrationen zu spüren. Aber sie schienen jetzt anders als zuvor zu sein, drängender und schneller, fast wie das Schlagen eines Herzens. Wahrscheinlich bildete er es sich aber nur ein. Vorher waren ihm die Bewegungen unheimlich vorgekommen, doch alles Unheimliche verlor seine Wirkung, sobald es erklärt wurde, und seine Sinneseindrücke hatten sich geändert.

»Vor einiger Zeit habe ich in einem Roman geblättert, in dem es auch um so einen Park ging«, sagte er. »Allerdings wurden die Saurier dort gentechnisch geclont.«

Sondstrup nickte. »Ich kenne das Buch«, erklärte er. »Aber auch wenn es sich um Wissenschaftlichkeit bemüht, ist es dennoch spekulative Sciencefiction. Das Cloning ist eine beliebte Idee in der Phantastik, aber auch wenn die Gentechnik inzwischen fast Wunder vollbringen kann, sind die Wissenschaftler noch nicht in der Lage, aus einzelnen Zellen der DNA das Wesen, dem sie entnommen wurden, vollständig nachzuzüchten. Vielleicht wird es einmal möglich sein, aber das wird noch lange dauern.« Er lächelte. »Wobei natürlich noch die Frage bleibt, ob es überhaupt wünschenswert ist.«

»Immerhin hätten Sie dann die Möglichkeit, lebende Saurier zu studieren.«

Sondstrup zuckte mit den Schultern. »Seien wir ehrlich, es

wäre mehr als unwahrscheinlich, daß man diese Erkenntnisse für die Unterhaltungsindustrie verwenden würde. So etwas würden sich die Militärs sofort unter den Nagel reißen, weil sie wahrscheinlich von geclonten Armeen träumen würden.« Er schüttelte den Kopf. »Nein, mir reichen unsere Modelle. Alles andere wäre Utopie.«

»Wo sind die anderen?« fragte Betty. Sie deutete mit einer Kopfbewegung auf den Struthiomimus. »Das ist doch sicher nicht das einzige Modell.«

»Viele sind noch nicht fertig«, antwortete Sondstrup. »Wir setzen sie hier nur zusammen, müssen Sie wissen. Wenigstens die großen. Gefertigt werden sie in Amerika. Es wäre zu aufwendig, die Techniker mit ihren ganzen Werkstätten hierher zu holen. Aber ein paar Modelle stehen schon. Dort im Dschungel.«

»Gehen wir hin?« Craigh wedelte auffordernd mit der Kamera, doch Betty hatte das sichere Gefühl, daß es ihm weniger darum ging, ein neues Motiv vor die Linse zu bekommen, als vielmehr darum, aus der Nähe des alten zu verschwinden.

»Wie viele Saurier werden hier stehen, wenn der Park fertig ist?« fragte sie, während sie neben Sondstrup auf den Plastikurwald zugingen.

»Mehrere hundert. Natürlich nur ein paar wirklich große. Sehen Sie, die meisten Lebewesen der Jura- und Kreidezeit waren nicht annähernd so groß, wie der Normalbürger es sich vorstellt. Im Gegenteil – es gab ausgesprochene Winzlinge darunter. Einige von ihnen leben heute noch, wenn auch in etwas veränderter Form.« Er deutete auf einen schwarzen, buckeligen Schatten, der durch eine Lücke zwischen den Bäumen zu erkennen war. »Sehen Sie das?«

»Dieses Ding da zwischen den Palmen?« fragte Betty. Craigh fotografierte emsig.

»Ja. Übrigens sind es Zykaden, keine Palmen. Gewissermaßen die großen Vettern unserer heutigen Palmen. Genau wie dieses Gürteltier ein Vorläufer der heute noch existierenden Spezies ist.«

Betty betrachtete den dunklen, schwarzglänzenden Umriß

genauer. Es war in der Tat ein Gürteltier, wie es sie noch in Australien und einigen tropischen Regionen Afrikas und Asiens gab. Mit dem Unterschied, daß dieses Exemplar eine Schulterhöhe von gut anderthalb Yards aufwies und beruhigenderweise nur aus Kunststoff bestand.

Sie lehnte sich an den schuppigen Stamm einer Plastikzykade und sah zu, wie Craigh seine Kamera aufklappte, einen neuen Film einlegte und ein paar Aufnahmen machte. Langsam gingen sie weiter.

Craigh folgte ihnen in ein paar Yards Abstand, blieb aber immer wieder stehen, um Fotos vom Wald und einigen kleineren Modelltieren zu schießen, die auf dem Boden rechts und links des Weges oder an den Baumstämmen hockten, und spannte schließlich einen weiteren Film in die Kamera. Zum Glück hatte er genügend Material eingesteckt, bevor sie aufgebrochen waren. Wie es aussah, würde Bettys Story über den Park nicht allzuviel hergeben, aber die Fotos könnten ihm ein kleines Vermögen einbringen, wenn er sich halbwegs geschickt anstellte. Eine Menge Zeitungen würden ihm die Bilder geradezu aus den Händen reißen, und wenn er auch im Auftrag des TIME-LIFE-Magazins hier war, gab es eine Menge Möglichkeiten, Bredham die kalte Schulter zu zeigen, wenn dieser nicht genug zahlen wollte. Es wäre nicht das erste Mal, daß er auf diese Art sein karges Honorar etwas aufbesserte, aber wenn alles so verlief, wie er es sich vorstellte, dürfte es der lukrativste Nebenverdienst seiner bisherigen Laufbahn werden.

Sie marschierten eine weitere gute Viertelstunde durch den nachgebildeten Urzeitdschungel, aber wenigstens war die Hitze im Schatten der riesigen Bäume nicht ganz so unerträglich.

Craigh blieb absichtlich ein Stück zurück. Betty unterhielt sich angeregt mit Sondstrup. Ein paarmal blickte sie über die Schulter zurück und bedeutete Craigh, zu ihnen aufzuschließen, doch er tat, als bemerke er es nicht. Er hatte keine Lust, sich das Gehirn noch weiter mit Sondstrups Erklärungen und Lobeshymnen vollstopfen zu lassen, und vor allem hatte er keine Lust, weiteren Nachhilfeunterricht in Sachen Urzeit zu bekommen. Die Saurier und ihre Zeit interessierten ihn ungefähr so sehr wie das Liebesleben grüner Ameisen, und schon jetzt hatte er das meiste von Sondstrups Vorträgen bereits wieder vergessen.

Zum Teufel, viel mehr interessierte ihn sein eigenes Liebesleben, und das bot Stoff genug, um einem ganzen Dutzend Psychiatern über Jahre hinaus Kopfzerbrechen zu bereiten. Er hatte zwei kaputte Ehen hinter sich – und keine hatte länger als ein Jahr gedauert. Nach der zweiten Scheidung hatte er für eine ganze Weile erst mal von dauerhaften Beziehungen die Schnauze voll gehabt und so ziemlich jeden festen Halt und Bezugspunkt verloren. Was folgte, war drei Jahre lang Selbstmord auf Raten: flüchtige Flirts in Bars, einige spendierte Drinks mit anschließender Matratzengymnastik; nichts weiter als unpersönliche *Fick-sie-und-verpiß-dich*-Abenteuer.

Und natürlich jede Menge Alkohol. Es war die Zeit gewesen, als er begonnen hatte, sich aus lauter Frust fast systematisch zu Tode zu saufen – selbstverständlich ohne es sich einzugestehen. Die Zeit, als er den alten Witz, *er könne jederzeit aufhören, wenn er nur wollte*, noch ernst genommen hatte. Vorher war er nicht nur Fotoreporter gewesen, sondern hatte auch gelegentlich selbst Artikel verfaßt, aber durch den Alkohol konnte er nicht mehr die nötige Konzentration dafür aufbringen und verlegte sich ganz auf das Fotografieren. Es war so etwas wie eine Lotterie: Man mußte nur genügend Lose kaufen, um mit recht großer Wahrscheinlichkeit etwas zu gewinnen. Wenn er hundert Fotos schoß, war selbst bei einem Alkoholpegel von zwei Promille und mehr wenigstens ein brauchbares darunter, das genug einbrachte, die dringendsten Rechnungen zu bezahlen und einen weiteren Abend lang Monologe mit einer Whiskyflasche zu führen.

Er hatte zwar keine Schlagzeilen mehr verfaßt, dafür wäre er in dieser Zeit selbst fast eine geworden. *JOURNALIST TRAGISCHES OPFER VON ALKOHOLVERGIFTUNG*. Er konnte die Meldung direkt vor sich sehen, ebenso wie die wenig mitleidsvollen Gesichter seiner werten Kollegen: »He Jungs, schon gehört? Craigh hat den Löffel abgegeben. Wer stiftet was für einen Kranz? Soviel sind wir dem alten Spinner wohl schuldig.«

Aber irgendwie hatte er den Dreh doch noch bekommen, sogar ohne Therapie, und mittlerweile war das alles nur noch Schnee von gestern. Einer der Gründe, weshalb er diesen Job angenommen hatte – neben der verlockenden Aussicht auf einen verdammt großen Haufen Geld natürlich –, war der, endlich ein wenig Ordnung in sein Leben zu bringen. Und der in dieser Hinsicht wichtigste Ordnungsfaktor war achtundzwanzig Jahre alt, dunkelblond und schlenderte ein paar Yards vor ihm.

Betty war nicht einmal übermäßig schön, sondern nur hübsch. *(Nur keine falsche Bescheidenheit, alter Junge, du bist auch nicht gerade ein Adonis!)* Ihre Augen standen eine Winzigkeit zu weit auseinander, ihre Nase war zu klein, die Lippen eine Spur zu schmal und ... Er hätte die Liste beliebig fortsetzen können. Je genauer man einen Menschen betrachtete, desto mehr Makel entdeckte man, die meisten davon völlig unbedeutend. Absolute Schönheit war so ziemlich das Langweiligste, was sich vorstellen ließ. Betty war keine Traumfrau, aber dafür besaß sie etwas, was Craigh bei vielen ungleich hübscheren Frauen vergeblich gesucht hatte: Persönlichkeit.

Er kannte sie seit etwa einem Jahr, aber richtig aufgefallen war sie ihm erst bei einer Redaktionskonferenz vor knapp drei Monaten. Genaugenommen war sie an diesem Tag *jedem* in der Redaktion aufgefallen. Craigh lächelte bei der Erinnerung daran. Er wußte nicht mehr, um was es gegangen war, aber es hatte wegen einem ihrer Artikel Meinungsverschiedenheiten zwischen ihr und Bredham gegeben, was an sich schon ungewöhnlich genug war. Bredham war mehr als nur der Chefredakteur des Magazins. Er war ein Gott. Sein Wort galt als ungeschriebenes Gesetz, wie Craigh oft genug am eigenen Leib erfahren hatte. Betty jedoch hatte damals nicht nur lautstark darauf bestanden, daß ihr Artikel unverändert gedruckt würde, sondern ihm mit zuckersüßem Lächeln vor versammelter Mannschaft erklärt, daß er sich sein Magazin sonstwohin stecken könnte, wenn er zu feige wäre, auch mal ein heikles Thema anzupacken. Sie wäre gut genug, notfalls auch bei einer anderen Zeitung unterzukommen.

Bredham hatte einen seiner berüchtigten cholerischen Anfälle bekommen, und so ziemlich jeder der Anwesenden – Craigh eingeschlossen – hatte sich so klein wie möglich gemacht und gewünscht, sich irgendwo in einem Mauseloch verkriechen zu können. Betty hingegen hatte sich ungerührt umgedreht und war mit hoch erhobenem Kopf aus dem Zimmer gegangen.

Ihr Artikel war in der nächsten Ausgabe gedruckt worden. Unverändert.

Am Tag dieser denkwürdigen Konferenz hatte Craigh begonnen, die bis dahin ziemlich unauffällige Betty Sanders zu bewundern. Leider eine ziemlich einseitige Angelegenheit, denn das ehemals häßliche Entlein zeigte keinerlei Interesse an einem heruntergekommenen, sieben Jahre älteren, als versoffen und zynisch verschrieenen Fotoreporter, der es selbst mit einer absoluten Spitzenkamera nicht fertigbrachte, mehr als nur halbwegs passable Aufnahmen zu schießen.

Und noch etwas anderes hatte zu dieser Zeit begonnen: die gehässigen Bemerkungen der männlichen Redaktionskollegen hinter Bettys Rücken. Ausgerechnet eine Frau, die zudem erst seit kurzer Zeit fürs Magazin arbeitete und schon deshalb brav und folgsam zu sein hatte, hatte getan, was sie sich zwar alle wünschten, aber niemals wagen würden. Sie waren neidisch auf Betty, aber natürlich gab es niemand zu, sondern verbarg dieses Gefühl hinter dummen Sprüchen vom Egotrip der Emanzen und ähnlichem chauvinistischen Geschwätz. Als sich diese Witzeleien auch auf ihr mutmaßliches Sexualleben erstreckten, wurde es Craigh zu dumm. Er begann, Betty zu verteidigen, mit dem durchschlagenden Erfolg, daß *er* für eine Weile zur Zielscheibe des Spotts wurde. Genauer gesagt, seine Beziehung zu Betty. Auf den besonders geschmacklosen Rat hin, sich an diesem Eisberg nicht den Schwanz zu verkühlen, hatte er Frank Johnson, ohnehin nur ein mieses Lästermaul und ein ebenso mieser Klatschkolumnist, zwei Zähne ausgeschlagen. Glücklicherweise hatte Betty weder von diesem Vorfall noch von den Gerüchten je etwas gehört.

Sie hatten seither ein paarmal zusammengearbeitet, ohne

sich sonderlich näherzukommen. Von der gemeinsamen Reise nach Australien hatte sich Craigh eine neue Gelegenheit versprochen, doch bislang waren sämtliche Versuche, das Eis ein wenig zu brechen und so etwas wie ein vernünftiges Verhältnis aufzubauen, in die Hose gegangen.

Wenn es wenigstens noch das gewesen wäre, dachte er sarkastisch. Aber ihre Hose war für ihn so unerreichbar wie ihre geistige Zuneigung. Statt dessen stapfte er hier hinter Betty durch diesen Plastikdschungel her, während sie sich mit diesem Fossil von einem Professor, der selbst aus der Urzeit zu stammen schien, offenbar blendend unterhielt. Eine verrückte und ungerechte Welt war das!

Er war so in seine Grübeleien versunken, daß er Betty fast umgerannt hätte und erst im letzten Moment aufschrak. Sondstrup und sie waren abermals stehengeblieben, diesmal am Rande einer weiten, kreisrunden Lichtung.

»Das wollten Sie doch sehen, oder?« fragte Sondstrup.

Ebenso wie Betty folgte Craigh seinem ausgestreckten Arm mit Blicken.

In der Mitte der Lichtung erstreckte sich ein schwarzer, ölig schimmernder Tümpel, wie es sie in der Kreidezeit überall hier in der Wüste gegeben hatte. Und daneben . . .

Craigh trat unwillkürlich einen Schritt zurück und hielt den Atem an.

»Unsere Giganten«, sagte Sondstrup pathetisch. Er schien eine ausgesprochene Schwäche für dramatische Momente zu besitzen. Oder es sich jedenfalls einzubilden.

Es waren zwei. Ein riesiges, vier Yards hohes und sicher mehr als sechs Yards langes Ungetüm, das nur aus Stacheln und Panzerplatten zu bestehen schien, und eine gigantische, aufrecht gehende Bestie, deren Kopf irgendwo in sieben oder acht Yards Höhe über dem Boden hing, so groß wie ein Kleinwagen, aber sehr viel häßlicher.

Betty atmete tief ein. Die Architekten und Techniker hatten sich bei diesen Modellen selbst übertroffen. Im Gegensatz zu Craigh, der von Anfang an keinen Hehl daraus gemacht hatte, wie wenig ihn die Urzeit interessierte, hatte sie eine Menge über

Saurier gelesen, bevor sie hierhergekommen waren. Eigentlich hatte sie gewußt, was sie erwartete. Aber es war etwas anderes, über einen mehr als zehn Yards großen Drachen zu lesen, als ihm dann leibhaftig gegenüberzustehen. Auch, wenn es sich nur um ein Modell aus Metall und Kunststoff handelt.

»Der kleinere«, erklärte Sondstrup, während sie über die Lichtung schritten, »ist ein Stegosaurus.«

»Und der andere ein Tyrannosaurus«, ergänzte Betty. »Ich weiß. Aber ich habe sie mir nicht so . . . so *gigantisch* vorgestellt.«

Sondstrup schüttelte den Kopf. »Ich muß Sie enttäuschen. Unser Tyrannosaurus Rex, auf den Sie wahrscheinlich so scharf sind, ist noch nicht ganz fertig. Aber das ist kein Grund zur Betrübnis. Sie werden ihn noch zu sehen bekommen. Er wird morgen geliefert. Später wird er dort drüben auf dem Hügel stehen. Gewissermaßen als Symbol dafür, daß er der König über dieses Fabelreich ist. Das dort ist ein Gorgosaurus.«

»Ich sehe keinen Unterschied«, gestand Betty.

Sondstrup lächelte gönnerhaft. »Das ist auch nicht weiter verwunderlich.« Sie hatten die beiden Monster erreicht, und er ging mitten zwischen den weit gespreizten Beinen des Gorgosauriers hindurch. Betty kam erst bei diesem Anblick richtig zum Bewußtsein, wie gigantisch das Ungeheuer war. Sondstrups Gestalt schrumpfte neben ihm zur Spielzeuggröße zusammen. »Gorgo ist gewissermaßen der Großvater des Tyrannosaurus«, fuhr er fort. »Ein wenig kleiner, etwas leichter, und die Arme sind länger, sehen Sie? Beim Rex sind sie noch mehr verkümmert, außerdem ist sein Schädel eindrucksvoller. Aber ich finde, der hier kann sich auch sehen lassen.«

Das war die Untertreibung des Jahrhunderts, fand Betty. Die beiden Monstren waren mehr als nur *sehenswert*. Sie mußte sich fast gewaltsam von der seltsamen, exotischen Faszination losreißen, die über der Szene lag; einer künstlichen und durch und durch beabsichtigten Faszination, der sie sich aber trotzdem kaum zu entziehen vermochte. Wäre nicht der Lärm der nahen Baustelle gewesen, die winzigen, gelb behelmten Gestalten der Arbeiter und Techniker, die wie aufrecht gehende Ameisen zwischen den zyklopischen Bäumen herumkrabbelten, wäre es ihr schwergefallen, daran zu glauben, daß sie noch in der Gegenwart des zwanzigsten Jahrhunderts weilte. Die beiden Monster waren absolut lebensecht. Beinahe schon *zu* echt, fand Betty. Die nahezu perfekte Illusion verlieh dieser künstlichen Urzeitwelt auch etwas Bedrückendes, denn diese Epoche war unwiderruflich vorbei, und kein noch so gutes Imitat vermochte die Wirklichkeit zu ersetzen. Letztlich lebte dieser Park nur von der Nostalgie.

Sondstrup berührte sie an der Schulter. »Fühlen Sie sich nicht wohl?«

Betty erschrak. Sah man ihr ihre Gefühle so deutlich an, oder beobachtete Sondstrup einfach nur so genau? Sie lächelte gezwungen, streifte seine Hand ab und versuchte, einen möglichst gleichmütigen Eindruck zu machen. »Die Hitze«, sagte sie ausweichend. »Es ist einfach zu heiß hier.«

Der Professor nickte. »Das kann ich gut verstehen. Während der ersten Monate ging es mir ganz genauso. Man gewöhnt sich nur schwer daran. Wenn es Ihnen lieber ist, gehen wir zurück und verschieben den Rest der Führung auf den späten Nachmittag. Es ist dann wesentlich angenehmer hier.«

»Einverstanden«, stimmte Craigh an ihrer Stelle erfreut zu, bevor Betty auch nur Zeit fand, den Mund zu öffnen. Zum Dank erntete er einen bösen Blick von ihr. Das hatte sie mit ihrer Ausrede nun nicht erreichen wollen.

Auch Sondstrup musterte Craigh eine Sekunde lang nicht gerade freundlich, bevor er seinen Blick zu Betty zurückwandern ließ. Er schien seinen Vorschlag selbst nicht ernst gemeint zu haben und Craighs Einverständnis als Zeichen von Desinteresse zu werten – was nicht einmal allzu falsch war. Aber auch Betty nickte nun zustimmend, wenn auch nicht ganz so nachdrücklich. »Wie Sie meinen«, murmelte Sondstrup enttäuscht, dann zuckte er mit den Achseln und drehte sich um.

Craigh atmete erleichtert auf. Die Hitze machte auch ihm wirklich zu schaffen, aber das war es nicht allein. Er empfand das gleiche Unbehagen, das er vor ein paar Sekunden in Bettys

Augen gelesen hatte. Das unbestimmte Gefühl der Bedrückung, das er verspürte, seit sie diesen Teil des Freizeitparks betreten hatten, war kein bißchen schwächer geworden. Ganz im Gegenteil. Irgend etwas hier – und es war weder der Anblick der beiden Riesenungeheuer noch eine der anderen Figuren oder der künstliche Dschungel selbst – aber irgend etwas hier machte ihm Angst.

Ganz gewaltige Angst.

# Zweiter Teil

# TRÄUME

*I was dreaming in my dreaming of an aspect bright and fair*
*And my sleeping it was broken, but my dream it lingered near*
*In the form of shining valleys, where the pure air recognized*
*And my senses newly opened, I awakened to the cry –*

Patti Smith: *People have the power*

Es war ein herrliches Gefühl, langsam durch den Himmel zu gleiten und die Landschaft wie einen dreidimensionalen Schwarzweiß-Film unter sich vorbeigleiten zu sehen. Die Sicht von hier oben aus war phantastisch, und der Mond, der wie ein großes, gutmütiges Auge vor dem Diadem der Milchstraße blinzelte, spendete genug Licht, um jede Einzelheit erkennen zu können, wenn er dem Bild auch die Farben nahm und alles nur in abgestuften Grautönen nachzeichnete. Die Wüste lag mehr als eine halbe Meile unter den Tragflächen, aber der Mann hatte das Gefühl, sich nur nach vorne beugen zu müssen, um die Dünen zu berühren. Die Luft war so klar, daß man meinte, die einzelnen Sandkörner dort unten erkennen zu können.

Der Mann lehnte sich zurück. Seine Hände ruhten entspannt auf dem U-förmigen Steuerknüppel. Er genoß das Gefühl der Freiheit, das ihn immer überkam, wenn er hier oben war und schwerelos und elegant wie ein großer Vogel über die erstarrten Sandwellen der Wüste glitt. Deshalb unternahm er immer wieder diese Nachtflüge, ohne sich um irgendwelche Vorschriften zu kümmern. Er befand sich fast hundert Meilen von der nächsten regulären Flugroute entfernt, und er flog viel zu niedrig, als daß auch nur die geringste Gefahr bestanden hätte, mit einem anderen Flugzeug zu kollidieren, auch wenn er den Flug nicht angemeldet hatte. Sein Funkgerät funktionierte nicht einmal. Bei einer recht holprigen Landung vor zwei Tagen hatte das verdammte Ding endgültig seinen Geist aufgegeben, und die Reparatur würde so teuer werden, daß sie ruhig noch ein paar Wochen oder auch Monate warten konnte.

Der Mann drehte leicht den Steuerknüppel. Die Cessna 182 legte sich gehorsam auf die Seite, flog eine elegante Schleife und stieß dann wie ein Raubvogel aus Kunststoff und Glas auf die Wüste hinab.

Als er das Höhenruder erneut betätigte und die Maschine, hochkatapultiert von der Geschwindigkeit ihres eigenen Sturzes, wieder in die Höhe jagte, war der Wüstenboden höchstens noch dreißig Yards unter ihm gewesen. Er lächelte. Sein Fluglehrer hätte einen Herzinfarkt bekommen, wenn er das gewagte Manöver gesehen hätte. Aber es gab niemanden, der ihn beobachtete. Wenn es dort unten, in dieser gigantischen, sandgelben Einsamkeit, Menschen gegeben hätte, hätte er sie längst bemerkt. Außerdem war er ein erfahrener Pilot.

Minutenlang floß die gleichförmige Landschaft unter ihm dahin. Nur das leise, einschläfernde Brummen von Motor und Propeller war zu hören. Von Zeit zu Zeit entdeckte der Mann die Zelte von Eingeborenen, die noch wie ihre Vorfahren als Nomaden lebten, manchmal auch kleine, aus zwanzig, höchstens dreißig Hütten bestehende Siedlungen. Zu einer der Siedlungen führte eine befestigte Straße, und hier entdeckte der Mann erstmals Zeichen von Leben. Einige Dutzend Menschen, die meisten davon in schwarzer Lederkleidung, standen in Grüppchen zusammen. Mondlicht brachte die schweren, chromverzierten Motorräder beiderseits der Straße zum Funkeln.

Eine Rockerbande, dachte der Mann. Hatten sich wohl hier draußen im Niemandsland getroffen, um ungestört irgendwelche verrückten Spielchen abziehen zu können. Er zog die Cessna in eine Schleife, dann verlor er das Interesse und flog weiter.

Einige Minuten später entdeckte er erneut zwei Motorräder, diesmal ein ganzes Stück von der Straße entfernt. Eines lag auf dem Boden, direkt daneben der Fahrer, während der zweite Rocker halb über ihn gebeugt stand und einen Strick oder etwas Ähnliches in der Hand hielt.

Der Mann runzelte die Stirn. Das Ganze sah verdächtig nach einer Schlägerei aus. Er drückte die Maschine tiefer, um besser beobachten zu können.

Genau in diesem Moment entdeckte er den Schatten.

Es ging viel zu schnell, als daß er Einzelheiten erkennen konnte; alles, was er sah, war ein mächtiges, dunkles, breitflügeliges Etwas, das für den Bruchteil einer Sekunde vor der hellen Scheibe des Mondes dahinzog und wieder mit der Schwärze des Himmels verschmolz. Er flog erneut eine Schleife. Die Rocker waren ihm für den Moment egal, dafür versuchte er, das andere Flugzeug wiederzufinden. Bisher war er immer der Meinung gewesen, daß er allein so verrückt war, nachts über der Wüste herumzukurven. Es gab nicht wenige in seinem Bekanntenkreis, die ihn deswegen für geistesgestört hielten, aber das war ihm egal.

Wieder tauchte der Schatten auf, näher und deutlicher diesmal.

Der Mann runzelte die Stirn. Das fremde Flugzeug wischte unter ihm weg, aber diesmal hatte er es deutlicher gesehen. Und es war die seltsamste Konstruktion, die ihm je zu Gesicht gekommen war. Irgend etwas daran war falsch, auf eine Art, die ihn beunruhigte, ohne daß er zu sagen wußte, wieso eigentlich. Er flog einen Looping, orientierte sich am Stand des Mondes und der Sterne und hielt Ausschau nach der anderen Maschine.

Sie lag genau vor ihm, vielleicht hundert, hundertfünfzig Fuß unter der Nase seiner Cessna, und trieb mit trägen, majestätischen Bewegungen über die Wüste, wie eine dunkle, unmöglich geformte und unmöglich schnell dahintreibende Wolke.

Der Mann sog scharf die Luft ein. Wenn nicht alles, was er jemals über Aerodynamik und Flugzeugbau gelernt hatte, falsch sein sollte, dann dürfte es diese Maschine dort gar nicht geben. Ein Flugzeug dieser Konstruktion *konnte* einfach nicht fliegen.

Es war unmöglich.

Und doch flog es.

Der Mann betätigte das Höhenruder. Die Maschine senkte die Nase, jagte auf die Wüste hinunter und wurde gleichzeitig, vom Schwung ihrer eigenen Bewegung getragen, wieder schneller.

Irgend etwas geschah mit dem anderen Flugzeug. Er glaubte eine Bewegung wahrzunehmen, ein mächtiges, langsames Gleiten, fast . . . ja, dachte er entsetzt, *fast, als hätte die Maschine mit den Flügeln geschlagen . . .*

Er blinzelte verwirrt, ließ für einen Moment das Steuerruder los und fuhr sich mit Daumen und Zeigefinger über die Augen.

*Unsinn!* Er mußte sich getäuscht haben. Irgendein Lichtreflex, vielleicht der Schatten seiner eigenen Maschine, der das andere Flugzeug gestreift hatte, hatte ihm die Bewegung vorgegaukelt. Überhaupt kurvte er schon viel zu lange hier herum und verfolgte diesen komischen Flieger. Der Pilot dort drüben mußte ihn längst entdeckt haben. Wenn er reagieren wollte, hätte er sicher ein Zeichen gegeben. Wahrscheinlich fühlte er sich von der fremden Maschine nur belästigt, vor allem, wenn er ebenfalls ohne Genehmigung fliegen sollte.

Der Mann warf einen letzten neugierigen Blick auf die seltsame Maschine, musterte staunend die weitgespannten, gezackten Flügel, das lächerlich dünne, kurze Leitwerk, das sich nur als schmaler Strich gegen den Himmel abzeichnete, und den seltsamen, hammerförmigen Bug. Mochte der Teufel wissen, was das für ein Ding war. Die jungen Leute, die meistens mit diesen Dingern flogen, bauten sie zum größten Teil selbst, und sie gaben ihren Gefährten manchmal die abenteuerlichsten Formen. Einer der Gründe, dachte er, warum die Absturzrate so hoch war.

Im gleichen Moment erschütterte ein dumpfer Schlag seine Maschine. Die Cessna geriet ins Taumeln, schmierte über die rechte Tragfläche ab und trudelte in wilden Spiralen dem Boden entgegen. Ein gigantischer schwarzer Schatten huschte am Cockpit vorbei, und irgend etwas knirschte so laut, daß der Pilot für einen Augenblick befürchtete, seine Maschine würde in zwei Teile zerbrechen. Irgendwo splitterte Metall.

Er kämpfte wild mit der Steuerung, fing den Sturzflug ab und riß die Maschine im letzten Moment wieder hoch. Die Tragflächen schnitten nur wenige Yards über dem Boden durch die Luft. Panik stieg plötzlich in dem Mann auf. Er versuchte, Höhe zu gewinnen und den trudelnden Flug der Maschine zu beruhigen. Gleichzeitig suchte er den Himmel ab. Der Kerl mußte wahnsinnig geworden sein. Wenn er vorhatte, sich so für die vermeintliche Belästigung zu revanchieren, konnte er ihn auch gleich rammen.

Ein gigantischer Schatten tauchte rechts unter der Maschine auf.

Und diesmal sah der Pilot genau, daß sich die Flügel bewegten ...

Für zwei, drei Sekunden war er gelähmt vor Schreck, unfähig, irgend etwas zu tun. Selbst seine Gedanken schienen zu erstarren. Alles, wozu er fähig war, war dazusitzen und auf den Alptraum unter sich zu starren.

*Es lebte!*

Das Ding lebte, obwohl es für einen Vogel viel zu groß war, und doch konnte es nicht anders sein. Es legte den Kopf in den Nacken, schlug erneut mit den Flügeln und schwang sich mit einer Leichtigkeit empor, die der scheinbaren Starre seines riesigen Körpers Hohn sprach.

Dann griff es an.

Der Pilot reagierte instinktiv. Er zog die Cessna auf die Seite, ließ sie wie ein Stein zwanzig, dreißig Fuß weit absacken und ging dann in einen flachen Sinkflug über. Der Wüstenboden huschte mit irrsinniger Geschwindigkeit unter ihm weg. Es war Wahnsinn – zehn Yards tiefer, und er würde an den Dünen zerschellen, eine lächerliche Höhe bei der Geschwindigkeit, mit der er flog. Aber er hatte keine Wahl. Er wußte, daß er dort oben keine Chance gegen dieses Ding hatte. Was immer es war, es beherrschte sein Element so vollkommen, daß es purer Selbstmord wäre, sich mit ihm in der Luft anzulegen.

Wieder traf ein harter Schlag sein Flugzeug, als die gigantischen Schwingen des Dinges wenige Yards über ihm durch die Luft pflügten. Stahlharte Krallen schlugen nach dem Rumpf der Maschine, glitten an dem lackierten Metall ab und hackten wütend durch die leere Luft.

Der Pilot drückte die Cessna noch weiter herunter, jagte wenige Fuß über dem Boden dahin und hielt verzweifelt nach einem Landeplatz Ausschau. So flach die Wüste über weite Strecken auch war, türmten sich ausgerechnet hier zahlreiche Sanddünen, in die das Flugzeug zwangsläufig hineinrasen mußte, wenn er zu landen versuchte.

Und doch blieb ihm keine andere Wahl.

Das Ding setzte sich jetzt genau über ihn, folgte dem kleinen

Flugzeug wie ein gigantischer, grotesk verzerrter Schatten und stieß einen krächzenden Schrei aus.

Gleich darauf kam es herunter.

Für einen kurzen, grauenhaften Augenblick starrte der Mann in ein Paar winziger glühender Augen, die ihn durch die Plexiglaskanzel anstarrten. Dann ging die Welt in einem Chaos aus zersplitterndem Glas, reißendem Metall und Schmerzen unter ...

»Hier?« fragte Betty zweifelnd und schaute sich in dem kaum drei mal drei Yards großen Innenraum der aus hölzernen Fertigteilen zusammengesetzten Baracke um. Zwischen den zwei Feldbetten und dem Campingtisch mit den zwei Stühlen blieb kaum genug Raum, sich umzudrehen. Der Enge und ansonsten spartanischen Einrichtung zum Hohn stand in einer Ecke ein kleiner Fernseher auf einem Hocker. »Selbst eine Ölsardine bekäme hier ja Platzangst.«

»Den Komfort eines Fünf-Sterne-Hotels können wir Ihnen leider nicht bieten«, sagte Sondstrup ohne großes Bedauern in der Stimme. »Dafür kommen Sie mindestens zwei Jahre zu früh. Aber wenn es Ihnen lieber ist, können Sie natürlich auch über Nacht nach Perth zurückfahren oder in Ihrem Wagen schlafen.«

»Gibt es denn keine Möglichkeit, irgendwo in der Nähe unterzukommen?«

»Schlagen Sie sich das aus dem Kopf«, sagte Sondstrup. Als er merkte, daß seine Worte eine Spur zu barsch gewesen waren, fügte er freundlicher hinzu: »Es gibt im Umkreis von einigen Dutzend Meilen zwar ein paar vereinzelte Siedlungen von Aborigines, aber dort herrschen noch viel schlimmere Zustände. Die Leute wohnen in fünfzehn-, zwanzigköpfigen Sippen zusammen, und das in Häusern, die nach Ihren Maßstäben höchstens Platz für eine vierköpfige Familie bieten. Falls Sie mir nicht glauben, können Sie sich ja selbst davon überzeugen.«

»Schon gut«, lenkte Craigh ein und stellte seine Tasche mit den Fotoutensilien auf den Tisch. »Wir sind nicht so anspruchsvoll. Irgendwie kommen wir schon zurecht.« Er wandte sich an Betty. »Ist ja nur für zwei Nächte. Wir sollten dankbar sein, daß man uns überhaupt eine Unterkunft freigemacht hat.«

Sie nickte zögernd. »Tut mir leid«, sagte sie. »Ich bin wohl etwas überspannt.«

»Das kann ich verstehen. Wir treffen uns dann in zwei Stunden wieder«, verabschiedete sich Sondstrup. »Ach ja, der Fernseher ist übrigens eine kleine Aufmerksamkeit von mir. Die Kiste steht normalerweise in meinem eigenen Büro, aber ich komme ohnehin kaum zum Fernsehen, und ich dachte mir, als Reporter wüßten Sie bestimmt ganz gerne, was in der übrigen Welt vorgeht.«

Bevor sie sich bedanken konnten, verließ er die Holzbaracke.

»Ein Fernseher. Das ist ja die Krönung der Gastfreundschaft«, murmelte Craigh und setzte sich auf eins der Betten. »Was ist los mit dir? Wir haben schon unter schlimmeren Bedingungen gearbeitet. Seit wann bist du so verwöhnt?«

Sie würden insgesamt drei Tage hierbleiben, um ohne Zeitdruck Material für die Reportage sammeln zu können, und erst übermorgen gegen Abend nach Perth zurückkehren. Es war geplant, daß sie nicht nur über den Park und die künstlichen Saurier berichteten, sondern auch über das Leben der Bauarbeiter, die Stimmung im Team, die Arbeitsbedingungen und vieles mehr. Für einen realistischen Bericht aber war es Voraussetzung, daß sie selbst für ein paar Tage am Leben der Menschen hier teilnahmen. So hatten sie auch mit den anderen zusammen gegessen, bevor Sondstrup ihnen die Unterkunft gezeigt hatte.

»Ich weiß selbst nicht«, antwortete Betty ausweichend, und ohne daß sie es auch nur andeutete, begriff Craigh plötzlich, daß er der Grund für ihre Empfindlichkeit war. Es störte Betty, daß sie mit ihm zusammen auf so engem Raum untergebracht war. »Nachdem ich Sondstrups Büro gesehen habe, habe ich meine Erwartungen wohl zu hoch geschraubt«, fuhr sie fort, dann machte sie eine wegwerfende Handbewegung. »Erst dieser entsetzliche Kantinenfraß und jetzt diese Abstellkammer – ach, ist ja auch egal. Vergiß es.«

Sie luden ihr Gepäck aus dem Wagen und schafften es irgendwie, alles in der Baracke zu verstauen. Craigh gähnte. »Mir bekommt das frühe Aufstehen nicht«, stellte er fest. »Ich werde mich wohl ein Stündchen aufs Ohr hauen. Solltest du am besten auch machen.«

»Ich bin nicht müde.« Betty blätterte in der Mappe, die Sondstrup ihr gegeben hatte. »Sag mal, was hältst du von ihm?«

»Von Sondstrup?«

»Wem sonst?«

»Weiß nicht. Ein sonderbarer Kauz. Mal denke ich, er ist der perfekte Fachidiot, der sich nur für seine Saurier interessiert, und im nächsten Moment benimmt er sich wie ein Politiker, der schon mindestens ein Dutzend Skandale unbeschadet überstanden hat.«

Betty lächelte. »Seltsam. Derselbe Vergleich kam mir auch schon in den Sinn. Ein Politiker. Sobald wir ihn ein bißchen in die Ecke gedrängt haben, hat er sich stets mit der Geschicklichkeit eines Diplomaten aus der Affäre gezogen.« Sie wurde wieder ernst. »Ich frage mich, welche Rolle er hier spielt.«

»Was meinst du?«

»Nun stell dich nicht so dumm. Er ist doch so etwas wie der Kopf hier, bei dem alle Fäden zusammenlaufen. Wenn du einem Konsortium multinationaler Konzerne angehören würdest, das so ein Milliardenprojekt finanziert, würdest du die leitende Verantwortung dann in die Hände eines Paläontologieprofessors legen, dem es an der Uni zu langweilig geworden ist?«

Craigh pfiff durch die Zähne. »Darüber habe ich noch gar nicht nachgedacht.« Gleich darauf zuckte er mit den Schultern und gähnte erneut. »Was soll's, vielleicht gibt sich Sondstrup einfach nur wichtiger, als er in Wirklichkeit ist.«

»Glaube ich nicht. Ich habe selten jemanden mit einem so ausgeprägten Selbstbewußtsein erlebt. Der Mann ist von Grund auf von sich überzeugt, und das strahlt auch nach außen. In seiner Nähe komme ich mir geradezu klein und unbedeutend vor.«

»Da geht es dir nicht anders als mir«, gab Craigh zu. »Es ist ziemlich schwer, ihm zu widersprechen.«

»Was denn?« murmelte Betty. »Es gibt tatsächlich jemanden, der an deinem Ego kratzen kann?«

»Vielleicht bin ich nicht ganz so, wie du glaubst.« Craigh lächelte sie an. »Gib mir doch wenigstens mal eine Chance, es zu beweisen.«

Er hoffte, dem Gespräch eine andere Wendung zu geben, doch Betty ging nicht darauf ein. »Jedenfalls wirkt Sondstrup kein bißchen wie ein Gelehrter, eher wie ein Top-Manager, der im Umgang mit Menschen sehr gründlich geschult ist«, sprach sie weiter. »Ein Tatmensch, der es gewohnt ist, Probleme zu lösen, kein Schreibtischhengst.«

»Trotzdem kann ich mir nicht vorstellen, daß er dieses Projekt leitet. Ich glaube, wir überschätzen seine Kompetenzen.«

»Habe ich auch erst gedacht, aber dafür weiß er einfach zu viel. Er ist genauestens über alles informiert, kann auf jede Frage eine Antwort geben, und zwar nicht nur, was sein Fachgebiet betrifft. Ich habe ihn unauffällig etwas ausgehorcht, während wir durch den Dschungel gegangen sind. Und ich habe seinen Umgang mit den übrigen Leuten sehr genau beobachtet, sowohl bei unserer Ankunft wie auch vorhin beim Essen. Sie behandeln ihn nicht, als ob er nur so etwas wie ein technischer Berater ist. Er gibt auf Fragen mit größter Selbstverständlichkeit Anweisungen, als hätte er sein Leben lang nichts anderes gemacht, und die Leute gehorchen ihm mit der gleichen Selbstverständlichkeit. Er hat sie völlig im Griff. Für mich steht jedenfalls fest, daß er der Leiter dieses Projekts ist, oder zumindest einer der Hauptverantwortlichen. Und das kommt mir reichlich sonderbar vor.«

»Es wird schon Gründe dafür geben«, erwiderte Craigh ohne sonderliches Interesse. »Vielleicht besitzt er wirklich außergewöhnliche Fähigkeiten, und die haben die richtigen Leute erkannt. Für meine Begriffe scheint er seine Aufgabe ausgezeichnet zu erfüllen.«

»Eben das bereitet mir ja Kopfzerbrechen. Verdammt noch mal, hörst du mir eigentlich überhaupt zu? Wo hat er das gelernt, wenn er nur Gelehrter ist? Jetzt sag mir bloß nicht, bei Vorlesungen, die er vor ein paar Studenten gehalten hat. Aber das ist noch längst nicht alles. Ich begreife immer noch nicht, weshalb man den Park zum einen hier in Australien und dann auch noch in dieser abgelegenen Einöde errichtet. Seine Argumentation stimmt vorne und hinten nicht. Selbst in direkter Konkurrenz zu Disneyland oder Disneyworld kämen in den Staaten noch mehr Besucher. Wer will denn schon hier Urlaub machen, ob nun mit oder ohne Hotelparadies? Wenn schon Australien, dann wäre alles im klimafreundlichen Osten viel günstiger gewesen. Und was er über die australische Wirtschaft gesagt hat, ist so auch nicht mehr richtig. Für die meisten Branchen geht es in den letzten Jahren schon wieder steil bergab.«

Betty hatte sich regelrecht in Rage geredet. Wie ein Raubtier, das Blut gewittert hat, dachte Craigh amüsiert. Aber er war zur Zeit absolut nicht in der Verfassung, über die von ihr angeschnittenen Probleme nachzudenken. Nur noch mit Mühe konnte er die Augen offenhalten.

»Nimm's mir nicht übel«, murmelte er. »Mag sein, daß du recht hast, aber ich bin wirklich hundemüde, und die Pause ist kurz genug. Wir können uns nachher weiter darüber unterhalten, okay?«

»Was bleibt mir anderes übrig?«, gab Betty verdrossen zurück. »In diesem Zustand ist mit dir ja sowieso nichts anzufangen.«

Craigh streckte sich auf dem schmalen Feldbett aus, fluchte über das zu dünne Kopfkissen, faltete es schließlich mehrmals zusammen und drehte sich auf die Seite. Kurz darauf zeigten seine regelmäßigen Atemzüge an, daß er eingeschlafen war.

Betty begann damit, sich einige Notizen für den Bericht zu machen. Nach allem, was sie bisher erfahren hatte, würde es wohl keine umwerfende Reportage werden. Obwohl Sondstrup wie ein Wasserfall geredet hatte, waren seine Ausführungen ungefähr so ergiebig wie ein Werbeprospekt gewesen, sah sie von den rein fachlichen Informationen über die Urzeit ab, die sie sich aber auch genausogut aus einem Lexikon hätte holen können.

Sie kaute auf ihrem Kugelschreiber herum. Wenn sie sich mit einem Thema beschäftigte, kristallisierte sich normalerweise schon nach den ersten oberflächlichen Recherchen das grobe Konzept der fertigen Reportage in ihren Gedanken heraus.

Diesmal aber fand sie nicht einmal einen brauchbaren Ansatz. Es gelang ihr nicht, die Story selbst zu entdecken, und ärgerlich registrierte sie, daß auch das ein Erfolg von Sondstrups Gesprächstaktik war. Ohne daß es ihr bewußt geworden war, hatte er sie dahingehend manipuliert, daß die Reportage dem bisherigen Stand nach genauso ausfallen würde, wie er sie seiner eigenen Behauptung zufolge angeblich nicht haben wollte: nämlich als rein sachliche Auflistung von Werbeinformationen, vermischt mit ein paar persönlichen Eindrücken und eventuell einigen unbedeutenden kritischen Anmerkungen über Nebensächlichkeiten. Eine Aufgabe, die jeder jämmerliche Zeilenschinder genausogut hätte erfüllen können.

Nein, damit würde sie sich keinesfalls zufriedengeben. Das hatte nichts mit ernsthaftem Journalismus zu tun. Wenn die Dinge wirklich so klar und offensichtlich waren, warum gab es dann so viele ungeklärte Fragen? Gerade Sondstrup hatte mit jeder Antwort mehr neue Fragen aufgeworfen, als alte geklärt. An diesem Punkt mußte sie einhaken.

Betty spürte plötzlich wieder neue Energie in sich aufsteigen. Entschlossen riß sie das Blatt mit den gerade erst niedergeschriebenen Informationen vom Block, zerknüllte es und schleuderte es – in Ermangelung eines Papierkorbs – achtlos in die Ecke. Das war nichts als unbrauchbarer Mist. Infos dieser Art konnte sie später in die Rohfassung des Artikels einbauen. Sie bildeten nicht die Grundlage ihrer Arbeit, wie Sondstrup ihr einzureden versucht hatte, sondern standen in der Folge der Arbeitsvorgänge ganz hinten an, auf einer Stufe mit dem Korrigieren ungeschliffener und holpriger Formulierungen. Selbst wenn sie bis dahin etwas von dem vergaß oder durcheinanderwarf, was Sondstrup ihr heute erklärt hatte, dann machte das auch nichts. Dafür gab es ja schließlich Redaktionsassistenten, die sie losschicken konnte, um die entsprechenden Fakten aus Archiven zu besorgen, oder sie konnte in der Mappe mit den Presseinfos nachblättern.

Betty begann eine neue Auflistung, doch diesmal notierte sie alle strittigen Punkte und ungeklärten Fragen, die ihr durch den Kopf spukten. Das begann mit allgemeinen Fragen über Nutzen und Schwierigkeiten des Projekts, betraf die Geldgeber und Sondstrups Position und führte schließlich zu dem zerstörten Pteranodon und ganz allgemein den Protesten gegen das Bauvorhaben. Überhaupt, das war der Punkt, der noch am ehesten einen Aufhänger für die Story bot. Betty rief sich die Vorgänge am Tor ins Gedächtnis. Sie sah noch einmal die polizeiartig uniformierten Werkschutztruppen, die die Demonstranten zu vertreiben versuchten, vor ihrem inneren Auge, und hörte Sondstrups zynische Kommentare dazu.

Betty lächelte grimmig. Sie wußte jetzt, wie sie vorzugehen hatte. Sie durfte die Demonstranten nicht als einen unter vielen Punkten betrachten, sondern mußte zunächst herausfinden, welche Einwände sie gegen das Projekt hatten, und unter diesen Aspekten die Fakten neu bewerten. Die Unterlagen, die sie bekommen hatte, würden darauf bestimmt keine zufriedenstellenden Antworten bieten. Wenn sie das Problem von dieser Seite anging, würde der Ansatz Sondstrup ganz sicher nicht gefallen, aber es war der einzige, der sich mit ihrer Auffassung von aufrichtigem und engagiertem Journalismus vereinbaren ließ. Sie war schließlich keine Befehlsempfängerin. Von nun an würde das Spiel nach ihren eigenen Regeln laufen. Falls sie letztendlich doch zu gleichen Ergebnissen wie Sondstrup kommen sollte – sie glaubte es nicht, aber theoretisch war es immerhin möglich –, war das eine andere Sache. Dann hatte sie wenigstens nach bestem Wissen und Gewissen gehandelt und war ihren Grundsätzen treu geblieben. Auch in ihrem Beruf war es der Weg, der zählte, nicht das Ziel. Das war ihr noch nie so deutlich geworden wie in diesem Augenblick.

Ein leises Stöhnen riß sie aus ihren Gedanken. Craigh wälzte sich im Schlaf auf dem Feldbett herum. Betty betrachtete ihn ein paar Sekunden lang. Er hatte sich seit der Ankunft im Park verändert, wirkte nervös und deprimiert. Gelegentlich war im Gespräch mit Sondstrup noch etwas von seinem üblichen Sarkasmus aufgeblitzt, aber die meiste Zeit über hatte er sich erstaunlich zurückgehalten. Etwas, das Betty von ihm nicht gewöhnt war und das auch nicht zu ihm paßte. Sie bildete sich nicht ein, ihn zu kennen – es gab wohl niemanden, der Craigh

Ellison wirklich kannte, wahrscheinlich nicht einmal er selbst –, aber sie hatte doch in den letzten Monaten genügend Zeit mit ihm zusammen verbracht, um zu merken, daß etwas mit ihm nicht in Ordnung war. Auch sein seltsames Verhalten auf der Dschungellichtung war ein deutliches Anzeichen dafür gewesen. Einen Moment lang war es ihr wirklich so vorgekommen, als ob der Anblick der Kunststoffsaurier ihm Angst eingeflößt hätte. Sollten sich unter der Schale des versoffenen Menschenfeindes womöglich doch so etwas wie Gefühle verbergen?

Betty erinnerte sich an einen Verkehrsunfall, über den sie vor einigen Monaten berichtet hatte. Es war eine ziemlich schlimme Massenkarambolage mit zahlreichen Toten gewesen. Sie hatte gestandene Männer beim Anblick der zum Teil entsetzlich zugerichteten Leichen bleich werden und sich übergeben sehen, hauptsächlich an Unfallopfer gewöhnte Polizisten und Ärzte, während Craigh schon seine Fotos gemacht hatte und nun neben den bis zur Unkenntlichkeit zusammengepreßten Autowracks stand, wo er unbeteiligt einen Kaugummi kaute.

Und jetzt sollten ein paar aus Kunststoff nachgebaute Saurier ihm angst machen? Das paßte nicht besonders gut zusammen, fand Betty. Es mußte eine andere Ursache für sein Verhalten geben.

Er stöhnte erneut, lauter diesmal. Dann kamen einige unartikulierte Worte über seine Lippen, und er stieß einen erstickten Schrei aus. Besorgt stand Betty auf und trat an sein Bett.

Craigh schlief immer noch, aber sein Gesicht war schweißüberströmt, und die Augäpfel hinter seinen geschlossenen Lidern zuckten wild. Wieder drang ein wimmerndes, gequältes Stöhnen aus seinem Mund. Er hatte die Arme halb erhoben. Seine Hände zuckten und vollführten unbewußte Abwehrbewegungen.

Betty beugte sich vor, packte ihn an den Schultern und schüttelte ihn. Craigh schien unter ihrer Berührung zu erschauern, wachte aber nicht auf. Seine Haut war heiß. Betty rief ein paarmal seinen Namen und schüttelte ihn erneut, diesmal schon weniger sanft, aber der Erfolg war der gleiche. Schließlich riß sie ihn an den Schultern hoch, schlug ihm mit der flachen Hand mehrfach ins Gesicht und schrie ihn an.

Aber Craigh wachte immer noch nicht auf. Im Gegenteil; sein Atmen wurde hektischer, verwandelte sich in ein mühevolles Keuchen, und sein Körper schüttelte sich wie unter Fieberkrämpfen. Vorsichtig ließ Betty ihn aufs Bett zurücksinken und wischte ihm den Schweiß von der Stirn. Er hatte Fieber, zweifelsohne. Aber so plötzlich? Noch vor kaum einer Viertelstunde hatte sie sich ganz normal mit ihm unterhalten. Er war zwar wortkarg und müde gewesen, hatte ansonsten jedoch einen völlig gesunden Eindruck gemacht. Jetzt glühte sein Körper fast.

Betty starrte ihn noch einige Sekunden lang an, dann fuhr sie abrupt herum. Hiermit wurde sie allein nicht fertig. Craigh war krank, und es schien ihm wirklich schlechtzugehen; er brauchte Hilfe. Sie riß die Tür auf und stürmte hinaus. Um ein Haar hätte sie einen der Bauarbeiter umgerannt.

»Ein Arzt«, stieß sie hervor. »Gibt es hier einen Arzt?«

Der Mann nickte erstaunt. »Ja, Doktor Wenderworth. Was ist denn . . .«

»Bitte holen Sie ihn«, drängte Betty. »Es ist dringend. Meinem Kollegen geht es nicht gut.«

Aus der Baracke hinter ihr ertönte ein gellender Schrei. Der Arbeiter schrak zusammen und warf einen scheuen Blick an Betty vorbei, dann nickte er noch einmal hastig, drehte sich um und lief davon.

Betty kehrte zu Craigh zurück. Sein Zustand hatte sich noch weiter verschlechtert. Er warf sich wild von einer Seite auf die andere, stöhnte und stieß immer wieder schrille Entsetzensschreie aus. Als sie sich bückte und noch einmal nach ihm griff, bäumte er sich auf und schlug nach ihr. Seine Faust traf Betty hart an der Schulter und ließ sie zurücktaumeln. Sicherheitshalber blieb sie ein paar Schritte von dem Bett entfernt stehen.

Kurz darauf kam ein kleiner, dicklicher Mann mit spärlichem Haarkranz schnaufend hereingestürmt. Betty wollte etwas sagen, doch er winkte ab, stellte seine Tasche ab und beugte sich über Craigh. Nicht einmal zwei Sekunden später fand er sich mit reichlich verdutztem Gesicht auf dem Fußboden wieder und preßte seine Hand gegen das Kinn. Glücklicherweise hatte Craighs Schlag ihn nicht voll getroffen, sondern nur gestreift.

»Warum haben Sie mich nicht gewarnt?« ächzte er, warf Betty einen vorwurfsvollen Blick zu und rappelte sich auf. Erneut trat er auf das Feldbett zu, diesmal erheblich vorsichtiger, doch Craigh versuchte kein zweites Mal, nach ihm zu schlagen, sondern blieb ruhig. Der Arzt begann damit, ihn zu untersuchen.

Eine Gruppe neugieriger Bauarbeiter drängte sich inzwischen vor der Baracke. Betty schloß ärgerlich die Tür, dann wandte sie sich an den Arzt: »In Amerika ist es üblich, sich vorzustellen. Ich bin Betty Sanders, und ich nehme an, Sie sind Doktor Wenderworth?«

»Höchstpersönlich. Ich gebe nicht viel auf Formalitäten. Hat Ihr Kollege so etwas schon öfter gehabt?«

Betty zuckte mit den Achseln. »Keine Ahnung. Aber ich glaube nicht. Jedenfalls habe ich nie etwas Außergewöhnliches bemerkt. Was ist denn überhaupt mit ihm los?«

»Wenn ich das nur wüßte. Jedenfalls hat er Fieber und Schüttelfrost. Und einen Alptraum. Das ist allerdings bei all den Ungeheuern hier nichts Besonderes und erklärt auch seinen rasenden Puls. Das Sonderbare ist nur, daß er nicht aufwacht. Aber selbst das kann vorkommen. Hat er sich heute irgendwie sonderbar benommen? Hatte er Schmerzen, war ihm schwindelig oder übel?«

»Er war etwas stiller als sonst, das war alles. Von Schmerzen hat er nichts gesagt. Bis vor einer Viertelstunde kam er mir völlig normal vor. Er wollte sich nur etwas ausruhen. Dann fing er plötzlich an zu stöhnen und sich herumzuwälzen.«

»Sonderbar. *Sehr* sonderbar. Fieber und Kreislaufzusammenbrüche können durch die Klimaveränderung ausgelöst werden«, murmelte Wenderworth, »aber sie treten normalerweise nicht so kraß auf. Woher kommen Sie?«

»Aus New York«, antwortete Betty.

»Das erklärt einiges, wenn auch nicht alles. Wenn man das Klima dort gewöhnt ist und dann in diesen Brutofen hier kommt . . .« Er öffnete seine Tasche. »Ich werde Ihrem Kollegen eine Beruhigungsspritze und ein Mittel gegen das Fieber und zur Stabilisierung des Kreislaufs geben. Das ist im Moment alles, was ich für ihn tun kann. Falls sich sein Zustand allerdings verschlechtern sollte, müssen wir ihn in ein Krankenhaus bringen.«

»Wegen ein bißchen Fieber und einem Alptraum?« fragte Betty ohne rechte Überzeugung. Sie hatte schon Menschen zu Gesicht bekommen, die mehr als drei Promille Alkohol im Blut hatten oder bis an den Kragen mit Drogen vollgepumpt waren. Aber ein Schlag ins Gesicht weckte jeden, wenn auch manchmal nur für Augenblicke. Wenderworth' Erklärung beruhigte sie keineswegs. »Oder ist da noch etwas anderes, das Sie mir nicht sagen wollen?« fügte sie hinzu.

Wenderworth schüttelte den Kopf. »Unsinn. Aber Alpträume sind manchmal erste Warnzeichen für ernsthafte Erkrankungen. Und . . .«

Craigh schrie auf und fuhr in die Höhe, als hätte er einen Stromschlag erhalten. »*Nein!*« kreischte er. Seine Augen waren weit aufgerissen, aber er schien nichts um sich herum wahrzunehmen, sondern immer noch in den Tiefen seines Alptraums gefangen zu sein. »*Nein, nicht das* . . .«

Im nächsten Moment klärte sich sein Blick. Das Flugzeug, in dem er sich gerade noch befunden hatte, war verschwunden, ebenso wie der angreifende Pteranodon. Verwirrt schaute Craigh sich um und rieb sich mit der Hand über die Augen. »Betty«, murmelte er ungläubig. »Wie kommst du . . . Was ist passiert?«

»Genau das würden wir ganz gerne von dir erfahren. Übrigens, das ist Doktor Wenderworth. Wir haben uns deinetwegen ziemliche Sorgen gemacht. Du hast getobt und geschrien wie ein –«, sie stockte einen Moment und suchte nach dem richtigen Wort, »– wie ein Verrückter eben.«

»Ein Alptraum«, murmelte Craigh immer noch benommen. »Ich habe schlecht geträumt.«

»Legen Sie sich wieder hin«, befahl Wenderworth. Er drückte Craigh mit sanfter Gewalt zurück, legte ihm eine Hand auf die

Stirn und tastete mit der anderen nach seinem Puls. »Das ... das gibt es doch nicht«, stieß er im nächsten Moment verblüfft hervor.

»*Was* gibt es nicht?« fragte Betty alarmiert.

»Das Fieber ist weg. Natürlich muß ich erst genau messen, aber die Temperatur scheint wieder völlig normal zu sein. Auch der Herzschlag hat sich stabilisiert. Aber eine so schnelle Erholung ist schlichtweg unmöglich.«

»Hören Sie, Doktor, ich verstehe nicht, was das alles soll«, sagte Craigh. »Mir fehlt nichts. Na schön, ich hatte einen Alptraum, aber das ist doch nichts Besonderes. Was soll also diese Aufregung?«

»Sie hatten nicht nur einen Alptraum, aus dem Sie nicht aufzuwecken waren, sondern zusätzlich einen völligen Kreislaufzusammenbruch«, erklärte Wenderworth fassungslos. »Außerdem Fieber, mindestens neununddreißig oder vierzig Grad. Ihrem Puls zufolge haben Sie dicht vor einem Herzinfarkt gestanden. Und Sie fragen, was diese Aufregung soll?«

Das klang schon etwas anders als das, was er vorher gesagt hatte, dachte Betty. Besorgt musterte sie Craigh. Zumindest in einer Hinsicht hatte der Art recht: Diese schlagartige Genesung war alles andere als normal. So wenig normal wie der urplötzliche Ausbruch des Fiebers mitsamt der Begleiterscheinungen.

»Schon gut, entschuldigen Sie«, murmelte Craigh. In seiner Stimme lag plötzlich ein gehetzter Unterton, und er schien es sehr eilig zu haben, den Arzt loszuwerden. »Vielen Dank für Ihre Hilfe, aber mir geht es wirklich wieder gut. Ich brauche nur noch einen Moment Ruhe, um wieder ganz zu mir zu kommen.«

Das kam einem gerade noch einigermaßen höflichen Rauswurf gleich. Wenderworth verstand. Sein Gesicht versteinerte. Er musterte Craigh noch einem Moment, dann klappte er kopfschüttelnd seine Tasche zu und ging zur Tür. »Wie Sie meinen«, sagte er verärgert. »Sie müssen es wissen; ich bin ja schließlich nur Arzt.« Er schlug die Tür heftiger als nötig hinter sich zu.

»Ich halte jede Wette, daß er sich jetzt erst mal einen Schnaps hinter die Binde kippt«, sagte Betty. »Sein medizinisches Weltbild hat wohl gerade einen gewaltigen Knacks bekommen. Meins allerdings auch, obwohl ich nicht viel von Medizin verstehe. Wir haben uns wirklich Sorgen gemacht. Was war mit dir los?«

»Habe ich doch schon gesagt: Ich habe schlecht geträumt«, wiederholte Craigh unwirsch. »Davon erzähle ich dir gleich. Mir ist gerade eine völlig verrückte Idee gekommen.« Craigh sprang auf, öffnete seine Fototasche und nahm etwas heraus, das er ihr in die Hand drückte. »Wofür würdest du das halten?«

Unschlüssig betrachtete Betty das Stück weißlackierten Leichtmetalls, drehte es ein paarmal hin und her und gab es ihm schließlich zurück. »Keine Ahnung«, sagte sie. »Wo hast du das her?«

»Gefunden. Du weißt wirklich nicht, woher es stammen könnte?«

»Von der Verkleidung irgendeiner Maschine, schätze ich.«

»Irgendeiner Maschine«, wiederholte Craigh gedehnt. »Wie wäre es mit der Tragfläche eines Sportflugzeugs?«

Betty fragte sich, worauf er hinauswollte. »Könnte sein«, sagte sie.

Die Harley ruckte merklich, als Charles die Straße verließ und sich für einen Augenblick nichts als feinkörniger Sand unter den Reifen befand. Aber er hatte in den vergangenen Tagen genug Zeit gehabt, sich an das Fahren in der Wüste zu gewöhnen, und so behielt er die Maschine auch jetzt ohne große Probleme in der Gewalt.

Roderick war irgendwo vor ihm; der Mistkerl hatte ihn schon nach kaum hundert Yards überholt und inzwischen einen beachtlichen Vorsprung herausgeschunden. Das Rücklicht seiner Kawa hüpfte wie ein wildgewordener roter Stern vor dem Horizont auf und ab, und Charles konnte das helle, an- und abschwellende Kreischen seines übertourten Motors selbst über die Entfernung und das Gebrüll seiner eigenen Maschine hinweg hören. Er lächelte abfällig, gab Gas und katapultierte die zentnerschwere Harley über einen flachen Sandhügel. Es war eine Sache, mit einer hochfrisierten Rennmaschine auf glatter

Straße Geschwindigkeitsrekorde zu brechen, aber eine ganz andere, sich in dem nun beginnenden schwierigen Gelände und bei Dunkelheit mit einem Profi anzulegen, auch wenn Roderick das anscheinend noch nicht gemerkt hatte. Charles war entschlossen, ihn seine Lektion in dieser Nacht lernen zu lassen. Es wurde Zeit, endlich für klare Verhältnisse zu sorgen. Er war schließlich nicht aus Melbourne hergekommen, um sich wie ein dummer Junge von einem aufgeblasenen Wichtigtuer aus Sydney herumkommandieren zu lassen.

Wind kam auf. Dünne, an Regenschleier erinnernde Staubfahnen hoben sich über die Wüste und verschlechterten die bislang ausgezeichnete Sicht. Ein Hagel winziger Staub- und Sandkörner prasselte gegen das Kunststoffvisier des Helms, setzte sich in kleine Ritzen und Falten des Anzuges und rieselte durch jede noch so winzige Öffnung. Charles brauchte seine ganze Konzentration, um die Maschine im Gleichgewicht und auf Kurs zu halten. Aber er fand immer noch Zeit, ab und zu einen Blick auf das rotschimmernde Auge von Rods Rücklicht zu werfen. Es bewegte sich nicht mehr. Roderick hatte angehalten.

Vielleicht war das Großmaul steckengeblieben, eine Blamage, wie man sie sich schöner kaum wünschen konnte, aber Charles glaubte nicht recht daran. Verblüfft runzelte er die Stirn, umfuhr einen jäh aufragenden Felsbuckel und nahm Gas weg. Rod war keine fünfzig Yards mehr von ihm entfernt; seine Gestalt zeichnete sich als schwarzer Schatten gegen den sternenklaren Himmel ab. Von Steckenbleiben konnte keine Rede sein.

Charles lenkte seine Maschine neben die Kawa des Bandenchefs aus Sydney, schaltete den Motor aus und klappte das Visier hoch.

»Was ist los, alter Mann?« fragte er spöttisch. »Gibst du schon auf?«

Roderick antwortete nicht, aber das Glitzern in seinen Augen sagte Charles mehr als alle Worte. Er kannte diesen Ausdruck, hatte ihn bei Dutzenden von Männern beobachtet. Es war bei allen das Gleiche: Sie konnten sich noch so gut in der Gewalt haben, aber der Ausdruck in ihren Augen verriet sie.

Trotzdem reagierte Charles beinahe zu spät.

Rodericks Hand kam in einer blitzschnellen, ruckartigen Bewegung hinter dem Tank der Maschine hoch. Charles sah das Glitzern des Mondlichtes auf den einzelnen Gliedern der Fahrradkette und riß instinktiv die Arme hoch, aber er konnte den Schlag nur noch mildern, nicht mehr vollständig abfangen. Ein mörderischer Hieb traf seinen Helm. Das Kunststoffvisier zersplitterte, ein heißer, brennender Schmerz zuckte durch seinen Kopf, und in seinen Ohren dröhnte es, als wäre unmittelbar neben seinem Schädel eine Bombe explodiert. Er stieß einen erstickten Schrei aus, warf sich zurück und stürzte mitsamt der Maschine zu Boden, wobei er noch Glück hatte, daß er nicht unter der schweren Harley zu liegen kam.

In seinem Mund war ein salziger, widerlicher Geschmack. Wie durch einen blutigen Schleier sah er Roderick auf sich zukommen. Die Kette pendelte lose an seiner Seite, aber seine ganze Haltung verriet, wie angespannt er war.

»Hast du wirklich geglaubt, daß ich bei diesem lächerlichen Rennen mitmache, ohne mir was dabei zu denken?« zischte er.

Charles stöhnte. Er versuchte sich aufzurichten, aber erst jetzt merkte er, daß er es doch nicht ganz geschafft hatte, der Harley auszuweichen. Die schwere Maschine hatte noch einen Teil seines Stiefels erwischt und nagelte seinen Fuß regelrecht am Boden fest. »Du . . . du bist verrückt«, keuchte er mühsam. Seine Zunge verweigerte ihm fast den Dienst. Er schluckte, schmeckte Blut und würgte mühsam ein paar Worte hervor. »Die Jungs werden dich in Stücke reißen. Meine wie deine.«

Roderick lachte humorlos. »Kann schon sein, daß sie das tun würden, wenn sie wüßten, was hier geschieht«, sagte er beinahe freundlich. »Aber sie werden es nicht erfahren, Charlyboy.«

Allmählich begriff Charles. Aber er weigerte sich, das Gehörte zu glauben. »Du . . . du willst . . .« stammelte er fassungslos.

»Dich umbringen, du hast es erfaßt«, sagte Roderick ungerührt.

»Du bist ja verrückt«, stöhnte Charles noch einmal. »Die Jungs werden nach mir suchen, wenn ich nicht zurückkomme. Und dann werden sie dich lynchen.«

»Wer denn?« höhnte Roderick. »Ich werde einfach sagen, ich hätte dich irgendwann nicht mehr hinter mir gesehen. Vielleicht nicht sehr glaubwürdig, aber sie können nicht jeden Sandhügel entlang der Strecke umgraben. Niemand kann mir etwas beweisen, und wenn du erst mal tot bist, wird es auch niemand mehr wagen, gegen mich aufzubegehren. Wen stört es schon, ob es einen dreckigen Nigger mehr oder weniger auf der Welt gibt?«

»Aber . . . Verdammt, wir sind doch nicht . . . sind doch nicht hier, um uns zu bekriegen. Wir wollten –«

»Du vielleicht.« Rod lachte, dann zerbrach seine Maske, und sein Gesicht verwandelte sich von einem Moment zum anderen in eine haßerfüllte Fratze. »Was kümmert es mich, ob diese Arschlöcher hier einen Ferienpark bauen?« schrie er. »Meinst du, mich interessiert das Gefasel der Boongs? Ich bin von Anfang an nur wegen dir hergekommen, um endlich mal klarzustellen, wer der mächtigste Bandenführer ist! Auf so eine Gelegenheit warte ich schon seit Jahren.«

Charles erkannte, daß Roderick seine Worte ernst meinte. Der verfluchte Hurensohn mußte endgültig den letzten Rest Verstand verloren haben. Blitzschnell griff Charles unter seine Jacke und zog die Automatic, die er stets bei sich trug. Roderick ließ ihm keine Chance. Ein wohlgezielter Tritt prellte Charles die Waffe aus der Hand, noch bevor er sie entsichern konnte. In einer verzweifelten Kraftanstrengung versuchte Charles, seinen Fuß unter der Maschine hervorzubekommen, aber ein zweiter Tritt Rodericks schleuderte ihn zurück. Erneut schwang er die Kette, schlug aber noch nicht zu.

Das rasch näherkommende Brummen eines Motors war zu hören. Roderick erstarrte mitten in der Bewegung. Für eine halbe Sekunde stand er vollkommen reglos da, wie eine Figur aus einem Film, den man abrupt angehalten hatte. Dann wirbelte er wie von der Tarantel gestochen herum. Die Maschine gehörte niemandem von der Gang, wie Charles gehofft hatte, sondern es handelte sich um ein Flugzeug. Trotzdem würde Roderick es nicht wagen, ihn umzubringen, solange es einen Zeugen gab. Er hatte ein paar Sekunden Aufschub gewonnen, aber mehr auch nicht.

»Verpiß dich, du Wichser!« schrie Roderick wutentbrannt in Richtung der kleinen Maschine. Sie flog so niedrig, daß Charles sie deutlich erkennen konnte, und er wußte, daß der Pilot auch sie sah. Zwei Motorradfahrer nachts mitten in der Wüste, von denen der eine auf dem Boden lag und der andere mit einer Kette in der Hand vor ihm stand – die Situation war ziemlich eindeutig. Wenn der Pilot nicht gerade ein ausgemachter Trottel war, mußte er begreifen, daß hier kein Mondschein-Picknick stattfand, und wenn er Meldung erstattete, würde es zumindest einige Nachfragen geben. Auf diese Art würden auch die Jungs erfahren, was hier passiert war. Wenn er das Roderick klarmachen konnte, hatte er vielleicht noch eine Chance.

Charles überlegte fieberhaft, wie er es anstellen sollte, doch er kam nicht mehr dazu, irgend etwas zu sagen. Ein zweites Flugzeug tauchte hinter einer Hügelkuppe auf, und was dann geschah, ließ ihn ernsthaft an seinem Verstand zweifeln.

Was er im ersten Moment für ein weiteres Flugzeug gehalten hatte, entpuppte sich bei genauerem Hinsehen als ein gigantischer, verzerrter Schatten von der Farbe der Nacht; die alptraumhafte Karikatur eines Riesenvogels mit fledermausartigen Flügeln und einem gurkenförmigen Schädel, dessen Hinterkopf fast ebenso lang und spitz wie der Schnabel war. Ein schriller, unbeschreiblich fremdartiger Schrei gellte über die Wüste.

Im nächsten Moment stürzte sich das *Ding* auf das Sportflugzeug.

Der Anblick war so unglaublich, daß Charles alles andere um sich herum vergaß. In diesem Moment hätte er sich wahrscheinlich unbemerkt befreien und Roderick überwältigen können, denn auch dieser starrte wie gebannt zum Himmel hinauf, aber er konnte keinen Finger rühren. Zu gespenstisch war das, was sich über ihnen abspielte.

Der bizarre Luftkampf dauerte nicht einmal eine Minute. Das kleine Propellerflugzeug hatte keine Chance gegen die mehr als doppelt so große Alptraumkreatur. In einer verzweifelten Bewegung riß der Pilot die Maschine herum; viel zu steil und in zu engem Bogen. Sie geriet ins Trudeln und sackte durch. Erst dicht über dem Boden gelang es dem Piloten, das Flugzeug wieder unter Kontrolle zu bringen. Das letzte, was Charles sah, war die Kreatur, die im Sturzflug auf das Flugzeug herabstieß. Dann verschwanden die beiden ungleichen Gegner hinter einer Sanddüne. Wenige Sekunden später verstummte das Motorengeräusch.

Für einige Sekunden herrschte eine fast geisterhafte Stille.

Charles wartete darauf, daß er das Bersten und Krachen hörte, das den Absturz des Flugzeugs begleiten mußte, vielleicht sogar das Detonieren des Tanks, aber es blieb weiterhin still. Etwas in ihm weigerte sich immer noch zu glauben, was er gerade gesehen hatte. Es konnte nur eine Halluzination gewesen sein, aber verdammt, er hatte weder Dope geraucht oder etwas anderes eingeworfen noch einen einzigen Schluck getrunken, um für das Rennen topfit zu sein.

»Was . . . was war das?« flüsterte er schließlich.

Rodericks Gesicht war kreidebleich geworden. »Ich weiß es nicht«, murmelte er ebenso leise. »Aber was es auch war, es ist vorbei.«

Es war der größte und zugleich letzte Irrtum seines Lebens.

Noch einmal gellte der unmenschliche Schrei von vorhin durch die Wüste. Rasend schnell und so tief, daß ihre Flügel fast den Boden berührten, kam die monströse Kreatur hinter der Sanddüne hervorgeschossen. Kleine böse Augen funkelten wie geschliffene Edelsteine durch die Nacht.

Wohl mehr aus einer instinktiven Reaktion denn aus bewußtem Denken heraus schlug Roderick mit der Kette zu. Es gab ein helles, seltsam metallisches Klirren, als die Stahlglieder gegen den Schädel der Bestie schmetterten, aber sie schien den Schlag nicht einmal zu spüren. Charles hatte einen blitzschnellen, undeutlichen Eindruck von mörderischen Reißzähnen, kleinen, gierig vorgestreckten Krallen und schuppiger Haut. Dann schienen die beiden Gestalten miteinander zu verschmelzen.

Mit einem einzigen mühelosen Biß trennte die Kreatur Roderick den Kopf von den Schultern, krächzte erneut und stieg wieder steil in die Höhe. Blut schoß aus dem Halsstumpf. Zwei, drei Sekunden lang blieb Rodericks Torso noch aufrecht stehen, dann stürzte er wie eine Marionette, deren Fäden jemand durchgeschnitten hatte, zu Boden. Blut pulsierte weiterhin aus seinem Halsstumpf und färbte den Wüstensand rot.

Erst jetzt überwand Charles seinen Schock und schrie gellend auf. Rod war als erster drangewesen, weil er gestanden hatte, aber das bedeutete nicht, daß der Blutdurst der Alptraumbestie gestillt war. Die Panik verlieh Charles ungeahnte Kräfte. Mit einem gewaltigen Ruck zog er seinen Fuß unter dem Tank der Harley hervor, packte die Automatic und warf sich zur Seite.

Keine Sekunde zu früh.

Mit einer Geschwindigkeit, die ihrer Größe Hohn sprach, schoß die Bestie wieder herab. Diesmal erkannte Charles, daß ihr Leib nicht einmal besonders groß war, sondern im Vergleich zu den Flügeln geradezu winzig. Die Schwingen jedoch erreichten eine Spannbreite von sieben, eher sogar acht Yards. Durch seinen Sprung entging er zwar einem direkten Hieb, es gelang ihm aber nicht, ihnen ganz auszuweichen. Eine der Schwingen streifte ihn beinahe spielerisch, riß ihn von den Füßen und schleuderte ihn weit durch die Luft. Himmel und Erde vollführten einen wilden Tanz um ihn herum. Der weiche Sand dämpfte seinen Aufprall, trotzdem blieb Charles mehrere Sekunden lang benommen liegen. Die ganze Zeit über hatte er die Pistole nicht losgelassen. Seine Finger zitterten so stark, daß er es kaum schaffte, sie zu entsichern.

Im gleichen Moment, als die Kreatur zum zweiten Mal auf ihn zujagte, ging eine Wandlung in ihm vor, die ihn selbst am allermeisten erstaunte. Vielleicht lag es am kühlen Metall der Waffe, daß er seine Selbstsicherheit zurückgewann, vielleicht auch nur an dem Wissen, daß er innerhalb der nächsten Sekunden sterben würde, wenn es ihm nicht gelang, sich zu beherrschen. Seine Angst war mit einem Schlag wie weggewischt; alles, was er spürte, war eine betäubende Kälte in seinen Gedanken. Sein linker Arm hing taub und gefühllos herab, doch seine Rechte war unversehrt. Charles zielte kurz und drückte ab. Eine rotglühende Feuerzunge stach aus dem Lauf. Die Kugel traf den Leib der Bestie und prallte wirkungslos an den hornigen Panzerschuppen ab.

Der zweite Schuß traf das rechte Auge. Mit geradezu übernatürlicher Deutlichkeit sah Charles, wie die Kugel es zerschmetterte und in den Schädel eindrang, aber kein Tropfen Blut quoll aus der Wunde. Statt dessen glaubte er für einen Moment bläuliche Funken sprühen zu sehen, war sich jedoch nicht sicher.

Ohne zu zögern zog er den Stecher erneut durch. In das Knallen des Schusses mischte sich der von Wut und Schmerz erfüllte Schrei der Bestie. Ihr Flug ging in ein unkontrolliertes Taumeln über. Ihre Schwingen peitschten die Luft und wirbelten dichte Sandschwaden auf, als sie wild flatternd an Höhe zu gewinnen versuchte.

Das Unglaubliche geschah: Die monströse Kreatur floh. Charles schoß ihr nach, bis sie hinter einem Hügelkamm verschwand, und selbst als das Magazin längst leer war, betätigte er den Abzug noch mindestens ein Dutzend Mal. Irgendwann entglitt die Pistole seinen Fingern. Zitternd brach er in die Knie, schlug die Hände vors Gesicht und begann hemmungslos zu schluchzen. Es dauerte nicht lange, bis sein Schluchzen in ein meckerndes Gelächter überging, und auch als er sich schließlich wieder aufrichtete, lachte er noch.

Ohne dem blutigen Etwas, das einmal Roderick gewesen war, auch nur einen Blick zu widmen, ging er zu seiner Harley. Es gelang ihm nicht, die schwere Maschine hochzustemmen; sein linker Arm versagte ihm noch immer den Dienst. Nach kurzem Zögern schwang er sich in den Sattel der Kawasaki. Wie durch ein Wunder schaffte er es, die gleiche Strecke, die er gekommen war, ohne einen einzigen Sturz in halsbrecherischem Tempo zurückzurasen.

Es schien Ewigkeiten zu dauern, bis er endlich Lichter vor sich sah. Schon als er noch fast eine Meile entfernt war, glaubte er die gespannten Gesichter der Jungs zu sehen und bildete sich ein, ihre aufgeregten Rufe zu hören.

»Sie kommen!«

Nipper starrte aus zusammengekniffenen Augen auf den winzigen Lichtpunkt, der am Ende der Straße aufgetaucht war. Der Wind wurde stärker, aufwirbelnde Sandschwaden behinderten die Sicht. »Einer jedenfalls«, fügte er etwas leiser hinzu.

Dick löste sich von seiner Maschine und trat neben den Mischling. In seinem Gesicht erschien ein verschlagener Ausdruck. »Scheint, daß das Rennen vorbei ist. Das ist Rods Kawa. Ich kenne den Sound genau.« Der Triumph in seiner Stimme war kaum zu überhören, und er gab sich auch keinerlei Mühe, seine Gefühle zu verbergen. Im Moment zählte nur seine Loyalität zum Führer der eigenen Gang, die Zweifel an Rods Führungsstil waren vergessen. Damit konnte er sich später beschäftigen.

Nervös sog er an seiner Zigarette. Der glühende Punkt des Scheinwerfers wuchs mit quälender Langsamkeit. Noch ließ sich nicht mit Sicherheit sagen, welche Maschine da herangebraust kam. Das helle, gequälte Kreischen hörte sich zwar ganz nach der Kawa an, aber Dick wußte nur zu genau, wie täuschend die akustischen Verhältnisse hier draußen sein konnten.

Er schnippte seine Zigarette weg und trat unruhig von einem Fuß auf den anderen. Sein Unbehagen verstärkte sich plötzlich wieder. Selbst wenn Rod das Rennen gewonnen hatte, mußte Charles bald auftauchen. Aber von einem zweiten Scheinwerfer war nichts zu entdecken. Bei zwei so spitzenmäßigen Fahrern waren höchstens Unterschiede von Sekunden drin. Es sei denn . . .

Nipper schien seine Gedanken zu erraten. »Wenn Charles etwas passiert ist und dieser Kerl dahintersteckt, dann schneide ich ihm höchstpersönlich die Haut vom Leib«, zischte er. »Und wenn du klug bist, sorgst du dafür, daß sich eure Leute nicht einmischen.«

Dick antwortete nicht. Die Kawasaki – mittlerweile war der charakteristische Sound der hochfrisierten Maschine deutlich zu erkennen – näherte sich jetzt rasend schnell. Rod fuhr offenbar wie ein Irrer. Selbst über die große Entfernung hinweg konnten sie hören, wie gequält der Motor wimmerte. In die Reihen der Rocker kam Unruhe. Gedämpftes Murmeln erhob sich überall.

»Da ist doch irgend etwas faul«, murmelte Dick. »Zum Teufel, das ist gar nicht Rod!«

Jetzt erkannten die anderen es auch – der schwarze, mit einem fluoreszierenden Totenkopf beklebte Lederanzug gehörte Charles, und es war auch nicht Rodericks Integralhelm, der hinter der Rennverkleidung der Kawa sichtbar wurde. Dafür handelte es sich jedoch eindeutig um seine weiße Kawasaki. Charles hing tief gebückt über dem Lenker der Maschine, warf immer wieder gehetzte Blicke hinter sich und schien Mühe zu haben, das Rad auf Kurs zu halten. Und er dachte offenbar gar nicht daran, das Tempo zu drosseln.

Die Männer sprangen entsetzt beiseite. Auch Dick brachte sich mit einem Riesensatz in Sicherheit und schlug hart auf dem Boden auf. Kaum einen halben Yard neben ihm jagte die Kawa mit ohrenbetäubendem Getöse vorbei. Bremsen quietschten, ein paar Männer schrien entsetzt auf, dann war das Kreischen von Metall zu hören, gefolgt vom dumpfen Aufprall eines schweren Körpers.

Dick war mit einem Satz auf den Beinen.

Charles hatte erst im allerletzten Moment versucht, die Maschine mit einer Gewaltbremsung zum Stehen zu bringen, es aber nicht mehr geschafft. Mit furchtbarer Wucht war die Kawa in das Spalier der am rechten Straßenrand stehenden Motorräder hineingerast und hatte die chromglänzende Pracht von mehr als einem Dutzend Maschinen binnen einer einzigen Sekunde in einen gigantischen Schrotthaufen verwandelt. Trotzdem achtete im Moment niemand darauf. Charles hatte noch Glück im Unglück gehabt. Er war beim Aufprall in hohem Bogen von der Kawa geschleudert worden und im Sand gelandet. Sein Anzug war an der Seite aufgerissen. Dunkles, im Sternenlicht beinahe schwarz glänzendes Blut quoll unter dem zerfetzten Leder hervor.

Charles hatte das Bewußtsein verloren, aber er lebte noch. Sein Visier war zertrümmert, und quer über den weißen Kunststoff zogen sich die charakteristischen Kratzspuren einer Kette. Allmählich dämmerte Dick, was geschehen war. Behutsam löste er die Riemen und nahm ihm den Helm ab. Trotz seiner Bewußtlosigkeit stöhnte Charles vor Schmerz. Sein Gesicht war blutüberströmt und glänzte fiebrig.

Nipper hielt plötzlich Verbandszeug in der Hand; mochte der Teufel wissen, wo er es so schnell herbekommen hatte. Er begann damit, Charles das Blut abzutupfen. »Sein Arm«, keuchte er entsetzt. Im gleichen Moment sah es auch Dick. Charles' linker Ärmel war ebenfalls aufgeplatzt, und nur mit Mühe war das blutige, auf geradezu unmögliche Art in sich verdrehte Ding darunter noch als Arm zu erkennen. Der Knochen war nicht nur mehrfach gebrochen, sondern mußte dicht unter der Schulter regelrecht pulverisiert worden sein. »Hast du so etwas schon einmal gesehen? Wie hat er damit nur fahren können?«

»Ich weiß es nicht«, gab Dick gepreßt zurück. »Aber das stammt jedenfalls nicht von Rods Kette.« Er hob den Kopf. »Brad, Jo, ihr fahrt die Strecke nach. Seht zu, ob ihr Rod findet. Vielleicht lebt er noch.«

»Die beiden haben sich in die Haare gekriegt«, sagte Nipper. »Aber das war nicht alles. Irgendwas anderes muß noch passiert sein.« Er deutete auf Charles. »Jedenfalls muß er schnellstens in ein Krankenhaus.«

»Und wie, du Klugscheißer?« gab Dick zurück. »Das nächste Krankenhaus ist zweihundert Meilen entfernt.«

»Wir brauchen einen Rettungshubschrauber. Jemand muß nach Kalgoorlie fahren und in Perth anrufen.«

»Okay.« Dick sprang auf und deutete auf einen der Herumstehenden, dessen Maschine auf der anderen Straßenseite parkte und nichts abbekommen hatte. »Jack, schwing deinen Arsch auf den Bock und gib Gas. Sie sollen schnellstens einen Hubschrauber schicken.«

»Ich denke ja gar nicht daran«, bekam er trotzig zur Antwort. »Der Kerl da hat wahrscheinlich Rod auf dem Gewissen. Für den rühr' ich keinen Finger. Außerdem gäbe das nur Ärger mit den Bullen.«

Dick packte ihn am Jackenkragen und zog ihn mit einem Ruck zu sich heran, bis ihre Gesichter sich fast berührten. »Du wirst tun, was ich dir sage, oder du kannst deine Knochen einzeln zusammensuchen.« Seine Stimme war plötzlich eiskalt. »Und laß dir ja nicht einfallen, unterwegs ein kleines Nickerchen zu machen oder auch nur zu bummeln, sonst reiße ich dir persönlich den Arsch bis zu den Ohren auf. Hast du das verstanden?«

»Schon gut«, maulte der Rocker und wandte sich um. Zehn Sekunden später saß er auf seiner Maschine und brauste davon.

»Das sieht verdammt übel aus.« Nipper wollte noch mehr sagen, aber in diesem Moment kam Charles stöhnend wieder zu Bewußtsein. Im gleichen Moment, in dem Nipper in seine Augen schaute, wußte er, daß es für den jungen Farbigen keine Rettung mehr gab. Es war ein Wunder, daß er überhaupt noch am Leben war. Zumindest ein Teil von ihm.

Charles hatte den Verstand verloren, daran gab es keinen Zweifel. Wahnsinn und eine so abgrundtiefe Angst, wie Nipper sie noch nie bei jemandem gesehen hatte, flackerten in seinem Blick.

»Drache«, brachte Charles mühsam heraus. »Ich habe . . . den Drachen . . . besiegt.«

»Was ist passiert?« fragte Dick. Er war merklich blasser geworden, und seine Stimme hatte einiges von ihrer Selbstsicherheit eingebüßt. Auch er merkte, daß er mit einem todgeweihten Schwachsinnigen sprach, aber er schien entschlossen, noch so viel wie irgend möglich zu erfahren. »Wie kommst du zu Rods Maschine? Wo ist er?«

»Tot«, keuchte Charles. Ein irres Kichern kam über seine Lippen. »Rod ist tot . . . Der Drache hat . . . hat ihn . . . umgebracht. Das Flugzeug . . . abgestürzt . . . der Drache . . .« Seine Worte wurden unverständlich. Er bäumte sich auf und krümmte sich unter einem Hustenanfall. Blutiger Schaum quoll über seine Lippen. Noch einmal bäumte er sich auf, dann sank er zurück und blieb reglos liegen.

»Ist er tot?« fragte Dick. Es klang nicht besonders mitfühlend.

»Bewußtlos«, murmelte Nipper, nachdem er den Puls gefühlt hatte. »Aber es sieht ziemlich ernst aus. Hoffentlich kommt der Hubschrauber bald. Irgend etwas Schreckliches muß da draußen passiert sein.«

»Auf jeden Fall ist er verrückt geworden«, stellte Dick kalt fest. »Hat jemand eine Ahnung, was das Gefasel von einem Drachen für einen Sinn hat? Vielleicht der Name einer anderen Gang oder so etwas?«

Niemand antwortete. »Er hat phantasiert, ist doch klar«, sagte schließlich einer der Umstehenden. »Offenbar hat Rod ihm ordentlich die Birne weichgeklopft.«

Nipper schüttelte den Kopf. Er war nicht gerade besonders eng mit Charles befreundet, kannte ihn jedoch einigermaßen gut. Charles war nicht so leicht aus der Fassung zu bringen. Er schien Angst höchstens vom Hörensagen zu kennen, und vor allem hatte Nipper niemals so etwas wie Entsetzen bei ihm bemerkt. »Das war nicht Roderick«, sagte er langsam. »Der hätte ihn nicht so zurichten können. Ich habe noch nie jemanden gesehen, der solche Angst hatte. Das war etwas anderes.«

Dick entging nicht, daß er *etwas* gesagt hatte, nicht *jemand*. »Was soll der Quatsch?« fragte er barscher als beabsichtigt, um über seine eigene Unsicherheit hinwegzutäuschen. »Glaubst du etwa den Scheiß, den er geredet hat? Ein Drache, hier, mitten in der Wüste, pah.« Er lachte gekünstelt auf. »Außerdem weiß jedes Kind, daß die lieben Tierchen Feuer speien. Ich habe keine Brandwunden gesehen.«

Zu seiner eigenen Überraschung blieb Nipper ruhig. »Es geht nicht um ein Märchenungeheuer«, sagte er. »Aber jedes Kind weiß heute, daß die Drachen der Legenden ihr Vorbild in den Urzeitsauriern hatten. Dafür braucht man nicht erst studiert zu haben. Und jetzt überleg mal ganz scharf, wo es so was hier gibt.«

Einige Sekunden herrschte Schweigen. Selbst das Getuschel der umstehenden Rocker war verstummt. Alle starrten Nipper an.

»Bullshit«, brummte Dick schließlich. »Das ist nichts als ein Topf voll Scheiße. Aber ich finde heraus, was wirklich passiert ist, das schwöre ich.« Wütend drehte er sich um und stapfte davon. »Ein Topf voll Scheiße«, murmelte er noch einmal, aber es klang nicht sehr überzeugend.

»Doktor Wenderworth sagte mir, Sie hätten einen Kreislaufzusammenbruch gehabt.« Sondstrups Gesicht verriet nicht, was er dachte, aber Craigh meinte, einen lauernden Tonfall aus seiner Stimme herauszuhören, den er sich nicht erklären konnte.

»Er hat wohl etwas übertrieben«, antwortete er betont gleichmütig. »Ich hatte lediglich einen harmlosen Alptraum. Kommt schließlich nicht jeden Tag vor, daß ich ein paar Dutzend Sauriermonster sehe.«

»Wenderworth war ziemlich verstört, was bei ihm etwas heißen will. Er erzählte etwas von hohem Fieber, und daß er sich nicht erklären könnte, wie Sie sich so schnell erholt hätten.«

Craigh verzog das Gesicht. »Wie gesagt, er hat wohl übertrieben. Das war höchstens ein kleiner Schwächeanfall. Ich bin die Hitze eben nicht gewöhnt.« Allmählich riß ihm der Geduldsfaden. Er dachte gar nicht daran, Sondstrup zu erklären, was wirklich passiert war. Warum ließ ihn dieser Idiot nicht endlich in Ruhe?

»Trotzdem würde ich die Sache an Ihrer Stelle nicht so auf die leichte Schulter nehmen«, fuhr Sondstrup fort und warf Betty einen um Beistand heischenden Seitenblick zu, auf den sie nicht reagierte. »Es wäre mir lieber, wenn Sie sich noch einmal gründlich untersuchen ließen. Schließlich bin ich in gewisser Hinsicht für Ihr Wohlergehen verantwortlich, so lange Sie hier sind.«

Fast hätte Craigh aufgelacht. Gerade weil er die Sache nicht auf die leichte Schulter nahm, sagte er ja nichts, und deshalb hatte er auch Betty auf ihre unzähligen Fragen und ihr Drängen in den letzten Minuten, bevor Sondstrup hereingeplatzt war, nur ausweichende Antworten gegeben. Er begriff selbst nicht, was in ihm vorging. Er hatte einen Alptraum gehabt, okay, das passierte ihm zwar selten, aber es konnte vorkommen. Daß er von dem Pteranodon geträumt hatte, war ebenfalls nichts Besonderes. Im Traum verarbeitete das Gehirn Eindrücke, die es vorher gewonnen hatte. Damit ließ sich auch erklären, daß er geträumt hatte, der Pilot eines Flugzeugs zu sein, das von dem Flugsaurier angegriffen wurde. Offenbar hatte das gefundene Metallstück sein Unterbewußtsein zu dieser verrückten Assoziation angeregt.

Das Sonderbare waren nur die übernatürliche Klarheit des Traums und das Fehlen unlogischer, der eigenständigen unbegreiflichen Traumdramaturgie gehorchender Passagen gewesen. Es hatte keinerlei Sprünge und Verfremdungsprozesse gegeben, wie sie eigentlich für einen Traum charakteristisch waren. Statt dessen war alles wie ein Film abgelaufen: in sich geschlossen, völlig logisch und so realistisch, daß er nach dem Aufwachen noch eine Weile gebraucht hatte, um in die Wirklichkeit zurückzufinden. Es war, als wäre er für eine Weile wirklich jemand anders gewesen. Auch jetzt sah er die Bedienungselemente noch so deutlich vor sich, als hätte er wirklich in diesem Flugzeug gesessen. Nicht er selbst war – wie es sonst immer geschah – die Hauptperson des Traum gewesen, sondern ein Fremder mit einer eigenen, Craigh nur bruchstückhaft bekannten Persönlichkeit. Zwar kannte er weder die Herkunft noch den Namen des Mannes (*kein Wunder, wer wiederholte in Gedanken schon dauernd seinen Namen?* dachte er), aber dafür erinnerte er sich an alles, was er (*nicht er; der Mann!*) während des Fluges gedacht hatte: daß er diese nächtlichen Flüge öfters unternahm, daß er sie nicht anmeldete, sogar, daß sein Funkgerät kurz zuvor einer unsanften Landung zum Opfer gefallen war. Dazu kamen die Rocker, die er gesehen hatte und für die es nun wirklich keinerlei Begründung gab, wenn der Traum nur eine Assoziationskette seines Unterbewußtseins gewesen war.

*Zum Teufel, was soll es denn sonst gewesen sein*? rief er sich zur Ordnung.

»Mr. Ellison, was ist nun?« riß ihn Sondstrups Stimme aus seinen Gedanken. »Sind Sie bereit, sich noch einmal untersuchen zu lassen?« Es klang mehr wie eine Anordnung als wie eine Frage.

Craigh schüttelte den Kopf. »Nein, bin ich nicht«, sagte er schärfer als beabsichtigt und fügte dann etwas versöhnlicher hinzu: »Hören Sie, Professor, es geht mir wirklich wieder gut, keinerlei Grund zur Beunruhigung. Also schlage ich vor, Sie vergessen den kleinen Zwischenfall einfach, okay? Ich bin völlig in Ordnung.«

»Wenn Sie es sagen, muß ich Ihnen wohl glauben«, sagte

Sondstrup in einem Tonfall, der das genaue Gegenteil ausdrückte. »Aber ich nehme an, Sie werden sich etwas schonen wollen, statt uns auf dem weiteren Rundgang zu begleiten, oder?«

Craigh verdrehte die Augen und seufzte, aber auf eine Art, die jeden weiteren Widerspruch im Keim erstickte und Betty unwillkürlich einen Schritt zurückweichen ließ.

Nur Sondstrup blieb ungerührt. »Also gut, ich komme Sie dann in –«

»Es wäre mir lieber, wenn wir sofort aufbrechen könnten«, fiel ihm Craigh ins Wort. »Wir würden sonst doch nur noch hier herumsitzen und die Zeit totschlagen.«

Betty schaute ihn überrascht und ein wenig ärgerlich an. Sie hatte sich die ganze Zeit über in sein Gespräch mit Sondstrup nicht eingemischt, sondern offenbar gehofft, in Ruhe mit ihm sprechen zu können, sobald der Professor wieder verschwunden war. Gerade das jedoch wollte Craigh verhindern. Er wußte, wie hartnäckig Betty sein konnte, und eine Fortsetzung der begonnenen Diskussion würde höchstens zu einem handfesten Streit führen. Bevor er den sonderbaren Alptraum nicht selbst psychisch verarbeitet hatte, konnte er auch mit ihr nicht darüber sprechen. Er erwiderte ihren Blick. »Da du ja ursprünglich gar keine Pause wolltest, hast du doch sicher nichts dagegen«, sagte er mit nur für sie erkennbarem Spott und ließ ihr damit keine andere Wahl mehr, als zuzustimmen.

»Also gut, meinetwegen.«

Craigh nahm die vollgeknipsten Filme aus seiner Fototasche und steckte dafür neue ein, ehe sie aufbrachen. Im Inneren der Baracke hatten einigermaßen erträgliche Temperaturen geherrscht, doch kaum trat er ins Freie, traf ihn die trockene Hitze wie ein Hammerschlag. Geblendet schloß er die Augen. Für einen Moment wurde ihm erneut schwindelig, doch er hatte sich sofort wieder in der Gewalt.

»Ich habe eine Bitte«, sagte er. »Ich würde gerne noch einmal den Pteranodon sehen.«

»Tut mir leid, aber meine Männer haben die Figur bereits weggeschafft und sind dabei, die Überreste zu zerlegen und einzupacken«, erwiderte Sondstrup. »Wenn morgen der Tyrannosaurus Rex geliefert wird, kann das Flugzeug die noch brauchbaren Einzelteile gleich mitnehmen, damit die Daktyle in den Staaten so schnell wie möglich repariert wird.« Er runzelte die Stirn. »Warum interessieren Sie sich denn für das Ding?«

»Nur so«, log Craigh. Er war enttäuscht, daß er keine Gelegenheit mehr hatte, seinen Verdacht zu überprüfen. Etwas in ihm weigerte sich beharrlich zu glauben, daß sich der Kunststoffsaurier in die Luft erhoben und ein Flugzeug angegriffen haben könnte. Die Vorstellung, daß dieser mehrere Tonnen wiegende Koloß, selbst wenn er mit modernster Elektronik vollgestopft war, allein durch die Kraft seiner Schwingen fliegen könnte, sprach all seinem – zugegebenermaßen nicht gerade berauschendem – technischen Wissen Hohn.

Dennoch gelang es Craigh nicht mehr, den Gedanken an diese Möglichkeit völlig zu verbannen. Immerhin hatte auch Betty eingeräumt, daß das Metallstück möglicherweise von der Tragfläche eines Flugzeugs stammte. Es *könnte* sich rein theoretisch einiges so abgespielt haben wie in seinem Traum, wenn auch wohl nicht alles. Aber das warf natürlich noch mehr ungeklärte Fragen auf als die Theorie von den Vandalen. Sah man einmal von der wissenschaftlichen Unmöglichkeit ganz ab und auch davon, daß es selbst unter dem Aspekt des von Sondstrup so oft beschworenen Realismus völlig unsinnig wäre, einen in solchem Maße flugfähigen Saurier zu konstruieren, hätte irgend jemand den Pteranodon beim Angriff auf das Flugzeug von hier aus steuern müssen. Das hätte zum einen vorsätzlichen Mord bedeutet, und zum zweiten die völlig sinnlose Vernichtung eines absoluten Wunderwerks der Technik.

Nein, diese Möglichkeit schied aus, weil sie schon vom logischen Standpunkt her unsinnig war.

Betty versetzte ihm mit dem Ellbogen einen leichten Rippenstoß. »Wenn dich das alles schon nicht interessiert, dann tu wenigstens so, bevor Sondstrup vollends die Geduld verliert«, flüsterte sie ihm zu. »Außerdem bist du hergeschickt worden, um Fotos zu machen, wenn ich mich recht erinnere.«

Craigh nickte schuldbewußt. Er durfte sich durch seine idiotischen Spekulationen nicht so ablenken lassen, daß er seine

Arbeit vergaß, sonst provozierte er erst recht ein erneutes Verhör durch Betty. Im Gegenteil, um die Aufmerksamkeit von sich abzulenken, mußte er sich so normal wie möglich verhalten. Bevor Betty sich wieder umdrehen konnte, schoß er eine Großaufnahme ihres zornigen Gesichts, lächelte entschuldigend und widmete sich dann seiner Umgebung.

Wie schon am Vormittag spulte Sondstrup in der Manier eines Fremdenführers alle möglichen Informationen herunter, viel mehr, als für die Reportage nötig waren. Craigh hörte kaum hin, doch wie Betty es wünschte, gelang es ihm wenigstens, ein bißchen Interesse zu heucheln.

Sie waren bereits mehr als drei Stunden unterwegs, und ein Ende der Führung schien immer noch nicht in Sicht, als plötzlich ein leises Piepsen ertönte. Sondstrup holte ein Funkgerät, das kaum größer und auch so flach wie ein Taschenrechner war, aus seinem Jackett, zog die Antenne heraus und drückte einen Knopf. »Hier Sondstrup. Was gibt es?«

»Sherman«, war die aufgeregt und gehetzt klingende Stimme eines Mannes zu hören. »Wir haben Ärger. Einige der Rocker versuchen, gewaltsam auf das Gelände vorzudringen. Es ist –«

»Nicht alles auf einmal«, sagte Sondstrup ruhig. Seine weiteren Fragen waren knapp und von einer fast militärischen Präzision. »Wo?«

»Am Haupteingang.«

»Anzahl?«

»Ziemlich viele, ich kann nicht genau sagen –«

»Dann schätzen Sie, statt dummes Zeug zu reden«, forderte Sondstrup.

»Dreißig, vielleicht vierzig.«

»Gewalttätigkeiten?«

»Halten sich bislang in Grenzen.«

»In Ordnung. Ich schicke Ihnen Verstärkung. Verhindern Sie, daß die Kerle hereinkommen. Notfalls mit allen Mitteln, aber vermeiden Sie unnötige Brutalität.«

»Auch durch Gebrauch von –«

»Ich sagte: Notfalls mit allen Mitteln. Ich komme, so schnell ich kann. Over.«

Craigh warf Betty einen raschen Blick zu. Sie beachtete ihn nicht, und er war froh, daß sie nicht sah, wie blaß er plötzlich geworden war. Bei der Erwähnung der Rocker hatte etwas in seinem Gehirn so vernehmlich *Klick* gemacht, als hätte jemand einen Schalter umgelegt. Konnte es sich wirklich noch um einen bloßen Zufall handeln?

Sondstrup drückte einen anderen Knopf. »Hier Sondstrup. Schicken Sie zwanzig Mann der Bereitschaftstruppen als Verstärkung zum Tor drei. Und lassen Sie mich sofort von einem Jeep in Quadrant C/5 abholen. Over.« Ohne eine Bestätigung abzuwarten, schaltete er das Funkgerät aus und steckte es wieder weg. »Tut mir leid, aber ich muß die Führung abbrechen.«

»Was sind das für Rocker, von denen der Mann gesprochen hat?« wollte Craigh wissen.

Sondstrup zögerte einen Moment. »Einige Radaubrüder, die hier in der Gegend Ärger stiften«, antwortete er dann betont gleichgültig. »Keine Sorge, wir haben die Lage unter Kontrolle.«

»Glauben Sie, daß sie auch für die Zerstörung des Pteranodon verantwortlich sind?«

»Ich bin nicht befugt, Ihnen darauf zu antworten«, sagte Sondstrup kalt. Er hatte seine Maske gespielter Freundlichkeit vollends abgestreift. »Alles, was mit der Sicherheit des Projekts zu tun hat, unterliegt strenger Geheimhaltung, dafür werden Sie sicherlich Verständnis haben.«

Craigh schluckte. Sondstrup kanzelte ihn wie einen kleinen Schuljungen ab, und er war nicht in der Lage, sich dagegen zu wehren. Tatsächlich kam er sich wie ein Erstkläßler vor, der von einem als besonders autoritär bekannten Schuldirektor gemaßregelt wurde. Auch Betty brachte kein Wort heraus.

Aus der Ferne kam der bestellte Jeep herangebraust. Die Reifen wirbelten eine dichte Sandwolke auf. Kaum daß der Wagen gebremst hatte, schwang sich Sondstrup auf den Beifahrersitz.

»He, und was wird aus uns?« rief Betty.

»Ich kann mich jetzt leider nicht um Sie kümmern. Sie werden schon allein zurückfinden. Es ist nicht sehr weit.« Sondstrup gab dem Fahrer des Wagens ein Zeichen, und dieser gab wieder Gas.

»Das . . . das gibt es doch nicht«, murmelte Betty fassungslos. »Ich muß träumen. Craigh, bitte kneif mich, damit ich aufwache.« Gleich darauf schrie sie leise auf, als er ihre Aufforderung wörtlich nahm. »Aua, doch nicht so fest, du Grobian!« schimpfte sie.

Craigh grinste. »Jetzt weißt du wenigstens, daß du nicht träumst«, entgegnete er.

»Ja, leider. Verdammt, dem werde ich was erzählen, wenn ich ihn das nächste Mal zu Gesicht bekomme. Der kann uns doch nicht einfach so hier stehen lassen.«

»Du siehst doch, daß er kann. Hat keinen Sinn, wenn du Sondstrup jetzt verfluchst, er hört dich doch nicht.«

»Deine Ruhe möchte ich haben«, fauchte Betty. »Ich könnte vor Wut platzen. So eine Unverschämtheit ist mir ja noch nie untergekommen.«

»Sieh die Sache doch von der positiven Seite. Wenigstens hast du jetzt die Bestätigung deiner Theorie über ihn. Er scheint wirklich so was wie der große Boß zu sein.«

Betty schwieg einige Sekunden, dann nickte sie mit erzwungener Ruhe. »Du hast recht, auch wenn ich es lieber auf andere Weise erfahren hätte. Damit steht fest, daß er nicht nur für die Anlage des Parks, sondern auch für alles andere zuständig ist, sogar für die Werkschutztruppen. Aber erklärt wird dadurch immer noch nichts.«

»Eben, also sollten wir versuchen, mehr herauszufinden. Sehen wir zu, daß wir schnellstens zu diesem Tor kommen. Das Spektakel will ich mir nicht entgehen lassen. Gibt bestimmt bombige Fotos.«

»Und ein paar schöne Schlagzeilen.« Sie musterte ihn skeptisch. »Traust du dir so einen Lauf zu?«

»Wird schon irgendwie gehen.«

Sie rannten ein Stück, aber schon nach einigen hundert Yards waren sie schweißgebadet, und die Kleidung klebte ihnen am Körper, so daß sie gezwungen waren, langsamer zu laufen.

»Dieser Hurensohn hätte uns wenigstens auch einen Wagen schicken können«, keuchte Betty.

»Natürlich hätte er, aber begreifst du denn nicht?« gab

Craigh zurück. »Sondstrup ist froh, daß wir hier draußen sind, weitab vom Schuß. Er will nicht, daß wir etwas davon mitkriegen, was an diesem Tor los ist. Und jetzt spar dir deinen Atem lieber.«

Sie verfielen in einen leichten Dauerlauf, rannten zwischendurch jedoch immer wieder einige Minuten lang schneller. Craighs Lungen schmerzten bei jedem Atemzug, und er verfluchte die vielen Zigaretten, die er gerade in den letzten Tagen geraucht hatte. Er hatte nie sonderlich auf seine Gesundheit geachtet, sondern versucht, das Leben in vollen Zügen zu genießen – was das Rauchen betraf, sogar im wahrsten Sinne des Wortes. Im allgemeinen forderte ihn sein Beruf körperlich nicht besonders, und nur bei Gelegenheiten wie dieser merkte er erst richtig, wie schlecht seine Kondition war. Vom Alkohol hatte er sich in letzter Zeit einigermaßen erholt, aber die verdammten Zigaretten machten ihm zu schaffen. Obwohl er wie eine Dampflok schnaufte, hatte Craigh das Gefühl, kaum noch Luft zu bekommen. Seine Beine schienen nur noch aus Pudding zu bestehen, und zu allem Überfluß spürte er jetzt auch noch heftige Seitenstiche.

Er biß die Zähne zusammen, lief langsamer und ließ die Arme locker am Körper herabbaumeln. Er durfte sich nicht so verkrampfen. Der Gedanke an Sondstrup gab ihm neue Kraft. Wenn der Kerl glaubte, sie auf so simple Art austricksen zu können, dann hatte er sich geschnitten. Craigh war entschlossen, ihm diesen Triumph nicht zu gönnen. Dafür lohnte es sich auch, ein paar Schmerzen zu ertragen.

Vor allem wollte er vor Betty keine Schwäche zeigen. Das war eine Gelegenheit, ihr zu beweisen, daß er wenigstens körperlich nicht ganz das Wrack war, für das sie ihn allem Anschein nach hielt. Sie rauchte ebenfalls, allerdings viel weniger und eine leichtere Marke, und sie trieb in ihrer Freizeit häufig Sport, wie sie mal erzählt hatte. Es gelang ihm trotz aller Anstrengung nicht mehr, mit Bettys Tempo Schritt zu halten. Mittlerweile hatte sie schon einen beachtlichen Vorsprung. Als sie merkte, daß er ihr nicht folgen konnte, wurde sie langsamer und wartete, bis er sie eingeholt hatte.

»Keine Puste mehr?« fragte sie ohne jeden Spott, aber dafür mit Besorgnis in der Stimme. »Du solltest dich nicht überanstrengen, das ist die Sache nicht wert.« Ihre Bluse war durchgeschwitzt und klebte ihr am Körper. Sie trug keinen BH. Ihre Brustwarzen zeichneten sich unter dem hellen Stoff ab. Mit der beinahe durchsichtig gewordenen Bluse, den zerzausten Haaren, dem glänzenden, von der Anstrengung geröteten Gesicht sah sie begehrenswerter aus als je zuvor. Rasch wandte Craigh den Blick zur Seite.

»Geht schon«, krächzte er. Vergeblich versuchte er zu lächeln. »Mach dir ... um mich keine Sorgen.« Er fühlte sich hundeelend, aber lieber hätte er sich die Zunge abgebissen, als ihr die Wahrheit zu sagen. »Ein klein bißchen langsamer, okay?« Die Seitenstiche hatten nicht nachgelassen, sondern waren im Gegenteil noch stärker geworden. Er konnte nur noch gekrümmt laufen. Bleigewichte schienen an seinen Füßen zu hängen. Der bei jedem Schritt aufgewirbelte Staub machte ihm zusätzlich zu schaffen, und das Stahlskelett des Hochhauses, an dem sie sich orientierten, schien noch keinen Deut nähergekommen zu sein.

Irgendwann begannen schwarze Kreise vor Craighs Augen zu tanzen, und schließlich konnte er beim besten Willen nicht mehr weiter. Kraftlos stürzte er in den Sand, schmeckte bittere Galle und erbrach sich würgend. Gleich darauf wurde es dunkel um ihn herum.

Als er aufwachte, kniete Betty neben ihm, und sein Kopf ruhte in ihrem Schoß. Besorgt blickte sie auf ihn herab. Einige Spitzen ihres dunkelblonden Haares kitzelten sein Gesicht. »Idiot«, sagte sie, aber ihre unverkennbare Erleichterung strafte den Zorn in ihrer Stimme Lüge. »Wem glaubst du zu imponieren, wenn du dich selbst umbringst?«

Craigh stöhnte. Er hob die Hand und schirmte seine Augen gegen das grelle Sonnenlicht ab. Erfolglos versuchte er, etwas zu sagen. Seine Zunge fühlte sich taub und pelzig und auf die doppelte Größe geschwollen an, und immer noch hatte er den Geschmack von Erbrochenem im Mund. Zudem knirschte mindestens ein halbes Kilo Sand zwischen seinen Zähnen. Er drehte den Kopf zur Seite, spie aus und schluckte anschließend ein paarmal. »Ich wollte... dir deine Reportage... nicht...« Seine Stimmbänder verweigerten ihm erneut den Dienst.

»Denkst du ernsthaft, die Sache wäre mir so wichtig gewesen?« Betty schüttelte den Kopf. »Auf ein paar Minuten mehr oder weniger wäre es auch nicht mehr angekommen.«

»Habe mich... wohl etwas... überschätzt.«

»Kannst du wieder aufstehen, oder soll ich allein weiterlaufen und Hilfe holen?« fragte Betty. Sie deutete auf eine nicht weit entfernte Felsgruppe. »Ich kann dich in den Schatten da drüben bringen.«

Keine der beiden Alternativen gefiel Craigh sonderlich gut. Am liebsten hätte er die Augen wieder geschlossen und alles so belassen, wie es im Moment war; den Zauber des Augenblicks konserviert. Es war verrückt, jetzt daran zu denken, und vielleicht hatte ihm die Sonne ja wirklich einen Teil des Gehirns herausgebrannt, aber auf eine absurde Art genoß er die Situation, genoß er es, daß sich Betty Sorgen um ihn machte. Sie war ihm so nah wie nie zuvor, und obwohl ihre Berührung in keiner Form erotisch war, erregte ihn ihre Nähe.

Trotzdem wälzte er sich zur Seite und stemmte sich mühsam in die Höhe. Die Beine gaben unter ihm nach, und er wäre erneut gestürzt, wenn Betty nicht rechtzeitig zugegriffen und ihn aufgefangen hätte. Sein Ellbogen berührte ihre Brust, und wieder gelang es ihm nur mit Mühe, sein Verlangen zu unterdrücken.

Erstaunlich schnell überwand er seine Schwäche. Während der ersten Schritte mußte er sich noch auf Betty stützen, dann konnte er sich bereits wieder aus eigener Kraft auf den Beinen halten. Mit jeder verstreichenden Sekunde konnte er besser gehen. »Beeilen wir uns«, murmelte er.

»Das ist nicht dein Ernst.« Betty schaute ihn entgeistert an. »Warum willst du nicht gleich ein kleines Wettrennen machen? Ist dir eigentlich klar, daß du gerade deinen zweiten Zusammenbruch innerhalb von nur ein paar Stunden hattest?«

»Vom ersten habe ich mich schließlich auch sofort wieder erholt.«

»Das hast du geglaubt. Was es dir eingebracht hat, siehst du ja. Also hör auf, den starken Mann zu spielen. Wir werden jetzt schön langsam gehen, und wenn du auch nur die geringsten Anzeichen von Übelkeit verspürst, wirst du es mir sofort sagen, verstanden? Sonst wirst du mich nämlich mal wirklich sauer erleben.«

»Zu Befehl, Sir«, antwortete Craigh mürrisch und deutete einen militärischen Gruß an. »Deshalb brauchst du mich nicht wie ein kleines Kind zu behandeln.«

»Dann benimm dich auch nicht so.«

Craigh verbiß sich einen weiteren Kommentar und stapfte los. Abgesehen von einer Verkrampfung der Beinmuskeln und einem etwas flauen Gefühl im Magen ging es ihm wirklich schon wieder recht gut, aber er konnte verstehen, daß Betty ihm nicht glaubte. Er begriff es ja selbst nicht. Irgend etwas geschah mit ihm. Diese fast blitzartige Erholung war in der Tat nicht normal und schon gar kein Zeichen dafür, daß seine körperliche Konstitution besser als angenommen war. Als Kind hatte er gelegentlich Sport getrieben, und während eines Wettkampfes hatte er sich beim 4000-Yards-Lauf ebenfalls überanstrengt und war zusammengebrochen. Damals hatte er fast eine Stunde gebraucht, um wieder einigermaßen zu Kräften zu kommen. Allmählich begann Craigh zu glauben, daß Wenderworth doch nicht übertrieben hatte. Vielleicht sollte er wirklich einen Arzt aufsuchen, wenn er wieder in New York war.

Ziemlich genau eine Stunde nachdem Sondstrup sie verlassen hatte, erreichten sie wieder ihre Unterkunft.

»Ich nehme den Wagen, um zum Tor zu kommen«, sagte Betty. »Wahrscheinlich wird zwar inzwischen alles vorbei sein, aber ich will mich zumindest überzeugen. Du bleibst schön hier und ruhst dich aus.«

»Was? Du glaubst doch nicht ernsthaft, daß du mich davon –«

»Und ob ich das glaube, mein Lieber.« Die Entschlossenheit in ihrer Stimme verriet Craigh, daß er sie nicht mehr umstimmen konnte. Im Grunde hatte Betty ja auch recht. Trotzdem wollte er nicht so schnell aufgeben.

»Und die Fotos?« fragte er. »Weißt du, wie gut sich Fotos von so einer Auseinandersetzung in deiner Reportage machen würden? Wahrscheinlich kriegen wir sie sogar gleich mehrfach verkauft.«

»Wenn es etwas zum Fotografieren gibt, werde ich es selbst knipsen. Brauchen ja keine Meisterwerke zu sein. Und da du dein Lieblingsspielzeug nicht aus der Hand gibst, werde ich die Polaroid nehmen.«

»Dann kannst du auch gleich Skizzen malen.« Während Betty offenbar ernst meinte, was sie sagte, machte Craigh das Spielchen geradezu Spaß. Erstmals war aus der unpersönlichen, rein beruflichen Zusammenarbeit der Ansatz zu so etwas wie einem freundschaftlichen Verhältnis geworden. Er schaute sie treuherzig an. »Auf die paar Minuten kommt es doch nun auch nicht mehr an.«

»Du brauchst Ruhe, und dabei bleibt es. Wenn du nicht von allein zur Vernunft kommst, werde ich Doktor Wenderworth sagen, daß er dir eine Spritze geben soll, die dich für mindestens zwölf Stunden schlafen legt.«

»Das kannst du mir doch nicht antun!«

»Willst du es darauf ankommen lassen?« In ihren Augen blitzte es herausfordernd auf.

Craigh grinste plötzlich. »Weißt du, daß du bezaubernd aussiehst, wenn du dich aufregst?«

Dieses Kompliment kam so überraschend für Betty, daß sie ihn einige Sekunden sprachlos anstarrte. Dann gab sie es auf, nach einer passenden Erwiderung zu suchen, lächelte verlegen und eilte zur Tür. »Du hast die Polaroid vergessen«, rief Craigh ihr nach. Betty kam zurück, schnappte sich den Fotoapparat vom Tisch und verließ fast fluchtartig die Baracke.

Craighs Grinsen vertiefte sich noch. Eins zu null nach Punkten, dachte er. Eindeutig. Auch wenn er sich davor hütete, sich zu große Illusionen zu machen, sah es ganz so aus, als wäre das Eis zwischen ihnen endlich gebrochen. Dafür lohnte es sich auch, eine Weile hier herumzusitzen, zumal er sich ohnehin nicht vorstellen konnte, daß Betty bis zum Tor kommen würde. Wenn Sondstrup nicht einmal davor zurückschreckte, sie mitten im Park allein zu lassen, würde er auch keine Skrupel haben, Betty von seinen Männern einfach wegbringen zu lassen.

Lustlos blätterte Craigh eine Weile in den Unterlagen, die Sondstrup ihnen gegeben hatte. Aber die Gutachten und Dokumente interessierten ihn nicht sonderlich. Nachdem er sich nicht einmal die Hälfte angesehen hatte, klappte er den Hefter wieder zu und schaltete den Fernseher ein. Normalerweise haßte er das Fernsehen und begnügte sich mit einem Radio. Der Fernseher in seiner Wohnung in New York hatte schon vor Jahren den Geist aufgegeben und diente inzwischen nur noch als Blumenkasten. Craigh empfand für Leute, deren hauptsächliche Freizeitbeschäftigung darin bestand, sich von der Glotze berieseln zu lassen, nichts als Mitleid. Aber im Moment war es eine ganz gute Methode, um sich abzulenken und die Zeit totzuschlagen. Außerdem mußten bei ABC, dem einzigen Sender, den er klar empfing, gleich Nachrichten kommen. Vor zwei Tagen hatte er zum letzten Mal eine Zeitung aufgeschlagen. Er hatte keinen blassen Schimmer, was seither in der Welt passiert war.

Craigh streckte sich auf dem Bett aus. Er verschränkte die Hände hinter dem Kopf, schloß die Augen und hörte dem Sprecher zu. Viel Bedeutsames hatte sich nicht ereignet. Er war bereits halb eingeschlummert, als ihn eine der Meldungen wie elektrisiert in die Höhe fahren ließ.

Als sie in den Kombi stieg und losfuhr, war Betty immer noch verwirrt. Sie wußte schon seit einiger Zeit, daß Craigh scharf auf sie war. Als mehr hatte sie es nie betrachtet, und es wunderte sie auch nicht. Nach allem, was sie über ihn gehört hatte, war er auf jede Frau zwischen sechzehn und fünfzig Jahren scharf, die nicht gerade wie ein Troll aussah und nicht zuviel kostete – weder seelisch noch finanziell. Was sie hingegen wunderte, war seine Hartnäckigkeit. Westentaschencasanovas seines Formats gaben nach dem ersten Korb gewöhnlich ziemlich schnell auf und suchten sich ihre Befriedigung anderswo, da es ihnen nicht auf den Menschen, sondern nur auf den Sex ankam.

Craighs Interesse an ihr aber hatte während der Zeit, die sie ihn schon kannte, kein bißchen nachgelassen; ihm schien es wirklich um sie als Person zu gehen. Auch ihre Theorie, daß es sich um eine Art trotzigen Wunsch nach Selbstbestätigung handelte, geriet immer mehr ins Wanken. Sein Verhalten an diesem Nachmittag ergab nur unter einem einzigen Aspekt Sinn: Er versuchte, ihr zu imponieren. Er hatte sich in letzter Zeit verändert, das konnte sie nicht länger einfach ignorieren. Er trank kaum noch, gab sich beim Fotografieren Mühe, und selbst sein überheblicher Zynismus war längst nicht mehr so stark ausgeprägt wie zu Beginn ihrer Bekanntschaft. Wenn seine Versuche, mit ihr zu flirten, auch meist reichlich plump ausfielen, so lag es offenbar nicht daran, daß er ein frauenverachtender Macho war, sondern es war Ausdruck seiner schüchternen Unbeholfenheit – jedenfalls ihr gegenüber.

Betty wußte nicht recht, was sie von ihm halten sollte. Craigh sah nicht übermäßig gut aus, vor allem viel älter, als er in Wirklichkeit war. Erste graue Strähnen hatten sich bereits in sein Haar gemischt; seine Haut war faltiger, als in seinem Alter normal war. Narben seines Lebensstils in den letzten Jahren. Ihr gefielen sportliche, starke Männer, aber bislang hatte sie bei ihren Bekanntschaften nie besonderes Glück gehabt. Je besser ihr ein Mann vom Aussehen her gefiel, desto eingebildeter und zudem noch dümmer war er. Es schien fast ein Naturgesetz zu sein, daß sich Körper und Geist meist gegensätzlich entwickelten.

Nein, Craigh war nicht gerade der Typ Mann, auf den sie flog. Und doch hatte er etwas an sich, das sie fast magisch anzog. Es handelte sich nicht direkt um Sympathie, sie hatte ihre Haltung ihm gegenüber sogar mit einer geradezu wissenschaftlich nüchternen Neugier beobachtet. Viel wahrscheinlicher erschien es Betty, daß er unterbewußt ihre Mutterinstinkte ansprach. Vielleicht auch einfach eine soziale Ader. Er hatte ihr in gewisser Hinsicht von Anfang an leid getan, aber sie hatte dieses Gefühl stets unterdrückt, da sie wußte, daß er ganz bestimmt kein Mitleid brauchte. Und mehr war sie nie bereit gewesen, ihm zuzugestehen. Sie fragte sich, ob es ihm nur darum ging, sie ins Bett zu bekommen, oder um mehr. Vor allem aber fragte sie sich, ob er überhaupt in der Lage wäre, eine längerfristige Beziehung mit einer Frau aufrechtzuerhalten, und als ihr schließlich bewußt wurde, daß sie bereits länger über die Frage nachgrübelte, als für ihre Vorsätze gut war, verdrängte sie diesen Gedanken rasch.

In der Ferne konnte sie nun den Zaun sehen. Eine größere Menschengruppe hielt sich am Tor auf. Viele der Männer trugen die blauen Overalls der Werkschutztruppen. Zwischen ihnen sah Betty auch einige schwarze Jacken und Metall, das in der Sonne glänzte. Vermutlich Motorräder, aber sie war noch zu weit entfernt, um Einzelheiten zu erkennen.

Ein Jeep kam ihr entgegengebraust. Ein Stück vor ihr bremste der Fahrer, stieg aus und stellte sich Betty winkend in den Weg. Auch er trug einen blauen Overall. An seiner Hüfte baumelte eine Pistolentasche. Der Verschluß war geöffnet.

Betty ließ den Kombi ausrollen und kurbelte das Fenster herunter. »Was ist los?«

»Sie sind Miss . . . Miss Sanders, nicht wahr?« Ein sorgsam gestutzter Bart zierte die Oberlippe des Mannes, und ein Teil seines Gesichts war hinter einer spiegelnden Sonnenbrille verborgen. Auch jetzt störte es Betty, daß sie die Augen ihres Gegenübers nicht sehen konnte. Wer spiegelnde Gläser anstelle von dunkel getönten wählte, dem ging es meist nicht darum, sich vor dem Sonnenlicht zu schützen, sondern der wollte entweder besonders cool wirken, oder er versuchte seine Unsicherheit zu verbergen, was meist auf das gleiche hinauslief. Die dritte Möglichkeit war, daß es ihm darum ging, andere einzuschüchtern, daß die Brille quasi einen Teil der Uniform darstellte. Betty beschloß, bewußt selbstsicher aufzutreten.

»Richtig«, antwortete sie kühl. »Und mit wem habe ich das zweifelhafte Vergnügen?«

»Archer. David Archer.«

»Also gut, Mr. Archer, die Formalitäten haben wir hinter uns. Sie dürften wohl auch wissen, daß mein Kollege und ich

Gäste Professor Sondstrups sind. Es wäre nett, wenn Sie mich nicht bei meiner Arbeit stören würden.«

»Ich muß Sie enttäuschen, Miss Sanders, aber der Professor selbst hat mich gerade angewiesen, Sie auf keinen Fall ans Tor zu lassen.«

Betty lächelte. Es sah beinahe freundlich aus. »Und wie, bitte, wollen Sie das machen?«

»Ich . . .«

Betty starrte ihn eindringlich an, wollte ihn noch mehr verunsichern und aus dem Konzept bringen. »Sie müssen schon ein wenig lauter sprechen, wenn ich Sie verstehen soll, Mr. Archer.«

Verlegen zupfte sich der junge Mann am Ohrläppchen. »Bitte, Miss Sanders, machen Sie mir doch keine Schwierigkeiten.«

»Ich habe eher den Eindruck, als ob Sie *mir* Schwierigkeiten machen wollten. Was passiert denn, wenn ich jetzt einfach Gas gebe und weiterfahre? Werden Sie mich dann etwa erschießen?« Sie legte beißenden Sarkasmus in ihre Stimme, und ihr Lächeln wurde verächtlich.

»Natürlich nicht«, erwiderte Archer. »Das . . . das hat doch alles keinen Sinn. Professor Sondstrup möchte eben nicht, daß Sie das dort vorne mitbekommen, damit Sie keinen falschen Eindruck gewinnen.«

»*Falsch* soll in diesem Fall wohl *schlecht* heißen. Hören Sie, nach dem, was sich Sondstrup geleistet hat, müßte schon ein Massenmord geschehen, damit ich einen noch schlechteren Eindruck von den Verhältnissen hier bekäme. Also lassen Sie mich jetzt durch.«

»Tut mir leid, das darf ich nicht. Verstehen Sie mich doch, ich kann nicht anders handeln. Schließlich führe ich nur Anordnungen aus.«

»Dann holen Sie Sondstrup hierher. Ich will sofort mit ihm sprechen.«

»Auch das geht nicht, er ist zur Zeit zu beschäftigt.«

»Zum Teufel, Sie können mich nicht einfach so herumkommandieren. Ich bin Journalistin. Es gibt so etwas wie Pressefreiheit, und dies ist ein freies Land. Wenigstens habe ich das bisher geglaubt.«

»Nein, dies ist Privatbesitz«, korrigierte Archer. »Professor Sondstrup meinte, ich soll Sie daran erinnern, wenn Sie sich auf die Pressefreiheit berufen. Wir sind keineswegs verpflichtet, Ihnen zu allen Teilen des Geländes Zutritt zu gewähren.«

»Das mag stimmen, aber das Tor ist nicht einfach nur ein Teil des Geländes.« Betty kam eine Idee. »Ich möchte das Gelände jetzt sofort verlassen. Das können Sie mir nicht verbieten, sonst handelt es sich eindeutig um Freiheitsberaubung. Also lassen sie mich durch das Tor hinaus.«

»Das Verlassen des Geländes steht Ihnen selbstverständlich frei. Es gibt noch drei weitere Tore. Jedes davon können Sie anstandslos passieren. Bitte drehen Sie jetzt um und fahren Sie zurück.«

»Ich denke gar nicht daran.« Betty schüttelte den Kopf. Allmählich wurde sie sauer. »Ich werde jetzt einfach weiterfahren, und wenn Sondstrup mich nicht dort haben will, dann wird er mir das selbst sagen und begründen müssen, statt einen Stiefellecker vorzuschicken.«

Der junge Mann ließ sich nicht anmerken, ob die Beleidigung ihn traf. Er stützte seine Hände auf die Türkante. »Ich soll Sie so freundlich wie möglich behandeln, aber wenn –« Er sprach nicht weiter. Betty hatte sich im Sitz zurückgelehnt, und ohne zu zögern nutzte er die Gelegenheit. Blitzschnell streckte er die Hand aus und zog den Zündschlüssel ab. Der Motor erstarb.

Alles geschah so plötzlich, daß Betty keine Chance zum Reagieren blieb. »He!« protestierte sie, wütend auf sich selbst, daß sie sich so leicht hatte überrumpeln lassen. »Geben Sir mir sofort den Schlüssel wieder.«

»Das wird Professor Sondstrup persönlich erledigen. Später.«

Betty stieß die Tür so heftig auf, daß sie Archers Knie traf. Der junge Mann trat zwei Schritte zurück, um das Gleichgewicht zu halten. Mit kampfeslustig geballten Fäusten ging Betty auf ihn zu. »Den Schlüssel«, forderte sie noch einmal. »Jetzt sofort!«

Archer wich nicht einmal vor ihr zurück. Im gleichen Moment, in dem er den Schlüssel abgezogen hatte, war eine Wandlung mit ihm vorgegangen. Nichts war mehr von seiner Unsicherheit zu spüren. Er hatte ihr nur etwas vorgespielt, um sie in Sicherheit zu wiegen, begriff Betty. Zunächst hatte er es auf die freundliche Tour versucht, aber nachdem es nichts genutzt hatte, besaß er nun keine Skrupel mehr, entschlossener vorzugehen, da er sich damit trösten konnte, nur Befehle auszuführen.

»Es ist wohl besser, wenn Sie jetzt in Ihre Unterkunft zurückkehren«, sagte Archer kühl. »Wenn Sie möchten, fahre ich Sie hin.«

»Zu freundlich«, fauchte Betty. »Aber ich kann selbst fahren, solange mir niemand den Zündschlüssel stiehlt. Ich werde bis drei zählen, und wenn ich den Schlüssel dann nicht zurück habe, werde ich Sie wegen Diebstahls anzeigen. Sie haben kein Recht –«

»Doch«, unterbrach Archer sie. »Habe ich.« Er stemmte provozierend die Fäuste in die Hüften. Mit seiner spiegelnden Sonnenbrille erschien er Betty mit einem Mal wie die personifizierte Drohung. Im gleichen Maße, in dem seine Selbstsicherheit wuchs, schrumpfte ihre eigene. »Ich hindere Sie daran, Landfriedensbruch zu begehen. Wie Sie selbst gesagt haben, sind Sie und Ihr Kollege nur Gäste hier. Daran sollten Sie gelegentlich denken. Und wenn Sie darauf bestehen, den Schlüssel sofort zurückzubekommen, werfe ich ihn Ihnen zu. Allerdings kann ich nicht besonders gut zielen, müssen Sie wissen. Es könnte schwierig werden, ihn in diesem Gelände wiederzufinden.«

Betty wurde blaß. Sie fühlte sich zutiefst gedemütigt. Wenn sie etwas haßte, dann war es, einem anderen Menschen ausgeliefert zu sein. Und Archer hielt zur Zeit alle Trümpfe in der Hand. Wortwörtlich.

»Das ist nicht . . . nicht fair«, war alles, was sie herausbrachte.

»Was ist schon fair?« Gleichgültig zuckte Archer die Achseln. »Es ist wirkungsvoll, und das ist viel wichtiger. Und jetzt sollten Sie zu Ihrer Unterkunft zurückkehren, bevor Sie etwas sagen, das Ihnen hinterher vielleicht leid tut.«

»Nein.« Betty schüttelte den Kopf. »Stecken Sie sich den verdammten Schlüssel meinetwegen sonstwohin. Das Stück kann ich auch zu Fuß gehen. Um mich daran zu hindern, müssen Sie schon Gewalt anwenden. Und ob Sie einer Journalistin gegenüber handgreiflich werden, sollten Sie sich sehr gründlich überlegen«, sagte sie, mehr aus Trotz denn aus Überzeugung.

Archer seufzte. »Was wollen Sie eigentlich mit diesem Theater bezwecken, Miss Sanders? Es gibt kein Publikum, und ich sitze ohnehin am längeren Hebel. Wenn Sie die Angelegenheit auf die Spitze treiben, muß ich Sie des Geländes verweisen. Dazu bin ich ausdrücklich befugt, wenn alles andere nichts hilft.«

»Das ist Erpressung. Was glauben Sie, was ich in diesem Fall in meiner Reportage –«

»Schreiben Sie, was Sie wollen«, entgegnete Archer scharf. »Damit habe ich nichts zu tun, das ist Professor Sondstrups Problem. Wir wollen zwar eine uns wohlgesinnte Presse haben, aber deshalb lassen wir uns keine Forderungen diktieren. Es gibt Hunderte von Journalisten, die sich bestimmt kooperativer zeigen werden.« Seine Stimme wurde etwas sanfter. »Sobald Sie sich etwas beruhigt haben, werden Sie einsehen, daß ich recht habe. Kommen Sie jetzt, ich fahre Sie zurück.«

»Sie können mich mal!« schrie Betty unbeherrscht. Sie warf sich auf den Fahrersitz, knallte die Tür zu und kurbelte die Scheibe hoch. Vor Wut, Empörung und Ärger über ihre Hilflosigkeit bebte sie am ganzen Körper. Sie konnte nicht verhindern, daß ihr Tränen in die Augen stiegen, und sie ballte die Fäuste so fest, daß ihr die Fingernägel ins Fleisch schnitten. Archer blieb noch einige Sekunden unschlüssig stehen, dann kehrte er zu seinem Jeep zurück und setzte sich ebenfalls, fuhr jedoch nicht weg.

Betty zündete sich eine Zigarette an. Sie rauchte in hastigen tiefen Zügen und drückte die Kippe erst aus, als die Glut fast ihre Finger verbrannte. Der Rauch kratzte in ihrem Hals, trotzdem setzte sie sofort eine weitere Zigarette in Brand. Allmählich beruhigte sie sich etwas. Sondstrup würde sein heutiges Verhalten noch bedauern. Betty nahm sich vor, in ihrer Reportage kein gutes Haar an dem Park zu lassen, auch wenn sie jetzt schon wußte, daß sie spätestens in ein paar Stunden anders denken würde, wenn mit ihrem ersten Ärger auch der Trotz verraucht sein würde. Bei allen noch so scharfen Angriffen gegen Sondstrup und seine Wachmannschaften war es doch ihre Pflicht, eine gewisse Objektivität zu wahren. Aber daran wollte sie jetzt nicht denken.

Sie starrte durch die Windschutzscheibe nach vorne. Auch jetzt war nicht viel von dem zu erkennen, was am Tor vorging. Es schien leichte Handgreiflichkeiten zu geben. Jetzt bedauerte es Betty, daß sie Craigh nicht mitgenommen hatte. Mit seiner Spitzenkamera und einem starken Teleobjektiv hätte er vielleicht selbst aus dieser Entfernung noch brauchbare Fotos schießen, zumindest Einzelheiten erkennen können. Für die Polaroid jedoch besaß sie nicht einmal ein Tele.

Betty rauchte die Zigarette zu Ende, dann stieg sie aus. Wenn der Wagen bei der Sonnenglut stillstand, stieg die Temperatur im Inneren ins schier Unerträgliche. Ohne Archer auch nur eines Blickes zu würdigen, machte sie sich zu Fuß auf den Rückweg. Sie brauchte mehr als eine halbe Stunde, bis sie die Unterkunft erreichte. Ihre nackten Arme röteten sich bereits beträchtlich, und ihre Gesichtshaut prickelte, wenn sie sie berührte. Wahrscheinlich würde sie einen ordentlichen Sonnenbrand bekommen. Sie hätte sich vorher eincremen sollen.

Aufatmend trat Betty in die kühlere Baracke. Sie murmelte einen flüchtigen Gruß in Craighs Richtung, der auf seinem Bett lag. Sofort ging sie zu ihrem Kosmetikkoffer, nahm die Flasche mit der Sonnenmilch heraus und verteilte etwas auf ihre Arme und das Gesicht. Vielleicht konnte sie auf diese Art noch verhindern, daß der Sonnenbrand allzu schlimm wurde.

»Sondstrup kann was erleben, wenn ich ihn in die Finger bekomme«, stieß sie hervor. Der größte Teil ihrer Wut war inzwischen verraucht, aber es war immer noch genug übrig, daß sie nach einem Ventil suchte, um sich abzureagieren. »Er hat das Gelände um das Tor sperren lassen und einen arroganten Scheißer geschickt, um mich abzufangen. Hat sogar gedroht, uns rauszuwerfen, wenn ich nicht umkehre. Aber das lasse ich mir nicht einfach so gefallen. Ich werde ... He, hörst du mir überhaupt zu?«

Sie drehte sich zu Craigh um. Er lag immer noch reglos auf dem Bett. Erst jetzt merkte Betty, daß etwas nicht stimmte. Craigh war unnatürlich blaß, seine Mundwinkel zuckten. Seine Augen waren weit aufgerissen, aber er schien direkt durch sie hindurchzustarren. »Was ist los mit dir?« Sie trat neben das Bett und rüttelte ihn an der Schulter. »Nun sag schon was.«

Langsam klärte sich sein Blick. »Betty«, murmelte er. »Endlich.«

»So lange war ich nun auch nicht weg. Was ist denn? Du siehst aus, als wäre dir der Leibhaftige begegnet.«

»Nicht ganz.« Craigh rang sich ein Lächeln ab. »Aber so etwas Ähnliches.«

»Nun erzähl schon.«

Er schaute auf seine Uhr. »Bitte, mach den Fernseher an. Gleich sind wieder Nachrichten. Dann kannst du es selbst sehen.«

Verständnislos drückte Betty auf den Einschaltknopf des Fernsehers. Ein Reklamespot für ein Waschmittel flimmerte über die Mattscheibe. Offenbar unterschied sich das australische Programm nicht sehr vom amerikanischen. »Warum erzählst du mir nicht einfach alles, statt mich auf die Folter zu spannen?« fragte Betty. »Deinem Gesicht nach scheint ja ein Atomkrieg ausgebrochen zu sein.« Sie bekam keine Antwort und wandte sich wieder dem Fernseher zu. Einige weitere Werbespots folgten, dann ein Überblick über das Abendprogramm, und nach einer kurzen Pause erschien schließlich das lächelnde Gesicht eines Ansagers auf dem Bildschirm.

»Es ist achtzehn Uhr«, sagte der Sprecher. »Australian Broadcasting Company sendet Nachrichten.«

Es folgten die üblichen Meldungen. Ein Treffen des amerikanischen Außenministers mit seinem russischen Amtskollegen. Ein Bombenanschlag in Belfast, einer in Medellin. Ein Flugzeugabsturz über der Karibik. Ein mißlungener Putschversuch irgendwo in Afrika. Betty wurde unruhig. Meldungen dieser Art sah, hörte oder las sie nahezu jeden Tag. Einige davon mochten schrecklich sein, aber die Gewöhnung hatte auch zu einer Abhärtung geführt. Nichts davon berührte sie wirklich, und sie konnte sich nicht vorstellen, daß es Craigh anders erging. Gerade ihm nicht. Was also hatte ihn so erschreckt?

Nationale Nachrichten folgten den internationalen. Ein mutmaßlicher Korruptionsskandal in der australischen Regierungsspitze. Scharfe Angriffe der Opposition, Dementis der Regierungsvertreter. Ein Banküberfall in Melbourne, die Täter konnten ohne Blutvergießen überwältigt werden. Eine Beschlagnahmung von zehn Kilogramm Kokain im Hafen von Sydney. Betty zündete sich eine Zigarette an, als ihre Aufmerksamkeit plötzlich von einer weiteren Meldung geweckt wurde.

»... wurde der Anführer einer Motorradgang mit schweren Verletzungen von einem Rettungshubschrauber eingeliefert. Nach Verlautbarungen der Polizei scheint es sich um einen Machtkampf rivalisierender Rockergruppen gehandelt zu haben, die sich in der Nähe des im Bau befindlichen Touristik-Parks in der Victoria-Wüste zu Protesten zusammengefunden haben. Laut Zeugenaussagen haben die Anführer der beiden Gruppen eine Art Rallye ausgetragen, bei der es offenbar zu Tätlichkeiten gekommen ist. Der Schwerverletzte befindet sich noch in Lebensgefahr und ist zur Zeit nicht vernehmungsfähig. Von dem mutmaßlichen Täter fehlt gegenwärtig jede Spur. Bislang hat sich die Polizei geweigert, die Namen der Betroffenen bekanntzugeben, wir sind jedoch zuversichtlich, Ihnen im Laufe der nächsten Stunden nähere Informationen mitteilen zu können. Und nun zum Wetter ...«

Betty schaltete den Fernseher aus. »Ich begreife nicht, was daran so Besonderes sein soll, auch wenn es hier direkt in der Nähe stattfand«, wandte sie sich an Craigh. »Solche Machtkämpfe gibt es doch dauernd.«

»Du kannst das nicht begreifen«, murmelte Craigh. »Es ... hat etwas mit meinem Alptraum zu tun. Ich weiß nicht richtig, wie ich es dir erzählen soll.«

»Am besten von Anfang an. Und möglichst lückenlos.«

»Aber halt mich hinterher nicht für verrückt. Ach was, das wirst du ohnehin tun. Also, ich habe geträumt, Pilot eines Flugzeugs zu sein. Nein, stimmt so nicht ganz. Ich habe geträumt, jemand zu sein, der Pilot ist.«

»Aha«, machte Betty. »Ich begreife zwar nicht ganz, wo da der Unterschied liegt, aber ist ja auch egal.«

»Ist es nicht«, widersprach Craigh. »Normalerweise träumt man von sich selbst, nicht von einem völlig Fremden. Es war so, als hätte es mich in seinen Körper verschlagen, und ich würde nun an all seinen Empfindungen teilhaben, verstehst du? Jedenfalls bin ich im Traum vergangene Nacht irgendwo hier in der Nähe herumgeflogen. Dabei habe ich eine Gruppe von Rockern gesehen. Begreifst du, heute mittag wußte ich noch gar nicht, daß welche zu den Demonstranten gehören. Bei unserer Ankunft haben wir kein einziges Motorrad gesehen, und Sondstrup hat uns auch nichts davon erzählt. Deshalb war ich so erschrocken, als ich durch seine Funksprüche von ihnen erfahren habe.«

»Ein Zufall«, warf Betty ein. »Sonderbar, aber ein Zufall. Ich habe auch schon von Soldaten geträumt, und am Tag darauf brachen in irgendeinem Krisengebiet neue Kämpfe aus. Oder von einem Bekannten, den ich seit Ewigkeiten nicht gesehen hatte und der mich kurze Zeit später besuchte.« Sie machte eine weitausholende Handbewegung. »So etwas passiert immer wieder, ohne daß es etwas zu bedeuten hat. Worauf willst du hinaus? Hellseherische Fähigkeiten?«

»Der Traum war so klar wie kein anderer, den ich jemals gehabt habe«, erzählte Craigh weiter. »Ich habe nicht nur die Rockergruppe gesehen, sondern kurze Zeit später zwei weitere Motorradfahrer mitten in der Wüste. Der eine von ihnen lag am Boden, der andere bedrohte ihn mit einer Schnur oder etwas Ähnlichem, wahrscheinlich einer Kette. Nennst du das vielleicht auch noch Zufall?«

Erwartungsvoll schaute er Betty an. Sie schwieg einige Sekunden lang. »Craigh, was soll das?« fragte sie dann. »Wir befinden uns hier nicht in einem Horrorfilm. Diese Geschichte nimmt dir nicht einmal ein zehnjähriges Kind ab.« Sie seufzte.

»Wenn du dich auf diese Art interessanter machen willst, dann ist es eine reichlich blöde Masche. Gib schon zu, daß du dir das alles gerade erst ausgedacht hast.«

»Nein!« protestierte er. »Es ist alles genauso gewesen, wie ich es dir erzählt habe. Ich konnte es so deutlich sehen wie in einem Film.«

»Aber natürlich. Bestimmt hat jemand ein Videoband mit den Ereignissen der vergangenen Nacht geradewegs in deine Gedanken projiziert.«

»Du glaubst mir also nicht«, sagte Craigh bitter. »Aber das ist noch kein Grund, dich über mich lustig zu machen.«

Er wußte selbst, wie phantastisch seine Geschichte klang, trotzdem hatte er sich anstelle von Spott wenigstens ein bißchen Verständnis von Betty erhofft. Es war anscheinend ein Fehler gewesen, ihr überhaupt etwas zu erzählen. Wenn schon, dann hätte er es direkt nach dem Aufwachen tun müssen. Aber wahrscheinlich hätte sie selbst dann vermutet, daß er irgendwie vorher etwas erfahren hätte. Ihr jetzt noch vom weiteren Verlauf des Traums, dem Angriff des Pteranodon zu erzählen, wäre völlig sinnlos. Sie würde ihm davon erst recht entweder kein Wort glauben oder irgendwelche psychologischen Erklärungen finden.

»Okay, Craigh, es tut mir leid.« Betty hob abwehrend die Hände. »Ich wollte dich nicht verspotten. Aber du solltest dich selbst einmal hören. Du glaubst doch nicht ernsthaft an übernatürliche Vorkommnisse und hellseherische Träume, das kannst du mir nicht erzählen.«

»Ich weiß selbst nicht mehr, was ich glauben soll.« Craigh verzog das Gesicht, griff nach den Zigaretten und zündete sich eine an. Er rauchte hastig, inhalierte den Rauch jedoch nicht, sondern blies ihn sofort wieder aus. »Von Hellseherei, einem Blick auf Ereignisse in der Zukunft, kann dabei schon mal keine Rede sein, da alles bereits in der vergangenen Nacht stattfand. Ich möchte nur wissen, wie ich davon wissen konnte.«

Betty zuckte mit den Schultern. »Du bist einfach überreizt. Vielleicht wegen der grellen Sonne. Meistens vergißt man zumindest Teile eines Traums, und dann springt die Phantasie ein. Du warst vorhin nicht gerade in bester Verfassung, als du die Nachrichten zum ersten Mal gehört hast, da haben sich Phantasie und Realität wohl vermischt. Du bildest dir nur ein, von den beiden Motorradfahrern geträumt zu haben. Diese Erklärung erscheint mir am wahrscheinlichsten.«

»Aber die wahrscheinlichste Erklärung ist nicht immer auch die richtige.«

»Mag sein.« Betty nickte. »Aber das stellt sich immer erst am Ende heraus, und bis man mir das Gegenteil beweist, halte ich mich daran. Ich bin Journalistin, und schon berufsmäßig orientiere ich mich deshalb nur an Fakten. Bislang zumindest habe ich gedacht, dir erginge es genauso.«

Craigh drückte seine erst halb gerauchte Zigarette im Aschenbecher aus. »Vielleicht hast du recht. Aber trotzdem . . .« Er schaute ihr direkt ins Gesicht. »Du hältst mich für verrückt, nicht wahr?«

»Nein. Höchstens für etwas verwirrt.«

»Und wo ist da der Unterschied?«

Betty zögerte; nicht, weil sie die Antwort nicht wußte, sondern weil sie überlegte, wie sie ihre Gedanken in Worte fassen sollte.

»Wahnsinn ist, wenn der Verstand ernsthaft geschädigt oder sogar zerstört wurde. Und geistige Verwirrung – das Wort sagt es ja schon. Vielleicht kann dein Gehirn nicht auf einen Schlag alles verarbeiten: die vielen neuen Eindrücke der letzten Stunden, den Klimawechsel, eben alles. Du brauchst ein bißchen Ruhe, und spätestens morgen wirst du wahrscheinlich über deine eigenen Worte lachen.«

»Und wenn nicht?«

Betty runzelte die Stirn. »Was meinst du?«

»Nehmen wir einmal an, ich habe noch mehr dieser . . .« Craigh stockte. Er hatte *Visionen* sagen wollen, fuhr aber statt dessen fort: ». . . dieser Träume, und sie stellen sich als wahr heraus. Was dann?«

»Dann«, sagte Betty gedehnt, »würdest du Bredham eine große Freude machen. Wenn du in der Klapsmühle landest, ist er dich endlich los. Und allein deshalb wirst du schon nicht verrückt werden, wie ich dich kenne.«

»Vielleicht gäbe es auch ein paar praktische Anwendungen. Ich sollte mich auf Lotterien konzentrieren.« Craigh lächelte gequält. Er war nicht zu Scherzen aufgelegt, sondern spielte Betty die Selbstironie nur vor, um sie über seine wahren Gefühle hinwegzutäuschen. Schon jetzt wußte er, daß er keine Ruhe finden würde, bevor er eine überzeugende Erklärung gefunden hatte. Es gab nur eine Möglichkeit, herauszufinden, ob auch noch andere Teile seines Traums der Realität entsprachen. Es würde nicht schwer sein, Betty dazu zu überreden. »Vielleicht bin ich wirklich nur überreizt«, sagte er so unbefangen wie möglich. »Sprechen wir nicht mehr davon, wir kommen ohnehin nicht weiter. Allerdings möchte ich unbedingt mit diesen Rockern reden. Das dürfte wohl auch in deinem Interesse liegen.«

»Allerdings. Gut, ich bin einverstanden. Fahren wir morgen hin, auch wenn Sondstrup Gift und Galle spuckt. Davon kann er uns nicht abhalten.«

»Lieber wäre es mir, wenn wir –«

Craigh kam nicht zum Ausreden, denn in diesem Moment klopfte es an der Tür. Sondstrup trat ein. Betty sprang auf, trat auf ihn zu und blieb mit in die Hüften gestemmten Händen vor ihm stehen.

»Ist ja großartig«, fauchte sie. Ihr in den letzten Minuten abgekühlter Zorn flammte bei seinem Anblick schlagartig wieder auf. »Sie wagen sich also tatsächlich hierher, als ob nichts gewesen wäre. Daß Sie sich mit ihren Polizeistaatmethoden alle Sympathien verscherzt haben, können Sie sich ja wohl denken.«

Sondstrup machte ein zerknirschtes Gesicht. »Ich habe vielleicht etwas überreagiert, aber ich bin von den Ereignissen selbst überrollt worden«, erklärte er entschuldigend. »Sehen Sie, man hat mir die Verantwortung für dieses Millionenunternehmen übertragen, und wenn seine Sicherheit bedroht ist, treffe ich deshalb lieber ein paar zu harte Entscheidungen, als eine einzige Nachlässigkeit zu begehen.«

»Das meine ich nicht«, entgegnete Betty. »Ich meine, wie Sie sich uns gegenüber verhalten haben. Haben wir vielleicht auch die Sicherheit bedroht, daß Sie uns einfach im Park stehengelassen haben?«

»Es tut mir leid ...«

»Das sollte es auch«, unterbrach ihn Betty aufgebracht. »Craigh hatte auf dem Rückweg erneut einen Kreislaufkollaps, und das nur, weil Sie es nicht für nötig hielten, uns ebenfalls abholen zu lassen.«

»Ich sagte doch schon, daß es mir leid tut.« Er blickte zu Craigh. »Ich hatte sie vor dem Mitkommen gewarnt, aber Sie hielten sich ja schon wieder für fit. Wir haben offenbar alle Fehler gemacht.« Sondstrups Stimme war eine Spur schärfer geworden, aber Betty schien es nicht einmal wahrzunehmen.

»Wenn es wirklich Fehler waren«, sagte sie. »Sie wollten doch nur verhindern, daß wir mitbekommen, was am Tor passiert. Aber das war ein klassisches Eigentor. Glauben Sie nicht, daß ich dieses Verhalten in meinem Artikel unerwähnt lasse!«

Craigh hielt für einen Moment die Luft an, aber Sondstrup blieb erstaunlicherweise auch jetzt noch ruhig. »Die Drohung, Sie des Geländes zu verweisen, war natürlich nicht wörtlich gemeint«, sagte er. »Mr. Archer hat seine Anweisungen, Sie vom Tor fernzuhalten, wohl etwas zu genau genommen. Und das alles richtete sich auch nicht gegen Sie persönlich, war zum Teil sogar zu Ihrem Schutz gedacht. Wie schon gesagt, ich war nervös und überreizt. Erst die Zerstörung des Pteranodon, dann die Drohung, daß diese Rocker gewaltsam einzudringen versuchten – die Meldung hörte sich allerdings dramatischer an, als sie in Wirklichkeit war. Ich kann Ihnen versichern, daß Sie nichts versäumt haben. Es hat weder Handgreiflichkeiten noch sonstigen Ärger gegeben.«

»Aber begreifen Sie denn nicht, daß es um das Prinzip geht? Sie selbst haben doch gesagt, Sie wünschen sich kritischen Journalismus. Wir sollen uns frei umsehen können, um uns eine eigene Meinung zu bilden. Das waren wohl nur schöne Worte?«

»Keineswegs. Aber ich bin den Umgang mit der Presse eben noch nicht gewöhnt. Ich versichere Ihnen, daß etwas Derartiges nicht mehr passieren wird.« Sondstrup lächelte und breitete in einer jovialen Geste die Arme aus. »Ich hoffe, daß Sie mir dieses eine Mal noch verzeihen können. Um meinen guten Willen zu zeigen und mich zu entschuldigen, habe ich eine kleine Überraschung für Sie vorbereiten lassen. Für Sie und alle Mitarbeiter wird heute abend eine kleine Feier stattfinden. Nun, was sagen sie dazu?«

»Das ist sehr nett, Professor, aber –«

»Kein *Aber*, bitte. Ich habe das extra arrangiert, damit Sie Gelegenheit haben, während der Feier mit allen Mitarbeitern zu sprechen – abgesehen von einigen Sicherheitskräften, denn gerade nach diesen Vorfällen können wir das Gelände natürlich nicht völlig unbewacht lassen. Also sagen Sie schon ja. Sie würden mir eine große Freude machen.«

»Wir werden kommen«, stimmte Betty nach kurzem Zögern widerstrebend zu. »Aber glauben Sie nicht, daß ich deshalb alles vergesse, was geschehen ist.«

»Das erwarte ich auch gar nicht. Sagen wir also um halb acht im Aufenthaltsraum. Es ist das große Gebäude, in dem wir bereits heute mittag gegessen haben. Bis dann. Ich habe noch einiges zu erledigen.«

»Du läßt nach«, sagte Craigh mit mildem Spott, nachdem Sondstrup gegangen war. »Hattest du nicht vor, ihn in der Luft zu zerreißen? Seit wann läßt du dich so leicht einwickeln?«

»Die blöden Kommentare kannst du dir sparen.« Betty schaute verdrossen zu Boden. »Ich kann dem Kerl einfach nicht richtig böse sein, wenn ich ihm direkt gegenüberstehe. Aber das hat nichts damit zu tun, daß ich mich einwickeln ließe.«

»Doch, hat es.« Craigh nickte bekräftigend und stand auf. »Mir geht es ja selbst nicht anders. Rhetorisch ist er uns beiden überlegen. Diese verdammte Feier ist ein weiteres taktisches Meisterstück.«

»Wieso? Das scheint doch ausnahmsweise mal wirklich nett gemeint zu sein.«

»Von wegen. Er weiß genau, daß wir wegen der Vorfälle planen, mit den Demonstranten zu reden. Verbieten kann er es uns nicht, also bringt er uns auf diese ach so nette Tour davon ab.

Aber nicht mit mir.« Craigh ging zur Tür. »Uns bleibt noch knapp eine Stunde. Kommst du mit?«

Betty lächelte. »Soll das ein Witz sein?«

Craigh hatte sich immer noch nicht an den Anblick der Wüste gewöhnt, obwohl er in den letzten Tagen wahrlich Gelegenheit genug dazu gehabt hatte. Er war ein Stadtmensch; im Labyrinth von Straßenschluchten, Wolkenkratzern, Geschäften, Imbißbuden und Bars fühlte er sich zu Hause. Die Weite und Monotonie dieses Landes hingegen bedrückten ihn. Sandhügel, so weit der Blick reichte, dazwischen gelegentlich einige im Laufe der Jahrtausende glattgeschmirgelte Felsbrocken. Es schien, als hätte die Natur bei der Erschaffung der Welt den Bauschutt hier abgeladen, den sie sonst nirgendwo hatte brauchen können. Oder, dachte Craigh, dem diese Vergleiche gefielen, als hätte sie irgendwann die Lust verloren und dieses gigantische leere Loch einfach mit Sand vollgeschaufelt.

»Das ist verrückt«, sagte Betty. »Wir hätten bis morgen warten sollen. So handeln wir uns höchstens unnötigen Ärger ein.«

»Glaube ich nicht«, widersprach Craigh, ohne sie anzusehen. »Diese Feier ist eine einzige Farce. Aus irgendeinem Grund will Sondstrup verhindern, daß wir noch heute hierhin fahren. Ich weiß nicht, warum, aber gerade das will ich herausfinden.«

Nachdem Betty eingesehen hatte, daß sie ihn von seinem Vorhaben nicht mehr abbringen konnte, hatte sie sich ihm nach kurzem Zögern angeschlossen. Ohne Schwierigkeiten hatten sie das Gelände verlassen können, und auf die Frage, wo sich die Demonstranten aufhielten, hatten die Posten am Tor ihnen sogar bereitwillig den Weg erklärt. Der Grund für diese Hilfsbereitschaft war Craigh allerdings sehr schnell klargeworden. Sie hätten ihr Ziel auch sonst kaum verfehlen können, da die Reifen der Motorräder deutliche Spuren im Sand hinterlassen hatten.

Sie waren noch keine drei Meilen vom Tor entfernt, als Craigh nach vorn deutete. »Das scheint es zu sein.« Eine kleine Siedlung ragte hinter einer Sanddüne auf; niedrige Steinhütten, die sich wie schutzsuchende Tiere aneinanderdrängten und mehr wie Ställe denn wie Behausungen von Menschen wirkten. Spärliches, halb verdorrtes Gras sproß um die Hütten, auch die blattlosen Skelette einiger verkrüppelter Büsche waren zu sehen. Offenbar hatte es sich einst um eine Art Oase gehandelt, die inzwischen jedoch fast ausgetrocknet war und den hier lebenden Menschen und ihrem wenigen Vieh höchstens noch das Allernotwendigste zum Leben bot.

Ein Stück entfernt waren mehr als drei Dutzend Zelte aufgeschlagen worden. Vor vielen standen Motorräder. Aus Kofferradios und Kassettenrekordern drang laute Musik, überwiegend Heavy-Metal. Ein paar junge Leute, fast nur Männer, schlenderten umher und unterhielten sich oder bastelten an den Maschinen herum. Einige der Motorräder sahen aus, als hätten sie sich mit einer Planierraupe angelegt.

Dicht vor dem ersten Zelt parkte Betty den Kombi. Einige der Rocker legten ihre Werkzeuge weg, standen auf und kamen näher.

»Sehen nicht gerade vertrauenerweckend aus«, sagte Craigh. »Laß mich zuerst allein mit ihnen reden.«

»Vergiß es«, gab Betty zurück und stieg aus. »Ich brauche keinen Beschützer. Schließlich wollen wir uns nur unterhalten.« Sie trat auf den vordersten der Rocker zu, einen bärtigen, dunkelhaarigen Mann von vielleicht fünfundzwanzig Jahren, der über einer schwarzen Lederhose nur eine nietenbeschlagene Jeansweste trug, auf deren Rückseite das Covermotiv einer *Iron-Maiden-Platte* genäht war. »Betty Sanders«, stellte sie sich vor. »Ich komme vom TIME-LIFE-Magazin und –«

»Den Rest können Sie sich sparen«, fiel ihr der Bärtige unfreundlich ins Wort. Sein Gesicht hatte sich verdüstert. »Den Krampf haben wir heute schon ein paarmal gehört. Wenn Sie sich einen Haufen Ärger ersparen wollen, dann steigen Sie am besten wieder in Ihren Wagen und verschwinden von hier.« Er deutete auf Craigh. »Und nehmen Sie den Kerl da gleich mit.«

Die unverhohlene Feindseligkeit brachte Betty im ersten Moment aus der Fassung, aber sie fing sich sofort wieder. Situationen wie diese hatte sie in den letzten Jahren oft genug erlebt, und sie wußte, wie sie darauf zu reagieren hatte. »Könnte es eventuell sein, daß Sie etwas gegen die Presse haben?« fragte sie mit zuckersüßem Lächeln.

Darauf wiederum war ihr Gegenüber nicht vorbereitet. Er brauchte ein paar Sekunden, bis er ein einfallsloses »Allerdings« knurrte.

»Dann verstehen wir uns ja, ich kann nämlich auch nicht sagen, daß Sie mir umwerfend sympathisch sind. So, nachdem wir unsere gegenseitige Position abgesteckt haben, können wir uns ja wohl wie vernünftige Menschen unterhalten. Gibt es hier vielleicht irgendwo ein kaltes Bier?«

Einen Moment lang sah es so aus, als wollte sich der Bärtige auf Betty stürzen. Dann entspannte sich sein Gesicht, und er begann schallend zu lachen. »Sie sind okay, Lady«, sagte er. »Aus dem Interview wird aber trotzdem nichts. Ich habe besseres zu tun, als schwachsinnige Fragen zu beantworten. Das war's. Leben Sie wohl.«

Er wandte sich ab und wollte weggehen, aber Craigh hielt ihn am Arm fest. »Einen Moment mal, wir –« Im nächsten Moment verlor er den Boden unter den Füßen. Fluchend rappelte er sich wieder auf. Sand knirschte zwischen seinen Zähnen, und er spie ein paarmal aus.

»Versuchen Sie nicht noch einmal, mich anzufassen«, sagte der Bärtige drohend. »Und jetzt verschwinden Sie, bevor ich *richtig* ungemütlich werde. Sie können ja in Ihrem Blättchen darüber schreiben, wie Sie von einer Schlägerbande angegriffen und bedroht worden sind. So was gibt doch immer eine nette Schlagzeile.«

Craigh entschloß sich, alles auf eine Karte zu setzen. »Urzeitmonster, die Flugzeuge und Menschen angreifen, interessieren mich viel mehr«, gab er einen Schuß ins Blaue ab.

Das saß. Einige Sekunden lang herrschte atemlose Stille, ein paar der Männer wurden blaß. Ihre Reaktion zeigte Craigh, daß er ins Schwarze getroffen hatte. Auch Betty runzelte die Stirn und schaute ihn verwirrt an. Kein Wunder; da er ihr nur einen Teil seines Traumes erzählt hatte, konnte sie von allen am wenigsten begreifen, worauf er hinauswollte.

Ohne ein weiteres Wort ging der Bärtige zu den Zelten zurück, doch ein junger Aborigine vertrat ihm den Weg. »Du wolltest doch unbedingt herausfinden, was letzte Nacht geschehen ist, Dick«, sagte er. »Dann solltest du ihnen zuhören. Scheint so, als wüßten sie etwas.«

»Halt dich da raus, Nipper. Ich habe keine Lust, diesen Presseschmierern –«

»Vielleicht lohnt es sich doch. Wir können uns wenigstens anhören, was sie zu sagen haben.« Einige der Umstehenden nickten beifällig.

Der Bärtige zögerte, dann kehrte er zu Betty und Craigh zurück. »Also gut. Sie haben genau eine Viertelstunde Zeit. Kommen Sie.« Er führte sie zwischen den Zeltreihen hindurch zu einem besonders großen Zelt in der Mitte des Camps, in dem einige Campingtische und -stühle standen. »Raus hier!« befahl er den Rockern, die sich im Zelt aufhielten. »Ich will mich in Ruhe mit unseren Gästen unterhalten.« So, wie er *Gäste* aussprach, klang es wie ein Schimpfwort. Murrend gehorchten die Anwesenden, lediglich Nipper setzte sich mit an einen Tisch.

»Warum diese Feindseligkeit der Presse gegenüber?« fragte Betty. »Wenn Sie den Bau dieses Freizeitparks stoppen wollen, sollten Sie sich gut mit den Medien stehen.«

»Dann bringen Sie erst mal die Medien dazu, sich gut mit uns zu stellen«, erwiderte Dick. »Ihre werten Kollegen sind wegen der Sache mit Charles heute wie die Heuschrecken hier eingefallen. Beim ersten Mal haben wir noch mit ihnen gesprochen, bis ich gemerkt habe, daß diese neunmalklugen Scheißer überhaupt nicht an der Wahrheit interessiert waren. Die hatten ihre feste Meinung und wahrscheinlich auch ihre Artikel schon fertig im Kopf. Wollten nur mal wieder Stimmung gegen uns machen und alles mit ein paar hübschen Fotos schmücken. Für welche Zeitung schreiben Sie?«

»TIME-LIFE-Magazin«, wiederholte Betty.

»Kenn' ich nicht.«

»Eine amerikanische Zeitschrift.«

»Und wieso interessieren Sie sich dann für uns?«

»Nun, wir haben die Erlaubnis bekommen, den Park zu besichtigen und darüber zu schreiben.«

Dicks Gesicht verfinsterte sich erneut. »Von da also weht der Wind. Hätte ich mir gleich denken können. Ein bißchen Werbegeschreibsel und als Zugabe, daß die Proteste nur Krawall von ein paar Rockern und Schlägern sind.«

»Unsinn«, widersprach Betty ärgerlich. »Außer einer Menge Schmierfinken, die ihren Lesern und deren Vorurteilen nur nach dem Mund schreiben, gibt es auch noch Journalisten, die ihren Job ernst nehmen. Es gibt einiges, was mir an dem Park nicht paßt, und deshalb will ich hören, welche Argumente Sie dagegen haben.«

Craigh hatte sich während des Gesprächs unauffällig an den jungen Aborigine herangeschoben. »Können Sie meine Kollegin irgendwie für eine Weile weglocken?« flüsterte er ihm zu, ohne daß Betty es bemerkte.

Nipper nickte ebenso unauffällig zurück und ergriff gleich die Gelegenheit. »Um Ihnen das zu erklären, ist Dick kaum der Richtige«, sagte er. »Wir haben einige Leute mit größerem politischem Durchblick im Camp. Wenn Sie wollen, bringe ich Sie hin. Es gibt auch Material, das wir an die Medien geschickt haben, ohne daß jemand Notiz davon genommen hat.«

»Geh ruhig«, stimmte Craigh eilfertig zu. »Wenn wir schon nur so wenig Zeit haben, können wir sie getrennt besser nutzen.«

»He, Moment mal«, protestierte Dick, schwieg jedoch, als Craigh eine beruhigende Handbewegung machte. Erst als Betty und der Aborigine das Zelt verlassen hatten, funkelte er Craigh wütend an. »Würden Sie mir mal erklären, was das bedeuten soll?«

»Meine Kollegin muß nicht unbedingt mitbekommen, was ich mit Ihnen bespreche«, erklärte Craigh. Er konnte hören, wie Nipper vor dem Zelt einige Anweisungen erteilte, und machte eine Kopfbewegung in Richtung des Ausgangs. »Bei den meisten amerikanischen Motorradgangs gibt es ziemlichen Rassenhaß. Ich dachte, hier wäre es noch schlimmer. Soziale Vorzeigerocker?«

»Bullshit«, knurrte Dick. »Hier *ist* es schlimmer. Hören Sie sich mal in der Gegend um, vor allem im Norden. Von fünf australischen Weißen bezeichnen sich mindestens vier ohne Hemmungen als Rassisten. Im Fernsehen verlangen Regierungszombies öffentlich, alle Boongs zu kastrieren. Wenn man in einem Rassistenland lebt, bleibt einem schon gar nichts anderes übrig, als gegen die ganze Scheiße zu sein.« Er machte eine kurze Pause. »Aber Sie wollten wohl kaum *darüber* sprechen.«

»Nein.« Craigh zog seine Zigaretten aus der Hemdtasche und bot auch Dick eine an. Er überlegte, wie er das Gespräch beginnen sollte, als Nipper ins Zelt zurückkam und drei Dosen Bier auf den Tisch stellte. Zu Craighs Überraschung waren sie sogar kalt. »Habt ihr hier einen Kühlschrank?« fragte er lächelnd.

»Trockeneistabletten und feuchte Tücher«, erklärte Nipper. »Beim Verdunsten entsteht Kälte. Lernt man auf der Uni. Chemie, erstes Semester.« Er wurde abrupt ernst. »Warum wollten Sie nicht, daß Ihre Kollegin hierbleibt?«

»Betty ist Vollblutreporterin. Sie interessiert sich nur für ihre Reportage. Ich bin lediglich Fotograf. Was ich mit Ihnen besprechen möchte, hat jedoch nichts mit meinem Beruf zu tun, sondern ist rein privat.«

»Und um was geht es?«

»Ich habe in den Nachrichten gehört, daß es letzte Nacht eine Art Motorradrennen hier draußen gegeben hat«, begann Craigh. »Mich interessiert, was dabei wirklich passiert ist.«

»Rein privat, versteht sich.« Spott und Zorn klangen gleichermaßen in Dicks Stimme mit. »Für wie dumm halten Sie uns eigentlich, Mister?«

»Es geht um ... um einen Bekannten«, log Craigh. Er hatte sich eine Story ausgedacht, die zwar nicht gerade glaubwürdig klang, aber immer noch glaubwürdiger als die Wahrheit. Wenn man seine Lüge entlarvte, wußte er wenigstens, daß er nur einen normalen Alptraum gehabt und sich alles andere zusammengesponnen hatte. Und wenn nicht ... Darüber konnte er sich später noch Gedanken machen, wenn er in der gemütlichen Gummizelle Quartier bezogen hatte, in der er in diesem Fall über kurz oder lang wohl landen würde.

»Was ist mit Ihrem Bekannten?« fragte Dick ohne sonderliches Interesse. »Und vor allem, was haben wir mit ihm zu tun?«

»Mein Bekannter ist Sportflieger und hatte gestern nacht einen Unfall«, begann Craigh seine Geschichte. »Seither faselt er ziemlich wirres, unzusammenhängendes Zeug. Dieses Rennen hat auch damit zu tun. Ich möchte nun herausfinden, wieviel davon der Wahrheit entspricht. Deshalb erst mal: Haben Sie gestern nacht ein Flugzeug gesehen, das über Sie hinweggeflogen ist? Es handelte sich um eine kleine einmotorige Sportmaschine.«

Dick überlegte einen Moment und schüttelte dann den Kopf. »Moment, doch, ich erinnere mich«, korrigierte er sich gleich darauf. »Da war so ein Flieger. Hat 'ne Runde über uns gedreht und ist dann weitergeflogen.«

Craigh schloß für eine Sekunde die Augen. Auch vom Fliegen der Ehrenrunde hatte er geträumt. Es *konnte* kein Zufall sein. Andererseits ... Er bemerkte, daß seine Finger wieder leicht zu zittern begonnen hatten, als er nach seinen Zigaretten griff.

»Kurz darauf habe ich ... hat mein Bekannter zwei Motorräder weiter draußen in der Wüste entdeckt«, berichtete er. Er atmete unmerklich auf. Keiner der beiden schien seinen Versprecher bemerkt zu haben oder – wenn doch – ihm irgendeine Bedeutung beizumessen.

»Was genau hat er Ihnen erzählt?« fragte Dick. Erstmals zeigte sein Gesicht echtes Interesse.

»Wie gesagt, zwei Motorräder. Die Fahrer waren abgestiegen. Einer lag auf dem Boden, der andere stand vor ihm. Er schwang eine Kette oder etwas Ähnliches. Ihr Freund, der ins Krankenhaus gebracht wurde – hatte er Verletzungen, die von einer Kette herrühren könnten?«

»Hatte er«, bestätigte Nipper. »Deutliche Spuren am Visier. Hat Ihr Bekannter auch etwas über die Maschinen gesagt?«

Craigh rief sich das Bild genau ins Gedächtnis. Es fiel ihm schwer, sich zu konzentrieren; in seinen Gedanken herrschte Aufruhr. »Die eine war dunkelrot, die andere weiß. Ich verstehe nicht viel von Motorrädern, aber die rote könnte eine Harley gewesen sein. Sie war umgestürzt und hatte das Bein des einen Fahrers eingeklemmt.«

Dick und der Aborigine wechselten einen Blick. »Deshalb ist Charles auf der Kawa zurückgekommen«, murmelte Nipper. »Mit dem zerfleischten Arm hat er seine Maschine nicht mehr hochbekommen.« Er räusperte sich. »Um ehrlich zu sein, Mister . . .?«

»Craigh Ellison«, sagte Craigh gedankenverloren. »Nennen Sie mich ruhig Craigh.«

»Also, Craigh, bislang habe ich Ihnen kein Wort Ihrer Geschichte geglaubt. Hörte sich alles so an, als hätten Sie ein paar Informationen von den Bullen aufgeschnappt und sich den Rest zusammengereimt. Aber die wußten zwar, daß Charles eine Harley fuhr, doch niemand hat nach der Farbe gefragt. Scheint also zu stimmen, was Sie sagen.«

»Wer ist Charles?«

»Der im Krankenhaus liegt. Sein Gegenspieler heißt Roderick. Ist seither verschwunden. Charles behauptet, er wäre tot.«

»Hat die Polizei nicht nach ihm gesucht?«

»Klar hat sie«, antwortete Dick. »Wir übrigens auch, stundenlang. Aber auch wir haben keine Ahnung, wo genau alles passiert ist. Wir hatten die Route für das Rennen nur ungefähr abgesprochen. Und suchen Sie mal da draußen jemanden.«

»Außerdem ist es gestern nacht ziemlich windig geworden«, ergänzte Nipper. »Falls Rod wirklich tot ist, liegt er wahrscheinlich samt der Harley unter einem Sandhügel begraben. Da ist nicht einmal mit einem Hubschrauber mehr was zu entdecken.«

Craigh nickte bedächtig. Bislang hatte er nicht begriffen, wieso man in den Nachrichten nichts von den Trümmern des Flugzeugs berichtet hatte. An Sand und Wind hier draußen hatte er nicht gedacht. Die Maschine mußte buchstäblich zerfetzt und die Einzelteile vom Sand verschüttet worden sein. Wenn man die richtige Stelle kannte, würde man bei einer genauen Suche sicherlich über kurz oder lang einige Trümmerstücke finden, aber bislang hatte niemand nach einem abgestürzten Flugzeug gesucht. Der Mann in Craighs Traum hatte keine näheren Familienangehörigen gehabt. Es konnte Tage dauern, bis man ihn überhaupt vermißte. Natürlich würde man irgendwann vermuten, daß er abgestürzt war, aber selbst dann wußte noch niemand, wo es auch nur ungefähr passiert war. Es würde keine Suchaktion geben.

»Hat die Polizei ihre Suche nach diesem Roderick inzwischen eingestellt?«

»Ja«, antwortete Nipper. »Zwei Hubschrauber heute vormittag waren der letzte Versuch. Dafür läuft eine Fahndung nach ihm.«

»Hat Charles nach seiner Rückkehr etwas gesagt?«

»Er war völlig verrückt geworden und hatte panische Angst. Außerdem war er entsetzlich zugerichtet. Hat von einem Drachen erzählt, der Rod getötet hätte. Die Sanitäter bezeichneten es als Wunder, daß er überhaupt noch lebte.«

»Ein Drache«, wiederholte Craigh. Er leerte die noch halbvolle Bierdose in einem Zug. Als er sich eine weitere Zigarette anzündete, stellte er fest, daß seine Finger inzwischen so stark zitterten, daß er das Feuerzeug kaum halten konnte. Weder das Bier noch das Nikotin vermochten ihn zu beruhigen. Die Worte kamen nur noch stockend aus seinem Mund. »Auch mein Bekannter hat etwas von einem Drachen erzählt, der sein Flugzeug angegriffen hätte. Er hat gerade noch mit Mühe den Rückweg geschafft. Natürlich hat ihm keiner ein Wort geglaubt, und deshalb bin ich hergekommen, um die Wahrheit herauszufinden. Aber zwei Leute . . . Wie können zwei Leute unabhängig voneinander das gleiche phantasieren?«

»Ich weiß es nicht«, sagte Nipper. »Aber ich weiß, daß an Ihrer Geschichte etwas gewaltig stinkt. Dafür, daß Ihr Bekannter angeblich nur zusammenhangloses Zeug gefaselt hat, kennen Sie ziemlich viele Details. Sie haben nicht zufällig selbst in dem Flugzeug gesessen?«

»Nein, habe ich nicht.« Craigh schüttelte heftig den Kopf. Er begriff, daß es ein Fehler gewesen war, zu viele Einzelheiten preiszugeben. Aber das war ihm jetzt auch egal. Wie, zum Teufel, hatte er haargenau das träumen können, was in der vergangenen Nacht wirklich passiert war? Wie hatte er alles *durch die Augen eines Toten* sehen können? »Mein Bekannter –«

»– kann gar nicht mit Ihnen gesprochen haben, weil der Pilot dieses Flugzeugs tot ist«, vervollständigte Nipper den Satz. »Charles hat nämlich auch gesagt, daß er den Absturz gesehen hat, und zwar da draußen. Kein Rückflug mehr, und jetzt erzählen Sie mir nicht, Ihr seltsamer Bekannter wäre zu Fuß durch die Wüste gelaufen. Es wird allmählich Zeit für die Wahrheit, finden Sie nicht auch? Woher wissen Sie so genau, was passiert ist?«

»Aber ich habe doch –«

»Bevor Sie noch mehr Lügen erfinden, werde ich Ihnen sagen, wie ich die Sache sehe«, unterbrach ihn der Aborigine. »Sie arbeiten für diesen Sondstrup und sollen uns ausspionieren. Er hat uns heute mittag beschuldigt, das Modell eines Flugsauriers zerstört zu haben. Dadurch haben wir überhaupt erst erfahren, daß dieses Ding kaputt ist, und ich habe mir meine Gedanken gemacht. Ich glaube inzwischen, daß Charles keinen Unsinn geredet hat. Irgendwie habt ihr das Modell dazu gebracht, wirklich zu fliegen. Und wahrscheinlich hat es mit einer Kamera alles aufgenommen. Nun, war es so?«

Einige Sekunden war Craigh unfähig, etwas zu sagen. »Das . . . das ist absurd«, stieß er schließlich hervor.

»Mag sein«, räumte Nipper ein. »Dann erzählen Sie die Wahrheit.«

»Die würden Sie mir erst recht nicht glauben.«

»Käme auf einen Versuch an.«

Mit einem Mal war es Craigh völlig egal, ob man ihm glaubte. Er kam sich vor, als wäre er niemals aufgewacht, sondern würde immer noch träumen. Alles war irreal, die Wirklichkeit schien in beängstigendem Tempo um ihn herum zu zerfallen. Es war, als würde er in einem Treppenhaus auf dem Geländer hinunterrutschen, wie er es als kleines Kind oft getan hatte, nur verwandelte sich dieses Geländer plötzlich in eine Rasierklinge.

Alle Bezugspunkte lösten sich auf, und es schien nichts zu geben, was den Zerfall stoppen konnte. Seine Logik versagte, er war an eine Grenze seines Verstands gestoßen. Genausogut hätte man ihn in eine fremde, unbegreiflichen Regeln gehorchende Welt versetzen können. Vielleicht war es so, wenn man wahnsinnig wurde. Er wünschte, er könnte wenigstens schreien. Das wäre real gewesen, hätte ihm gezeigt, daß er noch lebendig war. Ein feiner, sauberer, brutaler Schnitt zwischen Traum und Wirklichkeit. Selbst wenn er gewollt hätte, hätte er nicht länger lügen können. Craigh hatte das Gefühl, als wäre gerade mit vernehmlichem Klicken in seinem Kopf eine Sicherung herausgesprungen.

»Es war ein Alptraum«, sagte er mit ruhiger, gefaßter Stimme. »Nichts weiter als ein Traum. Es gibt keinen Bekannten. Bis vor ein paar Stunden habe ich nicht einmal etwas von dem Flugzeug gewußt, und dann habe ich genau das geträumt, was offenbar wirklich passiert ist. Das ist die Wahrheit. Und wenn Sie jetzt sagen, daß ich verrückt geworden bin, nehme ich es Ihnen nicht einmal übel. Allmählich glaube ich nämlich schon selbst daran.«

# Dritter Teil

# RÄTSEL

*And what have you got at the end of the day?*
*What have you got to take away?*
*A bottle of whisky and a new set of lies*
*Blinds on the window and a pain behind the eyes*

Dire Straits: *Private Investigations*

Kaum waren sie wieder ins Auto gestiegen, begann Betty damit, Craigh auszufragen, und als er schwieg, erzählte sie statt dessen, was sie selbst erfahren hatte. Craigh hörte kaum zu, war ganz in seine Gedanken versunken. Der Abschied von Nipper und Dick war recht frostig ausgefallen. Natürlich hatten die beiden ihm kein Wort geglaubt, und da er ihren abstrusen Verdacht nicht entkräften konnte, hatte nicht viel gefehlt, daß sie ihn kurzerhand hinausgeworfen hätten – nach einer ordentlichen Tracht Prügel freilich erst. Es war Nipper gewesen, der Dick davon abgehalten hatte. Glücklicherweise war Betty kurz darauf zurückgekehrt, und sie hatten sich auf den Rückweg gemacht.

»Wir sind sogar fast pünktlich«, meinte sie, während sie den Wagen vor dem Tor ausrollen ließ, dem Wachposten zuwinkte und wartete, daß er es öffnete. »Drei Minuten nach halb acht.«

»Ich glaube nicht, daß ich mit zu der Party komme«, sagte Craigh unvermittelt. Es waren seine ersten Worte während der Fahrt.

Betty gab wieder Gas und winkte dem Posten noch einmal kurz zu, während sie an dem kleinen Häuschen vorbeifuhr. »Du bist verrückt. Das kannst du nicht machen.«

»Doch. Ich bin nicht zum Feiern aufgelegt. Du kannst Sondstrup ja sagen, daß es mir nicht gut ginge und ich mich hingelegt hätte.«

Betty holte tief Luft. »Jetzt hör mir mal gut zu, mein Lieber. Wir sind nicht allein zum Vergnügen hier, sondern haben einen Job zu erledigen. Da wirst du es wohl schaffen, dich mal für eine Weile zusammenzureißen. Ansonsten bekommen wir nämlich zum ersten Mal wirklich ernsthaften Ärger miteinander.«

»Betty, ich fühle mich wirklich nicht wohl. Alles, was ich will, ist eine Weile allein sein, um mich auszuruhen. Dafür dürfte wohl auch Sondstrup Verständnis haben.«

»Dann hättest du das vorhin schon sagen sollen. Ich halte es nicht für ratsam, seine Geduld noch weiter zu strapazieren. Das Verhältnis ist schon gespannt genug, und letztlich sind wir es, die etwas von ihm wollen. Vergiß nicht, wir sind das erste Team, das die Erlaubnis zu einer Reportage bekommen hat.«

»Vorhin hast du noch anders gesprochen.«

»Vorhin war ich aufgeregt und wütend. Aber überleg mal, wie es aussieht, wenn du dich zwar fit genug fühlst, mit den Demonstranten zu reden, aber zu müde bist, um an der Feier teilzunehmen. Ich weiß, daß du ein verdammter Dickschädel bist. Deshalb dränge ich dich erst gar nicht, mir zu erzählen, was in deinem Kopf vorgeht. Wenn du über deine Probleme sprechen willst, dann tu es, und wir können gemeinsam nach einer Lösung suchen, aber wenn nicht, dann reiß dich zusammen.«

»Hat keinen Sinn«, murmelte Craigh wie im Selbstgespräch und fuhr etwas lauter fort: »Vielleicht erzähle ich es dir später, aber vorher muß ich erst mal selbst ein bißchen Ordnung in meine Gedanken bringen.«

»Hat es immer noch mit diesem Alptraum zu tun?«

Craigh antwortete nicht und stieg als erster aus dem Wagen, als sie kurz darauf ihre Unterkunft erreichten. »Keine falschen Hoffnungen«, rief Betty und folgte ihm. »Du kommst mit. Meinetwegen kannst du dich mißmutig in eine Ecke setzen und nach einer Stunde abhauen, aber wenigstens wirst du für eine Weile dort aufkreuzen.«

»Betty, das bringt nichts«, sagte er und setzte sich aufs Bett. »Ich fühle mich, als hätte man mich durch den Reißwolf gedreht, und es gibt ein paar Sachen, die mir mächtiges Kopfzerbrechen bereiten. Das Letzte, worauf ich jetzt Lust habe, ist blödsinniges Partygeschwätz, angereichert durch ein paar klugscheißerische Kommentare Sondstrups. Ich würde mich entsetzlich langweilen.«

»Glaubst du, mir geht es anders? Ich habe auch keine große Lust zum Feiern und ohne dich erst recht nicht.« Betty schaute ihn treuherzig an und legte dabei den Kopf etwas schief. »Komm wenigstens meinetwegen eine Weile mit.«

»Du bist ein Biest«, schimpfte er und mußte gegen seinen Willen grinsen. »So etwas nennt man Einsatz unfairer Waffen. Du weißt genau, daß ich dir keinen Wunsch abschlagen kann, wenn du mich so ansiehst.«

»Dann kommst du mit?«

»Also gut, wenn du unbedingt willst, daß ich allen die Stimmung verderbe, bitte. Schlechte Laune ist nämlich ansteckend.«

»Gute aber auch«, gab Betty zurück. »Du wirst sehen, daß es dir gefällt, wenn du nicht von vornherein alles nur negativ sehen willst. Schadet dir gar nichts, für eine Weile auf andere Gedanken zu kommen.«

»Mal abwarten.« Craigh wußte, daß sie recht hatte. Durch das Gespräch fühlte er sich schon jetzt wieder besser als noch vor Minuten. Vielleicht war es wirklich gut, wenn er sich etwas ablenkte. Seine Probleme würden ihm nicht davonlaufen, und mit ein wenig Distanz konnte er klarer darüber nachdenken. »Okay, gehen wir.«

»So?« Betty musterte ihn von Kopf bis Fuß mit deutlicher Skepsis, und als Craigh an sich herabsah, verstand er, was sie meinte. Er trug immer noch dieselbe Kleidung wie während des Rundgangs am Nachmittag. Sein Hemd war durchgeschwitzt; vor allem unter den Achseln waren tellergroße dunkle Flecken zu sehen. Ein Glutfunke von einer Zigarette hatte ein kleines Loch in seine Brusttasche gebrannt, und ohne es zu merken, hatte er sich während des Gesprächs mit Dick und Nipper etwas Bier über die Hose geschüttet.

»Abendgarderobe habe ich leider nicht eingepackt«, erklärte er mit spöttischem Bedauern. »Wird wohl auch nicht nötig sein. Aber eine andere Hose und ein frisches Hemd dürftest du ja haben.« Betty holte etwas aus dem Schrank. »Und jetzt dreh dich um, ich will mich auch umziehen.«

Gehorsam drehte Craigh ihr den Rücken zu. Während er die Sachen aus dem Koffer nahm, konnte er es sich nicht verkneifen, über die Schulter einen Blick zurückzuwerfen. Betty streifte gerade ihre Bluse ab, doch sie hatte sich ebenfalls umgedreht, so daß er nicht mehr als ihren nackten Rücken zu sehen bekam. Ein wenig schuldbewußt, daß er sich wie ein neugieriger kleiner Junge benahm, tauschte er seine Kleidung gegen ein sauberes T-Shirt und eine Jeans. Als er sich wieder umdrehte, trug Betty ein tief ausgeschnittenes, cremefarbenes Kleid, das sie viel fraulicher als in Rock und Bluse aussehen ließ.

»Verführerisch«, kommentierte er. »Hast du geerbt oder eine Bank überfallen?«

»Mein lieber Craigh, entweder hast du wirklich keine Ahnung, oder du bist der größte Heuchler, dem ich je begegnet bin. Den Fummel habe ich im Schlußverkauf auf einem Wühltisch entdeckt.«

»Da sieht man wieder, daß es eben nicht auf den Preis ankommt, sondern allein auf die Wirkung. Die Männer werden dir zu Füßen liegen.« Er machte ein zerknirschtes Gesicht. »Ich hätte doch besser einen Smoking einpacken sollen, aber leider kenne ich niemanden, der mir einen hätte leihen können.«

»Du bist eben ein Mensch ohne jede Kultur. Und jetzt komm endlich.«

Der Speisesaal befand sich in einem schuppenähnlichen großen Holzbau. Die meisten Tische und Stühle waren ausgeräumt worden, und auch sonst war der Raum kaum noch wiederzuerkennen. Bunte Girlanden und Luftschlangen hingen unter der Decke; die Glühbirnen waren hinter Lampions verschwunden. Etwas kindisch, fand Craigh, aber schließlich war nicht viel Zeit zum Organisieren geblieben. An einer Wand war aus Tischen eine Theke errichtet worden, an der gegenüberliegenden Seite gab es ein kaltes Buffet. Laute Musik erfüllte den Raum.

Es waren etwa hundert, hundertfünfzig Menschen anwesend. Die überwiegende Zahl waren Männer, aber es gab auch einige Frauen. Da Craigh keine von ihnen zuvor gesehen hatte, vermutete er, daß sie überwiegend organisatorischen Tätigkeiten nachgingen. Seiner Meinung nach konnte keine von ihnen Betty auch nur annähernd das Wasser reichen. Offenbar teilten die meisten diese Ansicht, denn beim Eintreten wandten sich Betty fast alle Augen zu.

»Viel Spaß«, raunte Craigh leise. »Bei dieser Meute hättest du dir wohl doch besser einen unförmigen Overall besorgt.«

»Purer Neid«, raunte sie ebenso leise zurück.

»Darf ich dich an deine eigenen Worte erinnern? Wir sind nicht zum Vergnügen hier, sondern wollen mehr über das Projekt und die Stimmung unter den Arbeitern erfahren.«

»Das eine schließt das andere ja nicht aus. Und mir scheint, als hätte ich die Stimmung gerade schon beträchtlich gesteigert.«

»Nun schnapp bloß nicht gleich über.«

Sondstrup kam auf sie zu. Er hatte seinen Overall mit einem dezenten grauen Anzug vertauscht und entsprach nun etwas mehr dem gängigen Bild eines Professors. »Ich dachte schon, Sie hätten die Einladung vergessen. War Ihr Ausflug wenigstens erfolgreich?«

»Wie man's nimmt«, antwortete Betty ausweichend.

Das war ganz sicher nicht die Antwort, die er hatte hören wollen, doch er ging nicht weiter darauf ein. »Sprechen wir jetzt nicht davon«, schlug er vor. »Heute abend wollen wir uns nur amüsieren. Sie sehen hinreißend aus, Miss Sanders.« Er küßte ihr galant die Hand. Gleich darauf kam einer der Bauarbeiter zu ihnen herüber und bat Betty um den ersten Tanz.

»Ich fürchte, Sie werden aus dem Tanzen gar nicht mehr herauskommen«, sagte Sondstrup und wandte sich dann an Craigh: »Wir mußten zwar alles improvisieren, aber dafür ist es doch ganz nett geworden, nicht wahr?«

»Ihren Leuten scheint die Party jedenfalls zu gefallen«, sagte Craigh. »Hoffentlich kommt nicht jeder an und bedankt sich bei uns.«

»Bei Ihnen bedanken? Wieso?«

»Sie haben doch gesagt, alles fände wegen uns statt.«

»Na ja, ich habe wohl etwas übertrieben. Die Stimmung des Teams war in den letzten Tagen nicht besonders gut. Die Zerstörung des Pteranodon und der Vorfall vorhin am Tor haben das Klima weiter vergiftet. Ein solcher Abend kann da Wunder wirken.«

»Und eine Menge kosten. Getränke, Essen, der Arbeitsausfall – und das nicht nur heute abend. Bestimmt werden eine Menge Leute morgen früh einen dicken Kopf haben. Das dürfte sich auch nicht gerade positiv auf die Leistung auswirken.«

»Aber dafür auf die Moral«, belehrte Sondstrup. »Ab morgen mittag gehen die Leute mit frischem Schwung an die Arbeit, und das macht die Ausgaben dann wieder wett.«

»Sie überraschen mich immer wieder, Professor.«

»Inwiefern?«

»Gehen wir zur Theke, ich habe eine ziemlich trockene Kehle. Trinken Sie auch ein Bier?«

Craigh ließ zwei Gläser zapfen und reichte Sondstrup eins. »Inwiefern überrasche ich Sie?« wiederholte dieser.

»Ihre ganze Art. Mal wirken Sie wirklich wie ein Professor, der sich in seine Studienobjekte regelrecht verliebt hat, im nächsten Moment geben Sie wie ein Manager Kommentare über Arbeitspsychologie von sich, und dann wieder führen Sie sich wie ein militärischer Oberbefehlshaber auf. Das lernt man doch bestimmt nicht an der Uni.«

Er beobachtete sein Gegenüber scharf, aber wenn die Bemerkungen Sondstrup in irgendeiner Weise irritierten, so hatte er sich bemerkenswert gut unter Kontrolle, denn er zeigte keinerlei Reaktion.

»Nein, auf der Uni nicht, obwohl es manchmal auch nicht einfach ist, mit einer Horde Studenten fertig zu werden«, entgegnete Sondstrup im unbefangenen Plauderton. »Aber man hat mich eine Reihe Intensivschulungen durchlaufen lassen, bevor man mir dieses Projekt anvertraute. Und vor meinem Studium habe ich vier Jahre lang in der Army gedient. Ist zwar nun schon gut zwei Jahrzehnte her, aber einiges bleibt doch hängen. Die Hälfte dieser Zeit war ich in Vietnam.«

»Ich denke, Sie sind Kanadier?«

»Nur von Geburt her. Meine Eltern zogen in die Staaten, als ich noch ein Kind war. Ich besitze die amerikanische Staatsbürgerschaft.«

»Trotzdem kommt es mir ziemlich seltsam vor, daß man Ihnen als Paläontologe eine so verantwortungsvolle Aufgabe überträgt«, bohrte Craigh nach. »Nichts gegen Ihren Beruf, aber Sie sind doch hier weit mehr als nur ein wissenschaftlicher Berater.«

»Leugnen hat wohl keinen Sinn mehr.« Sondstrup seufzte. »Ich untertreibe gern etwas. Natürlich ist meine Position kein Geheimnis, mir war klar, daß Sie es sehr schnell erkennen würden. Ursprünglich habe ich mich allerdings wirklich nur als Berater beworben.«

»Und dann hat man Ihnen direkt die Gesamtleitung angeboten?«

»So einfach war es nicht gerade.« Sondstrup trank sein Glas leer und bestellte ein neues. »Das verantwortliche Firmenkonsortium hatte einem dieser frischgebackenen Jungmanager die Organisation übertragen. Ein Harvard-Student mit glänzenden Zeugnissen, der vorher nur an ein paar kleineren Projekten gearbeitet hatte. In der Theorie vielleicht ein brillanter Mann, der eine Menge von Zahlen und Statistiken verstand, aber in der Praxis eine glatte Null. Schon damals habe ich einen Großteil seiner Arbeit miterledigt. Bei einer Inspektion kam die Sache heraus. Da alles hervorragend lief, bot man mir dann an, die Leitung ganz zu übernehmen, und man schickte mich zu ein paar Schulungen, um allem ein formelles Mäntelchen umzuhängen. Und natürlich habe ich einen ganzen Stab von Beratern. Von Architektur verstehe ich beispielsweise gar nichts. Das übernehmen andere.«

»Immerhin, recht beachtlich. Die amerikanische Traumkarriere, wie?« Craigh lächelte schief. »Vom Tellerwäscher zum Millionär.«

»Ganz so ist es leider auch nicht. Ehrlich gesagt bin ich über diese Entwicklung nicht einmal allzu glücklich. Ich verdiene zwar mehr und habe mehr Einfluß darauf, daß der Park so wird, wie ich ihn mir vorstelle, aber dafür habe ich auch viel mehr Arbeit. Der organisatorische Kram frißt einen Großteil meiner Zeit, so daß ich mich weniger um das kümmern kann, was mich eigentlich an dem Projekt gereizt hat. Inzwischen sehne ich mich manchmal fast nach der ruhigen Zeit an der Uni zurück.«

»Trotzdem halte ich jede Wette, daß Sie nicht mehr tauschen möchten.«

»Da könnten Sie recht haben. Aber lassen wir das. Welchen Eindruck haben Sie denn inzwischen von dem Park gewonnen? Ich meine, nicht als Journalist, sondern als Privatmensch. Würde es Sie persönlich reizen, hier ein paar Wochen Urlaub zu verbringen, wenn alles fertig ist?«

»Ich weiß nicht.« Craigh zuckte die Achseln. »Ich habe Touristenrummel nie sonderlich gemocht, ob nun in der Südsee oder sonstwo. Und von Sauriern habe ich bis vor ein paar Tagen nicht mehr gewußt, als daß sie irgendwann einmal gelebt haben. Um ehrlich zu sein: Ihre Modelle sind wunderbar und werden bestimmt jeden Interessierten begeistern, aber mir sind sie ein wenig unheimlich.«

»Der Anblick ist eben fremd. Aber gerade das Fremde wird die Menschen hoffentlich reizen. Ein bißchen Grusel kann ruhig dabei sein. Schließlich amüsieren sich die Leute auch auf einer Geisterbahn.«

»Aber nur einige Minuten lang, und sie brauchen auch nur ein paar Cents dafür auszugeben. Ein Urlaub hier wird mitsamt Flug aber Tausende Dollar kosten. Und für das Geld kann man sich wahrlich an schöneren Orten erholen.«

»Schöner vielleicht, aber nicht so exklusiv. Wir bieten etwas, das niemand sonst bietet. Spitzenunterkunft und erstklassigen Service als Voraussetzung, dazu der Park. Es geht nicht nur darum, sich die Modelle mal anzusehen, sondern wirklich etwas von der Urzeit zu *erleben*. Ich glaube, die Leute sind es leid, drei Wochen lang nur an überfüllten Stränden zu faulenzen. Gerade auf die Exklusivität werden wir unsere Werbung ausrichten. Unsere Marketing-Abteilung arbeitet bereits daran. Wir wollen ein ganz bestimmtes Publikum ansprechen, das ein Vergnügen sucht, das sich andere nicht leisten können. Gewissermaßen eine Art Treffpunkt für die High-Society. Über kurz oder lang werden dann auch die normalen Touristen folgen, gerade weil sie den Reichen alles nachmachen.«

»Das klingt ziemlich elitär«, wandte Craigh ein.

»Aber es ist wahr. Warum wohl verbringen so viele Leute ihren Urlaub in Saint Tropez oder Monte Carlo? Es gibt Ferienorte, die tausendmal schöner sind. Aber sie genießen eben nicht diesen Ruf des Exklusiven, Exzentrischen. Wer Saint Tropez hört, der denkt als erstes an Geld und Jet-Set.«

»Könnte stimmen. Trotzdem bin ich weiterhin skeptisch, ob das Konzept aufgeht.«

»Das wird sich in ein paar Jahren zeigen.« Sondstrup lächelte gewinnend. »Zu einem kleinen Teil hängt das ja auch von Ihnen ab, beziehungsweise Ihrem Artikel.«

Craigh verbiß sich die Bemerkung, daß Sondstrup den Einfluß des TIME-LIFE-Magazins damit wohl gewaltig überschätzte, denn er wußte, daß dieser es nicht tat. Gegen seinen Willen fühlte er sich geschmeichelt, und genau das hatte sein Gegenüber mit seiner Bemerkung bezweckt. Es war ein weiterer kleiner rhetorischer Winkelzug, ihn den Vorfall am Nachmittag vergessen zu lassen. Und das Schlimmste daran war, daß sich Craigh der Wirkung nicht völlig zu entziehen vermochte, obwohl er es wußte. Der Leiter des Parks war unbestreitbar eine faszinierende Persönlichkeit; er schien sich nahezu alles erlauben zu können und verfügte gleichzeitig über die Fähigkeit, jedem gegen ihn gerichteten Zorn durch seinen Charme und seine gewinnende Art die Schärfe zu nehmen.

Gerade das ärgerte Craigh, aber es war ein Zorn, der gegen ihn selbst und nicht etwa gegen Sondstrup gerichtet war, und das machte ihn noch wütender. Er wünschte, es würde ihm gelingen, dem Kerl die Maske der Freundlichkeit wenigstens für einen Moment in aller Öffentlichkeit herunterzureißen. Zugleich aber fürchtete er sich vor dem, was darunter zum Vorschein kommen würde. Möglicherweise ein ganz anständiger Kerl, den nur sein Beruf verdorben hatte. Möglicherweise aber auch so etwas wie ein metallgesichtiger Alien-Yuppie wie in Carpenters ›They live‹, wenn Roddy Piper seine spezielle Sonnenbrille aufsetzte.

*Na und?* wisperte eine Stimme in Craighs Kopf. *Warum nicht? Das gäbe eine Story, Junge. Scheiß auf die Brille, du hast andere Möglichkeiten, die Wahrheit zu entdecken. Kitzle ihn ein wenig.*

»Sie scheinen ziemlich sicher zu sein, daß unser Artikel gut, also in Ihrem Sinne ausfällt.«

»Das bin ich auch«, erwiderte Sondstrup. »Weil dies ein gutes Projekt ist und ich Sie und Miss Sanders für gute Journalisten halte.«

»Ich mache nur die Fotos, vergessen Sie das nicht. Betty schreibt. Heben Sie sich die Schmeicheleien also lieber für sie auf.«

»Schmeicheleien? Sie enttäuschen mich. Warum bloß versuchen Sie, alles nur negativ zu sehen?« Das joviale Lächeln verstärkte sich noch, und plötzlich begriff Craigh, daß er aus einem Wortgefecht nur als zweiter Sieger hervorgehen konnte, so als würde man einen Jungen von der Straße zu Larry Holmes in den Boxring stellen. Schattenboxen mit Worten war noch nie seine Stärke gewesen, für Sondstrup hingegen vertrautes Terrain. Ein Heimspiel, aus dem man ihn höchstens hinterrücks herausfoulen konnte, wenn der Ringrichter gerade in die andere Richtung sah. Er könnte ihn beispielsweise unter den Tisch trinken und warten, was er dann zu hören bekäme. Auf dem Gebiet wäre *er* kaum zu schlagen, ein wundervolles Foul.

Craigh nippte an seinem Bier. *Noch ein paar Gläser und du bist wirklich in der Stimmung dazu, alter Junge.* Wäre doch urkomisch, wenn zwei Besoffene plötzlich vor versammelter Mannschaft über Eingeborene, Rocker und gewaltsamen Widerstand lallen würden. Vor allem Betty würde vermutlich herzlich darüber lachen können. Es war besser, an solchen Unsinn erst gar nicht zu denken.

Trotzdem gab er sich noch nicht geschlagen. »Haben Sie das heute mittag auch den Jungs am Tor gesagt? Sie sollten aufhören, alles so negativ zu sehen? Oder haben Ihre Leuten denen das positive Denken eingeprügelt?«

»Mr. Ellison –«

»Craigh«, fiel er ihm ins Wort. »Nennen Sie mich einfach Craigh.« Diesmal gelang auch ihm ein Lächeln. Er hatte das Gefühl, einen ersten kleinen Punktsieg errungen zu haben.

»Also gut, Craigh. Ich weiß nicht warum, aber Sie scheinen diesem Haufen von Rockern da draußen aufgeschlossener gegenüberzustehen als jedem vernünftigen Argument. Woran liegt es? Eine Berufskrankheit? Solidarität mit Schwächeren, die den heroischen Kampf gegen verderbliche Konzernmultis aufnehmen? Darum geht es hier nicht, und Sie dürften eigentlich clever genug sein, das zu begreifen.«

»Vielleicht«, murmelte Craigh ernst. »Vielleicht ist es das. Vielleicht habe ich auch nur schon so oft Ärger mit der Polizei gehabt, daß ich gegenüber allem, was eine Uniform trägt, mißtrauisch bin.« Er glaubte genau zu wissen, was sein Gegenüber darauf antworten würde, zweifellos eine weitere rhetorische Glanzleistung, womöglich gespickt mit psychologischen Untertönen über Fetischismus, doch er wurde überrascht.

»Sie werden mir vielleicht nicht glauben, aber ich kann Sie sogar verstehen«, sagte Sondstrup. »Mir ist es während der ersten Zeit nicht anders ergangen. »Als ich gerade lebend aus Vietnam zurückgekehrt und in Boston an der Universität war, habe ich an mehr Sit-ins und Demonstrationen gegen den Vietnamkrieg teilgenommen, als ich heute noch zählen kann. Ich habe mir die Finger wundgeschrieben mit Petitionen an die Regierung und Transparente gehalten, die Präsident Nixon mit einem Kanonenrohr statt einer Nase und Bomben statt Pupillen zeigten. Man hat mich mehr als ein Dutzend Mal deswegen verhaftet und mir einmal sogar eins mit dem Polizeiknüppel übergezogen, daß ich zwei Tage ohne Bewußtsein war. Überrascht Sie das, Craigh? Die meisten anderen der hier Anwesenden und vor allem meine Vorgesetzten würde es vermutlich auch ziemlich überraschen, also behalten Sie es ja für sich. Es ist gerade erst fünf Jahre her, daß ich zuletzt an einer Demonstration gegen Atomkraftwerke teilgenommen habe.«

Craigh schwieg ein paar Sekunden. »Und danach haben Sie Ihre Ideale verkauft, weil schließlich jeder mal erwachsen wird«, sagte er dann ohne rechte Überzeugung.

»Verkauft? Unsinn«, schnaubte Sondstrup, nun zum ersten Mal wirklich verärgert. »Ich stehe immer noch zu meinen damaligen Ansichten. Wenn dem nicht so wäre und ich nicht zumindest für die demonstrierenden Aborigines da draußen eine unterschwellige Sympathie empfände, würde ich wesentlich härter vorgehen. Genug Anlaß dafür haben sie mir geboten. Das hat absolut nichts damit zu tun, daß ich mich verkauft hätte. Aber ich habe eingesehen, daß dieses Projekt tatsächlich niemandem schadet, sondern eine große Bedeutung für die Erforschung der Urzeit haben kann, auch wenn es in erster Linie kommerziellen Interessen dient. Das will ich gar nicht abstreiten, aber ich kann damit leben. Andere anscheinend leider nicht.«

Wieder schwieg Craigh eine Weile. Auch diesmal hatte es Sondstrup geschafft, ihm den Wind aus den Segeln zu nehmen. Niederlage durch klassisches K. o., dachte er, aber eigentlich war es nicht einmal das. Aus dem anfänglichen Schattenboxen war eine Art Bekenntnisstunde ohne Sieger und Besiegten geworden. Vielleicht ebenfalls nur ein taktischer Schachzug, aber wenn, dann brillant. Einem Verlierer stand wenigstens das Recht auf Revanche zu, einem Beichtvater hingegen nur die Pflicht zu schweigen. Er war zum Mitwisser von ein paar kleinen Sünden geworden, so wie man einem schlechten Wachhund ein saftiges Steak opferte, um ungehindert irgendwo einbrechen zu können.

»Wenn wirklich keinerlei negative Aspekte existieren, dann verstehe ich nicht, warum es überhaupt Widerstand gibt«, sagte er schließlich.

Auf dieses Stichwort schien Sondstrup nur gewartet zu haben. »Weil es ein paar Scharfmachern nur um den Krawall geht«, wiederholte er, was er schon am Morgen gesagt hatte, nur klang es diesmal ungleich glaubwürdiger. »Sie sind vorhin weggefahren, vermutlich haben Sie also mit den Demonstranten gesprochen. Haben Sie ein einziges vernünftiges Argument gehört?« Er machte eine kurze Pause, um Craigh Gelegenheit zu geben, den Kopf zu schütteln, dann fuhr er bitter fort: »Ich bislang auch noch nicht. Weil es keins gibt. Wenn Sie mir nur eine einzige logische Begründung nennen, nehme ich sofort alles zurück, aber Sie werden keine finden. Die Leute da draußen protestieren nur um des Protests willen, und wenn Sie mir ankreiden wollen, daß ich dafür kein Verständnis hätte, dann kann ich Ihnen nicht einmal widersprechen.«

»Habe ich nicht vor, keine Angst. Aber ich mißtraue nun mal dem vordergründigen Schein. Alles, was ich bisher über den Park gehört habe, klingt mir einfach zu einleuchtend, zu ideal, als daß es nicht irgendwo wenigstens ein kleines Haar in der Suppe gäbe.«

»Dann suchen Sie nur, suchen Sie. Das ist ja einer der Gründe, weshalb Sie sich fast uneingeschränkt überall umsehen dürfen. Aber versprechen Sie mir, als erstes mit mir zu sprechen, wenn Sie etwas gefunden haben.« Er lachte und leerte sein Glas.

Craigh sah endlich eine Gelegenheit, das Gespräch auf das Thema zu lenken, das ihn ungleich mehr als andere interessierte. »Vielleicht habe ich sogar schon etwas gefunden«, murmelte er. »Dieser zerstörte Saurier geht mir nicht aus dem Kopf. Ich frage mich immer noch, wie jemand solche Zerstörungen anrichten kann, ohne daß Ihre Leute etwas gemerkt haben. Oder haben sie das vielleicht doch?«

Sondstrup grinste. »Einer hat behauptet, einen Schatten am Himmel gesehen zu haben, aber wahrscheinlich handelte es sich nur um Einbildung oder eine Wolke. Und wenn da wirklich etwas anderes war, dann höchstens ein Flugzeug. Es gibt in Australien eine Menge Hobbypiloten, aber das kann hiermit nichts zu tun haben. Da die Schutzzäune unversehrt sind, habe ich auch schon gedacht, daß die Täter vielleicht aus der Luft gekommen wären, aber das haut auch nicht hin. Um hier zu landen, hätte man einen Helikopter gebraucht, und der wäre gehört worden.«

*Ein Schatten*, dachte Craigh. Er bemühte sich, ruhig zu bleiben oder zumindest nach außen hin weiterhin gelassen zu wirken. Um sich abzulenken, griff er nach seinen Zigaretten und zündete sich eine an. *Vielleicht ein Flugzeug*. Vielleicht aber auch nicht. *Es gibt viele Hobbypiloten in Australien*. Und offenbar auch viele Träume. Verrückte Träume, über die nachzudenken sich nicht lohnen würde, wenn nicht –

»Wie die Leute hereingekommen sind, meinte ich eigentlich weniger.« Ihm wurde bewußt, daß es Sondstrup wieder einmal gelungen war, fast unmerklich das Gespräch in eine andere Richtung zu lenken, doch dies war zu wichtig für ihn, als daß er sich davon ablenken ließ. »Ich meine die Zerstörungen selbst. Man würde Stunden dafür brauchen und einen infernalischen Lärm verursachen. Haben Sie dafür inzwischen eine Erklärung gefunden?«

Sondstrup zuckte mit den Schultern. »Was weiß ich. Vielleicht Dynamit.«

»Aber Professor, Sie enttäuschen mich.« Craigh verzog das

Gesicht, als hätte er in eine Zitrone gebissen. »Was soll die Märchenstunde? Sie wissen doch so gut wie ich, daß es kein Sprengstoff war. Keine Brandspuren, von dem Lärm erst gar nicht zu reden. Außerdem würde das immer noch nicht erklären, wie die Daktyle zwischen die Planierraupen gekommen ist. Das dürfte doch kaum ihr angestammter Platz sein, oder?«

»Nein«, bekannte Sondstrup. Der Ausdruck unverbindlicher Freundlichkeit lag noch immer auf seinem Gesicht, aber es war noch etwas anderes hinzugekommen. Er wirkte mit einem Mal wachsamer, angespannt. »Der Pteranodon stand mitten im Dschungel, wenn Sie darauf hinauswollen. Fragen Sie mich jetzt bloß nicht nach einer Erklärung. Aber vielleicht haben Sie ja eine?«

»Eine Erklärung?« Craigh drückte seine Zigarette aus und zündete sich sofort eine neue an. »Nein, leider nicht. Höchstens eine . . . sagen wir, eine Theorie. Aber sie ist zu verrückt, um sie ernsthaft zu erwägen, und ich will Sie nicht mit Schnapsideen langweilen.«

»Ich bitte Sie«, tadelte Sondstrup. »Sie langweilen mich ganz und gar nicht. Mit Vernunft kommen wir offenbar nicht weiter, und manchmal steckt gerade in dem, was auf den ersten Blick völlig unsinnig erscheint, ein Körnchen Wahrheit. Ich bin für jede noch so verrückte Idee dankbar.«

Obwohl er sich bemühte, konnte er ein beunruhigtes Flackern in seinen Augen nicht völlig unterdrücken, und er zupfte sich ein paar Flusen zuviel von seinem Anzug, als daß es eine bloße Manie sein könnte. Er war nervös, kein Zweifel. Wenn es etwas gab, das Craigh beherrschte, dann war es Beobachtungsgabe. Es gab hunderttausend Dinge, die er nicht konnte. Er konnte kein vernünftiges Verhältnis zu Frauen aufbauen, manchmal nicht einmal zu Freunden *(welchen Freunden?)*, konnte keine noch so einfachen chemischen Formeln begreifen, und ein tropfender Wasserhahn stellte für ihn ein Buch mit sieben Siegeln dar. Aber er konnte beobachten, menschliche Stimmungen anhand der winzigsten Regungen erkennen. Es war, als müßte man bei einem Kartenspiel einen Bluff durchschauen. Als müßte man bei einem Interview erkennen, wann der andere log. Als müßte man beim Fotografieren eines Menschen genau den richtigen Moment abpassen, um den gewünschten Gesamteindruck von Mimik, Gestik und Haltung auf Film zu bannen. Drei verdammt gute Schulen, gegen die Sondstrups – zugegebenermaßen geschickte – Schauspielkunst nicht ankam. Der Mann *war* nervös, er war sogar gespannt wie eine Bogensehne. Und er hatte etwas zu verbergen. Der kleine Triumph, ihn durchschaut zu haben, stärkte Craighs Selbstbewußtsein.

»Ich glaube nicht, daß meine Theorie Ihnen weiterhelfen wird«, sagte er und paffte genüßlich eine Rauchwolke in die Luft. »Aber nehmen wir mal an, jemand hätte die Bewegungsabläufe eines Flugsauriers so realistisch nachkonstruieren können, daß sich das Ding tatsächlich in die Luft erheben kann. Sie werden einwenden, daß man sich eine solche Sensation bestimmt nicht entgehen lassen würde, um damit zu werben. Aber vielleicht wollen Sie sich die Sensation, wozu diese Modelle wirklich alles fähig sind, noch aufheben, bis der Park eröffnet wird.«

Während er sprach, beobachtete er sein Gegenüber auch weiterhin scharf. Sondstrups Haltung war angespannt, an seiner rechten Schläfe zuckte ein Nerv. *Phantastisch, wir nähern uns dem Punkt, an dem es anfängt, weh zu tun!* dachte Craigh. Im Grunde glaubte er selbst nicht an seine Theorie, die zu einem Gutteil aus einer Fortentwicklung dessen bestand, was Dick ihm gesagt hatte. Ihm kam es nur darauf an, den Paläontologen aus der Reserve zu locken. »Möglicherweise soll dieses Wissen auch einfach vorerst noch geheim bleiben, weil es bei Tests zu einem bedauerlichen Unfall gekommen ist, der auf diese Art vertuscht werden soll«, fuhr er fort. »Möglicherweise ist ja nicht einmal der verantwortliche Leiter der Bauarbeiten in alles eingeweiht. Schließlich werden die Teile in Amerika gefertigt und hier nur zusammengesetzt.«

»Bemerkenswert«, warf Sondstrup spöttisch ein. »Sie haben eine wirklich bemerkenswerte Phantasie. Mir scheint, Sie hätten besser Schriftsteller als Fotoreporter werden sollen. In einem Pulp-Magazin würde sich die Geschichte so einer Verschwörung und eines fliegenden künstlichen Sauriers sicherlich gut machen. Aber ich muß Sie enttäuschen. Eine echte Daktyle wog nur ein paar Kilo, unser Modell aber mehrere Tonnen. Um ein solches Gewicht in die Luft zu heben, wären Flügel von der dutzendfachen Größe nötig, mal ganz davon abgesehen, daß der Pteranodon noch nicht ans Stromnetz angeschlossen war, wie ich Ihnen schon gesagt habe. Außerdem bin ich zwar kein Elektronikfachmann, aber ich kenne die Modelle trotzdem genau, und es ist schlichtweg unmöglich, daß sich eines davon in die Luft erhebt.«

Was er sagte, klang überzeugend und war auch so vorgetragen, und dennoch war sich Craigh so gut wie sicher, daß er zumindest an einen wunden Punkt gerührt hatte. Er begriff, daß auch Sondstrup schon mit dem Gedanken gespielt hatte, möglicherweise nicht in alles eingeweiht worden zu sein.

»Ob Sie davon wissen oder nicht, spielt eigentlich auch keine Rolle. Wenn es sich so ähnlich verhielte, wie ich geschildert habe, wäre oberste Geheimhaltung selbstverständlich oberstes Gebot; man würde einem dahergelaufenen Pressefotografen bestimmt nicht die Wahrheit so einfach auf die Nase binden, nicht wahr?« Er lächelte selbstironisch. »Aber ich war noch nicht fertig. Eine dritte Prämisse fehlt noch. Würde man nämlich ein solches Ding, das sich in die Luft erheben kann, wirklich bauen, wäre ein Stromkabel ziemlich hinderlich, wie Sie zugeben müssen. Eine interne Stromversorgung wäre also Grundvoraussetzung. Durch einen Kurzschluß oder meinetwegen auch durch Sabotage hebt sich das Ding in die Luft und schmiert ein Stück entfernt wieder ab. Wenn eines Ihrer Modelle aus entsprechender Höhe abstürzt und auf dem Boden zerschellt, dürfte es ziemlich genau so wie die Daktyle heute morgen aussehen.«

»Immerhin eine stringente Logik«, erkannte Sondstrup an und tippte Craigh mit dem Zeigefinger gegen die Brust. »Aber leider nur, wenn man die von Ihnen aufgestellten Prämissen akzeptiert, und da diese unmöglich sind, bricht das ganze Kartenhaus in sich zusammen. Genausogut könnten Sie voraussetzen, daß es Ufos gibt. Dann hätten E.T.s große Brüder den Daktylus hochgebeamt und ihn als uninteressanten Tand wieder weggeworfen. Diese Theorie wäre in etwa ebenso glaubwürdig. Beide durchaus interessant, wenn man einen Nerv für Science fiction hat, aber was ich brauche, ist eine akzeptable Erklärung.«

Craigh breitete in einer theatralischen Geste die Arme aus. »Machen Sie mir keinen Vorwurf. Ich habe Sie gewarnt, daß alles nur eine Schnapsidee wäre«, erinnerte er. »Aber mich würde interessieren, welche Erklärung Sie momentan für die glaubwürdigste halten. Kommen Sie, wir setzen uns irgendwo, wo es sich gemütlicher plaudern läßt als hier im Stehen.«

Sondstrup schüttelte den Kopf. Abwehrend hob er die Hände. »Lieber nicht. Nehmen Sie es mir nicht übel, doch eigentlich habe ich wenig Lust, jetzt berufliche Dinge zu besprechen. Auch für mich ist das seit Wochen die erste Gelegenheit zur Entspannung, und die will ich genießen. Morgen können wir gerne weiterreden, aber jetzt entschuldigen Sie mich. Wir sehen uns noch.« Er bahnte sich durch die Menge einen Weg zur Tanzfläche in der Mitte des Raums und löste Bettys Tanzpartner ab.

Auch Craigh trank sein Bier aus. Er überlegte, ob er sich noch eins bestellen sollte, entschied sich aber dagegen. Seit Stunden hatte er nichts mehr gegessen. Noch fünf, sechs Bier auf nüchternen Magen, dann würde er zu Whisky überwechseln, ob er wollte oder nicht, und wie er sich kannte, würde er zu diesem Zeitpunkt dann bestimmt wollen. Im Grunde hätte er schon jetzt nichts lieber getan, als seine Probleme für eine Weile im Alkohol zu ertränken. Innerhalb einer Stunde würde er nicht mehr an Alpträume, abgestürzte Flugzeuge und Rocker denken, die sich gegenseitig halb totschlugen, auch nicht mehr an einen Professor Sondstrup, dessen angebliche Vergangenheit so gar nicht zu dem Bild paßte, das er allgemein von sich vermittelte. Und nach einer weiteren Stunde läge er schnarchend in seinem Bett. Alles war genau vorhersehbar, automatisch, wie eine mathematische Konstante. Es wäre leicht.

Zu leicht.

Er war nie wirklich ein Alkoholiker gewesen, zumindest

nicht krankhaft. Irgendwo tief in ihm lauerte immer noch die Sucht, aber er konnte ein paar Gläser trinken und trotzdem rechtzeitig aufhören, wenn er einen bestimmten Punkt nicht überschritt. Und heute abend würde er es nicht tun. Nicht, solange er mit Betty zusammen war. Craigh wußte, daß es keine weitere Chance mehr für ihn geben würde, sie zu überzeugen, daß er kein hoffnungsloser Fall war. Erstmals hatte er ein einigermaßen persönliches Verhältnis zu ihr hergestellt, das würde er nun nicht so leichtfertig aufs Spiel setzen.

Über die Köpfe der anderen hinweg sah er ihr kurz beim Tanzen zu, dann schlenderte er zum kalten Buffet hinüber. Es gab kein besonders üppiges Angebot: Würstchen, Nudel- und Kartoffelsalat in riesigen Schüsseln und belegte Brote. Craigh lud sich einen Pappteller mit Salat voll und fischte ein Würstchen aus dem großen Kessel. Nachdem er die ersten Bissen gegessen hatte, merkte er erst, wie hungrig er war, und schlang den Rest in Windeseile hinunter. Einen Mülleimer konnte er nirgendwo entdecken, so stellte er den leeren Teller auf eine Fensterbank und zündete sich eine Zigarette an. Wieder schaute er zu Betty hinüber.

»Du hättest sie nicht herholen sollen. Es war ein Fehler«, sagte Francis mit einer Kopfbewegung in Richtung der Staubwolke, die von den schweren Motorrädern aufgewirbelt wurde. Die Rücklichter glühten wie rote Raubtieraugen, bevor auch sie von der Dunkelheit verschluckt wurden. »Sie schaden uns mehr, als sie nutzen.« Nipper zuckte mit den Schultern. Sie saßen nebeneinander am Fuß einer Sanddüne. Schon jetzt bedauerte er, sich auf das Gespräch eingelassen zu haben, hatte er doch erst vor kaum einer Stunde eine ähnliche Diskussion mit Dick geführt, wenn auch unter genau entgegengesetzten Vorzeichen. »Ich habe eben gedacht, wir könnten jede nur mögliche Hilfe brauchen«, antwortete er mit Verzögerung. »Und es war einfach, Charles zu überreden.«

»Aber diesen Kerlen ist doch völlig egal, um was es hier eigentlich geht. Keinerlei politisches Bewußtsein. Die würden auch den Bau eines Klos zum Vorwand nehmen, hier ein bißchen Show abzuziehen.«

»Ich bin nun mal davon ausgegangen, daß wir sie für unsere Zwecke einspannen können«, erwiderte Nipper und fügte in Gedanken hinzu: *Genau wie dich und deine Leute.* Francis war der Vorsitzende einer politisch ausgerichteten Umweltschutzgruppe. Ein hagerer, etwas schlaksig wirkender Mann mit krausem Haar und weichlichen Gesichtszügen, der hehren Träumen von der Weltrevolution nachhing und nicht verstehen konnte, daß sich jemand nicht für Politik interessierte. Vielleicht handelte er wirklich aus Überzeugung, vielleicht weigerte er sich auch nur, erwachsen zu werden. Es war Nipper gleichgültig; das einzige politische Ziel, das ihn genügend interessierte, um dafür zu kämpfen, war die Gleichberechtigung der Aborigines. Francis' Motive waren ihm egal, für Nipper zählte nur, daß es bei ihm nicht schwerer als bei Charles gewesen war, ihn zur Mithilfe zu überreden, zum gemeinsamen Kampf gegen den Vergnügungspark. Ein paar schöne Worte darüber, daß die Profitgier der kapitalistischen amerikanischen Geldgeber zwar nicht die Ökologie dieses Gebietes zerstören, wohl aber das Erscheinungsbild dieses Stücks unberührter Natur verschandeln würde, hatten genügt.

»Auf jeden Fall bieten sie unseren Gegnern reichlich Munition, um allen Widerstand zu kriminalisieren«, sagte Francis. »Mit Gewalt kommen wir hier nicht weiter.«

»Rodericks Teilnahme war ja auch nicht geplant. Ich hatte mich auf Charles verlassen. Daß er so schwer verletzt würde, konnte niemand vorhersehen. Und jetzt wollen die Jungs natürlich herausfinden, was mit ihm passiert ist.«

»Hast du schon gehört, wie es ihm geht?«

»Ich habe vorhin noch mal im Krankenhaus angerufen. Da hat man mir den gleichen Stuß wie vorher erzählt.« Nipper veränderte seine Stimme und ahmte den Tonfall der Krankenschwester nach: *»Ich bedauere, aber Auskünfte dürfen nur an Familienangehörige weitergegeben werden.* Zum Teufel damit; soweit ich weiß, hat Charlie überhaupt keine Verwandten. Jedenfalls nicht hier in Australien.«

Francis scharrte mit den Füßen im Sand. »Charles war auch ein Draufgänger, mehr noch als Roderick. Ich glaube nicht, daß unter ihm etwas anders gelaufen wäre, und wenn doch, dann alles noch aggressiver. Eine Guerillataktik bringt hier doch nichts. Ich habe keine Lust, wegen solchem Blödsinn im Knast zu landen. Wenn diese Idioten wirklich mit Gewalt auf das Gelände vordringen, wird man höchstens Polizeischutz anfordern oder die Wachmannschaften noch verstärken.«

»Sie treiben immerhin die Kosten des Projekts in die Höhe. Die finanziellen und die politischen.«

»Das grenzt an Terrorismus, und da spiele ich nicht mehr mit.«

»Ich sage ja nicht, daß ich Dicks Methoden billige«, entgegnete Nipper. »Aber hast du vielleicht einen besseren Vorschlag?«

»Zunächst mal müssen wir dieses verdammte Schlägerpack wieder loswerden. Dann können wir mit friedlichen Mitteln weiterarbeiten. Sitzblockaden und Mahnwachen hier, Demonstrationen und Flugblattaktionen in allen größeren Städten und dergleichen mehr. Wenn es uns gelingt, die Öffentlichkeit zu mobilisieren und auf unsere Seite zu bringen, dann –«

»– wird sich ebenfalls nichts ändern«, fiel ihm Nipper ins Wort. Francis tat ihm fast ein bißchen leid. Der junge Umweltschützer glaubte an seine Ideale, und wenn ihm etwas am Herzen lag, setzte er sich mit Leib und Seele dafür ein. »Es wird uns erst gar nicht gelingen, die Öffentlichkeit für uns zu gewinnen«, fuhr er etwas sanfter fort. »Solange die Medien fast geschlossen auf der Seite des Parks stehen, können wir noch so viele Transparente schwenken, Flugblätter verteilen, Sitzblockaden organisieren und Petitionen noch und nöcher einreichen, ohne etwas zu erreichen. Wie sollen wir etwas erreichen, wenn wir uns an die Spielregeln halten, die unsere Gegner zu ihrem eigenen Schutz erlassen haben? Sie wissen genau, daß sie in einer solchen Auseinandersetzung von vornherein als Sieger feststehen, wenn wir uns auf ihre Regeln einlassen.«

»Aber vielleicht schärfen wir wenigstens ein bißchen das Bewußtsein der Öffentlichkeit«, beharrte Francis auf seinem Standpunkt. »Vielleicht unterliegen wir bei diesem und auch beim nächsten Projekt. Aber irgendwann werden die Leute merken, daß sie immer wieder auf die gleiche Art belogen und betrogen werden, und dann werden sie es sich nicht mehr einfach gefallen lassen.« Irgendwann, wiederholte Nipper in Gedanken. *Vielleicht* irgendwann. Eine Perspektive für jemanden, der in langfristigen Strategien zu denken vermochte. Ihm jedoch ging es nur um dieses eine spezielle Projekt. Er mußte einen Weg finden, den Bau des Touristenparks zu verhindern, bevor . . .

Ja, dachte er, bevor eigentlich *was*? Morweyn hatte nur einige vage Andeutungen über eine Katastrophe und heraufbeschworene Schatten der Vergangenheit gemacht, sich aber geweigert, präziser zu werden. Auch wenn sie es aus Achtung – und zum Teil auch Furcht – niemals laut auszusprechen wagten, hielten selbst innerhalb seines eigenen Stammes manche den greisen Schamanen für verrückt oder zumindest geistig verwirrt, aber Nipper wußte, daß Morweyn trotz aller Absonderlichkeiten völlig klar bei Verstand war. Allein seine Warnung vor dem Bau des Parks hatte Nipper genügt, um aktiv zu werden. Aber nach allem, was geschehen war, würde der Schamane nun nicht mehr länger schweigen können. Nipper glaubte nicht an Zufälle. Was mit Charles passiert war, hatte etwas mit dieser drohenden Gefahr zu tun, und er glaubte auch nicht, daß die polizeiliche Fahndung nach Roderick Erfolg haben würde. Für ihn stand so gut wie fest, daß Roderick tot war.

Er mußte wieder an diesen Journalisten denken, Ellison, oder wie er hieß. Dick hatte den Mann ausgelacht, doch Nipper nahm seine Worte ernster, als er es sich hatte anmerken lassen. Die Detailkenntnisse waren mehr als erstaunlich gewesen, und die Theorie von der verborgenen Kamera war ebensowenig überzeugend wie jede andere. Dazu kam der verstörte Eindruck, den der Mann gemacht hatte. Nipper hatte Soziologie und Geschichte studiert, außerdem einige Kurse in Psychologie belegt, und er bildete sich ein, über eine recht gute Menschenkenntnis zu verfügen. Er glaubte nicht, daß die Verzweiflung des Journalisten nur gespielt war. Es hätte auch keinen Sinn ergeben. Wenn die Bauleitung Ellison zum Spionieren geschickt hätte, dann hätte er sicherlich eine glaubwürdigere Geschichte erfunden. Nein, der Mann hatte etwas erlebt, womit er nicht fertig wurde.

Nipper zündete sich eine Zigarette an. Er mußte unbedingt

versuchen, mehr von Morweyn zu erfahren, aber der alte Mann konnte so störrisch wie ein Maulesel sein, wenn er nichts erzählen wollte.

Alles war eine verdammte Kette ineinandergreifender Teufelskreise, dachte Nipper. Einerseits war er sicher, daß Morweyn nicht phantasierte, wenn er behauptete, der Park würde eine Gefahr bedeuten, und die mysteriösen Ereignisse in jüngster Zeit schienen das zu bestätigen. Andererseits wußte Nipper jedoch zu wenig, um wirksame Gegenmaßnahmen zu ergreifen, und das wiederum bedeutete, daß er den Bau nicht verhindern konnte. Er war überzeugt, daß weder Dick mit seinem Drängen auf ein gewaltsames Vorgehen noch Francis mit seiner langfristigen friedlichen Strategie Erfolg haben würden. Sie um Hilfe zu bitten, war eine Notlösung gewesen, um den Bau wenigstens eine Weile zu verzögern. Aber nicht einmal dieses Ziel hatten sie bislang erreicht.

»Selbst wenn wir Dick sagen würden, daß wir seine Hilfe nicht mehr brauchen, würde er bestimmt nicht einfach so wegfahren«, wandte er sich wieder an Francis. *Schließlich würdest du es genausowenig tun,* dachte er. »Auf Charlies Leute habe ich ein wenig Einfluß, aber auch sie haben sich mit Dick arrangiert, weil er trotz seiner früheren Zugehörigkeit zu Roderick versprochen hat, Charlie zu rächen. Sieht aus, als würden wir die Geister, die wir riefen, nicht mehr los. Alle.«

Falls Francis die Anspielung verstand, so zeigte er es nicht. »Es muß eine Möglichkeit geben«, beharrte er.

»Dann geh du doch zu Dick hin und sag ihm, daß du ihn hier nicht mehr willst. Er wird das sicher akzeptieren, sich auf die Maschine schwingen und mit seinen Jungs abfahren. Schließlich schätzt er dich ja so.« Nipper machte eine kurze Pause. »Kann aber auch sein, daß er dir statt dessen die Zähne einschlägt«, fügte er dann freundlich hinzu.

»Idiot«, brummte Francis, drehte sich um und stapfte davon.

»Ein Tip noch!« rief Nipper ihm nach. »Wenn ich es mir recht überlege, erscheint mir die zweite Möglichkeit viel wahrscheinlicher.«

Ohne ein weiteres Wort verschwand Francis in seinem Zelt.

Nipper blickte ihm kopfschüttelnd nach. Zum Teufel, er hatte keine Lust, sich zwischen den Gruppen derer, von denen er sich Hilfe erhofft hatte, aufreiben zu lassen. Er hatte wahrlich andere Probleme. Nipper lehnte sich zurück und starrte zum Sternenhimmel hinauf. Es war kühler geworden, aber der Sand hatte noch die Hitze des Tages gespeichert. Hier so zu liegen, vermittelte ihm ein wohltuendes Gefühl der Erdverbundenheit. In Gedanken versunken rauchte er seine Zigarette zu Ende, schnippte den Stummel nach einer Weile zur Seite und stand auf. Mit in den Hosentaschen vergrabenen Händen schlenderte er aus dem Camp und näherte sich der Siedlung seines Stammes.

*Seines Stammes.*

Die Worte besaßen einen unangenehm schalen Beigeschmack. Seine Eltern hatten die Siedlung verlassen, als er noch ein Kind gewesen war. Sie waren nach Melbourne gezogen, und es war seinem Vater gelungen, einen Job zu finden. Schlecht bezahlte Drecksarbeit zwar, zu der sich kein Weißer bereitfinden würde, aber immerhin ein Job. Seine Eltern hatten gewollt, daß es Nipper einmal besser gehen sollte als ihnen, deshalb hatten sie ihm den Besuch einer höheren Schule ermöglicht. Es war selten, daß Stipendien an Aborigines vergeben wurden, aber er hatte es aufgrund seiner Intelligenz und glänzender Noten geschafft, eine finanzielle Beihilfe zu einem Universitätsstudium zu erhalten.

Seine Vorfahren hatten in ärmlichen, naturverbundenen Verhältnissen gelebt, und der Stamm hatte es seinen Eltern nie verziehen, daß sie ein anderes Leben begonnen hatten. Sein Studium wurde als eine besonders verabscheuungswürdige Anbiederung an den Lebensstil der verhaßten Weißen betrachtet, doch obwohl er fast wie ein Aussätziger geächtet wurde, hatte Nipper den Kontakt zur Stammesgemeinschaft nie ganz aufgegeben. Sein Ansehen war erst wieder gestiegen, als er durch seine Mitarbeit bei verschiedenen Black Land Councils für konkrete Verbesserungen sorgen konnte. Trotzdem hatte er jedesmal, wenn er zur Siedlung kam, das Gefühl gehabt, ein Fremder zu sein. Man akzeptierte ihn, aber man gab ihm nicht das

Gefühl, wirklich dazuzugehören, und Nipper seinerseits empfand dieses Gefühl ebenfalls nicht.

Durch seine Erziehung trennte ihn einfach zuviel von diesen Menschen. Das spürte er bei jedem Besuch stärker. Gerade während der letzten zwei Wochen, die er hier verbracht hatte, war ihm besonders deutlich bewußt geworden, daß er im Grunde in einer völlig anderen Welt lebte. Die Erfahrung, wie sehr er die Verbindung zu dem, was er als seine Wurzeln betrachtete, verloren hatte, war schmerzhaft gewesen. Schmerzhaft besonders dadurch, daß er alles nun mit größerem Abstand betrachtete und erkennen mußte, daß die verschiedenen Völker der Aborigines unweigerlich dem Untergang geweiht waren, wenn nicht auf politischer Ebene Grundsätzliches geändert wurde – auf beiden Seiten. Dabei ging es nicht um eine völlige Aufgabe der Kultur und Lebensweise, sondern um eine wenigstens teilweise, behutsame Anpassung an die moderne Zeit.

Auch seine Stammesgemeinschaft würde lernen müssen, in manchen Punkten umzudenken, aber genau dazu waren die Menschen nicht bereit. Ihre Probleme ließen sich nicht länger durch die Bereitstellung finanzieller Mittel lösen, mit denen sie höchstens das Allernotwendigste zum Leben erwerben konnten. Es würde ihnen auch nichts helfen, weiterhin Yurlunggur, die Regenbogenschlange, anzubeten, daß sie ihnen Regen und Nahrung schickte. Das Wasserloch, das ihnen einmal eine bescheidene Viehzucht und ein Minimum an Ackerbau ermöglicht hatte, war so gut wie ausgetrocknet, und die Umgebung war zu öde, als daß es Tiere zum Jagen gegeben hätte. Sie konnten nicht mehr viel länger hierbleiben.

Das Problem war nur, das den Menschen begreiflich zu machen. Für jemanden, der wie er in einem fast abendländischen Kulturkreis aufgewachsen war, fiel es schwer zu begreifen, was in ihnen vorging, obwohl er von ihnen abstammte. Das Land, auf dem sie aufgewachsen waren, bedeutete ihnen viel mehr als nur ein beliebiges Stück Erde, auch mehr als das, was die Weißen mit dem Begriff ›Heimat‹ beschrieben. Es war der Mittelpunkt ihres Universums, daß die Urzeitwesen ihrer

Mythologie ihnen zum Behüten anvertraut hatten. Hier lagen ihre Wurzeln; diese Menschen umzusiedeln oder zu vertreiben, wie die Weißen es zum Teil immer noch versuchten, war so, als würde man ihnen einen Teil ihrer Seele rauben. Dabei bedeutete *Land* für sie keinen genau begrenzten geographischen Ort, sondern bezeichnete ein weiträumiges Territorium, da viele Aborigines bereits seit Urzeiten Nomaden waren.

Nipper ging durch die Siedlung und bemühte sich, nicht allzu deutlich die Zeichen des bevorstehenden Untergangs zu beachten. Er grüßte die wenigen Menschen, die ihm begegneten oder vor den Türen ihrer Hütten saßen, und war erstmals froh, daß niemand ihm sein Leid klagte oder ihn in ein Gespräch zu verwickeln versuchte.

Die Hütte des Stammesältesten und Schamanen lag ganz am Ende der Straße. Es handelte sich um einen aus groben Brettern zusammengenagelten Verschlag, in dem die wohlhabenden Bürger Melbournes nicht einmal ihre Hunde unterbringen würden. Nipper hatte Morweyn ein paarmal angeboten, die Hütte wenigstens notdürftig in Ordnung bringen zu lassen, doch ebenso oft hatte Morweyn das Angebot ausgeschlagen. Er weigerte sich beharrlich, anders als seine Ahnen zu wohnen, weil er schließlich auch nichts besseres als sie wäre. Nipper hatte es inzwischen aufgegeben, mit ihm über die seiner Meinung nach zweifelsfreie Dummheit dieser Argumentation zu diskutieren.

Anstelle einer Tür gab es nur ein schmutziges Wolltuch vor dem Eingang. Einer alten Gewohnheit folgend, klopfte Nipper gegen das Holz des Rahmens, obwohl er wußte, daß er keine Antwort bekommen würde, und trat ein paar Sekunden später ein.

Im Inneren der Hütte herrschte ein unglaubliches Durcheinander. Eine Vielzahl ebenso verschiedener wie primitiver Waffen lag auf dem Boden verstreut, dazwischen die Überreste getrockneter Kleintiere, Lehmtöpfchen mit Farben zur Körperbemalung, weitere Gefäße und unzählige andere Dinge. Bei vielen vermochte Nipper Bedeutung und Zweck nicht einmal zu erahnen. Zwei Kerzen spendeten flackernden Lichtschein.

Morweyn saß mit untergeschlagenen Beinen auf einem verschlissenen Fell in der Mitte des Raums. Bis auf eine Hose mit Löchern über den Knien war er nackt. Niemand kannte sein genaues Alter, fest stand nur, daß er uralt war; älter als jeder andere des Stammes. Sein krauses Haar und der verfilzte Bart waren grau, fast weiß. Tiefe Falten durchzogen sein Gesicht und ließen es wie zerknittert aussehen. Seine Augen waren rotgerändert, über seinen Pupillen lag ein milchiger Schleier. In der Hand hielt er eine Art Pfeife, jedenfalls hatte er das Gebilde einmal hochtrabend so bezeichnet: ein hohler Stock mit einem Kopf aus gebranntem Ton, aus dem abscheulich stinkender Rauch aufstieg.

Bei Nippers Eintreten sah er nicht einmal auf, sondern bewegte weiterhin seinen Oberkörper im Rhythmus einer unhörbaren Musik leicht hin und her. Auf seiner dunklen, wie mumifiziert aussehenden Haut glitzerten Schweißtröpfchen. Nipper räumte einige Sachen zur Seite, setzte sich ihm gegenüber auf den festgestampften Boden und wartete ungeduldig. Er wußte, daß es sinnlos war, Morweyn zu drängen. Wenn der Schamane sprechen wollte, würde er das Gespräch von sich aus beginnen.

Von Zeit zu Zeit sog der alte Mann an seiner Pfeife und blies eine neue Rauchwolke aus. Nipper wurde es von dem Gestank fast übel. Wie schon so oft, fragte er sich, was für ein verdammtes Zeug Morweyn eigentlich rauchte. Um Tabak handelte es sich jedenfalls nicht. Er hatte ihm schon mehrmals aus Melbourne ordentlichen Tabak mitgebracht und ihm einmal sogar eine richtige Pfeife geschenkt. Beides hatte der Alte nicht einmal angerührt.

Zähflüssig verstrichen die Minuten. Das flackernde Kerzenlicht ließ Schatten über die Wände tanzen und übte eine fast hypnotische Wirkung aus. Nippers Ungeduld wich allmählich einer angenehmen Entspannung. So unbehaglich die Hütte auch sein mochte, vermittelte sie ihm doch stets ein Gefühl der Geborgenheit, und er vermutete, daß Morweyn ihn allein deshalb jedesmal so lange warten ließ. Angesichts der unerschütterlichen Ruhe des greisen Schamanen verblaßten seine eigenen Sorgen, kamen ihm seine Probleme nahezu unwichtig vor.

»Deine Ruhelosigkeit ist kein Wunder«, sagte Morweyn plötzlich, als hätte er seine Gedanken gelesen. Er sprach nuschelnd, kaum verständlich im sonderbaren Idiom seiner Ursprache. »Wer sich von seinen Wurzeln trennt, hat nichts, woraus er Kraft schöpfen könnte. Auch Pflanzen welken rasch, wenn man sie abschneidet.«

»Ich muß mit dir über etwas sprechen«, sagte Nipper.

»Ich weiß. Sonst wärst du nicht gekommen.«

»Es . . . es geht um den Park. Du hast mich gerufen, damit ich den Bau verhindere. Ich habe alles versucht, aber es hat keinen Sinn. Ich komme einfach nicht weiter, solange ich nicht mehr weiß.«

Er schaute Morweyn erwartungsvoll an, aber der alte Mann schwieg und verpestete die Luft nur mit einer neuen Rauchwolke. Sein Blick war jetzt erstaunlich klar, doch auf seinem Gesicht lag ein gleichgültiger Ausdruck.

»Ich *muß* mehr erfahren, wenn nicht alles umsonst sein soll«, fuhr Nipper schließlich fort. »Du hättest mich nicht geholt, wenn es nicht wirklich wichtig wäre, das weiß ich. Deshalb habe ich dir vertraut und ohne lange Fragerei getan, was in meiner Kraft steht. Einiges davon sogar gegen meine Überzeugung.« Er räusperte sich. »Für dieses Projekt wird man viel Wasser brauchen. Bei einer vernünftigen Einigung wäre es kein Problem, auch eine Leitung bis hierher zu legen. Du weißt, wie dringend ihr Wasser braucht.«

Morweyn schüttelte den Kopf. »Wir würden kein Wasser, sondern das Blut von Toten bekommen.«

»Deshalb bin ich hier. Ich will wissen, welche Gefahr du fürchtest. Bislang habe ich getan, was du wolltest. Aber jetzt mußt du mir auch helfen. Sag mir, warum der Park nicht weitergebaut werden soll.«

Wieder verstrichen einige Sekunden des Schweigens.

»Die Wahrheit«, drängte Nipper. »Sag mir endlich, was du weißt.«

»Die Wahrheit«, wiederholte Morweyn wie geistesabwesend. »Sie ist für dich das Maß aller Dinge geworden, nicht wahr? Gründe. Du brauchst immer und für alles Gründe. *Wahre*

Gründe. Du hast zu glauben verlernt und etwas einfach um seiner selbst willen zu tun.«

Nipper runzelte die Stirn. »Bitte, ich bin nicht gekommen, um mit dir über Philosophie zu diskutieren. Es mag sein, daß ich nach deiner Meinung eine falsche Sicht der Dinge habe. Aber es ist eben meine Sicht.«

»Manchmal schadet die Wahrheit mehr, als sie nutzt.«

»Vielleicht. Aber warum läßt du mich das nicht selbst beurteilen?«

»Dann glaubst du, ein besseres Urteilsvermögen als ich zu haben?«

»Das habe ich nicht gesagt«, entgegnete Nipper ärgerlich. Morweyn besaß ein geradezu bewundernswertes Geschick darin, klaren Fragen auszuweichen und einem auf philosophische Art die Worte im Mund zu verdrehen. Bewundernswert freilich nur, wenn man ihm nicht selbst zum Opfer fiel.

»Dann sag, was du denkst.« Morweyn lächelte, zumindest vermutete Nipper, daß die flüchtige Grimasse ein Lächeln darstellen sollte. »Du mußt lernen, klar zu denken. Nur dann kannst du dich auch klar ausdrücken.«

Es war wie ein Würfelspiel gegen jemanden, der sogar drei Sechser noch zu überbieten vermochte, dachte Nipper. Alles, was Morweyn sagte, war durchdacht, es schien kein Mittel gegen seine Fähigkeit zu geben, die Grundlagen moderner Kommunikation ad absurdum zu führen. Er beschloß, aufs Ganze zu gehen.

»Es ist etwas geschehen, das mich beunruhigt«, sagte er. »Ich vermute, daß es mit der Gefahr, von der du sprichst, zu tun hat.« Er berichtete, was mit Charles geschehen war.

Morweyn hörte schweigend zu und schwieg auch dann noch, als Nipper geendet hatte. Sein Schweigen ließ Nipper nach kurzem Zögern auch von der Vision des Journalisten berichten.

Erstmals flackerte echtes Interesse im Blick des alten Mannes auf. »Wenn du ihm noch einmal begegnest, dann sag ihm, er soll zu mir kommen. Ich möchte ihn kennenlernen.«

»Was willst du von ihm?«

Morweyn machte eine vage Handbewegung. »Ihn einfach

nur kennenlernen. Vielleicht hat es eine tiefere Bedeutung, daß gerade er diese Vision hatte.«

»Dann glaubst du, daß er die Wahrheit gesagt hat?«

»Warum sollte er lügen?«

»Aber du kennst ihn doch gar nicht.«

»Deshalb möchte ich ihn kennenlernen.«

Um nicht die Beherrschung zu verlieren, atmete Nipper tief durch, auch wenn der Rauch ihn an den Rand eines Erstickungsanfalls brachte. Er wußte zwar nicht genau, wie alt Morweyn war, aber es grenzte an ein Wunder, daß der Schamane auch nur ein Jahr dieser systematischen Selbstvergiftung überlebt hatte.

»Also gut, fangen wir noch einmal ganz von vorne an. Warum soll dieser Ferienpark nicht gebaut werden?«

»Er würde großes Unglück heraufbeschwören.«

»Was für ein Unglück?«

Morweyn schwieg.

»Warum würde es ein Unglück geben?«

Schweigen.

»Liegt es an diesem speziellen Gelände?«

Scheinbar teilnahmslos starrte Morweyn zu Boden.

»Natürlich liegt es an dem Gelände«, beantwortete Nipper seine Frage selbst. »Du hast vor Wochen selbst einmal gesagt, der Park dürfte nicht *hier* gebaut werden. Aber warum?«

»Warum, warum«, echote Morweyn. »Warum gibt es Menschen? Warum dreht sich die Erde um die Sonne? Es ist eben einfach so.«

»Aber du weißt mehr, als du sagst.«

»Und so wird es auch bleiben. Es ist besser, wenn du jetzt gehst.«

Nipper schüttelte den Kopf. »Ich gehe nicht, bevor du mir eine Erklärung gegeben hast. Es hat einen Schwerverletzten und mit Roderick und diesem Piloten möglicherweise sogar bereits zwei Tote gegeben. Ich lasse mich nicht mehr einfach so abweisen.«

Er bemühte sich, dem Blick seines Gegenübers standzuhalten, mußte aber nach ein paar Sekunden den Kopf senken.

»Nipper, ich weiß, daß du ein guter Junge bist«, sagte Morweyn leise. »Wenn ich dir keine Antworten gebe, dann nicht aus böser Absicht oder weil ich dir nicht vertraue. Mehr zu wissen, würde dir keinen Vorteil bringen, das mußt du mir glauben. Im Gegenteil: Es ist gefährlich, an bestimmte Dinge zu rühren, und sei es nur dadurch, daß man über sie spricht. Gefährlich für dich und auch gefährlich für mich. Mehr darf ich dir nicht sagen.«

»Wie du meinst.« Nipper wußte, daß es keinen Sinn hatte, länger hierzubleiben. Enttäuscht stand er auf, murmelte einen Gruß und verließ die Hütte. Morweyns Worte beunruhigten ihn, weil er spürte, daß sie ehrlich gemeint waren. Er begann zu ahnen, daß er erst den Auftakt von etwas erlebt hatte, das viel gewaltiger war, als er sich bislang vorgestellt hatte.

Und nach dem, was bereits geschehen war, beunruhigte ihn vor allem, daß ein so alter Mann wie Morweyn offenbar der einzige war, der etwas über die Zusammenhänge wußte und sich zugleich weigerte, darüber zu sprechen.

Jemand tippte Craigh auf die Schulter. »Willst du nicht auch mal tanzen?« fragte Betty.

Craigh lächelte flüchtig. »Wenn dir etwas an deinen Füßen liegt, dann such dir lieber einen anderen. Ich bin dafür berüchtigt, daß ich Schuhe flachstampfe und Hühneraugen verursache.«

»So schlimm wird es schon nicht sein.«

»Schlimmer. Im Ernst, ich habe nie gerne getanzt, und vor allem nie gut. Als ich meine Partnerin nach der ersten Tanzstunde irgendwohin einladen wollte, habe ich einen Korb bekommen und mich anschließend nicht mehr dort blicken lassen.«

»Das dürfte inzwischen wohl rund zwanzig Jahre zurückliegen.«

»Irgendwie ist trotzdem eine Apathie gegen das Tanzen geblieben.«

»Na schön, du mußt es wissen. Aber beschwer dich hinterher bloß nicht bei mir, wie langweilig alles gewesen wäre.«

Craigh blickte ihr nach, bis sie im Gewirr der anderen Gäste verschwunden war. Seine Kehle war trocken. Er entschied, daß er nach dem Essen jetzt ruhig noch ein Bier trinken konnte, und ging zur Theke zurück. Das Bier hatte genau die richtige Temperatur und schmeckte viel besser als das letzte. Er leerte es auf einen Zug und ließ sich ein weiteres Glas geben. *Paß auf, Junge, du hast dir vorhin was vorgenommen,* hallte eine warnende Stimme in seinem Kopf. Mit dem Glas in der Hand schlenderte er durch den Raum, nippte gelegentlich an dem Bier und bemühte sich, nicht zu Betty hinüberzuschauen.

Statt dessen unterhielt er sich mit ein paar Bauarbeitern. Er hatte nie Schwierigkeiten gehabt, ein Gespräch zu beginnen, und hier war es besonders einfach. Schon am Akzent erkannte er, daß die meisten Männer aus Australien stammten. Gelegenheitsarbeiter, nur wenige waren im Auftrag von Baufirmen hier. Ein kompliziertes System von Schichtdiensten gewährleistete, daß die Arbeiten stets ohne Einschränkungen aufrechterhalten werden konnten. Sieben Tage Arbeit, zwei freie Tage, dann acht Arbeitstage und anschließend vier Tage lang frei. Durch diese verlängerten Wochenenden lohnte sich für die Arbeiter, die überwiegend aus anderen Teilen des Landes stammten, eine Heimfahrt. Craigh plauderte mit ihnen eine Weile über die Arbeit und auch über Sondstrup, ohne etwas von Bedeutung zu erfahren.

Schon bald langweilten ihn diese Unterhaltungen. Es waren immer wieder dieselben Antworten, und ihn verband zu wenig mit den Menschen hier, als daß ein wirklich interessanteres Gespräch in Gang kam. Craigh spürte bei jedem Wort, daß er nicht hierher gehörte, auch wenn keiner seiner Gesprächspartner ihm dies bewußt zeigte. Jeder behandelte ihn freundlich, aber es gab eine Distanz, eine Kluft, die keiner zu überspringen bereit war. Betty hatte es in dieser Hinsicht wesentlich leichter. Bei den wenigen Frauen hier rissen sich die Männer förmlich darum, mit ihr zu tanzen.

Craigh hingegen fühlte sich *fremd*. Er ging ungern auf Parties, wo er nur wenige Leute kannte. Zumindest während der ersten Stunden war es stets todlangweilig. Zu fortgeschrittener

Stunde, wenn der Alkohol die Zungen lockerte und die ersten Betrunkenen für unfreiwillig komische Einlagen sorgten, wurde es etwas interessanter, aber nicht einmal dieser Gedanke hob Craighs Stimmung. Seltsam, er konnte nächtelang in Bars und Kneipen herumhängen, auch ohne viel zu trinken. Manchmal beobachtete er einfach nur, manchmal unterhielt er sich. Barkeeper waren meist geduldige Zuhörer, und auch die Thekenphilosophieereien mit anderen einsamen Gästen waren manchmal erstaunlich produktiv.

Auf den ersten Blick schienen nicht viele Unterschiede zwischen Bars und Parties zu bestehen, aber es gab sie. Die Atmosphäre war anders, das Flair. Wer auf eine Party ging, wollte sich amüsieren, aber wer um Mitternacht noch allein an einem Tresen herumhing, der wollte über das Elend der Welt nachgrübeln und war froh, wenn er einen Gleichgesinnten fand. Der einzige Vorteil von Parties und der einzige Grund, warum Craigh früher gelegentlich Einladungen angenommen hatte, war denkbar prosaisch: Man konnte leichter Frauen kennenlernen und ins Bett bekommen.

Aber nicht mal das war hier der Fall. Und selbst wenn, hätte er es nicht gewollt. Würde auch ziemlich komisch werden, wenn Betty in die Baracke zurückkäme und ihr Bett von einer anderen Frau besetzt vorfände. *Ha ha, irrsinnig komisch,* dachte er. Manchmal haßte Craigh die Stimme in seinem Inneren geradezu.

In einer Ecke saßen vier Männer an einem Tisch und spielten Karten. Er gesellte sich zu ihnen. »Setzen Sie sich, wenn Sie genügend Geld zum Verlieren in der Tasche haben«, forderte einer der Männer ihn auf. Craigh zögerte einen Moment, dann nahm er die Einladung an. Er hatte sich schon während der Schulzeit in den Pausen sein Taschengeld gelegentlich mit Pokern aufgebessert und mit achtzehn so ziemlich sämtliche schmutzigen Tricks beherrscht. Zugleich hatte er sich schon damals auch den ungeschriebenen Ehrenkodex aller achtbaren Kartenspieler zu eigen gemacht: Es gab Menschen, die nur des Geldes, und solche, die nur des Vergnügens wegen spielten. In Gegenwart ersterer war es beinahe Pflicht, die Karten nach

Kräften zu manipulieren. Trotz der großspurigen Worte hatte er es hier jedoch eindeutig mit letzteren zu tun, und deshalb würde es keine Tricks geben.

Es wurde nur um kleine Beträge gespielt, und während der ersten Runden hielt sich Craigh bewußt zurück, um erst einmal die Taktik seiner Mitspieler zu studieren. Wider Erwarten machte ihm das Spiel nach einer Weile sogar Spaß. Poker war weit mehr als ein reines Glücksspiel, für das es viele hielten. Die Kunst des Bluffens und das Erkennen winziger Unsicherheiten bei den Mitspielern waren letztlich wichtiger als das Blatt, das man selber hielt. Nach zwei Stunden kannte Craigh die halbe Lebensgeschichte seiner Mitspieler und plauderte auch selbst unbefangen über Gott und die Welt. Er spielte unkonzentriert und wußte, daß ihm die meisten Bluffs zu durchsichtig gerieten. Aber die Ablenkung war ihm auch den Verlust der mittlerweile rund vierzig Dollar wert.

Immer wieder stand einer von ihnen auf, ging zur Theke und kehrte mit einem Tablett voller Gläser zurück. Craigh hatte bereits fünfzehn oder zwanzig Bier getrunken, aber er fühlte sich allenfalls ein wenig angeheitert. Und er wußte, daß er auch für den Rest des Abends bei Bier bleiben würde. Den kritischen Punkt, der bei ihm meist den Übergang zu härteren Drinks einleitete, hatte er problemlos hinter sich gelassen. Als sich die Runde schließlich auflöste, fühlte er sich, als würde er aus einem Rausch erwachen. Erst jetzt bemerkte er, daß Betty neben ihm saß. Vor ein paar Minuten hatte sich jemand auf den Stuhl gesetzt, aber er hatte nicht darauf geachtet.

»Scheint nicht dein großer Abend zu sein«, sagte sie.

»Ich wollte gar nicht gewinnen.«

»Wie ich dich kenne, ärgert es dich jetzt trotzdem, daß du verloren hast.«

»Stimmt, niemand verliert gerne«, gab Craigh zu. »Aber der Verlust macht nichts. Ich werde die vierzig Dollar auf die Spesenrechnung setzen.«

»Bredham wird sich freuen«, erwiderte Betty. »Soll ich dir sagen, was er dir antworten wird? Wenn man nichts von Karten versteht, soll man die Finger davon lassen.«

Craigh ging nicht auf die Flachserei ein. Der Verlust störte ihn zwar wirklich nicht besonders, aber es ärgerte ihn, daß Betty ihn jetzt damit aufzog. »Verlaß dich darauf, ich hätte die Jungs abziehen können, wenn ich gewollt hätte.«

»Wir können ja auf dem Rückflug eine Zwischenlandung in Las Vegas machen. Auf Kosten der Redaktion. Aber du legst Bredham dann die Rechnung vor.«

»Ausgerechnet Las Vegas.« Craigh lächelte säuerlich. »Ist ja toll. Genau das, was ich mir schon immer gewünscht habe: eine Million Millionäre zu sehen, die nicht wissen, was sie mit ihrem Geld machen sollen und es deshalb in blinkende Automaten stecken oder an den verschiedenen Spieltischen wegwerfen. Selbst wenn ich gewinnen sollte, wird Bredham verlangen, daß ich mindestens die Hälfte an die Redaktion abführe.«

»Es ist eben nicht einfach, an anderer Leute Geld zu kommen. Haben mir meine Eltern schon beigebracht.«

»Wieso sitzt du eigentlich hier? Keine Lust mehr zum Tanzen?«

Betty schloß die Augen und stieß geräuschvoll die Luft aus. »Puh, ich brauche ein paar Minuten Pause. Hast du schon mal stundenlang getanzt?«

»Fiele mir im Traum nicht ein.«

»Natürlich, wie konnte ich von so einem Faulpelz auch etwas anderes erwarten.«

»Wie du siehst, hat Faulheit auch ihre Vorteile.«

»Dafür ist Tanzen gut für den Kreislauf.«

»Und schlecht für die Füße.« Craigh grinste, und auch Betty konnte sich ein Lächeln nicht verkneifen. Ihre Blicke trafen sich, und irgend etwas war diesmal anders als sonst. Als hätte sich ein Schaltkreis geschlossen, schien es plötzlich eine unsichtbare Verbindung zwischen ihnen zu geben. Die anderen Menschen um sie herum verblaßten zur Bedeutungslosigkeit. *Ein Schaltkreis.* Der Begriff setzte sich in Craighs Kopf fest. *Schaltkreis . . . Schalter, die umgelegt wurden . . . Elektrizität . . .* Die Begriffe lösten eine flüchtige Assoziation in ihm aus, ähnlich eines *déjà-vu*-Erlebnisses, und für Sekundenbruchteile hatte er das Gefühl, eine Tür in seinem Inneren, hinter der die

Antworten auf zahlreiche Fragen verborgen lagen, würde einen Spaltbreit geöffnet. Aber der Gedanke entglitt ihm, noch bevor er ihn richtig zu fassen bekam; die Tür schloß sich wieder, als würde sie von einer unsichtbaren Hand tief in ihm zugeschlagen. Gleich darauf hatte er diesen verflogenen Sinneseindruck bereits vergessen.

Schweißtröpfchen glitzerten auf Bettys Stirn, doch ihr Gesicht war entspannt. In ihren Augen lag ein seltsamer Glanz. Craigh streckte wie in Trance die Hand aus und strich ihr eine widerspenstige Haarsträhne aus dem Gesicht. Er zögerte einen Moment, aber als Betty keine Anstalten machte, ihn zurückzuweisen, ließ er seine Finger über ihre Wange gleiten, berührte flüchtig ihre Mundwinkel und zog erst dann die Hand fast erschrocken zurück.

»Ich . . .« Craigh schluckte.

»Was?«

»Schon gut.«

»Nein, ist es nicht. Was wolltest du sagen?« Seine Hilflosigkeit schien sie zu amüsieren, ohne daß Craigh wußte, was er davon halten sollte. Warum war bloß alles so verdammt kompliziert? Obwohl er ein lockeres T-Shirt trug, hatte er das Gefühl, der Kragen wäre ihm zu eng.

»Es ist ziemlich stickig und verqualmt hier drin«, sagte er und kam sich unsagbar albern dabei vor. Endlich hatte er Gelegenheit, Betty näher zu kommen, und ihm fiel nichts besseres als so ein abgedroschener Spruch ein. Trotzdem fügte er hinzu: »Was hältst du von ein bißchen frischer Luft?«

»Ein Spaziergang im Mondschein? Wie romantisch.« Betty lächelte. *Trottel,* dachte sie, ließ sich jedoch nichts anmerken. Das sollte der Mann sein, der als frauenmordendes Monstrum verschrien war? Bevor er sich durch noch mehr Platitüden blamieren konnte, stand sie rasch auf und ging zum Ausgang.

In dem Schuppen war es wirklich stickig und heiß, das merkte sie erst richtig, als sie ins Freie trat und ein paarmal tief durchatmete. Zudem hatte es sich im Laufe des Abends beträchtlich abgekühlt. Betty fröstelte und massierte ihre Arme.

»Ist dir kalt?« fragte Craigh. Als sie nickte, legte er einen Arm um ihre Schultern. Es war eine fast automatische Bewegung, unabhängig von seinem bewußten Willen, und das war gut so. Wahrscheinlich hätte er es nicht getan, wenn er vorher nachgedacht hätte, weil er noch unsicher war, wohin alles steuerte. Es war möglich, daß er sich völlig falsche Hoffnungen machte, daß Betty wirklich nur frische Luft schnappen oder über etwas Berufliches mit ihm allein sprechen wollte. Die Geste an sich war relativ unverfänglich, sie konnte als kollegial oder freundschaftlich interpretiert werden, lag noch zu weit von echter Zärtlichkeit entfernt. Aber sie war immerhin ein Anfang. Alles weitere hing nun von Betty ab. Wenn sie sich gegen die Berührung sträubte, konnte sie alles beenden, noch bevor es begann.

Aber sie ließ ihn gewähren. Ein Schauer durchlief ihren Körper. Sie hob den Kopf und sah zum Himmel hinauf. Die Nacht war sternenklar; es sah aus, als hätte jemand in verschwenderischer Fülle glänzende silberne Punkte auf das schwarze Samttuch des Firmaments gesprenkelt.

»Schön, nicht?« murmelte sie. Um die Dramaturgie eines drittklassigen Liebesromans zu vervollkommnen, müßte Craigh nun beginnen, ihr die Sternbilder zu erklären, dachte sie gleichzeitig im stillen. Ein wenig hoffte sie sogar, daß er es tat. Vielleicht hatte sie zu viele kitschige Bücher gelesen und war tief in ihrem Inneren wirklich eine unheilbare Romantikerin.

Aber Craigh sagte nichts. Arm in Arm gingen sie ein paar Schritte und hingen ihren Gedanken nach. Die Musik war hier draußen nur noch gedämpft zu hören. Craighs Herz schlug doppelt so schnell wie üblich. Er schaute Betty immer wieder von der Seite her an, doch sie schien es nicht zu merken; jedenfalls reagierte sie nicht. Die Luft schien zu prickeln, vor unsichtbaren Spannungen zu vibrieren. Craigh hatte Schwierigkeiten, sich auf die veränderte Situation einzustellen. Alles war zu schnell und überraschend gekommen. Er begriff nicht, was mit Betty los war. Nach ihrer bislang so ablehnenden Haltung konnte er sich nicht erklären, daß sie sich jetzt plötzlich bemühte, ein engeres Verhältnis zu ihm aufzubauen. Aber er wagte auch nicht zu fragen, aus Angst, damit alles zu zerstören.

Und im Grunde war es auch egal. Er haßte es, immer nach Gründen für alles zu suchen.

»Warum küßt du mich denn nicht endlich?« fragte Betty ruhig. In ihren Augen lag plötzlich ein seltsamer Glanz.

»Was . . .?«

»Du hast mich schon verstanden.«

Er zögerte noch immer.

»Nun küß mich doch endlich einmal, das willst du doch schon seit langem!« verlangte sie in so befehlendem Tonfall, daß er unwillkürlich zusammenzuckte.

Etwas stimmte nicht, durchfuhr es Craigh, und das einzige Gefühl, das er mit einemmal verspürte, war Unbehagen. Natürlich hatte er sich oft gewünscht, Betty zu küssen, aber *so* hatte er es sich nie vorgestellt. Alles war so prosaisch, so bar jeden Zaubers, mit dem er diesen Augenblick in seinen Träumen ausgeschmückt hatte, daß er sich schlagartig ernüchtert fühlte.

Trotzdem reagierte etwas in ihm, das stärker war als sein Verstand, auf Bettys Aufforderung. Er zog sie zu sich heran und preßte seinen Mund auf ihre Lippen. Ihr Kuß war warm und feucht und süß. Ihre Zunge glitt in seinen Mund, tastete über seine Zähne. Craigh spürte, daß er eine Erektion bekam, und nach ein paar Sekunden gab er seinen Widerstand endgültig auf. Er vergrub seine Hände in ihrer Haarmähne und erwiderte den Kuß leidenschaftlich.

Betty schien einen Moment vor ihrer eigenen Courage zu erschrecken, dann drückte sie ihren Körper gegen seinen. Sie bemerkte seine Erektion und schlang ihre Arme noch fester um seinen Nacken, preßte ihren Unterleib gegen seine Beine. Seine Hände glitten über ihren Rücken. Durch den dünnen Stoff des Kleides konnte er spüren, wie sie unter seiner Berührung erschauderte. Er tastete tiefer, strich über die sanften Rundungen ihrer Schenkel. Schon immer hatte er geahnt, daß unter der Maske der kühlen Reporterin, die fleißig an ihrer Karriere bastelte, ein Vulkan lauerte. Sein Kuß wurde fordernder.

»Endlich«, keuchte sie, als sie sich nach Minuten schweratmend voneinander lösten.

»Betty, ich –«

»Psst.« Sie legte ihm den Zeigefinger auf die Lippen. »Komm mit.«

Aneinandergeschmiegt gingen sie zwischen den Baracken hindurch. Craigh achtete nicht auf seine Umgebung. Er war sicher, daß sie den Weg zu ihrer Unterkunft einschlugen, und schaute erst auf, als Betty vor einem länglichen Steinbau stehenblieb, dem einzigen richtig gemauerten Gebäude des Camps. Es handelte sich um den Duschraum.

»Was willst du –«

»Duschen«, fiel sie ihm lächelnd ins Wort. »Wir sind schließlich den ganzen Tag in der Sonnenhitze herumgelaufen. Das hinterläßt Spuren. Und du riechst ebenfalls, als hättest du einen Marathonlauf hinter dir.« Sie öffnete die Tür und zog ihn mit sich. Auf Knopfdruck flammte eine Neonröhre an der Decke auf. Weiße Kacheln bedeckten die Wände, der Boden war gefliest. An den beiden Längsseiten ragten Brauseköpfe aus der Wand.

In dem Raum herrschte eine nüchterne Atmosphäre, die Craigh abstieß – fast so steril wie in einem Krankenhaus. Dies war wahrlich keine Umgebung, die Gedanken an ein zärtliches Rendezvous weckte. »Es kann jeden Moment jemand reinkommen«, gab er zu bedenken.

Betty schob einen Riegel vor. »Jetzt nicht mehr. Außerdem sind doch alle auf dem Fest.« Ihr Lächeln vertiefte sich noch. »Aber wenn du dich genierst, kannst du natürlich auch züchtig draußen warten und ein bißchen fernsehen, bis ich fertig bin.«

Craigh schüttelte den Kopf. Es war verrückt. Seit Monaten wartete er auf diesen Augenblick, aber durch die Art, wie Betty die Initiative übernommen hatte, fühlte er sich wie vor den Kopf gestoßen. Ihn störte nicht, *daß* sie es getan hatte; von wem die Initiative ausging, war ihm völlig gleichgültig. Aber es gelang ihr, alles auf eine vulgäre, jeder Erotik entbehrende Ebene zu zerren. Er wäre sich schmutzig vorgekommen, wenn er sie jetzt wie eine billige Nutte nähme.

»Was ist mit dir los?« fragte er leise. »Woher dieser plötzliche Sinneswandel? Das bist doch nicht du, die so redet.«

Betty senkte den Blick. Sie hatte nicht erwartet, daß Craigh Fragen stellen würde. Daß er es tat, statt sich wie ein ausgehungerter Bock auf sie zu stürzen, zeigte, daß sie immer noch ein zu schlechtes Bild von ihm hatte. Trotzdem konnte sie ihm keine Antwort geben, weil es keine gab. Höchstens einzelne Bruchstücke, die zusammenzusetzen ihr zu mühsam war. Die ganze Stimmung des Abends und ihre im Laufe des Tages geänderte Meinung über ihn gehörten dazu, sicherlich auch die vier oder fünf Gläser Sekt, die sie nicht betrunken gemacht hatten, aber ein wenig beschwingt. Viel wichtiger aber war noch etwas anderes. Sie war schon lange nicht mehr ausgegangen, hatte sich in ihrer Arbeit vergraben und darüber ihr Privatleben nahezu vergessen. An diesem Abend war ihr bewußt geworden, auf wie vieles sie verzichtet hatte. Die unzähligen, zum Teil körperlich recht engen Tänze hatten sie erregt, etwas in ihr geweckt, das sie fast vergessen geglaubt hatte. Sie war niemandem für ihr Tun Rechenschaft schuldig, und sie hatte plötzlich begonnen, sich nach Zärtlichkeiten zu sehnen. Mehr noch: nach Sex. Von Craigh hoffte sie, daß er ihr beides geben konnte. Wenn, dann kam nur er in Frage. Es war unverkennbar, daß er sie begehrte. Wenn er es auch nicht allzu offen zeigte, so verrieten ihn doch seine Blicke und seine Körpersprache viel mehr, als Worte es gekonnt hätten. Sie liebte ihn nicht, zumindest hatte sie sich bisher noch nie Gedanken darüber gemacht. Aber sie mochte ihn, und er besaß etwas, das sie anzog, auch wenn sie es sich bis jetzt nie hatte eingestehen wollen. Vielleicht würde diese Nacht vieles ändern.

Aber das konnte sie ihm nicht sagen. Es würde ihn kränken, wenn er erfuhr, wie wenig ihr Verlangen auf ihn persönlich gerichtet war. Begriff er denn nicht, daß sie sich nur deshalb so forsch und unbeholfen benahm, um sich selbst Mut zu machen und ihre Unsicherheit zu verbergen?

»Doch«, antwortete sie mit Verspätung. »Ich will es, Craigh, und ich weiß, daß du es auch willst, und das ist doch im Moment alles, was zählt. Wir können später noch genug reden.«

Etwas in ihm weigerte sich immer noch, sich mit der neuen Situation abzufinden. Alles erschien ihm so wenig real, daß er sich wie in einem schlechten Trip gefangen fühlte, und er hatte

Angst, plötzlich aufzuwachen und sich wie schon so oft zuvor vor dem Scherbenhaufen eines zerbrochenen Traumes wiederzufinden, doch ohne ihm Gelegenheit zu Widerspruch oder weiteren Fragen zu geben, streifte Betty die Träger ihres Kleides von den Schultern. Sie zögerte noch einen Moment, scheinbar erschrocken über ihre eigene Courage – oder Selbstaufgabe –, dann ließ sie es zu Boden gleiten und stieg achtlos darüber hinweg. Nur mit einem Slip bekleidet, blieb sie vor Craigh stehen.

Der Anblick weckte sein Verlangen erneut. Er ließ seinen Blick über ihren schlanken Körper gleiten, der sich ihm zum ersten Mal so offenherzig präsentierte. Ihre Haut war straff und sonnengebräunt, ihre Brüste fest. Betty zog sein T-Shirt hoch, und er hob bereitwillig die Arme, um es sich ganz ausziehen zu lassen. Sie tastete mit den Fingerspitzen über seinen nackten Oberkörper, seinen Nabel, verharrte kurz an seinem Gürtel und strich dann über seine gespannte Jeans. Mit einem Ruck zog sie den Reißverschluß herunter und schob ihre Finger durch den Spalt.

Craigh stöhnte vor Wollust. Er wollte nach Betty greifen, doch sie entwand sich ihm. »Nur nichts überstürzen«, rief sie mit einem gekünstelten Lachen, streifte auch ihren Slip ab und lief zu einer der Duschen. In Windeseile entledigte sich Craigh seiner restlichen Sachen und folgte ihr. Betty räkelte sich unter der Dusche wie eine Badenixe unter einem Wasserfall.

»Auch schon fertig?« fragte sie und küßte ihn. In einer Wandhalterung stand eine vergessene Flasche Dusch-Gel, das sie benutzten, um sich gegenseitig einzuseifen. Gemeinsam ließen sie sich von den heißen Wasserstrahlen massieren, während ihre Hände den Körper des anderen erkundeten. Craigh barg sein Gesicht im Tal ihrer Brüste, trank den Geruch ihrer Haut. Eine fiebrige Hitze erfüllte ihn. Er leckte einen Wassertropfen auf, der die Furche ihres Brustbeins herabrann, dann liebkoste er mit der Zunge ihre Brustwarzen, fühlte, wie sie sich verhärteten und aufrichteten. Betty stöhnte seinen Namen und biß vor Lust spielerisch in seine Schulter. Ihre Fingernägel bohrten sich in seinen Rücken, ohne ihm weh zu tun.

Craigh geriet in einen Sinnestaumel. Sein ganzer Körper glühte. Wie ein Ertrinkender klammerte er sich an Betty. Was zwischen ihnen geschah, ging bereits jetzt weit über den bloßen körperlichen Sex hinaus, der es ursprünglich hatte sein sollen. Noch keine Frau hatte bisher solche Gefühle in ihm geweckt, eine solche Begierde, alles zu geben und alles zu nehmen. Er liebte Betty, wie er noch nie jemanden geliebt hatte, jedenfalls war er während dieser Minuten davon überzeugt. Sie war ein Geschenk des Himmels, ihr perfekter Körper die Erfüllung all seiner Sehnsüchte. Er hatte es gewußt, vom ersten Moment an, und endlich wurde er für das lange Warten entschädigt. Seine Hand glitt über den weichen Flaum ihres Venushügels, tiefer hinein in das dunkle Dreieck zwischen ihren Beinen.

Bereitwillig öffnete Betty ihren Schoß. Ihre Hand schloß sich um sein Glied, begann es rhythmisch zu massieren. Für einen Sekundenbruchteil fühlte er Schwindel, und ihm wurde schwarz vor Augen, aber das Gefühl verging sofort wieder. *Schaltkreis . . . Elektrizität . . .*

»Nicht . . . so schnell«, keuchte er, »sonst . . .« Er konnte nicht weitersprechen.

Betty verlangsamte ihre Bewegungen. »Sei ganz zärtlich«, bat sie.

Craigh drängte sie gegen die gekachelte Wand, strich ihr das nasse Haar aus der Stirn und küßte ihr die Wassertropfen vom Gesicht, bevor seine Lippen zu ihrem Mund zurückfanden und er sie erneut stürmisch küßte. Diesmal spielten ihre Zungen nicht nur miteinander, sondern lieferten sich einen regelrechten Ringkampf. Das Funkeln einer kaum noch gezähmten Glut loderte in Bettys Augen. Sie schlang die Arme um seinen Nacken und stützte sich mit dem Rücken gegen die Wand. Während er nach ihren Pobacken griff und sie weiter hochhob, umklammerte sie seine Lenden mit den weit geöffneten Beinen. Sanft drang er in sie ein. Ihre Körper verschmolzen in leidenschaftlicher Glut.

»Tu es«, stöhnte sie und bog ihren Kopf so weit zurück, daß ihr Kehlkopf wie ein auf und ab hüpfender Ball die Haut ihres Halses spannte. »Tu es, tu es.«

Ein leises Geräusch ertönte, aber Craigh nahm es nur unbewußt wahr. Sein Atem ging schwer und keuchend, und das Blut hämmerte in seinen Schläfen, daß er glaubte, sein Herzschlag müsse meilenweit zu hören sein. Immer wieder stieß er in Bettys warmen, feuchten Schoß, tiefer und tiefer. Betty stöhnte lauter und klammerte sich noch fester an ihn.

Nach ein paar Sekunden wiederholte sich das Geräusch, so laut, daß er es nicht mehr auf eine bloße Sinnestäuschung schieben konnte. Ein gedämpftes Scharren, als kratze etwas Scharfes über Stein. Craigh verharrte in der Bewegung und lauschte.

»Schon erschöpft?« neckte Betty ihn.

»Da ist etwas.«

»Das will ich aber auch sehr hoffen.«

Craigh schüttelte den Kopf. Seine Lust flachte ab. »Nein, ich meine draußen.«

Erneut das Kratzen. Ein unheimlicher, angstmachender Laut. Es hörte sich fast wie das Scharren scharfer *Krallen* an, dachte Craigh. Unsicher schaute er sich um. Der Wasserdampf erfüllte den Raum wie dichte Nebelschwaden, ließ alles, was weiter als ein paar Schritte entfernt war, wie hinter einer Wand aus Watte verschwinden.

»Laß doch«, murmelte Betty und knabberte an seinem Ohrläppchen. »Dann ist eben jemand draußen, der auch frische Luft schnappen will. Hauptsache, er kann nicht herein.«

Craigh zögerte. Wahrscheinlich hatte Betty recht. Die Tür war verriegelt, und es gab nur ein einziges schmales Fenster, das zudem eine Milchglasscheibe besaß, so daß nicht einmal jemand hereinsehen konnte. Bettys Erklärung stellte ihn nicht völlig zufrieden, aber sie genügte ihm für den Moment, einfach weil er daran glauben *wollte*. Um ihn jetzt von Betty zu trennen, hätte ihm schon der Himmel auf den Kopf fallen müssen, wie es in Comics so schön hieß. Er lächelte flüchtig über diesen Vergleich.

Nicht einmal eine halbe Sekunde später zerbarst die Decke der Duschkabine und fiel ihm auf den Kopf.

»Der verdammte Vollmond!« fluchte Dick. »Es ist so hell, daß wir auch gleich bei strahlendem Sonnenschein herkommen könnten. Die werden uns sehen.«

»Nun mach dir bloß nicht in die Hose«, zischte Denny, einer von Charles' Leuten. »Fängst schon an, wie Roderick zu quatschen.«

»Leck mich doch«, fuhr Dick ihn gereizt an. Seine Worte taten ihm sofort wieder leid, und um ihnen die Schärfe zu nehmen, grinste er versöhnlich, bevor er wieder durch sein Fernglas starrte. Denny gegenüber mußte er vorsichtig sein, und dies war nicht der Zeitpunkt für Streitereien. Sie lagen nebeneinander auf dem Kamm einer Sanddüne, nicht einmal eine halbe Meile vom äußeren der beiden Zäune entfernt, die das gesamte Areal des im Bau befindlichen Freizeitparks umgaben. Dazwischen patrouillierten Wachposten mit Jeeps auf und ab, und auch die Tore waren bewacht. Scheinwerfer mit weit gestreutem Licht sorgten für zusätzliche Helligkeit. Minutenlang beobachtete Dick durch das Fernglas die Bewegungen der Wachposten, bemühte sich, Schwachstellen in ihrem Rhythmus zu entdecken. Um das Glas ruhig zu halten, mußte er beide Ellbogen im Sand aufstützen. Er war nervös, und seine Hände zitterten, aber es lag nicht allein an ihrem Vorhaben und den Schwierigkeiten, die es dabei zu überwinden galt.

Dies war seine Nacht. Die nächsten Stunden würden auch über sein weiteres Schicksal entscheiden. Die Nachfolge von Charles und Roderick war noch nicht geklärt, noch längst nicht, und sie würde so schnell auch nicht geklärt werden. Zunächst jedoch hatte er das Kommando übernommen, und wenn heute nacht alles klappte, würde er es vorläufig auch behalten. Aber kaum vierundzwanzig Stunden nach dem schrecklichen Ausgang des Rennens, nachdem der erste Schock verebbt war, der sie für eine Weile zusammengeschweißt hatte – nicht gerade zu einer Gemeinschaft, aber doch wenigstens zu einer Gruppe, die mit- und nicht gegeneinander arbeitete – begann der Kreislauf bereits von vorne.

Die Situation war klar: Dick beanspruchte dauerhaft die Führung, und Denny machte sie ihm streitig, aber Denny war ein Idiot, der sich das Gehirn mit Koks eingefroren und aus dem Schädel gerotzt hatte. Obwohl er stark genug schien, selbst Rocky Balboa mit einem Nasenstüber auf die Bretter zu schicken, fühlte er sich von allem und jedem bedroht. Das schon fast krankhaft in ihm nistende Mißtrauen isolierte ihn und machte es ihm unmöglich, eine vernünftige Einstellung seiner Umwelt gegenüber zu gewinnen; er empfand alles als feindselig. Aufgrund seiner Kraft hatte er bei Charles eine wichtige Rolle gespielt und hielt sich deshalb für den einzig legitimen Nachfolger. Er bemerkte nicht, daß er insgeheim schon immer von den anderen nur mitleidig belächelt wurde, sondern sonnte sich im Triumph der eigenen vermeintlichen Unentbehrlichkeit.

Dick wußte, daß er ihn nicht unterschätzen durfte. Natürlich hatte Denny keine Chance, sein Ziel zu erreichen. Ihm fehlten selbst im Ansatz das Charisma und die Intelligenz seines Vorgängers, aber wenn er auch kein ernstzunehmender Konkurrent im Ringen um die Macht war, so aufgrund seiner mit Verschlagenheit gepaarten Kraft doch ein gefährlicher Widersacher. Ein falsches Wort konnte genügen, Denny durchdrehen zu lassen, und Dick war nicht besonders scharf auf einen gebrochenen Arm oder ein paar ausgeschlagene Zähne. Oder Schlimmeres.

»Da hinten sind zwei, die offenbar keinen Bock haben«, sagte er nach einer Weile. »Quasseln dauernd nur miteinander und fahren ihre Runde nicht bis zum Ende.«

»Laß sehen«, verlangte Denny.

Dick reichte ihm das Fernglas und deutete in die entsprechende Richtung. »Die beiden da hinten, die gerade am Tor wenden. Etwas weiter rechts. Siehst du sie?«

»Bin ja nicht blöd«, fauchte Denny.

Während Denny durch das Glas blickte, beobachtete Dick mit bloßen Augen den Jeep, der sich aus der Entfernung nur als winziger dunkler Umriß gegen den Sand abhob. Trotzdem war auch so zu erkennen, daß die beiden Wachen ihre Pflicht nur mehr als nachlässig ausübten. So wie die anderen kontrollierten sie einen bestimmten Abschnitt, doch seit Dick auf sie aufmerksam geworden war, hatten sie bereits dreimal den letzten Teil ihrer Strecke ausgelassen.

»Wenn, dann schaffen wir es da«, ergänzte Dick.

»Worauf warten wir dann noch? Fangen wir endlich an.« Denny kroch ein Stück rückwärts und richtete sich hinter der Hügelkuppe auf. »Kommt, Jungs, der Tanz geht los.«

Mit Zufriedenheit registrierte Dick, daß die anderen zunächst ihm fragende Blicke zuwarfen und sich erst erhoben, als er zustimmend nickte. »Vergeßt das Zeug nicht«, sagte er und deutete auf die Motorräder, bevor er zu seiner eigenen Honda ging und die Satteltaschen öffnete. Er schob die Drahtzange neben seine Pistole in den Gürtel und steckte sich einige der Sprengsätze in die Taschen. Dabei grinste er flüchtig. Es war viel einfacher, sich Waffen und Sprengstoff zu besorgen, als die meisten der ehrbaren Familienväter ahnten, die irgendwo zu Hause vor den Fernsehern saßen, ihren Träumen von einem rassisch reinen Australien nachhingen und sich wünschten, mal wieder eine kleine Treibjagd auf die Boongs durchzuführen, den zu Zeiten ihrer Großväter so beliebten Sonntagssport des *Shooting of Abos*. Es war einfach, wenn man die richtigen Beziehungen besaß. Charles besaß sie, und Dick hatte sie nur auszuschöpfen brauchen. Es würde ein mächtiges Feuerwerk geben. Vielleicht würde es bis nach Amerika dringen, in die Vorstandsetagen der . . .

Dick kniff die Augen zusammen und schüttelte unwirsch den Kopf. Er begann schon genauso zu denken, wie dieser schwachköpfige Francis und seine ebenso schwachköpfigen Anhänger quatschten. Zur Hölle mit der Politik. Über die Hintergründe des Parks, und warum dieser nicht gebaut werden sollte, wußte er nichts, und er interessierte sich auch nicht dafür. Charles war hergekommen, weil er Nipper angeblich einen Gefallen schuldete, und Rod war ihm gefolgt, um herauszufinden, was die Gang aus Melbourne hier vorhatte. Letztlich waren auch sie geblieben, weil die Sache eine Menge Action versprach; eine willkommene Abwechslung zur Langeweile, die sich in Sydney in letzter Zeit bei ihnen ausgebreitet hatte. Alles andere konnte ihm egal sein, aber er wußte zugleich, daß er sich damit selbst etwas vormachte. Der wahre Grund, warum er jetzt hier stand, war nicht Nipper, und was sie vorhatten, hatte verdammt wenig mit Spaß und ein bißchen Action zu tun. Es gab nur einen Grund, ihr Tun zu rechtfertigen, und der hieß Charles. Ausgerechnet Charles.

Vor ein paar Wochen noch hätte Dick schallend gelacht, wenn ihm jemand erzählt hätte, daß ihn das Schicksal des Anführers der verhaßten Konkurrenz-Gang einmal so beschäftigen würde. Inzwischen aber war er sich so gut wie sicher, daß in der vergangenen Nacht mehr passiert war als nur eine Prügelei zwischen Charles und Roderick, und daß es etwas mit dem Park zu tun hatte. Irgend etwas dort war schiefgelaufen. *Der Drache*... Natürlich hatte Sondstrup alles abgestritten, aber daß kaum eine Stunde später dieser Journalist aufgetaucht war, ihnen seine bescheuerte Story erzählt und sie auszuhorchen versucht hatte, sprach eine eigene Sprache. Sondstrup mußte verdammt daran interessiert sein, zu erfahren, wieviel sie wußten, um es hinter absurden Vorwürfen seinerseits zu vertuschen. Ein klareres Schuldbekenntnis konnte man sich kaum wünschen. Und wenn man ihnen keine Antworten freiwillig gab, dann würden sie sie sich eben mit Gewalt erzwingen – notfalls so lange, bis Sondstrup nicht mehr länger schweigen konnte.

»He, komm endlich. Wenn du pennen willst, hättest du im Lager bleiben sollen!« riß Dennys Stimme ihn aus seinen Gedanken. Dick schrak zusammen, schloß seine Satteltaschen wieder und drehte sich um. Denny hatte recht; er brauchte alle Konzentration und durfte sich nicht ablenken, indem er zuviel grübelte. Die Entscheidung war ohnehin längst gefallen.

Sie kamen nur langsam voran. Gelegentlich konnten sie im Sichtschutz eines Hügels auf Händen und Knien kriechen, aber die meiste Zeit mußten sie flach auf den Boden gepreßt robben. Das letzte Stück drang Dick allein bis zum Zaun vor, nachdem er sich überzeugt hatte, daß sich die Wachen weit genug entfernt befanden. Am Zaun angelangt, verschnaufte er einige Sekunden und wischte sich den Schweiß von der Stirn. Er konnte nur hoffen, daß es keine Sicherheitsdrähte gab, deren Durchtrennen einen Alarm auslöste, sonst wäre alles umsonst. Aber das war eher unwahrscheinlich. Dafür war der Zaun zu groß, und die Zeit, seit der es aktiven Widerstand gab, war zu kurz gewesen, solche umfangreichen Sicherheitssysteme zusätzlich zu den bereits vorhandenen zu installieren.

Noch einmal schaute Dick sich um, zog die Drahtzange hervor und setzte sie an. Behutsam zerschnitt er einige Maschen dicht über dem Boden und lauschte, doch alles blieb still. Dick schnitt weiter. Zwischendurch schaute er immer wieder auf seine Uhr. Als er etwa die Hälfte geschafft hatte, mußte er eine Pause einlegen. Der Jeep mit den Wachposten näherte sich ihm wieder. Dick kroch ein Stück zurück und preßte sich in eine Sandmulde. Selbst wenn die beiden Wachen ihre Runde diesmal bis zum Ende fuhren, mußten sie schon sehr genau hinsehen, um die Schnitte zu entdecken. Trotzdem gelang es ihm nicht, seine Nervosität völlig zu unterdrücken.

Aber seine Sorgen waren unbegründet. Wie die Male zuvor, hielt der Fahrer an, als er kaum drei Viertel seiner Strecke zurückgelegt hatte. Ebenso wie sein Partner rauchte er eine Zigarette, dann wendete er endlich und fuhr zurück. Dick atmete auf. Er wartete, bis sich der Wagen weit genug entfernt hatte, dann kroch er wieder vor und setzte sein Werk fort. Kaum zwei Minuten später hatte er drei Seiten eines Quadrats von etwas mehr als einem halben Yard Kantenlänge ausgeschnitten, bog den Draht zur Seite und kroch durch die Öffnung. Hinter sich richtete er den Zaun so wieder her, daß man schon anhalten und ihn aus der Nähe betrachten mußte, um etwas zu entdecken.

Geduckt hastete Dick über die freie Fläche des Sicherheitsstreifens bis zum zweiten Zaun, wobei er sich immer wieder sichernd umschaute. Hier drinnen stand er wie auf dem Präsentierteller. Es gab keinerlei Deckung, zudem wurde die Zeit verdammt knapp. Er arbeitete wie besessen, und mit knappem Vorsprung gewann er den Wettlauf gegen die Uhr. Motorengeräusch klang auf, während er sich durch das Loch schob, und er sah die Scheinwerfer näherkommen. In aller Hast schaffte er es, den Draht wieder zurechtzubiegen und sich ein Stück hinter dem Zaun zu Boden zu werfen, denn diesmal wurde der Wagen nicht abgebremst, sondern fuhr an ihm vorbei, so nah, daß Dick glaubte, nur die Hand ausstrecken zu müssen, um den

Fahrer zu berühren. Deutlich konnte er das junge, nicht einmal unsympathische Gesicht des Mannes sehen, aber trotz der sichtlichen Langeweile hatte sich der Bastard diesmal offenbar entschlossen, seinen Abschnitt ordnungsgemäß bis zum Ende zu kontrollieren.

Dick wartete, bis der Wagen außer Sicht war, dann richtete er sich wieder auf – und erschrak. Der Sand zwischen den beiden Zäunen war voller Reifenspuren, aber trotzdem war die Linie seiner Fußabdrücke deutlich zu erkennen. Daß die Wachen sie nicht ebenfalls entdeckt hatten, war pures Glück, und trotz ihrer Unachtsamkeit eine gehörige Portion zuviel davon für Dick, um es noch einmal auf die Probe stellen. Fluchend kroch er zurück und verwischte die Spuren, so gut es ging. Kurz darauf fuhr der Jeep in umgekehrter Richtung erneut an ihm vorbei, und kaum waren die Rücklichter zu kleinen roten Punkten zusammengeschrumpft, sprang er auf und winkte die anderen heran.

Sie konnten die Umzäunung nur einzeln passieren, doch ein größeres Loch wäre zu auffällig gewesen. Da sie mehr als zwanzig waren, dauerte es lange, bis sie alle durch waren, und wegen der Wachen mußten sie mehrmals Pausen einlegen und ihre Spuren verwischen. Aber es gab keine Zwischenfälle; ohne entdeckt zu werden, überwanden sie alle das Hindernis.

»Gute Arbeit«, meinte Mona, eines der wenigen Mädchen der Gang, und lächelte Dick an.

»War doch wohl nichts dabei«, murrte Denny. »Hätt' jeder gekonnt.«

»Wohin jetzt?« wollte ein anderer wissen. »Nehmen wir uns den Dschungel vor oder die Fertigungshallen?

»Den Dschungel«, antwortete Denny ohne zu zögern. »Ich will ein paar von den Saurierdingern wegpusten.«

Es widerstrebte Dick, ihm zuzustimmen, trotzdem nickte er. »Die Hallen wären zwar wirkungsvoller, aber ich schätze, sie werden noch mal gesondert bewacht. Im Wald können wir uns besser verstecken. Wir dürfen uns auf keine Auseinandersetzungen einlassen, die Wachen sind weit in der Überzahl. Wenn man uns entdeckt, sind wir geliefert, das ist euch wohl hoffentlich klar.«

»Vor allem ist mir klar, daß du Schiß hast«, unterbrach ihn Denny. »Wenn mir einer von den Scheißkerlen vor die Knarre kommt, dann putze ich ihn weg.«

Dick preßte die Zähne zusammen. Dieser verdammte Psychopath wäre dazu fähig. Er hätte Denny irgendwie dazu bringen sollen, seine Waffe zurückzulassen, wenn er auch keine Ahnung hatte, wie. Ein Revolverheld, der sich in den Wilden Westen zurückversetzt glaubte, war so ziemlich das letzte, was sie brauchen konnten.

»Das hat mit Schiß nichts zu tun«, sagte er so ruhig wie möglich. »Die sind mehr als doppelt so viele wie wir, und wir sind nicht hier, um einen Krieg anzufangen. Auf eine Schießerei dürfen wir's nicht ankommen lassen. Aber wahrscheinlich wird uns im Dschungel sowieso keiner begegnen.«

Es gab noch eine Reihe anderer Gründe, die für den Dschungel sprachen, aber jetzt blieb keine Zeit für lange Debatten. So besaßen sie beispielsweise einfach nicht genug Sprengstoff, um die Fertigungshallen zu zerstören, doch selbst wenn sie es könnten, würden sie sich selbst damit eher schaden als nützen. Bei einem so gewaltigen Anschlag wäre ein Einschreiten der Polizei unumgänglich, und soweit wollte er es nach Möglichkeit nicht kommen lassen – vermutlich ebensowenig wie Sondstrup, jedenfalls seinem bisherigen Verhalten nach zu urteilen. Beschädigten sie hingegen nur einige der Sauriermodelle, ließen diese sich wieder reparieren, und obwohl der Schaden zu groß wäre, um mit einem Schulterzucken darüber hinwegzugehen, bestand doch Aussicht, daß Sondstrup davor zurückschrecken würde, die Polizei einzuschalten. Er mochte ein eiskalter Hurensohn sein, aber er war nicht dumm und würde die Drohung verstehen. Möglicherweise würde er sich dann endlich zu Verhandlungen bereitfinden, und das war schließlich das Hauptziel, das sie mit ihrer Aktion erreichen wollten.

Sie befanden sich nicht weit vom Rand des künstlichen Dschungels entfernt. Kaum dreihundert Yards entfernt erhoben sich die ersten der urzeitlichen Palm- und Farngewächse. Sie brauchten nicht einmal eine Minute, um sie zu erreichen und in ihrem Schutz unterzutauchen. Fast bewundernd schaute sich

Dick um. Bislang hatte er den Dschungel nur von weitem durch ein Fernglas gesehen, und trotz der sonderbaren Form der Gewächse hatte er nicht viel anders als ein normaler Wald ausgesehen. Nun aber, aus unmittelbarer Nähe, war die Wirkung ungleich stärker. Die riesigen Blätter schlossen sich zu einem dichten Dach zusammen, durch das nur wenig Licht drang. Es war zu dunkel, um Einzelheiten zu erkennen, aber vielleicht wirkte die Illusion gerade dadurch besonders überzeugend. Für einige Sekunden hatte Dick tatsächlich das Gefühl, eine Reise durch die Zeit angetreten zu haben, und er erschauderte, ohne sich selbst darüber im klaren zu sein, ob aus Schrecken oder Ehrfurcht. Die Vorstellung, dies alles könnte künstlich erschaffen worden sein, kam ihm beinahe obszön vor – und noch obszöner der Gedanke, daß sie gekommen waren, um einen Teil dieser bizarren Wunderwelt zu zerstören.

Er mußte sich fast gewaltsam von diesen Gedanken losreißen.

»Also los, ihr wißt, was ihr zu tun habt«, stieß er hervor. »Wir treffen uns um halb eins wieder hier. Stellt die Zünder auf ein Uhr ein. Die Dinger müssen gleichzeitig hochgehen, damit nicht nach der ersten Explosion die übrigen Sprengsätze entdeckt und entschärft werden, und wir brauchen genug Zeit, um wieder zu verschwinden, bevor der Feuerzauber losgeht.«

Wie Schatten verteilten sie sich in Zweiergruppen in verschiedene Richtungen. Alles lief mit fast militärischer Präzision ab, aber anders ließ sich eine solche Aktion auch nicht durchführen. Dafür hatten sie schließlich so gründlich geübt, wie es die knappe Zeit zugelassen hatte.

»Komm schon, oder willst du hier Wurzeln schlagen?« drängte Mona, seine Begleiterin. Sie warf den Kopf zurück und strich sich dabei mit einer Hand die blonde Mähne aus der Stirn. Ihre Haare waren so zerzaust, als hätten sie noch nie Bekanntschaft mit einer Bürste gemacht, verliehen ihr zusammen mit ihrem puppenartigen Gesicht gleichermaßen den Anschein fast kindlicher Unschuld und Natürlichkeit wie auch eine aggressiv herausfordernde Schulmädchenerotik.

Unbehaglich schaute Dick in die Richtung, in der Denny verschwunden war. »Ich traue diesem Idioten nicht«, brummte er. »Hätte anstelle von Pete doch selbst mit ihm gehen sollen.«

»Paßt dir meine Begleitung etwa nicht?« Mona zog einen Schmollmund. Gleichzeitig bewegte sie provozierend ihre Hüften, die in hautengen Jeans steckten, und stieß gegen seine Schenkel. »Ein paar von den anderen hätten gerne getauscht.«

»Kann ich mir vorstellen.« Dick grinste flüchtig. Mona war eine pure Versuchung. Kein Sahnetörtchen wie die meisten Miezen im Fernsehen, sondern eine Peperoni, an der man sich leicht verbrennen konnte, wenn man hineinbiß. Es war kein Problem, sie ins Bett zu bekommen, sie gierte nach Sex ebenso wie nach allen anderen Vergnügungen, aber man mußte seinen Preis dafür bezahlen. Mona konnte einen süchtig machen, wie ein Heroinfix, aber bislang war es noch keinem gelungen, sie zu halten. Ein paar von den anderen hatten es bereits versucht, unter ihnen auch King Roderick, aber sie hatte selbst ihn mit dem nicht gerade leise geäußerten Kommentar ›Schlappschwanz‹ nach einer Nacht fallengelassen. Und seit Dick die größten Aussichten hatte, die Führung der Gang zu übernehmen, war sie hinter ihm her, doch so verlockend die Aussicht auch war, er haßte Trips, die nur ins Nichts und zu einem üblen Entzug führten. Niemand würde Mona geben können, was sie wollte, weil sie selbst nicht wußte, wonach sie suchte. Er hatte keine Lust, sich nur für einen phantastischen Fick von ihr auffressen zu lassen.

»Leider nicht die richtige Zeit, daran zu denken, Baby. Denny macht mir wirklich Sorgen. Pete ist ein netter Kerl, aber bestimmt kein geeigneter Aufpasser. Er frißt Denny aus der Hand, wenn der einmal mit den Muskeln zuckt. Wir kriegen noch Ärger mit ihm, das hab' ich im Gefühl.«

»Und ich hab' im Gefühl, daß wir noch hier rumstehen und reden, wenn die anderen zurückkommen. Komm, wir haben was zu erledigen.« Resolut packte sie ihn am Arm und zerrte ihn mit sich.

Sie drangen tiefer in den künstlichen Urzeitdschungel ein. Nach etwa zehn Minuten stießen sie auf den ersten Saurier. Mona stieß einen leisen Schrei aus und griff erneut nach seinem

Arm, als sie einen gewaltigen Busch umrundeten und urplötzlich der Kreatur gegenüberstanden. Sogar Dick erschrak im ersten Moment. Wie der gesamte Dschungel wirkte auch der Saurier in der Dunkelheit noch realistischer, als es vermutlich im hellen Tageslicht der Fall sein würde. Daran änderte auch das Wissen nichts, daß sie es hier nur mit einem künstlichen Gebilde zu tun hatten.

Es dauerte ein paar Sekunden, bis er den Mut aufbrachte, die Taschenlampe einzuschalten und den Strahl über den Saurier wandern zu lassen. Dick starrte ihn fast eine Minute lang an, und was er sah, faszinierte ihn im gleichen Maße, wie es ihn abstieß. Das Modell war mehr als mannsgroß und erinnerte an eine bizarre Mischung aus einem Känguruh und einem mit Hornschuppen gepanzerten Nashorn. Es schien mitten in der Bewegung erstarrt zu sein, bereit, jeden Moment vorzuspringen und sich auf ihn zu stürzen. Das Licht der Taschenlampe brach sich in den Augen und täuschte huschende, wachsame Bewegungen darin vor.

Schmerz riß Dick aus dem Bann, in den ihn der Anblick geschlagen hatte. Mona erging es offenbar nicht anders, denn noch immer hielt sie seinen Arm umklammert, so fest, daß sich ihre spitzen, schwarzlackierten Fingernägel in seine Haut bohrten und weh taten. Mit einem Ruck riß er sich frei. »Wach endlich auf, Schätzchen. Wir haben was zu erledigen«, wiederholte er ironisch ihre eigenen Worte und ahmte dabei auch ihren Tonfall nach.

Mona nickte wie geistesabwesend. »Pusten wir das Ding in die Luft«, stieß sie hervor. »Es . . . es macht mir Angst. Ich will so schnell wie möglich weg hier.«

Dick musterte sie spöttisch. »Wo ist deine große Klappe geblieben? Geht dir etwa jetzt schon der hübsche Arsch auf Grundeis?«

»Red keinen Scheiß!« fauchte sie wütend, wenn auch keineswegs überzeugend. »Doch nicht von so einem Gummiding. Aber ich hab' keine Lust, hier Zeit zu vertrödeln. Ist nicht gerade gemütlich. Also mach schon.«

»Schon gut, reg dich nicht auf. Hilf mir lieber und nimm das

Klebeband.« Er ging vor dem Saurier in die Hocke und ließ sich von Mona mehrere Klebestreifen reichen, mit denen er die Sprengladung zwischen den Beinen des Modells befestigte. Es handelte sich um ein etwa handlanges Stahlrohr, das mit irgendeinem Zeug, vermutlich simplem Schwarzpulver gefüllt war. Eine primitive Amateurbombe, die gerade mal an die Wirkung einer Handgranate heranreichte und wahrscheinlich von Möchtegern-Terroristen in einem Keller zusammengebastelt worden war. Nicht viel besser war der Zeitzünder, ein nur geringfügig umgebauter Digitalwecker. In der Kürze der Zeit hatte Dick nicht allzu wählerisch sein können, und außerdem würde auch der primitive Sprengsatz seinen Zweck erfüllen. Schließlich wollten sie keinen Krieg anfangen, und die Zerstörungen sollten sich in Grenzen halten. Er stellte den Zünder ein und richtete sich auf. »Fertig«, kommentierte er.

»Dann laß uns verschwinden.«

Dick nickte und trat ein paar Schritte zurück. Als er den Strahl der Taschenlampe noch einmal auf die Mini-Bombe richtete, hatte sich das Klebeband ein wenig verzogen und Falten geworfen. *Fast, als hätte sich der Saurier bewegt . . .*

»Worauf wartest du?« drängte Mona.

Dick blinzelte und schimpfte sich selbst einen Idioten. Wahrscheinlich hatte er das Band nicht ganz glatt geklebt. Mochte der Saurier auch noch so realistisch aussehen, war er letztlich doch nur eine künstliche Maschine, die nicht von einem Bein auf das andere hampelte, wenn ihr das Stillstehen zu langweilig wurde.

Sie eilten den gleichen Weg zurück, den sie gekommen waren. Auf halber Strecke blieb Dick plötzlich stehen und hielt auch Mona zurück.

»Was ist denn jetzt schon wieder?«

»Pssst.« Er legte den Finger an die Lippen und lauschte. »Ich habe etwas gehört.« Nach ein paar Sekunden wiederholte sich das Geräusch und bestätigte, daß er sich nicht getäuscht hatte. Es handelte sich ohne Zweifel um Schüsse. »Denny«, zischte er wütend. »Ich hab's doch gewußt. Dieses verdammte Arschloch. Ich muß nachsehen gehen.«

»Und was ist mit mir?«

»Du läufst zu den anderen. Sag ihnen, sie sollen nicht auf mich warten, sondern sofort verschwinden. Ich komme zum Lager nach, so schnell ich kann.«

»He, du glaubst doch nicht ernsthaft, daß ich allein –«

»Doch, glaube ich. Spiel dich nicht künstlich auf, du hältst dich doch sonst für so cool. Es ist nur noch ein kleines Stück, also mach, daß du wegkommst.«

Ohne ihr Zeit zu einer Antwort zu lassen, lief Dick in die Richtung, aus der die Schüsse gekommen waren. Er zweifelte keinen Moment daran, daß Denny sie abgegeben hatte, und das nicht nur, weil dieser außer ihm selbst der einzige war, der eine Waffe bei sich trug. Auch ein Wachposten hätte die Schüsse abgeben können, aber Dick wußte einfach, daß es Denny gewesen war. Er hatte den Ärger mit ihm vorausgesehen, so wie er vor dem Rennen die Auseinandersetzung zwischen Roderick und Charles vorausgesehen hatte. Das hatte nichts mit Hellseherei oder ähnlichem Unfug zu tun, sondern war bloße Beobachtung. Denny hatte fast den gleichen Ausdruck wie Rod in den Augen gehabt, eine Mischung aus Haß, Ungeduld und purer Lust am Töten und Zerstören.

Dick blieb ein paarmal stehen und lauschte, doch um ihn herum herrschte eine beinahe gespenstische Totenstille, die nur von seinem eigenen, scheinbar übernatürlich laut schlagenden Herzen und seinem keuchenden Atem durchbrochen wurde. Erst jetzt wurde ihm richtig bewußt, *wie* groß der Dschungel wirklich war. Unmöglich, jemanden hier durch Zufall zu finden. Er wünschte sich, Denny würde noch einmal schießen.

Statt dessen jedoch hörte er plötzlich entfernte Schreie. Er korrigierte die Richtung ein wenig und rannte noch schneller als bisher. Was, zum Teufel, war da los? Eine Auseinandersetzung mit Wachposten, die das Gelände durchstreiften? Ziemlich unwahrscheinlich, sie wäre längst auf die eine oder andere Art zu Ende gewesen. Überhaupt, was machten die beiden hier? Es war vereinbart worden, daß sich jeder den ersten Saurier vornahm, auf den er traf, und er war auf dem Weg hierher bereits an mehr als einem halben Dutzend – wenn auch kleinen –

Modellen vorbeigekommen. Aber er hatte ja von Anfang an geahnt, daß sich Denny nicht mit einem der kleinen zufriedengeben würde.

Die Schreie wurden lauter, und er konnte nun Petes Stimme erkennen. Nur seine, obwohl er bereits nah genug war, jedes Geräusch wahrzunehmen. Von Denny jedoch war nichts zu hören.

Nicht einmal eine halbe Minute später erreichte Dick eine Lichtung, in deren Mitte sich ein kleiner Teich erstreckte. Das Wasser lag so ruhig, als wäre es Teer, ein abgrundtiefes schwarzes Loch, in dessen Mitte das Spiegelbild des Mondes wie ein weißer Ball leuchtete. Dicht neben dem Tümpel ragte ein besonders gewaltiges Modell auf, das sich entschieden mehr mit Dicks Vorstellung von Sauriern deckte als alle, die er bisher im Park zu Gesicht bekommen hatte. Eine riesige, hoch aufgerichtete Scheußlichkeit mit säulenartigen Hinterbeinen, einem spitz zulaufenden Schwanz und zwei Reihen furchterregender Reißzähne. Im Vergleich zum Körper wirkten die Arme geradezu lächerlich kurz und plump. Vermutlich ein Tyrannosaurus, neben dem zwar ebenfalls riesigen, ansonsten aber geradezu niedlich anmutenden Brontosaurier das einzige Urzeittier, das er von Bildern her kannte.

Trotzdem warf Dick ihm nur einen kurzen Blick zu, denn gleich darauf entdeckte er Pete. Der Anblick war bizarr. Pete strampelte inmitten eines riesigen, farnähnlichen Busches, in dessen Zweige er sich so verstrickt hatte, daß sie ihn wie Fesseln hielten. »Hol mich hier raus!« kreischte er mit überschnappender Stimme. »Hol mich raus!«

Dick eilte zu dem Busch und zerrte an einigen der kaum fingerdicken Zweige. Es war sinnlos. Kaum hatte er einen ein Stück zur Seite gezerrt und losgelassen, schnellte das verfluchte Ding wieder in seine ursprüngliche Position zurück. Er zog sein Springmesser, ließ die Klinge hervorschnellen und begann die Zweige zu zerschneiden. Es ging schwerer, als er gedacht hatte. Das Messer war scharf wie eine Rasierklinge, doch der Kunststoff, aus dem der Busch hergestellt war, erwies sich nicht nur als elastisch, sondern auch extrem zäh. Das Zeug fühlte sich unter seinen Händen fast lebendig an, schien sich hin und her zu winden, um der Klinge auszuweichen..

»Mach schon!« kreischte Pete voller abgrundtiefem Entsetzen. Seine Kleidung war zerfetzt, auf seiner Haut zeichneten sich blutige Striemen ab. »Das Zeug schnürt mir das Blut ab. Ich . . . ich kann kaum noch atmen!«

Dick nahm sich einige der Zweige vor, die sich um Petes Brust gewunden hatten. »Wo ist Denny?« keuchte er, während er wie besessen schnitt und hackte.

»Weg. Einer der Saurier . . . das . . . das Ding wurde plötzlich lebendig, während er die Ladung anbrachte. Es hat ihn gepackt und . . .« Er bekam einen Arm frei und zerrte nun ebenfalls mit der Kraft der Verzweiflung an den Zweigen. »Bei Gott, ich schwöre, das Ding hat sich bewegt! Denny hat geschossen, aber es . . . es hat ihn weggeschleppt. Hörst du, was ich sage? Sie leben, sie –«

Aus den Augenwinkeln nahm Dick eine Bewegung wahr, schaffte es aber nicht mehr, zurückzuweichen. Einer der Zweige schnellte wie eine Peitschenschnur auf ihn zu und traf ihn im Gesicht. Er schrie auf und schmeckte Blut.

»Paß auf, daß es dich nicht auch packt!« kreischte Pete weiter mit vor Hysterie schriller Stimme. Sein Gesicht war von einem Entsetzen verzerrt, wie Dick es bislang nur bei Charles nach dem Rennen gesehen hatte. »Sie leben, auch der Busch. Der ganze Wald lebt! Hol mich hier raus, mein Gott, hol mich doch raus!«

»Halt endlich dein Maul!« schrie Dick ihn an. »Das ist nur ein künstlicher Farn, begreifst du das? Ein bißchen Gummi, das wie ein Busch aussieht, mehr nicht.«

»Nein«, krächzte Pete. »Nein, es –« Im nächsten Moment verlor er den Halt und stürzte nach vorne, als es Dick gelang, einen der Hauptäste durchzuschneiden. In rasender Eile hackte er auf die Stränge ein, die Petes Beine umklammerten, dann hatte er es geschafft. Er sprang zurück, ließ das inzwischen fast stumpfe Messer fallen und wischte sich den Schweiß von der Stirn. Pete nahm sich erst gar nicht die Zeit zum Aufstehen, sondern kroch ihm auf Händen und Knien nach.

Dick packte ihn und riß ihn unsanft hoch. »Und jetzt sag mir, was mit Denny passiert ist«, fauchte er. Pete wimmerte nur ängstlich. Dick riß der Geduldsfaden, und er versetzte ihm ein paar kräftige Ohrfeigen. »Komm endlich zur Besinnung!« brüllte er. »Oder muß ich die Wahrheit aus dir herausprügeln?«

»Aber ich –« Pete brach ab und stieß einen weiteren gellenden Schrei aus.

Ein heiseres, wütendes Fauchen ließ Dick herumfahren. Über einigen mehr als doppelt mannshohen Zykaden erschien ein alptraumhafter Schädel – der Schädel des Modellsauriers, der gerade noch neben dem See gestanden hatte. Für ein, zwei Sekunden weigerte sich Dick schlichtweg zu glauben, was er sah. Es *war* das Modell des Tyrannosaurus, oder wie auch immer das Urvieh heißen mochte, ohne jeden Zweifel, aber es war kein lebloses Ding mehr. Eine tückische Intelligenz funkelte in den Augen. Der Kopf pendelte hin und her, verschwand für eine halbe Sekunde und tauchte erneut auf.

Im nächsten Moment brach der gesamte gewaltige Körper durch die Reihe der Zypressen, walzte sie einfach nieder.

Pete erwachte als erster aus seiner Erstarrung. Immer noch schreiend wirbelte er herum und rannte davon. Auch Dick gewann die Fassung zurück. Sein Verstand weigerte sich auch jetzt noch standhaft, das Unmögliche hinzunehmen, aber er begriff instinktiv die Gefahr, in der er sich befand. Fast ohne eigenes Zutun, gesteuert von unbewußten Reflexen, begann er ebenfalls zu rennen, so schnell ihn die Füße nur trugen.

Der Saurier hinter ihm war real, und er war lebendig. Später konnte er sich Gedanken darüber machen, wie ein tonnenschwerer Koloß aus Stahl und Kunststoff so einfach zum Leben erwachen und herumlaufen konnte, später konnte er glauben, daß alles nur ein Traum oder eine Halluzination gewesen wäre, oder sich andere falsche Erklärungen zurechtzimmern, um nicht den Verstand zu verlieren, aber wenn er jetzt nicht zusah, daß er wegkam, würde es kein *später* für ihn mehr geben, und er würde mehr als nur den Verstand verlieren.

Die Bestie hinter ihm schrie wütend auf, als sie sich um ihre Beute betrogen sah, und legte an Tempo zu. Es war erstaunlich, wie schnell sich der plump aussehende Körper bewegen konnte. Aber seine Größe behinderte den Saurier auch. Die Dschungelpflanzen vermochten ihn nicht aufzuhalten, aber er mußte mit Gewalt hindurchbrechen, und sie hemmten seinen Lauf immerhin ein wenig.

Dick rannte wie noch nie zuvor in seinem Leben. Nacktes Entsetzen trieb ihn voran, und er hatte das Gefühl, seine Füße würden den Boden kaum noch berühren. Trotzdem kam er sich vor wie in einem Alptraum, in dem man noch so schnell laufen konnte, ohne von der Stelle zu kommen. Hinter sich hörte er das Brechen von Holz und Kunststoff, und immer wieder ein wütendes Fauchen. Er achtete kaum auf seine Umgebung, aber er wußte, daß die eingeschlagene Richtung stimmte und er zwangsläufig über kurz oder lang auf den Zaun stoßen mußte. Pete lief dicht neben ihm, und nach einer Weile erreichten sie das Ende des künstlichen Dschungels.

Verzweifelt hielt Dick nach dem Loch im Zaun Ausschau und entdeckte es nicht einmal weit entfernt. Seine Lunge brannte, und mit jedem Atemzug schien Lava durch seine Kehle zu rinnen. Er wußte selbst nicht, was ihm die Kraft zum Weiterlaufen gab. Feurige Kreise drehten sich vor seinen Augen, als er sich vor dem Zaun auf die Knie fallen ließ und durch das Loch kroch. Taumelnd kam er in dem Sicherheitsstreifen dahinter wieder auf die Beine.

Pete versuchte ihm zu folgen, doch er war noch nicht halb durch das Loch, als sich seine zerfetzte Kleidung in den Maschen verfing. Er besaß nicht mehr die Kraft, um sich loszureißen, konnte nicht einmal schreien, obwohl er die Lippen geöffnet hatte. Im nächsten Moment war die Bestie heran. Sie packte ihn mit ihren Stummelarmen und zerrte ihn hoch. Die Klauen bohrten sich tief in seinen Leib, töteten Pete im Bruchteil einer Sekunde und verwandelten seinen Unterkörper in eine formlose, blutende Masse. Einer seiner Arme verfing sich in den Maschen des Zauns und wurde ihm aus der Schulter gerissen, um Sekunden später zu Boden zu fallen. Blut tränkte den Wüstensand.

Irgend etwas in Dick zerbrach. Er vergaß seine Erschöpfung

und Angst, spürte nur noch blinden Haß auf die Kreatur, die sich ihr Opfer noch geholt hatte, als die Rettung für Pete bereits zum Greifen nahe gewesen war. Rasend vor Wut packte er die Pistole, zielte und drückte ab. Zwischen den Augen des Ungeheuers blitzte es auf, als die Kugel gegen die stahlharten Panzerplatten schlug und als Querschläger davonjaulte. Die Bestie ließ das blutige Etwas fallen, das einmal Pete gewesen war, legte den Kopf schräg und knurrte wütend. Die mächtigen, mit dolchartigen Klauen versehenen Hinterfüße scharrten im Sand. Dann stürmte sie erneut vorwärts. Es gelang selbst ihr nicht auf Anhieb, den Zaun zu durchbrechen, doch er bog sich weit durch, und einige der Maschen rissen.

Inbrünstig wünschte sich Dick einige der Wachposten mit ihren Maschinenpistolen herbei, doch weit und breit war niemand zu sehen. Er stöhnte, krabbelte durch die Öffnung im äußeren Zaun und rannte auf die Sanddüne zu, hinter der die Motorräder standen. Irgendwo hinter ihm heulte eine Alarmsirene auf. Er achtete nicht darauf. Der weiche Sand, in den er bei jedem Schritt bis fast zu den Knöcheln einsank, hemmte seinen Lauf, und ein paarmal hätte er fast das Gleichgewicht verloren.

Er wußte selbst nicht, wie er es schaffte, den kleinen Hügel zu erreichen. Nur zwei Maschinen standen noch dort, seine eigene und Dennys Suzuki, mit der auch Pete gekommen war. Dick sprang in den Sattel seiner Honda und trat den Anlasser durch. Brüllend erwachte der Motor zum Leben.

Im gleichen Moment kam das Ungeheuer über die Hügelkuppe gestapft.

Dick löste die Linke vom Lenker, stützte die Pistole auf dem Unterarm auf und zielte sorgfältig. Seine Kaltblütigkeit erstaunte ihn fast selber. Er war eigentlich nie übermäßig mutig gewesen, aber das hier war auch eine Situation, in der mit rationalem Denken sowieso nichts mehr auszurichten war. Als die Bestie zum Sprung ansetzte, drückte er zweimal direkt hintereinander ab. Beide Kugeln fuhren in das Maul des Sauriers. Ein seltsames, an das Splittern von Glas erinnerndes Klirren war zu hören. Der Kopf des Monstrums ruckte herum. Seine

Arme vollführten unkontrollierte, wilde Bewegungen, und für einen Moment sah es so aus, als würde es das Gleichgewicht verlieren und stürzen. Es bekam die Suzuki zu packen und verwandelte sie mit wenigen wuchtigen Hieben in Schrott. Es roch durchdringend nach Benzin.

In Dicks Gehirn entstand ein wahnwitziger Plan. Er zielte auf den Tank, hielt die Linke schützend vors Gesicht und drückte erneut ab.

Die Suzuki explodierte. Eine Flammensäule schoß in die Höhe, und für ein, zwei Sekunden wurde die Wüste in weitem Umkreis in blendende, flackernde Helligkeit getaucht, während die Bestie wie ein gigantischer Feuerdämon inmitten der Flammen stand und ihre Wut hinausbrüllte. Flammen leckten an ihrem grünschimmernden Panzer empor, es stank nach verbranntem Kunststoff und heißem Metall. Sie öffnete das Maul zu einem krächzenden, peinerfüllten Schrei. Es sah aus, als spucke sie Feuer.

Obwohl noch geblendet von der Helligkeit, gab Dick Gas und jagte los. Er wagte nicht ein einziges Mal, zurückzublicken. Es war ihm gleichgültig, ob die Kreatur verbrannte oder weiterhin hinter ihm herjagte. Er wußte, daß er sie niemals würde abschütteln können, daß ihr Bild ihn ewig verfolgen würde.

Bis ans Ende seines Lebens.

Es dauerte eine gute Sekunde, bis Craigh das Geräusch wahrnahm und begriff, was es zu bedeuten hatte, und noch einmal mindestens eine weitere Sekunde, bis er in der Lage war, darauf zu reagieren. Er sprang so rasch zurück, daß Betty stürzte und laut aufschrie, wohl mehr vor Schrecken als vor Schmerz. Einem ersten Impuls folgend, wollte sich Craigh schützend über sie werfen; ein Verhaltensmuster, daß er so oft in Filmen gesehen hatte, daß es fast zu einem automatischen Reflex geworden war. Dann besann er sich, packte sie und riß sie so unsanft hoch, daß sie erneut schrie. Ohne darauf zu achten, zerrte er sie in Richtung der Tür.

Die Bewegung rettete ihnen vermutlich das Leben.

Ein Sattelschlepper schien das Duschhaus gerammt zu haben. Kacheln platzten von der Wand, Steine brachen aus ihrer Verankerung, und mehrere Stützbalken des Daches sackten durch. Eine Neonröhre riß aus ihrer Verankerung, fiel wie in Zeitlupe zu Boden und zersplitterte beim Aufprall. Craigh besaß genügend Geistesgegenwart, das Gesicht abzuwenden und die Arme hochzureißen, um seinen Kopf zu schützen. Mehr durch Zufall stand er so, daß er zugleich auch Betty weitgehend abschirmte. Glassplitter sausten wie winzige Geschosse durch den Raum. Einige davon trafen ihn und bohrten sich in seine Haut, doch er ignorierte den Schmerz.

Was wie die Erfüllung eines Wunschtraums begonnen hatte, verwandelte sich jäh in einen Alptraum vom Weltuntergang.

Die Lampe löste einen Kurzschluß aus. Bläuliche Funken sprühten auf, und es wurde dunkel, doch nur für Bruchteile von Sekunden. Dann traf ein zweiter, noch härterer Schlag das Gebäude. Unerträglich grelle Helligkeit überflutete sie, und gleichzeitig drohte ein Donnerschlag Craigh das Trommelfell zu zerreißen. Die gesamte rückwärtige Wand schien sich wie ein Ballon aufzublähen, bevor sie unter der Wucht der Explosion zerbarst und in sich zusammenbrach. Mehrere Brände flackerten auf, und inmitten der Flammen glaubte Craigh einen Herzschlag lang die Umrisse einer unförmigen, titanischen Gestalt zu entdecken.

Ein Hagel von kleinen und mittleren Steinbrocken traf ihn am Rücken und riß ihn von den Beinen, gleichzeitig prasselten hölzerne Bruchstücke und Latten von oben auf ihn nieder. Schutt rieselte herab. Der Boden bebte.

»Das Dach!« schrie Betty. Ihre Stimme ging in dem tobenden Inferno fast unter.

Aus den Augenwinkeln sah Craigh, wie der hintere Teil des Holzdaches abknickte und mit ohrenbetäubendem Krachen herabstürzte. Obwohl er wußte, daß es sinnlos war, versuchte er erneut, seinen Kopf mit den Armen zu schützen, doch nicht einmal das gelang ihm mehr. Ein mörderischer Schlag traf ihn im Nacken und löschte sein Bewußtsein augenblicklich aus.

Das erste, was er nach dem Erwachen spürte, war Schmerz,

ein stechender Schmerz, der vom Nacken ausging, sich über seine gesamte Kopfhaut bis zur Stirn zog und sich in umgekehrter Richtung bis in die Schultergelenke und weit den Rücken hinunter erstreckte. Craigh stöhnte. Er konnte nicht lange bewußtlos gewesen sein, und einen Moment lang fragte er sich allen Ernstes, ob er überhaupt noch am Leben war. Mühsam öffnete er die Augen. Nun, im Himmel befand er sich jedenfalls nicht, wenn nicht alle Vorstellungen, die man sich je davon gemacht hatte, ein gründlicher Schlag ins Wasser gewesen waren. Eher kam schon das Bild der Hölle hin. Es war zu dunkel, als daß er etwas anderes erkennen konnte als den huschenden Widerschein von Flammen hinter sich. Staub kitzelte in seiner Nase. Er mußte niesen, und spätestens das überzeugte ihn endgültig davon, daß er noch höchst lebendig war – auch wenn er keine Ahnung hatte, wieso, und für den Moment nicht einmal wußte, ob er sich darüber freuen sollte. Rings um ihn schien die Welt untergegangen zu sein. Das gesamte Dach des Duschraumes war herabgebrochen.

Dann erwachte eine zweite Erinnerung in ihm, und diese war intensiv genug, ihn vollends aus der Benommenheit zu reißen. »Betty!« krächzte er.

Craigh versuchte aufzustehen, doch es gelang ihm nicht. Er schaffte es nicht einmal, sich soweit aufzurichten, daß er die Hände aufstützen konnte, ohne mit Ellbogen und Schultern an ein Hindernis zu stoßen. Rings um ihn lagen Holzlatten, und irgend etwas drückte auf seinen Rücken.

Hinter ihm loderten die Brände allmählich höher. Er würde wie auf einem Scheiterhaufen verbrennen, wenn es ihm nicht gelang, aus dem Holzstapel herauszukommen, durchfuhr es ihn. Für einen Moment flackerte Panik in ihm auf, aber gleich darauf hörte er aufgeregte Stimmen, die sich näherten. Taschenlampen leuchteten auf, das charakteristische Zischen von Feuerlöschern ertönte. »Hier!« schrie er. »Hier bin ich!«

Schutt und Holzlatten wurden zur Seite geräumt. Eine Taschenlampe blendete ihn. »Mein Gott!« rief irgend jemand. Er glaubte, Sondstrups Stimme zu erkennen. »Warten Sie, wir holen Sie da raus. Faßt mit an, Männer.«

Es dauerte fast eine Minute, bis er frei war. Hände griffen nach ihm und hoben ihn hoch. Alles drehte sich vor Craighs Augen, aber langsam ließ das Schwindelgefühl nach.

»Sind Sie verletzt?« Sondstrups Gesicht schälte sich aus den vor seinen Augen tanzenden Kreisen.

»Ich ... ich glaube nicht.« Craigh bewegte die Arme und Beine, tastete seinen Oberkörper ab. Es schien nichts gebrochen zu sein. Abgesehen von unzähligen Blutergüssen und unbedeutenden Kratzern schien er wie durch ein Wunder wirklich kaum etwas abbekommen zu haben.

Sondstrup zog sein Jackett aus und legte es ihm um die Schultern. Erst dadurch wurde sich Craigh wieder bewußt, daß er völlig nackt war. Er bedankte sich mit einem flüchtigen Nicken. »Betty«, murmelte er. »Sie muß auch ...«

Er sprach nicht weiter. Betty lag nur wenige Schritte von ihm entfernt. Ihr Oberkörper und Kopf waren frei, von der Hüfte abwärts jedoch war sie unter einem Stapel von Holz, Kacheln und Steinen begraben. Einige der Bauarbeiter waren bereits dabei, das Geröll zur Seite zu räumen.

Craigh taumelte auf sie zu, doch er wäre bereits nach zwei Schritten gestürzt, wenn Sondstrup ihn nicht aufgefangen hätte. »Sie lebt«, sagte der Professor. »Und sie scheint noch weniger abbekommen zu haben als Sie.« Er deutete auf die zwei Hauptstützbalken des Daches. Einer davon war wie ein riesiges Streichholz gebrochen, der andere jedoch ruhte auf dem Stumpf, der von der Mauer übrig geblieben war, und hatte die Hauptlast des herabstürzenden Daches aufgehalten. Nur die relativ dünnen Verkleidungen waren auf sie herabgestürzt. »Eines der Wasserrohre wurde aus der Wand gerissen und hat Sie auf den Boden gepreßt«, fuhr Sondstrup fort. »Sie haben verdammtes Glück gehabt.«

»Was ... ist überhaupt passiert?« Das Sprechen bereitete Craigh auch jetzt noch Mühe. »Wir haben geduscht, und dann plötzlich ... Irgend etwas ist explodiert.«

»Nicht irgend etwas, sondern ein Sprengsatz«, korrigierte Sondstrup. »Wir haben die Detonation bis in den Festsaal gehört. Und es gab zahlreiche weitere Explosionen im Park, durch die einige Modelle zerstört wurden. Dahinter muß dieses verdammte Rockerpack stecken. Eine der Wachmannschaften hat mir gerade gemeldet, daß der Zaun an einer Stelle völlig niedergerissen wurde.«

»Sehen Sie nicht, daß der Mann völlig verstört ist?« klang die resolute Stimme Dr. Wenderworth' hinter ihnen auf. »Sie können später mit ihm sprechen, jetzt kümmere ich mich erst einmal um ihn.« Mit sanfter Gewalt drängte er Sondstrup zur Seite und zog eine Spritze auf.

»Was ist das für ein Zeug?« fragte Craigh. Er wollte auf keinen Fall ein Betäubungsmittel injiziert bekommen, bevor er wußte, was hier geschehen war.

Wenderworth schien seine Gedanken zu erraten. »Keine Sorge. Nur etwas gegen die Schmerzen. Es wird Ihnen auch helfen, den Schock zu überwinden.«

»Ich habe keine Schmerzen, ich –«

»Jetzt noch nicht, aber warten Sie erst mal, bis der schlimmste Schock abgeklungen ist. Her mit dem Arm.«

Ohne weiteren Widerspruch ließ sich Craigh die Injektion geben. Anschließend versorgte Wenderworth die zahlreichen kleinen Wunden, die er sich zugezogen hatte. Mit einer Pinzette zog er mehr als ein Dutzend Glassplitter aus Craighs Haut und tupfte Jod auf die Wunden, zum Schluß behandelte er auch die Prellungen und Abschürfungen. Die ganze Prozedur dauerte nicht einmal fünf Minuten, doch für Craigh schien eine Ewigkeit zu vergehen.

Jemand brachte ihm eine Hose und ein Paar Schuhe, während sich der Arzt um die noch bewußtlose Betty kümmerte. Nachdem er sich angezogen hatte, trat Craigh neben ihn. »Wie geht es ihr?«

»Eines der Holzstücke hat sie am Hinterkopf getroffen. Ich schätze, sie hat eine Gehirnerschütterung erlitten, sonst kann ich außer ein paar Prellungen und Hautabschürfungen nichts feststellen.« Wenderworth zog eine weitere Spritze auf, die er Betty injizierte. »Wenigstens sie kann nicht gegen ein Betäubungsmittel protestieren. Es ist am besten für sie, wenn sie sich gründlich ausschläft.« Er winkte zwei Sanitäter herbei und half ihnen, Betty auf eine Trage zu betten, dann wies er die Männer an, sie in ihre Unterkunft zu bringen. »Für Sie, Mr. Ellison, wäre es ebenfalls das Beste, wenn Sie sich ein paar Stunden hinlegen würden. Hören Sie auf mich.«

Craigh schüttelte den Kopf. Der Schock klang allmählich ab, und wie der Arzt prophezeit hatte, begann er im gleichen Maße die Schmerzen zu spüren, aber dafür fing nun auch die Spritze an zu wirken.

»Wie Sie meinen.« Wenderworth ließ sich eine Decke geben, die er über Betty breitete, und beauftragte zwei Männer, sie in ihre Unterkunft zu bringen.

Craigh ging zu Sondstrup hinüber. Der Professor stand inmitten der Trümmer und untersuchte irgend etwas. Als Craigh nahe genug heran war, konnte er die von der Explosion völlig zerfetzten Überreste eines der Sauriermodelle inmitten des Schutts erkennen. Wie in einem Horror-Film, dachte Craigh. Nach dem Sex kamen die Monster. Aber dann hätten sie ihn schon verdammt oft besuchen müssen.

»Unser Stegosaurus«, erklärte Sondstrup fassungslos. »Erinnern Sie sich noch? Ich habe ihn Ihnen heute mittag gezeigt.«

Craigh nickte. »Aber da stand er gut zwei Meilen entfernt. Wie . . . wie ist er hierhergekommen?«

Sondstrup zuckte mit den Schultern. »Ich wünschte, ich wüßte es. Die gleichen, die den Sprengstoff gelegt haben, müssen ihn hergeschafft haben.«

»Anscheinend mit einem Tieflader. Und da sie so schlechte Fahrer sind, haben sie beim Einparken gleich noch das Duschhaus in Schutt und Asche gelegt.«

Wütend funkelte ihn Sondstrup an. »Mit ihrer klugscheißerischen Art können Sie einem ganz schön auf die Nerven gehen, Mr. Genie«, fauchte er. »Meinen Sie, ich wüßte nicht selbst, wie mysteriös das ist? Wenn Sie eine bessere Erklärung haben, nur raus damit. Schließlich waren Sie in unmittelbarer Nähe, als es passierte, nicht ich. Aber vermutlich waren Sie gerade zu beschäftigt, um etwas zu bemerken.«

Craigh schluckte und ballte die Fäuste. Nur mit Mühe konnte er sich beherrschen, nicht auf Sondstrup loszugehen oder sich wenigstens umzudrehen und ihn als Antwort auf diesen Tiefschlag kommentarlos stehenzulassen. »Das wäre wirklich nicht nötig gewesen«, preßte er statt dessen hervor.

»Tut mir leid, ich hätte das nicht sagen sollen«, entschuldigte sich Sondstrup in einem Tonfall, der deutlich machte, daß er es ehrlich meinte. »Meine Nerven . . . Es ist mir einfach so herausgerutscht. Ich schlage vor, wir gehen in mein Büro. Jetzt dürften wir uns wohl einen Drink verdient haben.«

Die Verlockung, das Angebot anzunehmen, war groß für Craigh, doch er blieb standhaft. Ihm war klar, daß Sondstrup nur vorhatte, ihn von hier wegzulocken, ihn so weit wie möglich aus den Ermittlungen herauszuhalten. »Später«, antwortete er.

»Wie Sie meinen.« Er wollte noch etwas sagen, doch in diesem Moment trat ein totenblasser Wachmann auf ihn zu und flüsterte ihm etwas ins Ohr. »Kommen Sie mit«, sagte Sondstrup und drehte sich um, ohne auf Antwort zu warten.

Craigh folgt ihm. Sie entfernten sich ein Stück von der eingestürzten Duschbaracke, gingen zu zwei weiteren Wachen hinüber, die ihre Taschenlampen auf den Boden gerichtet hielten. Als er nahe genug heran war, um zu sehen, was sie entdeckt hatten, spürte Craigh Übelkeit in sich aufsteigen. Er wandte den Blick kurz ab und erkannte, daß es Sondstrup nicht besser erging. Erst nachdem er ein paarmal tief durchgeatmet hatte, gelang es Craigh, den Fund genauer zu betrachten.

Es war ein Mensch, war es zumindest einmal gewesen. Arme und Beine waren nur noch blutige Stümpfe; eine Hand lag ein paar Schritte entfernt. Urgewalten hatten seinen Torso bis hoch zum Brustbein regelrecht auseinandergerissen, Knochen und Eingeweide bedeckten den Boden im Umkreis von mehreren Yards wie ein grausames Puzzle. Sein Kopf war mit so ungeheurer Kraft zerquetscht worden, daß nicht einmal zu erkennen war, ob es sich um einen Mann oder eine Frau handelte. Vom Gesicht der Leiche war praktisch nichts mehr übrig. Nur die Fetzen einer schwarzen, nietenbeschlagenen Lederjacke deuteten darauf hin, daß es sich um einen der Rocker handelte.

Sondstrup würgte ein paarmal, und einige Schritte entfernt

deutete eine Lache auf dem Boden darauf hin, daß mindestens einer der Wachposten sich erbrochen hatte. »Sorgen Sie dafür, daß die anderen zurückbleiben«, ordnete Sondstrup stockend an. »Und schicken Sie Wenderworth her. Er bezeichnet sich doch so gern als Frankensteins legitimen Nachfolger. Soll er sich darum kümmern.« Er legte Craigh die Hand auf die Schulter. »Kommen Sie, hier können wir ohnehin nichts machen.«

Ohne Widerstand ließ Craigh sich zur Seite drängen. Er hatte schon viele Leichen gesehen, aber noch keine, die so aussah. »Wie kann so etwas passieren?« murmelte er verstört. »Wer oder was kann dafür verantwortlich sein?«

»Sie haben es doch selbst miterlebt«, entgegnete Sondstrup. »Ein Sprengsatz. Offenbar ist die Bombe explodiert, während der Kerl sie gerade anbrachte.«

Matt schüttelte Craigh den Kopf. »Warum hören Sie nicht endlich auf, Sondstrup? Sie wissen so gut wie ich, daß es nicht so war. Ich habe schon mehr als ein Opfer von Bombenanschlägen gesehen, und dies war keins. Haben Sie irgendwelche Brandspuren gesehen?« Ohne seinem Gegenüber Zeit zu einer Antwort zu lassen, fuhr er fort: »Davon abgesehen, ist der Sprengsatz direkt an der Duschbaracke explodiert, ein gutes Stück entfernt. Und welchen Sinn sollte es überhaupt haben, den Saurier durch den halben Dschungel zu schleppen, um ihn dann ausgerechnet hier zu sprengen?«

»Was ergibt schon Sinn beim Vorgehen dieser Chaoten? Woher soll ich wissen, was in ihren Köpfen vorgeht? Ich habe dieses Unternehmen schließlich nicht angeordnet. Aber gut, wenn Sie es unbedingt aus meinem Mund hören wollen: Ich weiß es nicht. Sind Sie jetzt zufrieden, Ellison?«

»Nein. Und Sie sind es auch nicht, das können Sie mir nicht erzählen. Sie sind nicht der Typ, der einen solchen Vorfall einfach zur Kenntnis nimmt und mit einem Achselzucken darüber hinweggeht.«

Sondstrup blieb abrupt stehen. »Was wollen Sie eigentlich? Natürlich werde ich Maßnahmen treffen und mit meinen Beratern und Auftraggebern über dieses Problem sprechen. Ich will Sie nicht vor den Kopf stoßen, Mr. Ellison, aber warum nehmen Sie bloß mit so einer Selbstverständlichkeit an, daß ich ausgerechnet Ihnen meine sämtlichen Vermutungen mitteile? Vermutlich muß ich Sie nicht erst daran erinnern, daß Sie nur als Gast hier sind.«

»Das müssen Sie in der Tat nicht«, bestätigte Craigh. »Ich könnte Ihnen nicht einmal böse sein, wenn Sie mich sofort in meine Unterkunft schicken würden, um mich loszuwerden, aber das werden Sie nicht tun, nicht wahr?«

»Ach ja? Und was sollte mich Ihrer Meinung nach daran hindern?«

»Da wäre zunächst einmal Ihr schlechtes Gewissen. Vor ein paar Stunden erst haben Sie gesagt, Sie würden sich für Betty und mich verantwortlich fühlen, solange wir hier wären, und in gewisser Hinsicht stimmt das ja auch. Trotzdem wären wir innerhalb dieses Geländes gerade fast Opfer eines Mordanschlages geworden.«

»Den Sie mir aber wohl kaum in die Schuhe schieben können.«

»Das habe ich auch nicht gesagt. Aber Sie dürften verstehen, daß ich genau wie Sie ein großes Interesse daran habe, mehr über die Hintergründe dieses Anschlags zu erfahren. Spätestens nach dem, was gerade passiert ist, dürfte wohl klar sein, daß Betty und ich keinen begeisterten Werbeartikel über die Leistungen publizieren werden, die Sie mit der Errichtung dieses Parks vollbringen. Selbst das wenige bis jetzt vorliegende Material reicht für einen interessanteren Bericht aus, und mehr denn je sind Sie daran interessiert, daß dieser möglichst positiv ausfällt. Sie hätten mir wohl kaum den Toten gezeigt, wenn dieser nicht so ein überzeugender Beweis dafür wäre, wer hinter dem Anschlag steckt.«

»Eine interessante Logik. Ich muß zugeben, Sie haben mich durchschaut, Mr. Ellison. Und ich hoffe, daß auch Sie nun überzeugt sind, mit was für Gegnern wir es hier zu tun haben. Wie ich schon sagte, hat es fast ein Dutzend Explosionen gegeben, und ganz in der Nähe der Stelle, an der der Umgrenzungszaun niedergerissen wurde, haben wir ein weiteres zerstörtes Modell gefunden, außerdem einen zweiten Toten, der ähnlich schlimm zugerichtet wurde. Auch er trug eine Rockerkluft, es gibt also keinerlei Zweifel, wer die Täter waren. Das hat mit demokratischem Protest nichts mehr zu tun, sondern ist offener Terror, dem wir mit aller Macht entgegentreten werden.«

»Sie oder die Polizei?«

Für einen Moment war Sondstrup irritiert, doch gleich darauf hatte er sich wieder in der Gewalt. »Beide«, erklärte er ausweichend. »Nachdem es nun zwei Tote gegeben hat, werden wir natürlich nicht mehr umhin kommen, die Polizei einzuschalten, aber wir werden auch selbst Maßnahmen treffen, um den Schutz des Geländes zu verbessern.«

»Ich bin zwar kein Polizist, aber ich war bereits bei zahlreichen polizeilichen Ermittlungen dabei. Ich könnte Ihnen möglicherweise ein paar Hinweise geben.«

»Wir haben eigene Spezialisten, die für solche Aufgaben ausgebildet wurden«, antwortete Sondstrup mit einem leicht amüsierten Lächeln. »Wir werden also wohl kaum auf Ihre Mithilfe angewiesen sein.«

»Sind Sie sicher? Mir scheint es zur Zeit eigentlich nicht so.« Er machte eine weitausholende Geste, die die umhereilenden und mit ersten Aufräumarbeiten beschäftigten Wachen in den blauen Overalls einschloß. »Jedes Kind, das von Zeit zu Zeit fernsieht, weiß beispielsweise, daß man Leute nicht vor dem Eintreffen der Polizei wie aufgescheuchte Hühner über den Tatort laufen läßt, damit keine Spuren verwischt werden. Oder ist vielleicht sogar gerade das Ihr Ziel?«

»Was . . . meinen Sie damit?«

»Ich habe vorhin schon gefragt, wie das Modell des Sauriers hierher gekommen ist.« Craigh nahm Sondstrup die Taschenlampe aus der Hand. »Ich zeige Ihnen, was ich meine. Sie haben zwar die Lampe die ganze Zeit nicht auf den Boden gerichtet, aber ich habe ziemlich gute Augen.« Er richtete den Lichtkegel nach unten, schaute sich suchend um und machte einige Schritte, dann deutete er auf eine bestimmte Stelle. »Das sollte ich doch möglichst nicht zu sehen bekommen, oder?«

Direkt vor ihnen, im weichen Sandboden deutlich zu erkennen, befand sich ein gewaltiger dreizehiger Abdruck, wie es ihn das letzte Mal vielleicht vor zwanzig Millionen Jahren gegeben hatte.

Es war der Abdruck eines der riesigen krallenbewehrten Füße des Stegosaurus.

Professor Sondstrup trat an die Bar seines Büros, nahm die Whiskyflasche heraus und goß ein Glas halbvoll. »Auch einen?«

Craigh zögerte. Er mußte sich zwingen, den Kopf zu schütteln. Alles in ihm verlangte danach, den erlittenen Schock mit Alkohol zu betäuben. Das Denken würde ihm nach einigen Schlucken viel leichter fallen, aber er wußte nur zu genau, daß er nicht aufhören würde, wenn er jetzt damit begann. Seine Zurückhaltung den gesamten Abend über, der kleine Sieg, den er errungen hatte, wäre hinfällig. Betty würde bis zum nächsten Morgen durchschlafen und gar nichts davon mitbekommen, aber schließlich hatte er in erster Linie sich selbst beweisen wollen, daß er auch schwierige Situationen ohne Alkohol überstehen konnte.

»Ich will keine Drinks, sondern Antworten von Ihnen«, sagte er hart. »Eine Erklärung für das, was passiert ist.«

Sondstrup nickte und trank einen großen Schluck. Er ließ sich in seinen Stuhl fallen, schloß die Augen und öffnete demonstrativ den obersten Kragenknopf. Selbst um diese Zeit und trotz der Klimaanlage war es in dem Pavillon noch heiß, heißer sogar als im Freien, als hätte der kleine Bau die Wärme des Tages gespeichert, um sie jetzt langsam freizusetzen.

»Also«, begann Sondstrup nach einigen Sekunden. »Sie möchten wissen, was es mit den Fußabdrücken des Sauriers auf sich hat.«

Es war eine Feststellung, keine Frage gewesen, zudem eine, die nur dazu diente, ein paar weitere Sekunden Zeit zu schinden, dennoch nickte Craigh. Der Professor hatte ihn nach der Entdeckung des Abdruckes kurz angebunden aufgefordert, ihn in sein Büro zu begleiten, weil sie miteinander zu reden hätten.

Sondstrup trank einen weiteren Schluck, zündete sich in aller Ruhe eine Zigarette an und musterte Craigh eingehend. »Sie glauben nicht daran, daß diese Rocker den Stegosaurus zu der Duschbaracke gebracht haben, nicht wahr? Ihrer Meinung nach ist die Figur von selbst gelaufen.«

Craigh antwortete immer noch nicht. Sondstrups Nervosität war beinahe greifbar, aber er war der Meinung, daß es besser war, den Professor einfach reden zu lassen. Jede Äußerung seinerseits hätte Sondstrup einen Punkt zum Einhaken geboten, ihm eine goldene Brücke gebaut.

»Sehen Sie«, fuhr der Professor fort, »ich habe Ihnen und Ihrer Kollegin bislang nicht die ganze Wahrheit gesagt.«

»Ach ja? Was für eine Überraschung«, platzte Craigh gegen seinen Willen heraus.

»Ich habe nicht direkt gelogen, lediglich ein paar Informationen unterschlagen, wofür Sie sicherlich Verständnis haben. Es ist wohl einsichtig, daß ich nicht jetzt schon, in dieser noch recht frühen Phase des Projekts, sämtliche Karten für die Öffentlichkeit offen auf den Tisch lege. Wenn ich Ihnen mehr erzähle, versprechen Sie mir, daß diese Informationen nicht veröffentlicht oder sonst irgendwie weitergegeben werden?«

Craigh schüttelte den Kopf. »Nein.«

»Nein, Sie veröffentlichen sie nicht, oder nein, Sie versprechen es nicht?«

»Ich verspreche es nicht. Hören Sie, Professor, für wie dumm halten Sie mich? Soll das ein weiterer Versuch sein, mich zum Schweigen zu bringen? Sie glauben doch nicht ernsthaft, daß ich Informationen zurückhalten werde, die möglicherweise erklären, wie es zu diesen Zwischenfällen kommen konnte? Ich finde so oder so heraus, was hier gespielt wird, und wenn nicht ich, dann die Polizei, und die wird es der Presse auf Dauer nicht verheimlichen können. Ich verspreche gar nichts. Aber ich werde abwägen, ob es Informationen sind, die für die Öffentlichkeit wirklich bedeutsam sind, oder ein paar Überraschungen, die der Park für seine Besucher bereithält. Mehr kann ich Ihnen nicht zugestehen.«

Sondstrup lächelte flüchtig. »Das genügt mir. Sehen Sie, Mr. Ellison, Sie sind wenigstens ehrlich, und das bedeutet, daß ich mich bis zu einem gewissen Grad auf Sie verlassen kann. Hätten Sie mir leichtfertig ein Versprechen gegeben, hätten Sie gar nichts erfahren.« Er betrachtete versonnen das Whiskyglas in seiner Hand und trank einen Schluck. »Ich habe Ihnen ja schon gesagt, daß unsere Modelle keine starren Skulpturen sind. Sie sind beweglich. Wenigstens zum Teil.«

»Das sagten Sie«, bestätigte Craigh. »Einfache Bewegungsabläufe oder so etwas in der Art. Aber Sie haben sich um die Erläuterung herumgedrückt, was genau darunter zu verstehen ist.«

»Waren Sie schon einmal in Disneyworld?«

Craigh nickte. »Mehrmals.«

»Nun, dann wissen Sie ja, daß viele der dortigen Comicfiguren ebenfalls beweglich sind.«

»Sicher, aber –«

»Aber sie führen nur einfache Bewegungen aus, drehen den Kopf, heben die Arme und so weiter. Ich weiß.« Sondstrup sog nervös an seiner Zigarette. »Wir sind hier einen Schritt weiter. Unsere Modelle sind voll beweglich. Jedes von ihnen ist mit einer leistungsstarken Computereinheit ausgestattet, die die mechanischen Funktionen so lenkt, daß die Bewegungen fast wie bei einem echten Lebewesen ausfallen. Sie werden verstehen, daß wir bemüht waren, dies bis zum letzten Augenblick geheimzuhalten. Als Überraschung zur Eröffnungsfeier gewissermaßen.«

Craigh benötigte einige Sekunden, um das Gehörte zu verdauen. »Wollen Sie damit sagen«, preßte er schließlich hervor, »daß diese Dinger . . . *herumlaufen* können?«

»Nur innerhalb eines gewissen Rahmens freilich«, schwächte Sondstrup sofort ab. »Sie können ihre Runden drehen und ganz bestimmte Bewegungen ausführen, die wir ihnen einprogrammieren, aber eben auch nur exakt diese. Dieses Programm wird dann wie eine Endlosschlaufe ablaufen, bis es gestoppt wird. Aber begreifen Sie, worauf ich hinauswill? Es werden nur ganz bestimmte Bewegungen sein, die wir vorher einprogrammieren. Die Modelle könnten gar keine Menschen angreifen, weil ihnen das freilich auf keinen Fall einprogrammiert wird.«

»Aber es würde theoretisch die Abdrücke erklären, die wir entdeckt haben«, wandte Craigh ein.

»Aber eben nur theoretisch«, erklärte Sondstrup. »Es gibt mehrere Punkte, die dagegen sprechen, daß sich der Stegosaurus von allein bewegt hat. Der wichtigste ist, daß bislang noch kein einziges Modell programmiert wurde, auch der Stegosaurus nicht. Ohne ein entsprechendes Programm sind die Sauriermodelle wie eine elektrische Schreibmaschine. Sie *können* einfach nichts tun, weil sie kein Gehirn haben und ohne entsprechendes Programm nichts da ist, das sie irgend etwas tun läßt oder ihnen überhaupt erst sagt, *wie* man etwas tut.«

Craigh überlegte einen Moment. »Und wenn ihnen irgend jemand ein entsprechendes Programm eingespeist hat?«

»Ausgeschlossen!« widersprach Sondstrup. »Sie glauben gar nicht, wieviel Mechanik für einen einzigen Schritt nötig ist, wie umfangreich das Programm für jede einzelne Bewegung sein muß. Einige der fähigsten Programmierer der Welt arbeiten in unserem Auftrag seit Monaten daran, Programme zu schreiben, die die Modelle befähigen, sich einige Dutzend Schritte auf einer festgelegten Route zu bewegen, ein paarmal das Maul aufzureißen und zu brüllen, und dergleichen mehr. Ein Programm zu entwickeln, das den Stegosaurus mehrere hundert Yards bis zur Duschbaracke laufen und allen Hindernissen dabei ausweichen ließe, dürfte Jahre dauern, und es wäre so umfangreich, daß die Computereinheit diese Datenfülle gar nicht aufnehmen und verarbeiten könnte.«

»Und doch ist es passiert.«

»Ist es nicht.« Sondstrup stand auf und begann unruhig im Zimmer auf und ab zu gehen. »Sie werden nicht im Ernst erwarten, daß ich Ihnen jetzt einen Vortrag über alle unsere Sicherheitssysteme halte. Sie müssen sich mit der Aussage begnügen, daß es absolut unmöglich ist, die Modelle heimlich zu programmieren. Die Programme kann man nicht auf einer Diskette einfach in ein Laufwerk auf dem Rücken der Saurier stecken. Die Programme werden digital von unserer zentralen Überwachungseinheit aus eingespeist, aber das wird erst in Wochen geschehen. Die Anlage ist noch nicht angeschlossen, weder mit den Modellen noch mit dem Stromnetz verbunden. Der Kontrollraum ist verschlossen, und es gibt nur einen einzigen Codeschlüssel, den ich bei mir trage.« Er kehrte zu seinem Stuhl zurück und setzte sich wieder. »Sie sehen also, daß Ihre Spekulationen haltlos sind. Alles ist dutzendfach abgesichert.«

»Und wenn es eine Art Kurzschluß oder etwas Vergleichbares war, was das Modell in Gang gesetzt hat?« beharrte Craigh.

Sondstrup seufzte. »In diesem Fall wäre vielleicht eine einzige Bewegung möglich gewesen, meinetwegen sogar ein einzelner Schritt. Und selbst wenn der Stegosaurus systematisch Schritte gemacht hätte – was unmöglich ist –, wäre er mit Sicherheit gegen einen Baum oder ein anderes Hindernis geprallt.«

»Ja, ein Hindernis wie die Duschbaracke.«

Verdrossen schüttelte der Professor den Kopf. »Versuchen Sie einmal, mit verbundenen Augen einige hundert Schritte durch einen dichten Wald zu gehen, ohne gegen einen Baum zu laufen. Und unsere Kunststoffbäume sind stabil genug, selbst eines der mittelgroßen Modelle aufzuhalten. Vergessen Sie nicht, daß unsere Saurier im Gegensatz zu ihren Vorbildern keine Muskeln haben. Sie verfügen über nicht mehr Kraft, als für ihre kleinen Bewegungen nötig ist. Weitere Erklärungen sind sinnlos, sonst reden wir noch stundenlang, ohne zu einem Ergebnis zu kommen. Jeder beliebige Spezialist wird Ihnen sagen, daß der Saurier nicht so weit hätte gehen können, das muß Ihnen genügen. Auf irgendeine Art, die ich mir bislang noch nicht erklären kann, haben es diese Krawallbrüder geschafft, den Stegosaurus bis zur Duschbaracke zu schaffen, und ihn dort in die Luft gesprengt.«

Craigh schwieg verbissen – aus dem einfachen Grund, weil er Sondstrups Theorie nicht widerlegen konnte. Er wußte selbst nicht recht, warum er so verbissen an der seinen festhielt. Ein wenig verstand er auch von Computern, und was Sondstrup ihm erzählt hatte, klang realistisch. Es wäre höchstens noch glaubwürdig, daß tatsächlich jemand unerlaubt in den Kontrollraum eingedrungen war und es geschafft hatte, den Sauriermodellen ein Programm einzuspeisen, möglicherweise, um das gesamte Unternehmen aus irgendwelchen Gründen durch solche Zwischenfälle zu sabotieren. Aber welchen Sinn hätte es, den Stegosaurus auf Wanderschaft gerade zum Duschraum zu schicken?

Irgend etwas sagte ihm, daß es nicht so gewesen war, daß sowohl Sondstrups Theorie wie auch seine eigenen Gedanken falsch waren. Bis zu seiner Ankunft in diesem Park hatte er sich zu den Menschen gezählt, die mit beiden Beinen fest auf der Erde standen. Hier jedoch stimmte irgend etwas nicht, und dieses Gefühl ließ sich weder mit Logik noch mit rationalen Argumenten vertreiben. In erster Linie fußte es auf dem Traum, den er gehabt hatte und der all dieser Rationalität Hohn sprach. Es war nicht einfach nur ein Traum gewesen, sondern eine *Vision*, und er hatte durch die Augen eines anderen – *eines Toten!* – haargenau miterlebt, was diesem eine Nacht zuvor zugestoßen war. Aber wenn er Sondstrup jetzt mit irgendwelchen übernatürlichen Kräften kam, die er selbst nicht begriff, würde dieser ihn bestenfalls auslachen.

Und das wohl mit vollem Recht.

»Ich bin sicher, Sie hätten auch ohne mich etwas von der Beweglichkeit unserer Modelle erfahren«, ergriff Sondstrup wieder das Wort. »Damit Sie keine falschen Schlußfolgerungen ziehen, habe ich Ihnen lieber selbst die ganze Wahrheit erzählt, auch um Ihnen zu belegen, daß Spekulationen über selbsttätige Bewegungen der Saurier unsinnig sind. Alles weitere liegt nun an Ihnen. Ich hoffe, Sie werden mit den Informationen wirklich verantwortlich umgehen und nicht darüber schreiben.«

»Ich werde in Ruhe über alles nachdenken«, versprach Craigh, gähnte und stand auf. »Es ist spät geworden. Ich werde zusehen, daß ich noch ein paar Stunden Schlaf bekomme.«

Mit einem Gruß verließ er den Pavillon. Während er zu seiner und Bettys Unterkunft hinüberging, echote ihm immer wieder Sondstrups vorletzter Satz durch den Kopf.

*Alles weitere liegt nun an Ihnen!*

Möglicherweise lag darin mehr Wahrheit, als der Professor selbst ahnen mochte. Daß gerade er die Vision gehabt hatte, war für Craigh nur ein Hinweis darauf, daß er selbst eine der Schlüsselrollen bei dem ganzen Geschehen spielte.

Er war entschlossen, herauszufinden, was für eine Rolle das war.

Dicks Bewegungen wurden schneller und schneller, und mit jedem Stoß hatte er das Gefühl, tiefer in Mona einzudringen. Sie wand sich ekstatisch stöhnend unter ihm, während er mit der Zunge ihre Brüste liebkoste. Ihre Fingernägel bohrten sich in seinen Rücken und zeichneten blutige Striemen auf seine Haut. Mit letzter Kraft steigerte er sein Tempo noch einmal, bäumte sich auf dem Höhepunkt auf und ergoß sich in sie, dann ließ er sich schwer zur Seite fallen und schloß die Augen.

Mit Mona zu vögeln, war besser gewesen, als er es sich in seinen kühnsten Träumen ausgemalt hatte, weitaus besser. Dabei hätte er noch vor einer Stunde nicht im Entferntesten daran gedacht, in dieser Nacht mit ihr zu schlafen. Er hatte nicht einmal geglaubt, zum Sex überhaupt in der Lage zu sein.

Als er nach Petes Tod zu den anderen zurückgekehrt war, hatte er ihnen nichts von dem gesagt, was er erlebt hatte. Sie hätten ihm ohnehin kein Wort geglaubt. Er konnte ja selbst kaum daran glauben. Die Vorstellung, daß ein riesiger Urzeit-Saurier ihn verfolgt und angegriffen hatte, war absurd, doch die zahlreichen kleinen Kratzer und Schrammen, die er bei der Flucht davongetragen hatte, bewiesen deutlich, daß er nicht nur geträumt hatte. Außerdem fehlten Pete und Denny.

Etwas Unheimliches ging in dem Park vor. Anscheinend hatten es die Konstrukteure der Modelle geschafft, die Saurier voll beweglich zu machen. Vermutlich lenkten sie die verdammten Dinger durch eine Fernsteuerung, und sie lenkten sie höllisch perfekt. An den Bewegungen des Sauriers war nichts Eckiges oder Abgehacktes gewesen, sie waren so gleitend und schnell wie bei einem echten Lebewesen ausgefallen. Und wenn das verdammte Ding tatsächlich ferngesteuert worden war, dann handelte es sich eindeutig um kaltblütigen Mord. Wer immer den Saurier gelenkt hatte, hatte sich nicht damit zufriedengegeben, sie zu vertreiben und die Zerstörung des Modells zu verhindern, sondern hatte sie von dem Koloß verfolgen lassen und den zu diesem Zeitpunkt hilflosen Pete getötet – vermutlich genauso wie zuvor auch schon Denny. Entweder hatte ein blutrünstiger Psychopath die Fernsteuerung bedient, oder aber – was Dick für wahrscheinlicher hielt – Sondstrup hatte befohlen, jeden Saboteur umzubringen, vielleicht zur Abschreckung, damit es erst gar nicht zu weiteren Aktionen kam.

Dick hatte zu niemandem von dieser zunächst noch vagen Theorie gesprochen und auch keine der Fragen nach Petes und Dennys Verbleib beantwortet. Statt dessen hatte er sich nach der Rückkehr ins Camp sofort in sein Zelt verkrochen, um in aller Ruhe über alles nachzudenken und sein weiteres Vorgehen zu planen. Selbst als erwartungsgemäß wenig später die Polizei aufgetaucht war, war er nicht herausgekommen, sondern hatte es Nipper überlassen, mit den Cops zu sprechen. Der junge Aborigine hatte behauptet, von einem Angriff auf den Park nichts zu wissen. Da müßten irgendwelche Mitglieder der Gang wohl auf eigene Faust gehandelt haben. Dick hatte Fetzen des Gesprächs aufgeschnappt. Ihm war klar, daß Nippers Darstellung ihnen lediglich ein paar Stunden Zeitgewinn verschafften. Spätestens am nächsten Tag würden die Beamten zurückkommen, doch das war ihm im Moment egal.

Er hatte angedroht, jedem die Zähne einzuschlagen, der ihn stören würde, dennoch war nach einiger Zeit Mona zu ihm gekommen. Sie hatte wohl gespürt, daß er völlig durcheinander war und nicht reden wollte, und wenn sie auch nur eine einzige Frage gestellt hätte, hätte er sie vermutlich wirklich unsanft aus dem Zelt geworfen. Aber sie hatte sich nur schweigend neben ihn gelegt, und nach einiger Zeit hatte sie ebenso schweigend begonnen, ihn zu streicheln. Innerhalb einer Minute war es ihr gelungen, sein Verlangen zu entfachen. Sie hatte es nicht einfach nur erweckt, sondern es war zu seiner eigenen Überraschung wie eine Flamme in ihm hochgelodert. Offenbar hatte die Gefahr, der er mit knapper Not entronnen war, seinen Sextrieb nicht betäubt, sondern das genaue Gegenteil bewirkt. Vielleicht überwältigte ihn die Lust auch nur deshalb mit solcher Intensität, weil ein Teil seines Verstandes darin eine Möglichkeit sah, für eine Weile zu vergessen, was geschehen war, und einen Weg, auch die quälenden Grübeleien zu verdrängen.

Tatsächlich war es ihm für die Dauer des Aktes mit Mona gelungen, aber jetzt, als er entspannt neben ihr lag, stürzten die

Gedanken und Erinnerungen wieder mit ungebrochener Heftigkeit über ihn herein.

»Whouw«, murmelte Mona neben ihm und leckte sich über die Lippen. »Du warst klasse, Dicky-Boy. Hart und wild, genau so, wie ich es mag. Zigarette?«

Er nickte stumm, war in Gedanken bereits weit weg. Sie zündete zwei Zigaretten an und steckte ihm eine zwischen die Lippen.

»Weißt du, ich habe mir von Anfang an gedacht, daß es mit dir etwas Besonderes sein würde«, fuhr sie fort. »Du bist ein richtiger Hengst, Dicky-Boy, weißt du das eigentlich?«

»Mona?«

»Ja?«

»Halt's Maul!«

Sie stemmte sich auf die Ellbogen hoch. »He, was ist denn mit dir los? So kannst du mit mir nicht reden, und wenn du es mir noch so toll –«

»Halt endlich deine Schnauze oder verpiß dich!« fiel er ihr ins Wort. »Dein saublödes Geplapper geht mir auf die Nerven.«

Sie verkrampfte sich, und einen Augenblick lang schien es tatsächlich so, als würde sie abhauen, und es wäre ihm nur recht gewesen. Dann aber ließ sie sich zurücksinken und drehte ihm den Rücken zu. Falls sie schmollte, was zu vermuten war, dann bewirkte es wenigstens, daß sie die Klappe hielt, und das war im Moment das einzige, was er von ihr wollte.

Er überlegte, ob er sich an die Polizei wenden sollte. Es war das erste Mal, daß er diesen Gedanken ganz konkret ins Auge faßte. In Sydney war die Polizei für ihn stets nur eines seiner Hauptfeindbilder gewesen, und seit sie hierher gekommen waren, hatte sie sich als loyaler Verbündeter Sondstrups erwiesen. Dick war es gewöhnt, alle Probleme selbst in die Hand zu nehmen, das hatte er nicht zuletzt von Roderick gelernt.

Aber wenn seine Vermutungen zutrafen, dann hatten sie es hier mit etwas zu tun, gegen das sie hilflos waren. Dieser Park war alles andere als eine harmlose Vergnügungseinrichtung. Immer wieder sah er den Saurier vor sich und nicht nur diesen einen, sondern in seiner Phantasie wurde er von Dutzenden dieser tonnenschweren Kolosse mit dem Aussehen von Urzeitbestien verfolgt, einer kleinen Armee aus nahezu unzerstörbaren Kampfrobotern, die alles töteten und zerstörten, was sich ihnen in den Weg stellte. Wie, wenn nicht mit militärischen Mitteln, sollte man solche Angreifer aufhalten?

Die Polizei und die verantwortlichen Politiker und Behörden, die die Erlaubnis zum Bau dieses Parks gegeben hatten, wußten vermutlich nicht einmal, was dort vorging. Wie in einer Horror-Vision sah Dick, wie der Park eröffnet wurde und Tausende nichtsahnender Touristen dort umherliefen, bis irgendein Verrückter die Bestien plötzlich auf sie hetzte. Er hielt sich für nicht gerade zart besaitet, aber eine solche Vorstellung war selbst für ihn zu grausam, um sie einfach zu ignorieren. Irgend jemand mußte Sondstrup und seine Leute stoppen, jetzt dringender denn je, und dies war eine Möglichkeit dazu. Dick war sicher, daß die Polizei ihm nicht glauben würde, aber er mußte wenigstens versuchen, ihr die immense Gefahr begreiflich zu machen.

Nachdem er sich einmal zu dieser Entscheidung durchgerungen hatte, entspannte er sich etwas, und jetzt begann er auch seine Müdigkeit verstärkt zu spüren. Seine Gedanken verwirrten sich, sprangen unkontrolliert hierhin und dorthin und schienen immer zähflüssiger zu werden, bis er schließlich einschlief.

Er wußte nicht, wie lange er geschlafen hatte, als eine Berührung ihn weckte, und gleich darauf fuhr ein scharfer Schmerz durch seinen Arm. Mit einem Schrei fuhr Dick hoch, aber er war immer noch schlaftrunken und schrie mehr vor Überraschung als vor Schmerz. Das Mondlicht fiel gedämpft durch die dünnen Stoffbahnen des Zeltes, so daß er Umrisse erkennen konnte. Links von sich nahm er einen gedrungenen Schatten wahr, zu seiner Rechten richtete sich Mona auf.

»Was'n los?« nuschelte sie verschlafen.

Dick fühlte eine kribbelnde Hitze im linken Arm und hob ihn hoch. Etwas Nasses spritzte ihm ins Gesicht.

Seine Hand war nicht mehr da.

Das Mondlicht reichte aus, daß er seinen Arm als schwarzen Schattenriß bis zum Ellbogengelenk deutlich sehen konnte.

Danach war nichts mehr. Es dauerte Sekunden, bis er sich des unglaublichen Bildes bewußt wurde, und der Schock führte dazu, daß er außer einem Kribbeln und Pulsieren immer noch nichts spürte. Er begann zu brüllen, und im gleichen Moment brach der entsetzliche Schmerz über ihn herein. Sein Schrei schlug in ein schrilles, gepeinigtes Kreischen um.

Der gedrungene Schatten neben ihm bewegte sich plötzlich. Ein bedrohliches Zischen ertönte. Etwas Hartes, Scharfes traf seine Kehle, und sein Schrei riß ab.

»Dick, was . . . was ist das?« keuchte Mona. Sie rückte von ihm ab, preßte sich in die hinterste Ecke des kleinen Zeltes. Ihre Finger glitten über den Boden, dann bekam sie endlich das Feuerzeug zu packen und schnippte es an. Das aufflammende Licht blendete sie im ersten Augenblick, dann sah sie das Blut überall auf Dicks Körper und die . . . *Kreatur,* die neben ihm kauerte, etwas wie eine gräßliche Mischung aus einem viel zu großen Salamander, einem Hund und einem Känguruh, mit schuppiger, hell- und dunkelgrün gestreifter Haut, deren Körper in einem fast dreieckigen Schwanz auslief und . . .

Der Schwanz zuckte auf sie zu, traf zielsicher ihre Hand und prellte ihr das Feuerzeug aus den Fingern. Die Flamme erlosch, und die plötzliche Dunkelheit kam Mona doppelt intensiv vor. Alles hatte nicht länger als eine Sekunde gedauert.

Mona schrie, sprang auf und prallte mit dem Kopf gegen die Dachstange aus Aluminium, wobei sie fast das gesamte Zelt hätte einstürzen lassen. Blindlings warf sie sich nach vorne. Ihre Füße verhedderten sich in irgend etwas, und sie stürzte, kam aber dafür mit dem Kopf direkt vor dem nicht geschlossenen Ausgang zu liegen. Immer noch schreiend kroch sie weiter.

Etwas berührte ihr nacktes linkes Bein. Scharfe Krallen ritzten die Haut auf, doch sie ignorierte den Schmerz und kroch weiter. Gleich darauf war sie aus dem Zelt heraus, aber sie bemerkte es kaum, kroch einfach weiter von Panik erfüllt über den sandigen Boden.

Um sie herum entstand Bewegung, aufgeregte Rufe ertönten. Mona achtete nicht darauf. Sie kroch immer nur schreiend weiter, weg von dem Zelt und der Bestie darin, bis sie schließlich von starken Händen gepackt und in die Höhe gerissen wurde.

# Vierter Teil

# DIE DRACHEN

*A little dragon could spit fire*
*but never so for something bad*
*he didn't know the knight's desire*
*to throw a lance into his head*

Helloween: *Rise and fall*

Das Royal Perth Hospital im Zentrum der Stadt war ein hohes weißes Gebäude aus Kunststoff und Glas, das fast wie ein surrealistisches Kunstwerk in der Nähe des Swan Rivers aufragte. Das weit ausladende Flachdach machte die Sonne zu einem glühenden Dreiviertelkreis aus Hitze und Helligkeit, und die einseitig verspiegelten Scheiben des Gebäudes schienen das Sonnenlicht wie eine ganze Batterie überdimensionaler quadratischer Scheinwerfer zu reflektieren.

Nach allem, was geschehen war, hatte Craigh in dieser ersten Nacht, die er im Park verbracht hatte, so gut wie keinen Schlaf gefunden. Nach seinem Gespräch mit Sondstrup war die Polizei gekommen, hatte den Tatort untersucht und unter anderem auch ihm eine Vielzahl von Fragen gestellt, die er weitgehend beantwortet hatte. Lediglich über den gefundenen Abdruck des Saurierfußes und das, was Sondstrup ihm kurz zuvor erzählt hatte, hatte er geschwiegen. Craigh war sich selbst nicht sicher, warum er auf die Bitte des Professors eingegangen war, aber auf alle Fälle stand Sondstrup dadurch nun in seiner Schuld, und er war entschlossen, dies bei jeder sich bietenden Gelegenheit auszunutzen.

Erst ziemlich spät war er ins Bett gekommen. Er war zwar recht schnell eingeschlafen, aber nach kaum zwei Stunden schon wieder aus einem verworrenen, blutigen Alptraum aufgeschreckt. Es war keine Vision, sondern nur ein normaler Traum gewesen, an den er sich nach dem Aufwachen kaum noch erinnerte, dennoch hatte er die restliche Zeit wachgelegen und sich schließlich zu einem Entschluß durchgerungen. Er war bereits in aller Frühe aufgestanden, hatte sich leise angezogen und war losgefahren, ohne Betty zu wecken. Statt dessen hatte er ihr eine kurze Nachricht geschrieben. Zwar würde sie ihm bei seiner Rückkehr wahrscheinlich den Kopf abreißen, aber dieses Risiko mußte er eingehen. Allein hatte er eine bessere Chance, seinen Plan zu verwirklichen, und selbst wenn es ihnen gelungen wäre, gemeinsam bis zu diesem Charles vorzudringen, würde Betty nur stören. Verständlicherweise würde sie sich die Gelegenheit nicht entgehen lassen, ein richtiges Interview zu machen, während es Craigh nur darauf ankam, kurz mit dem Jungen zu sprechen. Gerade die Fragen, die ihm besonders wichtig waren, hätte er in Bettys Anwesenheit unmöglich stellen können, ohne daß sie ihn für völlig verrückt erklärt hätte. Und das vielleicht nicht einmal ganz zu Unrecht.

Craigh bog von der Wellington Street in die Auffahrt des Krankenhauses ein und hielt an, als eine dünne, weiß-rot gestrichene Schranke ihm den Weg versperrte. Er kurbelte die Seitenscheibe herunter und hielt dem Pförtner seinen Presseausweis unter die Nase, während er sich mit der anderen Hand den Schweiß von der Stirn wischte. Die Luft war auch an diesem Tag wieder stickig und unerträglich heiß, schien wie eine Glocke aus geschmolzenem Glas über dem Land zu liegen.

Der Pförtner, ein alter, grauhaariger Mann, der in der weißgetünchten Portiersbude seltsam verloren wirkte, studierte den Ausweis eingehend. »Sie ... sind von der Presse?« fragte er überflüssigerweise.

Craigh nickte. »Ja.«

»Und was ... wollen Sie hier, Mr. Ellison?« Er sprach stockend und bedächtig, legte zwischen jedem Wort eine kurze Pause ein. »Es ist momentan keine Besuchszeit.«

Craigh grinste. »Ich habe vorhin mit dem Leiter der Klinik telefoniert«, log er und hoffte, der Pförtner würde ihn jetzt nicht nach dessen Namen fragen. »Man erwartet mich bereits.«

»So. Soso.« Der Portier wirkte unentschlossen, und für einen Augenblick empfand Craigh fast so etwas wie Mitleid mit ihm. Aber in einem Beruf wie seinem mußte man manchmal skrupellos sein, wenn man etwas erreichen wollte. Letztlich zählten allein die Story und die Fotos, nicht die Art, wie man an sie herangekommen war. Und diesmal ging es sogar um Wichtigeres als nur ein paar Bilder für einen Artikel. »Sie können gerne bei Ihrem Vorgesetzten nachfragen«, bluffte er.

»Das ... wird wohl nicht nötig sein.« Der Alte lächelte unsicher. »Schließlich bewahren wir hier keine Staatsgeheimnisse, nicht?« Seine Finger bewegten sich irgendwo außerhalb von Craighs Sichtbereich. Die Schranke fuhr mit leisem Summen in die Höhe. »Stellen Sie den Wagen am besten auf dem Besucherparkplatz rechts neben dem Haupteingang ab.«

Craigh nickte dankbar, legte den Gang ein und fuhr los. Es war ihm nicht schwergefallen, herauszufinden, in welche Klinik man den verletzten Rocker gebracht hatte. Bislang hatte es keine Schwierigkeiten gegeben, und Craigh hatte genug Erfahrungen mit Situationen wie dieser, um auch weiterhin zuversichtlich zu sein. Er parkte den Wagen, betrat die Empfangshalle und blieb einen Moment lang aufatmend in dem kühlen Luftstrom stehen, der ihm aus den Gittern der Klimaanlage entgegenschlug.

Die Schwester hinter der Theke des Empfangs empfing ihn mit einem berufsmäßig unverbindlichen Lächeln. »Was kann ich für Sie tun?«

Craigh lächelte ebenso unverbindlich zurück und zückte seinen Presseausweis. »Mein Name ist Ellison«, sagte er. »Craigh Ellison von der Australian Broadcasting Company.« Diesmal zeigte er den Ausweis nur gerade lange genug, daß die Schwester das Wort *Presse* und sein Foto erkennen konnte. Er hatte keine Ahnung, wie australische Presseausweise aussahen, hoffte jedoch, daß sie sich von den amerikanischen nicht so deutlich unterschieden, daß man es auf den ersten Blick erkannte. »Meine Kollegen waren schon einmal hier. Es geht um –«

»Um den Patienten, der vorgestern nacht eingeliefert wurde. Ich weiß.« Die Schwester stand auf.

»Wo finde ich ihn?«

»Er ist nicht vernehmungsfähig«, antwortete die Schwester. »Hat man Ihnen das nicht gesagt?«

Craigh nickte. »Doch. Ich will auch weder ein Interview noch einen Filmbericht machen. Nur ein paar einfache Fotos.« Er hielt demonstrativ seine Kamera hoch. »Das wird doch wohl gestattet sein.«

Die Krankenschwester zögerte. »Ich werde Doktor Leroy rufen«, entschied sie schließlich.

Craigh versuchte, sein Gesicht möglichst unbeteiligt aussehen zu lassen. »Tun Sie das. Aber vorher könnten Sie mir schon mal die Zimmernummer sagen, dann treffe ich mich dort mit dem Doc.«

»Zimmer vierhundertsiebzehn. »In das Lächeln der Schwester mischte sich eine Spur von Spott. »Aber machen Sie sich keine allzu großen Hoffnungen.«

Craigh zuckte mit den Achseln, drehte sich um und ging auf den Aufzug zu. Bislang schien ja alles wie am Schnürchen zu klappen. Blieb nur noch zu hoffen, daß dieser Charles bei Bewußtsein war und es ihm gelang, ein paar Worte mit ihm zu wechseln, bevor der Doktor eintraf, aber auch diesbezüglich war Craigh recht zuversichtlich. Sein Optimismus bekam jedoch einen erheblichen Dämpfer, als er die Kabine in der vierten Etage verließ und den Grund für den spöttischen Ausdruck in den Augen der Empfangsschwester erkannte.

Vor der Tür zu Zimmer 417 stand ein Polizist. Breitbeinig, die Hände hinter dem Rücken verschränkt und einen halb gelangweilten, halb aufmerksamen Ausdruck im Gesicht. Und er sah ganz und gar nicht so aus, als hätte er vor, irgendwelche Besucher durchzulassen.

Craigh schluckte einen wütenden Fluch herunter. Zögernd durchquerte er den weißgetünchten Flur. Kitschige Bilder hingen an den Wänden. Seine Gummisohlen quietschten bei jedem Schritt auf dem Kunststoffboden. Während er auf den Beamten zuging, grübelte Craigh über eine passende Lüge nach. Das Problem war, daß er sich möglichst kurz fassen mußte, damit ihn sein amerikanischer Akzent nicht sofort verriet.

Der Polizist lächelte flüchtig, aber seine Mimik drückte eher erwartungsvolle Schadenfreude als irgend etwas anderes aus.

»Guten Tag«, sagte Craigh. »Ich bin –«

»Exakt der vierundzwanzigste Reporter, der hier herein will, seit ich vor sechs Stunden meinen Dienst begonnen habe«, unterbrach ihn der Beamte. »Ich habe genau mitgezählt. Und Sie werden bestimmt nicht der letzte sein, der mir etwas von Pressefreiheit und dem Recht der Öffentlichkeit auf Informationen erzählt und dann erfolglos wieder abzieht.« Er schüttelte den Kopf. »Ihr Jungs seid ganz schön stur, das muß man euch lassen.«

Craigh deutete mit einer Kopfbewegung auf die weißlackierte Tür hinter dem Rücken des Polizisten. »Vielleicht verraten Sie mir dann wenigstens den Grund für diese Geheimnistuerei«, sagte er.

»Der Mann ist noch nicht vernehmungsfähig, ganz einfach. Außerdem . . .«

»Außerdem?« fragte Craigh.

»Nichts.«

Craigh grinste. »Kommen Sie, Sie wollen mir doch nicht erzählen, daß Sie hier aus purer Langeweile herumstehen, oder? Warum darf ich nicht ein paar harmlose Fotos von dem Verletzten machen?«

»Es soll eben niemand zu ihm. Ich habe meine Befehle.«

»Und ich meinen Auftrag. Nur ein paar Fotos für die Abendnachrichten, daran ist doch wirklich nichts Schlimmes.«

»Nichts zu machen.«

»Sie brauchen es mir ja nicht einmal zu erlauben. Warum gehen Sie nicht einfach mal für zwei Minuten auf die Toilette? Ein harmloses menschliches Bedürfnis, und wenn Sie zurückkommen, ist alles erledigt.«

»Das kann ich Ihnen sagen: Weil es unmöglich ist, soviel zu trinken, wie ich schon hätte auspinkeln müssen, wenn ich genau denselben Vorschlag bislang jedesmal befolgt hätte. Ihr solltet euch mal ein paar andere Sprüche einfallen lassen. Wird allmählich langweilig, und ihr habt doch sonst so viel Phantasie . . .«

Craigh spürte, daß er bei dem Wachposten auf diese Tour nicht weiterkommen würde. Der Mann gehörte zu jener Sorte von Polizeibeamten, die alles mit unerschütterlicher Ruhe hinnahmen, dafür aber um so sturer sein konnten.

»Geben Sie mir wenigstens einen kleinen Tip, wie ich an meine Bilder kommen kann«, sagte Craigh. »Es muß doch eine Möglichkeit geben.« Demonstrativ zückte er sein Portemonnaie, öffnete es und zog einige Scheine an den Ecken ein Stück heraus.

»Aber sicher gibt es Möglichkeiten«, erwiderte der Beamte grinsend. »Wenn Sie Näheres erfahren wollen, dann fragen Sie einfach meinen Boß. Er kommt gerade hinter Ihnen aus dem Aufzug.«

Hastig klappte Craigh das Portemonnaie zu und verstaute es wieder in der Hosentasche. Er fuhr herum und erkannte einen kleinwüchsigen, schmal gebauten Mann mit grauem Haar und harten, stechenden Augen, der sich rasch näherte. Um seinen Mund lag ein verärgerter Zug.

»Mr. Ellis?«

»Ellison«, verbesserte Craigh. »Craigh Ellison. Und Sie sind –«

»Inspektor Leech, Bundespolizei«, fuhr ihm der andere ins Wort. »Dürfte ich Ihren Presseausweis sehen?«

Craigh zögerte einen Moment und fluchte erneut lautlos. Dann griff er achselzuckend in die Brusttasche seines Hemdes und holte den Ausweis heraus. Leech musterte ihn eingehend, nickte dann und ließ ihn in der Tasche seines eigenen Jacketts verschwinden.

»He!« machte Craigh.

»Wir haben bei der ABC nachfragen lassen«, sagte Leech ohne erkennbare Gefühlsregung. »Dort hat man noch nie etwas von Ihnen gehört.«

»Natürlich nicht«, sagte Craigh. Jetzt hatte es ohnehin keinen Sinn mehr, das Versteckspiel fortzusetzen. »In Wahrheit bin ich amerikanischer Journalist und arbeite für das TIME-LIFE-Magazin.«

Leech sah nicht so aus, als ob er überhaupt schon mal etwas vom TIME-LIFE-Magazin gehört hatte, und wenn doch, dann machte der Name zumindest keinerlei Eindruck auf ihn. »Warum haben Sie dann behauptet, vom australischen Fernsehen zu sein?«

Craigh machte ein zerknirschtes Gesicht. »Ich gebe zu, daß das vielleicht nicht sehr klug war«, sagte er. »Aber ich habe durch die ABC-Nachrichten von der Sache erfahren und dachte, die werten Kollegen hätten den Weg schon etwas geebnet. Außerdem wird man im allgemeinen eher irgendwo vorgelassen, wenn man behauptet, vom Fernsehen zu kommen. Als ausländischer Journalist hingegen hat man es prinzipiell doppelt schwer. Schließlich arbeite ich ja nur für eines der bekanntesten Magazine der Welt.«

Leech ignorierte die Spitze und nickte. »Sicher, mag schon sein. Aber der kleine Schwindel hat Ihnen trotzdem nicht viel genutzt. Ich muß Sie bitten, mich zum Revier zu begleiten.«

»Warum? Verflixt, ich hätte mir einen weißen Kittel besorgen und mich Ihrem Wachhund gegenüber als Krankenhauspersonal ausgeben sollen.«

Diesmal lächelte Leech sogar knapp. Craigh hätte nicht gedacht, daß der Inspektor dazu überhaupt in der Lage war. Es sah allerdings auch nicht besonders humorvoll, sondern eher drohend aus. »Auch das haben schon zwei Ihrer Kollegen versucht, ohne daß es ihnen etwas genutzt hat«, erklärte er. »Das nur, damit Sie sich keine überflüssigen Vorwürfe machen. Kommen Sie. Ich möchte lediglich Ihre Personalien überprüfen. Wenn sich Ihre Angaben als richtig erweisen, wird es keine Schwierigkeiten geben. Wenn nicht . . .« Er ließ den Satz offen, zuckte mit den Schultern und deutete mit einer einladenden Geste auf die Aufzugskabine. »Bitte. Gehen wir.«

Craigh blieb nichts anderes übrig, als ihm zu folgen. Aber er hatte ein ziemlich ungutes Gefühl dabei. Leech mochte Granitbrocken zum Frühstück verspeisen, aber er war bestimmt nicht dumm. Wegen einer unbedeutenden Lüge, die zum Standardrepertoire eines jeden Journalisten gehörte, inszenierte niemand so ein Theater. Das war nichts als ein vorgeschobener Grund. Unbehaglich fragte Craigh sich, was man wirklich von ihm wollte.

Sie brauchten nicht weit zu fahren, um das Präsidium zu erreichen. Leech gehörte nicht der normalen, den Bundesländern unterstehenden Polizei, sondern der übergeordneten Commonwealth-Police an, entfernt vergleichbar mit dem FBI. Er besaß kein eigenes Büro im Präsidium, doch ein paar knappe Worte genügten, daß man ihm für das Verhör einen Raum zur Verfügung stellte, in dem sich lediglich einige verschlossene Aktenschränke, ein Schreibtisch mit einem Telefon und drei Stühle befanden. Auch hier war es stickig heiß. Ein Ventilator drehte sich träge unter der Decke, vermochte aber kaum Erleichterung zu bringen.

Mehr als fünf Minuten telefonierte Leech selbst mit Bredham, wobei er mit wachsender Ungeduld mit den Fingern auf die Tischplatte trommelte und ein paarmal in gespielter Verzweiflung die Augen verdrehte. »Ihr Chef möchte noch mit Ihnen sprechen«, sagte er schließlich, seufzte erleichtert und schaltete mit einem Tastendruck einen Zimmerlautsprecher ein, um das Gespräch mitzuhören.

Craigh nahm den Telefonhörer, den Leech ihm über den Schreibtisch reichte, mit gemischten Gefühlen entgegen und preßte ihn ans Ohr. »Ellison?« Bredhams Stimme klang dünn und durch die große Entfernung verzerrt, aber Craigh brauchte nur die Augen zu schließen, um den glatzköpfigen, ständig schwitzenden und ebenso ständig übellaunigen Chefredakteur vor sich zu sehen.

Er nickte automatisch, und als ihm bewußt wurde, daß Bredham ihn nicht sehen konnte, antwortete er: »Ich bin am Apparat.«

Bredham atmete hörbar ein. »Was ist da los, zum Teufel noch mal?« fragte er. »Ich schicke Sie mit einem simplen Routineauftrag in die Wüste, dazu noch in Begleitung einer unserer besten Journalistinnen, und kaum sind Sie da, ruft schon die Polizei bei mir an und bittet um eine Identifikation. Hätten Sie vielleicht die Freundlichkeit, mir das näher zu erklären?«

Craigh lächelte unglücklich. »Die ganze Sache ist vollkommen harmlos«, sagte er mit einem schnellen Seitenblick auf Leech, der sich gemütlich in seinem Stuhl lümmelte und ungeniert zuhörte. »Ich habe versucht, ein paar Informationen zu bekommen, und mußte eine falsche Identität vor . . .«

»Informationen worüber?« unterbrach ihn Bredham.

»Über . . .« Craigh brach ab, sog ärgerlich die Luft ein und musterte Leech mit unverhohlener Feindseligkeit. Über nichts«, sagte er schließlich.

»Nichts?« echote Bredham. »Und wegen nichts werden Sie verhaftet, wegen nichts versetzt man die halbe Redaktion in Panik und klingelt mich zu allem Überfluß noch aus dem

Bett?« Natürlich übertrieb Bredham. Es war nicht das erste Mal, daß Craigh Schwierigkeiten mit den Behörden bekam. Und er wußte, daß er sich wenigstens in dieser Hinsicht notfalls voll auf Bredham verlassen konnte. Er stärkte seinen Mitarbeitern gegenüber Außenstehenden, insbesondere Behörden, stets den Rücken. Auch wenn er manchmal eine recht seltsame Art hatte, dies auszudrücken. »Außerdem habe ich ganz bestimmt keine tausend Dollar für Ihr Flugticket ausgegeben, damit Sie dort unten *nichts* tun.«

»Davon kann überhaupt keine Rede sein«, verteidigte sich Craigh. »Aber es hat ein paar seltsame Zwischenfälle in dem Touristenpark und der Umgebung gegeben. Und ich habe gedacht, daß –«

»Daß Sie mit Fotos davon ein paar schnelle Dollars bei der Konkurrenz machen können«, bellte Bredham. »Glauben Sie nur nicht, daß ich nichts von Ihren Privatgeschäften wüßte, Ellison. Aber darüber reden wir noch, sobald Sie zurück sind, das kann ich Ihnen versprechen.«

»Unsinn«, sagte Craigh. Wie stets gelang es ihm auch diesmal nicht, Bredham gegenüber ruhig zu bleiben, selbst wenn sie Tausende Meilen voneinander entfernt saßen und nur miteinander telefonierten. Dieser Idiot von einem Chefredakteur schaffte es auch diesmal wieder, ihn auf die Palme zu bringen. »Hier geht es nicht um Privatgeschäfte, sondern ich bin mir so gut wie sicher, daß die Vorfälle etwas mit dem Park zu tun haben. Wenn meine Vermutungen stimmen, bekommen Sie vielleicht bald den dicksten Knüller, den . . .«

Craigh unterbrach sich selbst, als er begriff, daß Bredham ihn unabsichtlich beinahe dazu gebracht hätte, sich zu verplappern. Er warf Leech über den Schreibtisch hinweg einen bösen Blick zu. Der Inspektor beobachtete ihn weiterhin mit scheinbarer Gleichgültigkeit, doch in seinen Augen blitzte nicht ganz unterdrückter Triumph auf. Craigh klopfte sich mit der freien Hand eine Zigarette aus der Packung und zündete sie an. »Ich erzähle Ihnen alles, wenn ich zurück bin.«

Bredham schwieg einen Augenblick. »Okay«, sagte er schließlich, als er begriff, daß Craigh nicht offen sprechen konnte. »Sie melden sich bei mir, sobald Sie wieder hier sind. Und versuchen Sie ausnahmsweise einmal, nicht noch mehr mit der Polizei aneinanderzugeraten. Perth liegt ziemlich weit von Frisco entfernt, wissen Sie? Ich glaube kaum, daß ich Ihnen helfen kann, wenn es ernst wird. Ganz davon zu schweigen, ob ich es überhaupt will.«

Es klickte in der Leitung. Bredham hatte übergangslos aufgelegt, eine Angewohnheit, mit der er schon so manchen zur Raserei gebracht hatte. Craigh reichte den Hörer zurück und stand auf. »Damit dürfte nun ja wohl alles geklärt sein.«

Leech nickte. »Sicher. Sie hätten sich eine Menge Ärger ersparen können, wenn Sie gleich die Wahrheit gesagt hätten.«

»Heißt das, daß ich gehen kann?« fragte Craigh ein wenig verwundert, als Leech aufstand und ihm seine Papiere zurückreichte. Er hatte die ganze Zeit nicht ernsthaft daran geglaubt, daß es Leech nur um die Identifizierung ging.

»Natürlich«, antwortete der Inspektor. »Je eher, desto lieber. Ich werde einen Beamten beauftragen, Sie zu Ihrem Wagen zurückzufahren.«

»Dann gestatten Sie mir noch eine Frage: Warum die ganze Geheimniskrämerei? Warum lassen Sie niemanden mit dem verletzten Motorradfahrer sprechen?«

Leech seufzte. »Ich wußte, daß Sie diese Frage stellen würden. Neugier ist eben eine Berufskrankheit unter Journalisten.«

»Ich bin nur Fotoreporter.«

»Höchstens ein formaler Unterschied. Ich –« Das Klingeln des Telefons unterbrach ihn. »Entschuldigen Sie einen Moment. Aber gehen Sie noch nicht.« Der Inspektor nahm den Hörer ab und schaltete den Raumlautsprecher wieder aus. »Leech«, bellte er. Einige Sekunden Stille, dann: »Was heißt, Sie haben mich nicht erreichen können? Ich habe doch durchgegeben, wo ich bin. Diesen verdammten Idioten sollte man den Arsch aufreißen. Jedenfalls haben Sie mich jetzt, also sagen Sie schon, was los ist.«

Craigh lehnte sich zurück und beobachtete sein Gegenüber. Der Art nach, wie sich Leechs Augen verengten, mußte es sich um eine wichtige – und wenig erfreuliche – Nachricht handeln. Der Inspektor wurde merklich blasser. Craigh rechnete damit, aus dem Büro geschickt zu werden, aber nichts dergleichen geschah.

»Okay, ich kümmere mich darum, sobald ich kann«, sagte Leech schließlich und legte grußlos auf.

»Schlechte Nachrichten?« erkundigte sich Craigh.

»Sie scheinen wirklich an krankhafter Neugier zu leiden. Kommen wir lieber wieder zu dem Motorradfahrer. Ich habe meine Gründe, niemanden zu ihm zu lassen, wie Sie sich vorstellen können. Es geht ihm sehr schlecht, er liegt im Sterben. Den Ärzten ist es ein Rätsel, daß er überhaupt noch lebt. Ich halte es für ein Gebot der Menschenwürde, dafür zu sorgen, daß er in Ruhe und Frieden sterben kann und nicht während seiner letzten Stunden noch von Journalistenhorden belästigt wird.«

»Aber das ist nicht Ihr einziger Grund.«

»Nicht der einzige, nein, aber ein wesentlicher. Darüber hinaus . . . nun, der Mann liegt im Delirium. Er redet viel wirres Zeug, und es gibt genügend gewissenlose Sensationsjournalisten. Ich will Ihnen nicht unterstellen, daß Sie dazugehören, aber ich kann keine Unterschiede zwischen Reportern machen und nur denen, deren Berichterstattung mir gefällt, mehr erlauben als anderen.«

»Und warum soll niemand davon erfahren, wenn es sich nur um wirres Zeug handelt?«

»Warum?« wiederholte Leech. »Sie sind Journalist, Mr. Ellison. Sie sollten die Antwort eigentlich kennen. Aber ich will es Ihnen trotzdem erklären. Sie wissen wohl besser als ich, wie leicht man für Unruhe und Panik sorgen kann. Eine Meldung hier, ein geschickt formulierter Artikel dort . . .« Er stand auf. »Ich möchte verhindern, daß durch künstlich aufgeblasene Gerüchte Unruhe verbreitet wird. Diese Gefahr bestünde leider, wenn Zeitungen die Fiebervisionen des Sterbenden als angebliche Tatsachen verbreiten würden. Man könnte das Ganze als einen geschickt eingefädelten Propagandafeldzug ansehen, der das Projekt in Mißkredit bringen soll.«

Craigh horchte auf. »Das Projekt? Sie meinen den Vergnügungspark in der Wüste, nicht wahr?« hakte er nach. »Das müssen ja schon ziemlich beunruhigende Wahnvorstellungen sein, wenn dadurch die Bauarbeiten gefährden würden.«

Leech schüttelte den Kopf, verärgert darüber, schon zuviel gesagt zu haben. »Wenn ich aus den gerade genannten Gründen niemanden zu dem Mann lassen will, werde ich Ihnen jetzt bestimmt nicht selbst erzählen, was er gesagt hat. Dabei spielt es überhaupt keine Rolle, was ich persönlich glaube. Sie wissen doch, es gibt genügend Spinner, die jedes noch so phantastische Märchen für bare Münze nehmen. Wenn jemand behauptet, er wäre von Außerirdischen zu einer Tasse Kaffee in ihr Ufo eingeladen worden, würden ihn Hunderte von Fanatikern über Einzelheiten befragen wollen, weil sie seine Geschichte für wahr halten.«

»Jetzt übertreiben Sie.«

»Höchstens ein bißchen. Aber es hat wohl auch wenig Sinn, mit Ihnen darüber zu diskutieren. An den Fakten ändert sich dadurch ohnehin nichts. Ich will keinen Ärger, jedenfalls keinen größeren, als ich ihn ohnehin schon habe.«

»Das kann ich verstehen, und ich will Ihnen auch keine Schwierigkeiten machen.« Craigh entschloß sich, einen Schuß ins Blaue abzugeben, in der Hoffnung, die Selbstsicherheit des Inspektors ein wenig erschüttern zu können. »TIME-LIFE interessiert sich sowieso nicht übermäßig für Wahnvorstellungen von Drachen, die Menschen angreifen und Flugzeuge vom Himmel holen. Jedenfalls nicht, wenn es sich wirklich nur um Wahnvorstellungen handelt.«

»Woher wissen Sie davon?« fragte Leech und runzelte gleich darauf verärgert die Stirn, als er begriff, daß er sich durch einen Trick ungewollt eine Bestätigung hatte entlocken lassen. »Wer hat Ihnen das erzählt, oder sind Sie unter die Gedankenleser gegangen?«

Craigh lächelte. »Sie haben Ihre Geheimnisse, und ich habe meine.«

»Wie Sie meinen, Ellison.« Leech nickte langsam. »Ich habe keine Lust auf solche Spielchen, und es wartet noch eine Menge Arbeit auf mich.« Er deutete zur Tür. »Wie ich schon sagte, wird ein Kollege Sie zu Ihrem Wagen zurückfahren. Er wird Sie auch zum Park begleiten, wo Sie Ihre Sachen packen können, und anschließend zum Flughafen, um sicherzugehen, daß Sie auch wirklich die nächste Maschine zurück nach Amerika nehmen. Ich wünsche Ihnen einen guten Heimflug.«

Henry Sondstrup räkelte sich in seinem Sessel, gähnte ungeniert und warf seinem eintretenden Assistenten aus nur halb geöffneten Augen einen mißmutigen Blick zu. Obwohl auch Masters in dieser Nacht kaum geschlafen hatte, sah er frisch und geradezu unverschämt gutgelaunt aus. Sein bloßer Anblick reichte aus, Sondstrups Stimmung noch weiter zu drücken, sofern dies überhaupt möglich war.

Zum ersten Mal, seit er mit diesem Projekt betreut worden war, hatte Sondstrup das Gefühl, daß ihm die Dinge aus der Hand gleiten könnten. Bislang hatte er die Proteste nicht sonderlich ernst genommen, zumal ihnen jede begründete Basis fehlte. Das war keine Lüge für die Öffentlichkeit, sondern eine Tatsache. Der Bau des Parks würde keinerlei negative Konsequenzen für die Ökologie des Gebietes bringen, und es war auch nie ein Heiligtum der Ureinwohner gewesen. Seit Jahrhunderten hatten hier keine Aborigines gelebt. Selbst die *Aboriginal Development Commission* hatte nach kurzer Diskussion keinerlei Einwände mehr gegen das Projekt erhoben. Für die wenigen Aborigines, die in der Umgebung lebten, würde es nur Vorteile bringen. So wäre es beispielsweise kein Problem, Wasserleitungen in ihre Siedlungen zu legen, die ihre im Austrocknen begriffenen Brunnen ersetzen könnten, aufgrund derer sie anderenfalls in spätestens ein, zwei Jahren gezwungen wären, von hier wegzuziehen.

Soweit Sondstrup bislang hatte herausfinden können, begründete sich ihr Widerstand einzig und allein in der Behauptung eines greisen, allem Anschein nach halbverrückten Schamanen, der Park würde Unglück bringen. Nun, Unglück hatte er in der Tat bereits gebracht, und das Schlimmste für Sondstrup war, daß er nicht begriff, was eigentlich passierte.

Die Proteste beunruhigten ihn nicht weiter. Spätestens seit sich die verdammten Rockergruppen eingemischt hatten und ihre Show abzogen, gab es für die Demonstranten kaum noch Aussicht, irgend etwas zu bewirken. Kam erst einmal Gewalt ins Spiel, wurden Argumente nebensächlich, selbst wenn sie begründet wären. Damit war der Erfolg jedes Widerstandes schon jetzt so gut wie unmöglich geworden. Daß es den Rockern gelungen war, unbemerkt auf das Gelände zu gelangen und einige Modelle mit Sprengstoff zu beschädigen oder zu zerstören, bot im Prinzip auch wenig Grund zur Beunruhigung. Es war ein bedauerlicher – und ziemlich kostspieliger – Zwischenfall, aber isoliert für sich allein betrachtet nicht mehr. Ein weiteres Mal würde dergleichen nicht passieren, dafür würden die nun erheblich verstärkten Wachen sorgen.

Etwas anderes, das nur am Rande damit zu tun hatte, bereitete Sondstrup wesentlich mehr Kopfzerbrechen. Zum einen hatte der bloße Protest kaum öffentliches Aufsehen erregt, aber nun, da der Widerstand offenbar in Terror umschlug, konnte es nicht mehr lange dauern, bis sich die Presse verstärkt um den Park kümmerte – und es würden keine Reporter wie Sanders und Ellison sein, die gezielt eingeladen wurden und dadurch auch bis zu einem gewissen Grad unter Kontrolle gehalten werden konnten. Sensationsreporter irgendwelcher Boulevardblättchen würden erst gar nicht um Objektivität bemüht sein, sondern ohne Rücksicht auf Verluste jede Mücke zu einer Elefantenherde aufblasen, und eine solche Publicity würde sich auf Dauer negativ auswirken, selbst wenn mit noch so vielen Gutachten und Gegendarstellungen bewiesen werden konnte, daß nichts davon der Wahrheit entsprach.

Der zweite Aspekt jedoch war noch besorgniserregender; er betraf die Toten. Sondstrup wußte selbst, daß der Mann an der Duschbaracke nicht durch eine selbstgebastelte Bombe ums Leben gekommen war, ebensowenig wie der Rocker, den sie verstümmelt am Zaun gefunden hatten. Was er hingegen nicht wußte, war die wahre Todesursache, wobei ihm besonders die gefundenen Fußabdrücke der Sauriermodelle zu schaffen machten. Er kannte das Innenleben der Modelle besser als fast jeder andere, und gerade deshalb wußte er nur zu genau, daß es unmöglich war, daß die Saurier wie ihre lebenden Vorfahren plötzlich losstapfen und jemanden umbringen könnten. Was er Ellison in der vergangenen Nacht erzählt hatte, stimmte Wort für Wort. Vieles, was die Sicherheitsvorkehrungen betraf, war sogar noch untertrieben gewesen.

Aber wie waren die Modelle bei ihrem Gewicht dann an andere Standorte gebracht worden?

Masters räusperte sich dezent und riß ihn dadurch vollends aus seinen Gedanken. »Wir sind soweit«, sagte er. »Mr. Dearks erwartet Sie bereits.«

Sondstrup nickte, gähnte erneut und stand schweren Herzens auf. Die Verhöre durch die Polizei sowie die dringendsten Aufräumarbeiten hatten Zeit gekostet, vor allem, da die meisten seiner Mitarbeiter von der Feier bereits angeschlagen gewesen waren. Im Gegensatz zu ihnen hatte sich Sondstrup nach dem Abrücken der Polizei aber noch nicht hinlegen können, sondern zusammen mit einigen anderen noch über zwei Stunden weitergearbeitet, um alles für die Ankunft der neuen Modelle und den Abtransport der beschädigten vorzubereiten, die hier nicht mehr zu reparieren waren, sondern zurück nach Amerika gebracht werden mußten. Auch Masters war bis zum Schluß dabeigewesen. Wie also schaffte es dieser verdammte Kerl, so frisch auszusehen, als hätte er zehn Stunden lang geschlafen?

Sie befanden sich in einem Büro in einem kleinen, ganz aus Glas und durchsichtigem Kunststoff erbauten Verschlag am südlichen Ende der großen Montagehalle. Von hier aus hatte man einen hervorragenden Überblick über die gesamte Halle. Obwohl er in diesem Stadium der Arbeit nicht viel mehr als ein interessierter Beobachter war, liebte Sondstrup diesen Raum. Vielleicht, dachte er in einem Anflug von Selbstironie, lag seine Vorliebe für das Leben der Urzeit in seinem Hang zum Gigantischen begründet. Diese Halle zum Beispiel – es war eine schlichte, aus Wellblech und Fertigbauteilen errichtete Montagehalle, aber ihre Dimensionen waren gigantisch. Ein Sattelschlepper fuhr gerade durch das große Südtor herein, ein mächtiges, zwölfachsiges Fahrzeug, auf dessen Ladefläche bequem ein Einfamilienhaus Platz gefunden hätte, aber selbst dieses riesige Fahrzeug schien im Inneren der Halle auf Spielzeuggröße zusammenzuschrumpfen.

Sondstrup trat durch die geöffnete Tür und blieb stehen. Es war auch an diesem Tag wieder ebenso heiß wie an den Vortagen. Er zog sein Taschentuch hervor, tupfte sich demonstrativ über die Stirn und warf einen Blick nach oben. Das Wellblechdach befand sich fast zwanzig Yards über ihm, doch selbst hier glaubte er die ungeheure Hitze zu spüren, die das Material ausstrahlte. Ganze Batterien von klobigen Kühlaggregaten liefen in Doppelreihen unterhalb der Decke entlang, aber sogar der stetige Fluß eisiger Luft konnte die nachdrängende Wärme nicht kompensieren. Sondstrups schlechte Laune sank noch weiter, als er an den Wetterbericht dachte, den er während des Frühstücks im Radio gehört hatte. Eine auch nur geringfügige Abkühlung war nicht abzusehen, eher würde es noch heißer werden.

Er folgte Masters die kurze Eisenleiter hinab und ging mit weit ausgreifenden Schritten auf den Tieflader zu.

Dearks, einer der General-Manager des beteiligten Firmenkonsortiums, erwartete ihn bereits.

»Guten Morgen, Professor.«

Sondstrup nickte knapp. »Morgen, Mr. Dearks. Alles vorbereitet?«

Dearks nickte. »Sicher. Von *unserer* Seite aus ist alles in Ordnung«, sagte er betont. Er war noch jung für einen Mann in dieser Position. Fast zu jung, fand Sondstrup. Seinem Aussehen nach zu urteilen, mußte er die Dreißig gerade erst überschritten haben, in Wahrheit war er ein paar Jahre älter. Jung, gutaussehend, sportlich – genau der Typ, der in der modernen Wirtschaft schnell Karriere machen konnte, wenn zu diesen Attributen noch Intelligenz und Rücksichtslosigkeit kamen, dachte Sondstrup. Und von beidem besaß Stephen J. Dearks mehr als genug.

»Die Techniker sind auch bereit«, erwiderte Sondstrup ausweichend. Er schaute auf die Uhr. »Fangen wir an?«

Dearks lächelte. »Nervös?«

»Ein wenig«, gab Sondstrup zu. »Ich bin in dieser Nacht nicht viel zum Schlafen gekommen. Sie wissen ja, was hier los war.«

»Nur das bißchen, was Sie mir am Telefon erzählt haben, und das war ziemlich vage. Hat sich inzwischen irgend etwas ergeben?«

»Nur das Übliche – gewissermaßen. Zahlreiche Spuren, ein großer Haufen Verdächtiger, eine Menge Lügen, keine Beweise, aber die Polizei arbeitet an der Sache.« Sondstrup lächelte sarkastisch, um seine Unsicherheit zu überspielen. »Wahrscheinlich arbeitet sie noch daran, wenn der Park längst eröffnet ist.«

»Wie groß sind die Schäden?«

»Halten sich in Grenzen. Der Gorgosaurus ist völlig zerstört, verbrannt. Schwer beschädigt wurde auch der Stegosaurus, aber ich glaube, man kann ihn reparieren, ebenso wie den Pteranodon. Ein paar der kleineren Modelle hat es auch erwischt. Wird uns ein bißchen in der Zeitplanung zurückwerfen, aber die Kosten für die Reparaturen brummen wir einfach der Versicherung auf.«

»Ich fürchte, so einfach geht das nicht«, entgegnete Dearks, ohne eine Miene zu verziehen. »Wenn überhaupt, wird die Versicherung erst zahlen, sobald die polizeilichen Ermittlungen abgeschlossen sind. Und ich brauche Ihnen wohl nicht erst zu sagen, daß es Ihre Aufgabe ist, dafür zu sorgen, daß das möglichst schnell, möglichst effektiv für uns und mit möglichst wenig Aufsehen geschieht.«

»Ich –«

»Ich schlage vor, das besprechen wir später unter vier Augen in Ihrem Büro«, fiel ihm Dearks ins Wort. Auch er sah nun auf die Uhr. Sondstrup verstand den Wink. Er gab Masters ein Zeichen, und dieser sprach mit gesenkter Stimme in ein winziges Funkgerät, das er bisher in der Brusttasche seines weißen Arbeitskittels getragen hatte.

Eine Laufkatze schnurrte über ihnen an der Decke entlang, kam mit sanftem Ruck über dem Tieflader zum Stehen, und ein massiver Stahlhaken begann sich auf das Fahrzeug herabzusenken.

Dearks und Sondstrup beobachteten aufmerksam den Fortgang der Arbeit. Männer in blauen Monturen kletterten auf den Wagen, lösten Befestigungsringe und Halteseile. Schließlich wurde die Plane, die bisher über der unförmigen Last auf der Ladefläche ausgebreitet gewesen war, vollends weggezogen. Ein gigantisches, grüngraues Etwas kam zum Vorschein.

Selbst Sondstrup, der einen Teil des Modells bei seiner letzten Reise nach Amerika bereits gesehen hatte, war beeindruckt.

Der Tyrannosaurus lag wie ein gefällter Gigant auf der Ladefläche des Sattelschleppers; ein sechseinhalb Yards hohes Monstrum mit grüner gepanzerter Haut, einem Paar ungeheuer massiger Beine und einem gut vier Yards langen Schwanz, hinter dem sich ein ausgewachsener Mann im Sitzen bequem hätte verbergen können. Der Kopf allein hatte die Ausmaße eines Kleinwagens.

Masters flüsterte weiter in sein Funkgerät. Ein zweiter Kran kam über die Decke herangeschnurrt, gefolgt von einem dritten, vierten. Schließlich war die riesige Saurierattrappe in einem Netz von Stahlseilen eingeschlossen. Auf ein Zeichen von Masters hin sprangen die Arbeiter vom Wagen und zogen sich in respektvolle Entfernung zurück.

Die Seile strafften sich.

Sondstrup fiel plötzlich auf, wie still es war. Alle Anwesenden starrten in fast ehrfurchtsvollem Schweigen auf den Koloß, der langsam vor ihren Augen in die Höhe schwebte. Die gesamte Dachkonstruktion schien unter dem ungeheuren Gewicht des Monstrums zu erzittern. Langsam, wie in Zeitlupe nur, veränderte der schwebende Koloß seine Lage. Die Seile und Ketten, die sein Kopfende trugen, wurden inchweise angezogen, während am entgegengesetzten Ende nachgelassen wurde.

Es war schwierig, mit diesen riesigen Modellen zu arbeiten, sie behinderten den Fortgang der Arbeiten am meisten. Nicht zuletzt wegen seines Beharrens auf absoluter Detailtreue würde es noch lange dauern, bis der Vergnügungspark endgültig fertiggestellt und seiner Bestimmung übergeben werden konnte. Aber Sondstrup sehnte diesen Tag auch gar nicht herbei; im

Gegenteil. All das, was ihn an seiner Arbeit reizte, die seltsame, unwirkliche Atmosphäre, die ihn manchmal einfing, wenn er nach Sonnenuntergang allein durch diese Kunststoff-Urzeit ging, all dies würde dann zerstört werden.

Es dauerte fast eine halbe Stunde, bis der Gigant auf seinen eigenen Beinen stand.

Sondstrup gab den bereitstehenden Technikern ein Zeichen. Der Sattelschlepper fuhr aus der Halle; für einen Moment entstand an der Westseite ein grelles, lichtüberflutetes Rechteck, durch das Hitze und der Geruch von heißem Sand ins Innere der Halle drangen. Sondstrup atmete innerlich auf, als sich die Tore hinter dem Wagen schlossen und der Zustrom von heißer Luft abgeschnitten wurde. Selbst in diesen wenigen Augenblicken war es wesentlich wärmer im Inneren der Halle geworden.

»Diese Hitze bringt mich noch um«, sagte Dearks, der Sondstrups Gedanken erraten zu haben schien. Er strich sich mit gespreizten Fingern eine Haarlocke aus dem Gesicht, die an dem Schweiß auf seiner Stirn kleben geblieben war.

Der Professor nickte. »Wem sagen Sie das? Wir haben alle Schwierigkeiten.«

»Die einen mehr, die anderen weniger. Aber die Hitze dürfte noch eines der geringsten Probleme sein.«

Sondstrup starrte einen Moment lang wortlos zu dem gigantischen Kunststoffsaurier hinüber. Männer in weißen Kitteln und blauen Overalls umschwirrten seine Beine. Im Vergleich zu der gigantischen Gestalt wirkten sie wie Kleinkinder.

»Ganz so einfach ist es nicht«, sagte er dann, froh darüber, das Gespräch wieder auf die rein technischen Schwierigkeiten lenken zu können. »Hier drinnen geht es ja noch, aber draußen herrschen zum Teil Temperaturen von sechzig, siebzig Grad Celsius. Die Elektronik der Modelle leidet darunter.«

»Schwer?« fragte Dearks.

»Bis jetzt hat es in dieser Hinsicht noch keine Beeinträchtigungen gegeben. Aber wenn das Wetter noch lange so bleibt . . .«

»Das ist Ihr Problem und das Ihrer Techniker«, unterbrach

ihn Dearks. »Wenn Sie nichts dagegen haben, würde ich mir jetzt gerne die Folgen des Überfalls gestern ansehen.«

Sondstrup nickte. »Wie Sie meinen. Gehen wir.«

Craigh erstarrte. Für einen Moment glaubte er, sich verhört zu haben oder Opfer eines Scherzes geworden zu sein, aber das Gesicht des Inspektors gab keinerlei Hinweis darauf. »Wie ... wie meinen Sie das?«

»Oh, wenn Sie nicht sofort in die Vereinigten Staaten zurückkehren, sondern lieber in ein anderes Land reisen wollen, steht Ihnen das selbstverständlich frei«, erklärte Leech. »Nur hierbleiben werden Sie nicht.«

»Ich fürchte, ich verstehe nicht ganz.« Craigh zündete sich eine Zigarette an. Er merkte, daß seine Finger dabei leicht zitterten.

»Sie haben mich sehr gut verstanden, Mr. Ellison. Ich fordere Sie auf, Australien schnellstmöglich zu verlassen. Ihre Aufenthaltserlaubnis ist gerade vor zwei Minuten abgelaufen. Als Bundesbeamter bin ich befugt, Sie des Staates zu verweisen, wie Sie wohl wissen dürften.«

Craigh stand so heftig auf, daß der Stuhl polternd nach hinten umstürzte. »Dazu haben Sie kein Recht!« protestierte er. »Mit welcher Begründung wollen Sie mir den Aufenthalt hier verbieten lassen? Ich habe nichts angestellt, was eine solche Maßnahme rechtfertigt.«

»Und was war das gerade? Sie haben sich unter falschem Namen in ein Krankenhaus eingeschlichen, um sich unberechtigt Informationen zu verschaffen, und schließlich haben Sie noch versucht, einen Beamten zu bestechen. Durch Ihr Verhalten haben Sie uns wertvolle Zeit gekostet, laufende Ermittlungen gestört und uns einige Schwierigkeiten bereitet. Und da behaupten Sie, Sie hätten nichts angestellt?«

»Das ist doch lächerlich! Für eine Ausweisung reicht das auf keinen Fall aus.«

Leech setzte sich wieder. »Mag sogar sein, daß Sie damit recht haben, und es vor einem Gericht auch bekämen. Ich schlage Ihnen deshalb vor, Sie betrachten meine Aufforderung, das Land möglichst schnell zu verlassen, als einen freundschaftlichen Rat. Ihre Rechtsverstöße, vor allem die Beamtenbestechung, reichen in jedem Fall aus, Anklage gegen Sie zu erheben. Ich könnte Sie augenblicklich in Untersuchungshaft nehmen lassen. Frühestens morgen käme es zu einem Haftprüfungstermin, und angesichts der erhobenen Vorwürfe wird jeder Richter meine Maßnahme billigen. Bis es zu einer Verhandlung käme, könnten Wochen, wenn nicht Monate vergehen, und es ist letztlich unwichtig, ob Sie verurteilt werden oder nicht. Ihre Reportage wäre bis dahin in jedem Fall uninteressant, Schnee von gestern. Ist es Ihnen das wert?«

»Das ist Erpressung«, knurrte Craigh bitter. »Ich dachte immer, Australien wäre ein freies Land, kein Polizeistaat.«

Leech lächelte ungerührt und setzte sich wieder. »Wollen Sie, daß auch noch Beamtenbeleidigung und Widerstand gegen die Staatsgewalt auf die Liste kommen? Wir sind kein Polizei-, sondern ein Rechtsstaat. Nur mahlen die Mühlen einer bürokratischen Justiz manchmal sehr langsam. Zu langsam für einen ausländischen Journalisten, der sich wegen einer Reportage nur ein paar Tage hier aufhält. Ich nehme an, Sie verstehen, was ich meine.«

Ein paar Sekunden starrte Craigh den Inspektor haßerfüllt an, dann stellte er den Stuhl wieder auf und setzte sich ebenfalls.

»Also gut, Sie haben gewonnen. Sagen Sie schon, was Sie wollen.«

»Wie kommen Sie darauf, ich würde irgend etwas von ihnen wollen?«

»Legen Sie es jetzt darauf an, Zeit mit unnötigen Spielchen zu vergeuden? Ihnen geht es doch gar nicht um meine Ausweisung und wahrscheinlich auch nicht um einen Artikel, zumal ich ohnehin nur Fotograf bin.«

Leech lächelte amüsiert. »Also schön, kommen wir zum Kern der Sache. So wie ich das sehe, sollten wir versuchen, unsere gemeinsamen Interessen unter einen Hut zu bringen. Sie wollen unbehelligt mit Ihrer Kollegin zusammen die Reportage beenden, und ich bin mit einem komplizierten Fall mit bereits mehreren Todesopfern betraut worden, bei dessen Aufklärung Sie mir möglicherweise helfen können.«

»Ich? Wie sollte ausgerechnet ich Ihnen helfen können? Ich weiß so gut wie nichts über die Vorgänge, und das Wenige habe ich Ihren Kollegen bereits letzte Nacht erzählt.«

»Alles? Sehen Sie, genau das ist der Punkt, an dem ich so meine Zweifel habe. Ich nehme an, Sie haben mit Charles' Kumpanen gesprochen und durch sie von seinen Phantastereien erfahren.«

Craigh nickte, dankbar über die Brücke, die Leech ihm unbeabsichtigt gebaut hatte. »Ich hatte mir von einem persönlichen Gespräch mit ihm weitere Aufschlüsse für die Reportage erhofft. Ich wußte ja nicht, wie schlimm sein Zustand wirklich ist.«

»Weitere Aufschlüsse? Obwohl Ihr Magazin angeblich nicht an Fieberphantasien interessiert ist?«

»Damit setzen Sie voraus, daß es welche sind.«

»Sie scheinen Ihre Zweifel daran zu haben.« Ein lauernder Unterton schlich sich in Leechs Stimme.

»Stimmt«, bestätigte Craigh offen. »Zumindest bin ich mir nicht sicher. Als Journalist, vor allem als Fotoreporter lernt man schnell, dem vordergründigen Schein zu mißtrauen. Das Gerede von einem Drachen scheint zunächst mal nur Unsinn zu sein, aber wenn man Drachen durch Saurier ersetzt und in die Rechnung einbezieht, daß vorletzte Nacht auf bislang unbekannte Weise ein Pteranodon im Park völlig zerstört wurde, erscheint einiges in einem etwas anderen Licht.«

»Die Urzeit ist nicht gerade mein größtes Wissensgebiet.«

»Der Pteranodon war einer der größten Flugsaurier, die es je gab.«

»Und welches andere Licht meinen Sie?«

»Nach Sondstrups Angaben stehen die Modelle im Park nicht nur unbeweglich herum, sondern sind mit Elektronik vollgestopft, die es ihnen ermöglicht, einige Bewegungen auszuführen«, gab Craigh einen kleinen Teil seiner Informationen preis. »Allerdings sagte er auch, es würde sich nur um ein paar ganz einfache Standardbewegungen handeln, und die Modelle wären außerdem noch nicht programmiert, also völlig unfähig, sich zu bewegen. Aber das dürften Sie wohl schon wissen.«

»Erst seit gestern. Worauf wollen Sie hinaus?«

»Gestern bin ich fast bei der Explosion eines Sauriermodells gestorben, das auf eine mir unbekannte Art zu der Duschbaracke gelangt ist. Und Charles behauptet, vorgestern von einem fliegenden Drachen angegriffen worden zu sein, in der gleichen Nacht, in der der Pteranodon zerstört wurde, und zwar so stark, daß er fast aussieht, als wäre er abgestürzt.«

»Meinen Sie damit, dieser Saurier könnte sich einfach in die Luft geschwungen und jemanden angegriffen haben? Das klingt mir nun doch ziemlich phantastisch.«

»Ich weiß«, bestätigte Craigh. »Außerdem behauptet Sondstrup, es wäre völlig unmöglich, daß sich die Modelle aus eigener Kraft bewegen könnten, und was er sagt, klingt ziemlich überzeugend. Im Augenblick habe ich keine Ahnung, was ich glauben soll.«

»In gewisser Hinsicht geht es mir genauso.« Leech seufzte. »Es gibt ziemlich viele Faktoren in diesem Fall, auf die ich mir noch keinen Reim machen kann. Aber dafür habe ich ja nun Sie, und offenbar habe ich mich nicht in Ihnen getäuscht. Wie mir scheint, hätte ich Sie erst gar nicht unter Druck setzen müssen.«

»Und was heißt das im Klartext?« Craigh wurde allmählich ungeduldig. Er ahnte zwar, in welche Richtung das Gespräch steuerte – was nicht bedeutete, daß ihm die Richtung sonderlich gefiel –, aber er wollte, daß Leech ihm offen ins Gesicht sagte, was er verlangte.

Leech zögerte und ließ seinen Blick für einen Moment aus dem Fenster schweifen. »Ich möchte, daß Sie mich über alles auf dem laufenden halten, was im Inneren des Parks geschieht, solange Sie noch dort sind«, sagte er dann.

»Ich soll also für Sie spionieren.«

»Ganz so würde ich es nicht ausdrücken. Sie sind doch selbst auch daran interessiert, die Hintergründe der Geschehnisse zu ergründen. Insofern spionieren Sie sowieso auf eigene Faust. Ich möchte lediglich, daß Sie mich als ersten informieren, wenn

Sie etwas herausfinden. Dafür bin ich im Gegenzug bereit, Ihnen so weit wie möglich bei Ihren Recherchen zu helfen.«

Craigh überlegte ein paar Sekunden. »Es würde Professor Sondstrup nicht sonderlich gefallen, wenn er davon erführe.«

»Sondstrup«, schnaubte Leech. »Ich kann nicht behaupten, daß dieser Kerl mir sonderlich sympathisch ist. Ein eiskalter Typ, glatt und schlüpfrig wie ein Fisch. Um ehrlich zu sein, ich ekele mich fast schon davor, ihm nur die Hand zu geben. Ich weiß, ich sollte das nicht sagen, aber so ist es nun mal, und ich weiß, daß es Ihnen nicht viel anders geht.«

»Ach ja?« meinte Craigh gedehnt, um Zeit zu gewinnen. Er fragte sich, worauf Leech hinauswollte. »Sind Sie zufällig Hellseher oder so was?«

»Das nicht gerade, aber ich habe scharfe Augen, und im Gegensatz zu den meisten anderen habe ich auch gelernt, sie zu gebrauchen«, entgegnete Leech. »Als Sondstrup Ihnen heute nacht auf die Schulter geklopft hat, sind Sie fast unmerklich zusammengezuckt. Und kaum eine Minute später, als er es nicht mehr sah, haben Sie sich über die Schulter gestrichen, als wollten Sie Schmutz wegwischen. Das dürfte wohl kaum ein Zeichen allzu großer Sympathie sein.«

»Sie waren heute nacht auch dabei?« erkundigte sich Craigh überrascht. »Ich habe Sie überhaupt nicht bemerkt.«

»Kein Wunder, genau das war meine Absicht, wenn es mir auch weniger um Sie ging. Ich halte mich ganz gerne zu Anfang meiner Ermittlungen im Hintergrund. Dort wird man nicht so beachtet, während man selbst alles in Ruhe beobachten kann.«

»Und was haben Sie beobachtet?«

»Dies und das«, erwiderte Leech vage und fügte gleich darauf hinzu: »Leider nichts, was mir weiterhilft.« Er seufzte und schüttelte den Kopf, wie es schien, voller Verbitterung. »Warum mußte man ausgerechnet mir diesen Scheißfall übertragen? Und warum hängen wir eigentlich bei dieser Affenhitze hier herum? Nicht mal eine vernünftige Klimaanlage gibt es hier. Ich wette, die haben mir absichtlich den heißesten Raum im ganzen Präsidium gegeben. Was halten Sie davon, wenn wir uns ein gut klimatisiertes Café suchen? So etwas wird es ja wohl irgendwo in dieser verdammten Stadt geben.«

Liebend gern wäre Craigh auf den Vorschlag eingegangen. Er konnte jetzt einen kalten Drink gebrauchen, doch fürchtete er, daß er dann den ganzen Vormittag in Perth bleiben würde. »Mir wäre es lieber, ich könnte möglichst bald fahren«, wandte er ein. »Meine Kollegin wird bereits auf mich warten. Ich glaube, alles Wichtige haben wir abgeklärt.«

»Noch nicht ganz. Da ist noch etwas, das Sie wissen sollten. Es hat sich ein zusätzliches Problem ergeben. Der Anruf gerade – man hat mir mitgeteilt, daß es einen weiteren Toten gegeben hat.«

»Im Park?«

»Nein. Einer der Rocker. Er wurde vor ein paar Stunden in seinem Zelt umgebracht.«

»Wissen Sie schon, von wem?«

»Leider nicht. Es soll sich um eine Art Tier gehandelt haben. Ein Mädchen war bei ihm. Sie wurde leicht verletzt und steht unter Schock. Man hat sie ins Krankenhaus gebracht. Leider habe ich erst jetzt davon erfahren.«

Craigh wurde hellhörig. »Eine Art Tier?« hakte er nach. »Ich weiß ziemlich wenig über diese Gegend, aber ich kann mir kaum vorstellen, daß es mitten in der Wüste Raubtiere gibt. Abgesehen von ein paar giftigen Schlangen oder Spinnen vielleicht.«

»Gerade das macht die Sache mysteriös, aber das ist es nicht allein. Die Beschreibung, die das Mädchen von dem Tier gegeben hat, klang ziemlich wirr. Eine Art Mischung zwischen einem Leguan und einem Känguruh. Ich habe ja auch noch nicht genügend Ärger.« Wieder seufzte Leech. Selbstmitleid schien sein Hobby zu sein. »Allerdings konnte die Kleine wenigstens gut zeichnen, und nachdem sie sich halbwegs beruhigt hatte, hat sie eine Skizze angefertigt. Einer unserer Fachleute hat festgestellt, daß das Tier einen ... Moment ...«, Leech griff nach einem Blatt, auf dem er sich während des Telefonats ein paar Notizen gemacht hatte, »... einen Ornitholestes darstellen könnte.«

»Einen was?«

»Ornitholestes. Später Jura, Mesozoikum. Etwa hundertfünfzig Millionen Jahre vor unserer Zeit ... Ein solches Vieh soll also gestern nacht im Camp der Rocker aufgetaucht sein und diesen Dick getötet haben.«

»Dick?«

»Sie kannten ihn?«

»Flüchtig. Ich habe einmal kurz mit ihm gesprochen. Ich nehme an, dieser Ornidingsda ist bereits vor ein paar Wochen oder auch Monaten ausgestorben.«

»Vor ziemlich vielen Monaten sogar«, bestätigte Leech mit einem flüchtigen Grinsen. »Sonst stünden sie kaum in Sondstrups Park herum. Und gestern nacht hat also ein Tier, das genauso aussah, im Camp der Rocker jemanden umgebracht. Ihn *zerfleischt,* um genau zu sein. Der Leichnam soll einen ziemlich häßlichen Anblick geboten haben.«

»Sie halten es also für möglich, daß es sich um eines der Modelle gehandelt haben könnte?« Craigh musterte den Inspektor aufmerksam. »Und Sie scheinen auch nicht völlig an Sondstrups Theorie zu glauben, daß die Rocker gestern die Sauriermodelle sprengen wollten und dabei selbst mit in die Luft geflogen sind.«

Leech zögerte sichtlich. »Zum Teil«, schränkte er ein. »Sicher, die Rocker sind auf dem Gelände gewesen, und sie haben auch die Sprengsätze gelegt. Ich glaube auch, daß mehr als die beiden Toten daran beteiligt waren, obwohl die übrigen das bei den Verhören abgestritten haben. Angeblich war die Aktion ein Alleingang der beiden. Aber es bleiben eine Menge Fragen offen.«

»Zum Beispiel die, wie sie die schweren Modelle ohne entsprechende Geräte transportieren konnten, und warum sie es überhaupt getan haben«, ergänzte Craigh. »Und über die Todesursachen. Zumindest der Tote, den ich gesehen habe, wurde nicht von der Bombe getötet.«

»Das sind einige der ungeklärten Punkte«, bestätigte Leech. »Ein selbstverschuldeter Sprengstoff-Unfall ist zwar die bislang wahrscheinlichste Theorie, aber genau wie Sie mißtraue ich dem vordergründigen Schein. Wie ich Ihnen schon gesagt habe, geht es jedoch nicht darum, was ich glaube, sondern darum, was ich beweisen kann und soll.« Leech lächelte humorlos. »Sehen Sie, es geht hier um Geld, Mr. Ellison. Um sehr viel Geld. Und wo Geld im Spiel ist, sind immer Leute, die versuchen, ihr eigenes Süppchen zu kochen. Eine Menge hoher Tiere interessieren sich für den Fall und schauen mir sehr aufmerksam über die Schulter. Wenn dieser Park wie geplant gebaut wird, würde das den Tourismus kräftig ankurbeln, und jedes Jahr würden zusätzliche Millionen in die Steuerkassen fließen. Man hat mir ziemlich deutlich zu verstehen gegeben, daß dies wichtiger als alles andere wäre. Wichtiger auch als ein paar Tote. Übersetzt heißt das, daß ich auf der einen Seite beide Augen zudrücken, auf der anderen aber mit aller Härte vorgehen soll. Verstehen Sie jetzt, in welchem Dilemma ich stecke?«

Craigh nickte beklommen. Sein Hals fühlte sich noch trockener an als zuvor. Am liebsten hätte er Leechs Angebot, irgendwo etwas zu trinken, im nachhinein doch noch angenommen, doch in diesem Moment stand der Inspektor auf.

»Das war es, was ich Ihnen sagen wollte. Ich kann meine Ermittlungen nicht so führen, wie ich gerne möchte, sonst bin ich diesen Fall schneller los, als ich bis drei zählen kann, und man beauftragt an meiner Stelle irgendein karrieregeiles Arschloch, das sich nicht erst lange mit lästigen Fragen aufhält. Das dürfte auch nicht in Ihrem Interesse liegen, deshalb brauche ich Ihre Hilfe. Kann ich mich auf Sie verlassen?«

»Können Sie«, versicherte Craigh und erhob sich ebenfalls. »Ach, und noch etwas.« Er machte eine kurze Pause. »Dafür hätten Sie mir in der Tat nicht erst mit Ausweisung zu drohen brauchen.«

Der Tyrannosaurus Rex thronte wie ein gestaltgewordener Alptraum in der Mitte der gigantischen Montagehalle. Jetzt, da die Stahlseile und Ketten, die das ungeheure Gewicht des aus Kunststoff und Metall bestehenden Körpers gehalten hatten, endgültig entfernt worden waren, wirkte er noch lebensechter, noch gewaltiger und noch bedrohlicher. Der riesige geschuppte Kopf ragte fast bis zur Decke der acht Yards hohen Halle empor. Die kleinen plumpen Pfoten mit den messerscharfen Krallen schienen mitten in der Bewegung erstarrt in der Luft zu hängen, und der gigantische Stützschwanz der Echse schien nur darauf zu warten, mit einem einzigen Schlag die Halle zu verwüsten und dem Monstrum einen Weg in die Freiheit zu bahnen.

Clive Masters sog nachdenklich an seiner Zigarette. Die Arbeiter und Techniker waren vor wenigen Augenblicken gegangen. Im Augenblick gab es hier nichts mehr zu tun. An seinem vorbestimmten Standort würde der Tyrannosaurus erst am Abend aufgestellt werden, wenn es wenigstens etwas kühler geworden war. Masters war allein in der gigantischen Halle. Nur er – und der reglose Koloß dort in der Ecke.

Er lächelte. Irgendwie hatte er sich immer noch nicht an den Gedanken gewöhnt, die Echsen als das zu betrachten, was sie wirklich waren: Automaten. Seelenlose Maschinen, die genausoviel Leben bargen wie ein Bügeleisen oder ein Taschenrechner. Und er würde sich wahrscheinlich auch niemals daran gewöhnen können.

Er warf seinen Zigarettenstummel zu Boden, trat die Glut sorgfältig aus und sah auf die Uhr. Er trödelte schon viel zu lange hier herum. Die Aufputschmittel, die er seit einiger Zeit fast wie Smarties in sich hineinstopfte, sorgten dafür, daß er mit wenig Schlaf auskam und trotzdem keine Müdigkeit verspürte, aber sie machten auch träge. Ganz ließ sich die Natur nicht überlisten; der menschliche Organismus war keine Maschine, die ununterbrochen mit Höchstleistung laufen konnte, wenn man sie nur gut genug schmierte. Ein paar kleine Pausen mußten sein, aber er mußte aufpassen, daß er mit dem Zeitplan nicht völlig durcheinanderkam. Er hatte ein ziemliches Arbeitspensum an diesem Tag zu bewältigen, und wenn er es nicht bis zur Mittagspause schaffte, würde er überziehen müssen, und das bedeutete, daß er wieder einmal nichts Warmes in den Magen bekommen würde.

Er warf dem reglosen Koloß einen letzten, nachdenklichen

Blick zu, drehte sich um und ging auf den Ausgang zu. Bei dem Gedanken an die mörderische Hitze, die draußen herrschte, stieg ihm bereits jetzt der Schweiß auf die Stirn.

Ein lautes, kratzendes Geräusch ertönte hinter ihm und ließ ihn abrupt stehenbleiben. Masters drehte sich um, blinzelte und ließ den Blick aufmerksam durch die Halle schweifen, aber da war nichts. Der Raum war leer, nichts als eine riesige rechteckige Fläche, die mit einem Labyrinth aus Werkbänken, überdimensionalen Gerätschaften und den Utensilien der Tricktechniker übersät war. Vielleicht war irgendein Werkzeug zu Boden gefallen.

Gleich darauf wiederholte sich das Geräusch, und diesmal war Masters sich sicher, daß es nicht von irgendeinem umgekippten Werkzeug stammte. Der Laut war lauter und langanhaltender diesmal, klang wie ein schabendes, metallisches Quietschen, so als kratze jemand mit einer Gabel über den Boden eines Kochtopfes.

Masters zuckte unwillkürlich zusammen und spürte, wie sich eine Gänsehaut auf seinem Körper bildete. Das Geräusch wurde binnen Sekundenbruchteilen schriller und schriller, bis es die Schmerzgrenze überschritt. Es tat in seinen Ohren weh, schnitt wie ein glühender Draht in seinen Kopf und schien seine Nervenenden in Flammen zu setzen. Gepeinigt preßte er die Hände auf die Ohren, bis das schrille Kreischen schließlich verstummte.

Vorsichtig nahm Clive Masters die Hände von den Ohren und drehte sich um. Er wußte bereits, woher das Geräusch stammte, noch bevor er die Drehung vollendete, hatte es die ganze Zeit über gewußt. Die Krallen des Sauriermodells hatten tiefe Rillen in den Boden der Halle gegraben.

Langsam, unendlich langsam, öffneten sich die Augen des Tyrannosaurus'. Der ungeheure, schuppenbedeckte Kopf bewegte sich, drehte sich lautlos in Masters Richtung, so daß die großen, wie unter einem inneren Feuer glühenden Augen direkt auf ihn gerichtet waren. Die gewaltige Maschine trat einen Schritt nach vorne, der die gesamte Halle erbeben ließ.

Clive Masters war viel zu entsetzt, um an Flucht zu denken.

Der unglaubliche Anblick lähmte ihn. Er konnte nicht einmal schreien.

Das letzte, was er in seinem Leben wahrnahm, waren die weit aufgerissenen Kiefer des Ungeheuers, die sich auf ihn herabsenkten, als das gesamte Modell umstürzte, ihn unter sich begrub und dabei noch einen Teil der Hallenwand mit sich riß.

Der Anfall kam plötzlich und warnungslos.

Bereits während der ganzen Fahrt von Perth zurück zum Park hatte sich Craigh unbehaglich gefühlt, es jedoch hauptsächlich auf das Gespräch mit Leech zurückgeführt. Es gefiel ihm nicht, für die Polizei spionieren zu sollen, denn auf einen solchen Spitzeldienst lief Leechs Forderung letztlich hinaus, auch wenn der Inspektor es anders ausgedrückt hatte. Aber Formulierungen waren beliebig, was zählte, war nur die Aufgabe selbst.

Craigh konnte verstehen, weshalb Leech zu diesem Mittel griff, und er war auch nicht wegen des Erpressungsversuches verärgert. Die Situation war außergewöhnlich und verlangte deshalb auch nach außergewöhnlichen Maßnahmen, dennoch hatte Craigh trotz seines Einverständnisses während des Gesprächs gezögert, das Funkgerät anzunehmen. Es war ein weitreichendes Gerät, das nur auf eine einzige Frequenz eingestellt war, auf der er Leech sofort erreichen würde, und es stand, unter einer Decke verborgen, auf dem Boden des Wagens zwischen Vorder- und Rücksitz.

Als Leech es ihm gegeben hatte, war Craigh für einen Augenblick nahe dran gewesen, einen Rückzieher zu machen, aus einem Grund, der ihm selbst nicht so richtig bewußt war. Vielleicht lag es daran, daß ihm erst in diesem Moment aufgegangen war, *wie* außergewöhnlich die Situation sein mußte, daß ein Inspektor der australischen Commonwealth-Police dazu überging, einem ausländischen, ihm wildfremden Journalisten Staatseigentum auszuhändigen, selbst wenn es sich nur um ein Funkgerät handelte. Vorher war alles vage gewesen, nur eine mündliche Absprache, die man nach Belieben verdrehen oder auch brechen konnte. Nun jedoch . . .

Während der Rückfahrt hatte Craigh eine Zeitlang ernsthaft darüber nachgedacht, Leechs Drohung von sich aus zuvorzukommen und einfach abzureisen. Bettys und sein eigentlicher Auftrag war längst erfüllt. Er hatte die Fotos, und Betty hatte mit Sicherheit genügend Material für einen rein informativen Artikel, wie er von Anfang an geplant war. Theoretisch könnten sie abreisen, und in der Praxis wäre es wahrscheinlich sogar das Vernünftigste.

Craigh wäre sogar froh gewesen, endlich aus dieser kochenden, hitzeübersättigten Einöde verschwinden zu können. Natürlich interessierte ihn, was die Vorfälle im Park zu bedeuten hatten, aber andererseits auch wiederum nicht so sehr, als daß er dafür bereitwillig sein Leben aufs Spiel gesetzt hätte. Früher, als er noch selber geschrieben hatte, war er engagierter gewesen und hatte auch die Gefahr nicht gescheut, aber diese Zeit war vorüber. Mittlerweile wußte er, daß kein Zeitungsartikel es wert war, dafür das Leben zu riskieren. Es gab einige wenige Ausnahmen. Mit einer Story, die entsprechende politische Konsequenzen nach sich zog, so wie beispielsweise die Watergate-Enthüllungen der *Washington Post*, konnte man sich einen dauerhaften Platz im Olymp des Journalismus erschreiben – obwohl sich Craigh nicht sicher war, daß die Namen Bernstein und Woodward heute noch allzu vielen etwas sagten, ganz im Gegensatz zu Nixon – aber von diesen wenigen Ausnahmen abgesehen, war selbst die sensationellste Story nach ein paar Tagen, spätestens nach einigen Wochen vergessen. Es lohnte einfach nicht, dafür das Leben zu riskieren, und daß es unter Umständen lebensgefährlich sein könnte, länger hierzubleiben, hatten Craigh die Ereignisse der letzten Nacht gezeigt. Es war ein reiner Glücksfall, daß Betty und er sich nicht ebenfalls unter den Toten befunden hatten.

Wenn er dennoch beschlossen hatte, weiterhin zu bleiben, dann nicht wegen des Artikels, nicht einmal wegen seiner Neugier, was die mysteriösen Geschehnisse zu bedeuten hatten, sondern nur, weil er herausfinden wollte, was *er selbst* damit zu tun hatte. Irgend etwas geschah in den letzten beiden Tagen mit ihm, etwas, das er sich selbst nicht erklären konnte.

Es hatte schon am vergangenen Morgen während der Fahrt zum Park begonnen. Seither verspürte er dieses seltsame Gefühl der Bedrohung, des Unheimlichen, das ihn nicht mehr losgelassen hatte. Die Geschehnisse hatten eine bislang unbekannte Saite in ihm zum Klingen gebracht. Die Alpträume, die ihn in der Nacht kaum hatten schlafen lassen, das Gefühl der Beunruhigung, vor allem aber die unerklärliche Vision von etwas, das ein anderer tatsächlich erlebt hatte, fügten sich zu Teilen eines noch längst nicht vollständigen Mosaiks zusammen, und dieses mußte er entschlüsseln. Alles andere war bedeutungslos, aber vor sich selbst konnte er nicht davonlaufen.

Er war so in seine Grübeleien vertieft, daß er sich des neuerlichen Anfalls erst bewußt wurde, als es schon fast zu spät war. Die Straße verschwamm plötzlich vor seinen Augen. Irgend etwas Fremdes, Unbegreifliches schien in seine Gedanken, sein Bewußtsein einzudringen. Wo gerade noch nichts als Wüste gewesen war, erhoben sich nun Bäume und Büsche einer längst vergangenen Flora, wie sie im Park rekonstruiert worden war. Nur schemenhaft, wie in einer fotografischen Doppelbelichtung, war dazwischen noch die Straße zu erkennen. Craigh trat hart auf die Bremse und wurde nach vorne geschleudert. Einen kurzen Moment, bevor die Straße vollends verblaßte, schaffte er es, den Wagen zum Stehen zu bringen, unmittelbar vor einem der mächtigen Urwaldbäume. Er wußte, daß all das nicht real sein konnte, trotzdem war er sich nicht sicher, was passiert wäre, wenn er gegen den Baum gefahren wäre.

Craigh stöhnte und ließ sich mit einem erleichterten Seufzer in den Sitz zurücksinken. Der Druck in seinem Kopf wurde stärker. Seltsamerweise spürte er weder Schmerzen noch Angst, eher ... Er versuchte, das Gefühl einzuordnen, aber es gelang ihm nicht. Intensive Hitze schien ihn plötzlich zu umfangen, und er spürte, wie Müdigkeit in ihm aufwallte, ihn wie eine weiche, warme Decke einzuhüllen begann, aber er hatte weder die Kraft noch das Verlangen, dagegen anzukämpfen. Irgend etwas Fremdes berührte seinen Geist, schob sich langsam, mit behutsamen, tastenden Bewegungen in seine Gedanken.

Dann sah er den Eingeborenen.

Der Aborigine hatte graues langes Haar und einen wild wuchernden, ebenfalls grauen Bart. Sein von tiefen Falten durchfurchtes Gesicht kam Craigh vage bekannt vor, und gleich darauf erinnerte er sich auch, wo er es schon einmal gesehen hatte. Es war der gleiche alte Mann, der bereits bei seiner und Bettys Ankunft im Park bei den Streitigkeiten am Tor dabeigewesen war und von dem er sich so sonderbar angestarrt gefühlt hatte.

Nun stand der Ureinwohner kaum ein Dutzend Schritte vor dem Wagen zwischen den farnartigen Büschen und Bäumen und sah ihn erneut an, auf die gleiche seltsame Art, die Craigh weniger unheimlich, als vielmehr beunruhigend und zugleich auf eine unerklärliche Art vertraut vorkam.

Ein oder zwei Minuten stand der Fremde und starrte ihn durchdringend an, und Craigh fühlte sich unfähig, sich zu bewegen, stierte einfach nur reglos zurück. Es war schwer, dem Blick des Mannes standzuhalten, er hatte das Gefühl, von den dunklen Augen aufgesogen zu werden, aber er war nicht imstande, den Kopf zu senken oder auch nur den Blick abzuwenden. Als der Aborigine schließlich von sich aus den Blickkontakt unterbrach, fühlte sich Craigh so erschöpft, innerlich so *leer*, daß er nicht einmal Erleichterung verspürte.

Er beobachtete, wie der Mann halb hinter einem der Bäume verschwand, sich dann noch einmal umdrehte, die Hand hob und ihm zuwinkte. »Komm!« sagte er mit dumpfer Stimme, und obwohl er sich ein gutes Stück entfernt befand und die Fenster des Wagens geschlossen waren, konnte Craigh die Worte so deutlich hören, als stünde der Mann unmittelbar neben ihm. »Komm zu mir, wenn du den Namen deiner Träume erfahren willst. Ich warte auf dich.«

Mit diesen Worten verschwand er vollends hinter dem Baumstamm.

Craigh blieb einige Sekunden lang starr sitzen, dann öffnete er fast gegen seinen Willen die Autotür und stieg aus. Er ging auf den Baum zu und umrundete ihn zur Hälfte, ohne den Mann zu finden, aber er war nicht einmal sonderlich überrascht. Ein Teil von ihm hatte die ganze Zeit über gewußt, daß es nicht so einfach sein würde. Er preßte seine Hand gegen den Baumstamm. Deutlich konnte er das Holz unter seinen Fingern spüren. Der Baum war real, keine Einbildung.

»Nicht hier«, drang noch einmal die Stimme des Alten an sein Ohr, ohne daß er ihre Herkunft erkennen konnte. »Ich erwarte dich in meinen Träumen.«

Die Stimme verstummte, und im gleichen Moment begannen die Urzeitgewächse um Craigh herum zu verblassen. Es war der gleiche Vorgang wie schon zuvor, nur daß er diesmal in umgekehrter Reihenfolge ablief. Unter der urzeitlichen Vegetation wurde das Gelbbraun des Wüstenbodens sichtbar, ebenso die Straße, und Sekunden später war die Landschaft wieder so eintönig, wie Craigh sie kannte.

Es war wie das Erwachen aus einem leichten Schlaf, aber er hatte nicht geschlafen, und was er erlebt hatte, war auch kein reiner Traum gewesen. Das bewies die Tatsache, daß er aus dem Wagen ausgestiegen war und ein Stück davon entfernt stand. Verwirrt schüttelte er den Kopf und rieb sich über die Augen. In seinem Kopf nistete immer noch ein dumpfer Druck, der nur langsam abnahm, und sein Mund fühlte sich trocken und pelzig an. In seinem Inneren tobte ein Chaos einander widersprechender Gefühle und vollkommen sinnloser Empfindungen. Immer noch meinte er das Holz des Baumstammes zu fühlen.

In erster Linie aber beschäftigte ihn die Erinnerung an den alten Mann. Craigh ahnte, daß der Eingeborene der Schlüssel zu seinen Visionen war, wenn nicht sogar zu allem, was sich in den letzten Tagen zugetragen hatte. Und falls der Greis nicht der Schlüssel *war*, dann *hatte* er ihn vielleicht.

Craigh kehrte zu seinem Wagen zurück und stieg wieder ein. Das seltsame Erlebnis bestärkte ihn in seinem Entschluß, daß er nicht einfach abreisen konnte, ohne mehr herausgefunden zu haben.

Vor ihm lag noch eine ordentliche Wegstrecke, und er merkte, daß seine Hände zitterten. So blieb er erst noch einige Minuten sitzen, rauchte eine Zigarette und versuchte seine

Gedanken zu ordnen. Erst dann ließ er den Motor an. Mit einem Mal hatte er es sehr eilig, zum Park zurückzukommen.

»Ich verstehe das einfach nicht«, sagte Sondstrup leise. »Ich ... ich begreife es nicht.« Er suchte nervös nach Zigaretten, brach hintereinander drei Streichhölzer ab und griff schließlich dankbar nach dem Feuerzeug, das Dearks ihm hinhielt.

Was verstehen Sie nicht?« fragte der Manager zynisch. »Daß sie zum dritten Mal zugeschlagen haben? Und diesmal direkt vor unserer Nase – trotz Ihrer *Sicherheitsvorkehrungen*?« Er sprach das Wort wie eine Beleidigung aus.

Sondstrup sog gierig an seiner Zigarette. »Sie«, sagte er abfällig. »Wer – sie?«

»Die gleichen, die uns in den letzten beiden Nächten besucht haben.«

Sondstrup lachte humorlos. »Das glauben Sie doch selbst nicht, Dearks. Gestern und vorgestern – okay, es könnte Sabotage gewesen sein. Diese Rocker waren auf dem Grundstück, und sie haben ein paar Sprengsätze gelegt. Aber mittlerweile frage ich mich schon, ob das nicht sogar ein Glücksfall für uns war.«

»Wie meinen Sie das?« fragte Dearks scharf.

»Es ist klar, daß ich so etwas der Polizei und der Presse nicht erzähle und auch sonst keinem Außenstehenden. Aber wir sind unter uns, und da kann ich offen reden. Irgend etwas stimmt mit den Modellen nicht.«

»Unsinn«, sagte Dearks abfällig. »Sie wissen so gut wie ich, daß es sich nur um Maschinen handelt. Sie haben kein Programm, und nur weil es hier etwas heißer als bei uns in den Staaten ist, wird sich ganz sicher kein entsprechendes Programm von selbst schreiben. Also hören Sie auf mit dem Blödsinn.«

»Es ist kein Blödsinn«, beharrte Sondstrup. »Ich weiß nicht, mit was wir es hier zu tun haben, aber irgend etwas geht vor. Die Rocker können die Modelle nicht bewegt haben, das wissen Sie wiederum so gut wie ich. Der Öffentlichkeit gegenüber behaupte ich es zwar, aber die Hälfte von dem, was ich mittlerweile erzählen muß, sauge ich mir aus den Fingern, und ich weiß nicht, wie lange das noch gut geht. Ich bezweifle, daß man mir noch besonders lange glauben wird, wenn es weitere solche Vorfälle gibt. Und vor allem weiß ich nicht, was das alles *wirklich* zu bedeuten hat. Begreifen Sie, was ich Ihnen zu sagen versuche?«

»Vielleicht«, sagte Dearks nachdenklich. »Vielleicht geht das alles hier einfach über Ihre Kräfte, und Sie brauchen ein paar Wochen Urlaub, um sich zu entspannen.«

»Urlaub!« Sondstrup schnaubte verächtlich. »Ist das alles, was Ihnen dazu einfällt? Machen Sie doch die Augen auf und sehen Sie sich um!« Er deutete mit einer Kopfbewegung auf die halb eingestürzte Wand der Montagehalle. Zwei Polizeiwagen standen vor der zerborstenen Nordwand; das polierte Wellblech warf die zuckenden Blau- und Rotlichter als verzerrte Lichtreflexe zurück. »Das war keine Protestaktion, kein Anschlag, den irgendwelche Motorradfahrer unternommen haben«, sagte Sondstrup wütend. »Masters ist tot, und ich will verdammt noch mal wissen, wie das passiert ist und was dahintersteckt.«

Dearks antwortete nicht sofort. »Masters hat Ihnen sehr nahe gestanden, nicht wahr?« fragte er schließlich.

Sondstrup machte eine vage Handbewegung, die alles bedeuten konnte. »Er war mein Assistent, da blieb es nicht aus, daß wir uns näher kennengelernt haben. Ich mochte den Jungen«, antwortete er leise. »Clive hätte es weit gebracht, davon bin ich überzeugt.«

Dearks nickte. »Ich verstehe. Aber trotzdem –«

»Trotzdem muß die Sache so schnell wie möglich geklärt werden«, fiel ihm Sondstrup ins Wort.

»Selbstverständlich. Und auf jeden Fall müssen wir verhindern, daß es weitere solcher Zwischenfälle gibt, allein schon im Interesse unseres Projektes. Sonst können wir –«

»Hören Sie doch endlich mit Ihrem Projekt auf!« fuhr ihn Sondstrup an. »Dort drüben ist einer meiner Freunde gestorben, Dearks, und es ist nicht der erste Tote, aber alles, was Sie im Kopf haben, sind die Auswirkungen auf die Besucherzahlen! Der Park interessiert mich im Moment nicht, zum Teufel. Ich will endlich herausfinden, was sich hier abspielt.«

»Das wollen wir alle, aber –«

»Kein Aber! Ich will wissen, wer für Clives Tod verantwortlich ist, und vor allem, wie er es gemacht hat.«

»Sabotage«, murmelte Dearks hilflos.

»Sabotage. Pah!« Sondstrup schnippte seine Zigarette davon und trat wütend in den Sand. »Ein feines Wort, wie? Und damit sind Sie aus allem raus. Den Rest kann die Polizei erledigen, glauben Sie?« Er deutete mit einer wütenden Kopfbewegung auf die zertrümmerte Halle. Der zerborstene Leib des Sauriers lag wie ein gefällter Riese in dem Chaos aus Metalltrümmern und Blut. Sondstrup wurde jetzt noch übel, als er an den Anblick dachte, der sich ihm geboten hatte, als er zur Unglücksstelle geeilt war. »Hören Sie endlich auf, mit mir zu reden, als ob Sie Werbung für den Park machen oder sich aus irgend etwas herausreden müßten. Sparen Sie sich das für Ihren Bericht vor dem Firmenkonsortium. Mir geht es um die Wahrheit, darum, was *wirklich* geschehen ist.«

Etwas in Dearks' Miene veränderte sich, und Sondstrup wußte, was dem Manager durch den Kopf ging, so sicher, als hätte Dearks es offen ausgesprochen, aber das würde er freilich nicht tun, nicht jetzt, nicht hier, und vor allem nicht ihm gegenüber. Aber zurück in Amerika würde er erklären, daß die Leitung eines solchen Projektes in den Händen eines Paläontologieprofessors wohl doch falsch aufgehoben wäre, und er würde eine vorübergehende Zwangsbeurlaubung vorschlagen, wenn nicht gleich einen vollständigen Wechsel auf dem Posten. Aber zunächst waren noch Aussagen vor der Polizei zu machen, und die Presse interessierte sich für die Zwischenfälle, und da konnten ein paar beiläufige Bemerkungen eines offensichtlich überforderten Projektleiters verheerende Folgen habe. Also sprach Dearks nichts davon offen aus, um sich seine Loyalität zumindest vorläufig noch zu erhalten.

»Wenigstens«, murmelte er statt dessen halblaut, »war Masters sofort tot.«

Sondstrup antwortete nicht, sondern schüttelte nur den Kopf, sah den Manager ein paar Sekunden lang nachdenklich an und zuckte mit den Schultern. Er sah ein, daß es im Moment sinnlos war, mit Dearks zu reden.

»Wir müssen hinüber«, sagte er. »Die Polizei . . .«

Dearks nickte ergeben und folgte ihm.

Die Menge der Bauarbeiter teilte sich vor ihnen, als sie sich der Halle näherten. Sondstrup spürte die Blicke der Männer wie schmerzhafte Stiche. Die Leute waren verwirrt, ratlos, und vor allem erwarteten sie sich von ihm etwas, das er ihnen nicht geben konnte. Eine Erklärung, wenigstens ein paar aufmunternde Worte, aber seine Kehle war wie zugeschnürt. Stumm folgte er Dearks zu einer Gruppe Polizisten, die neben der riesigen Öffnung in der Hallenwand standen. Die zertrümmerten Überreste des Tyrannosaurus überragten die Männer selbst im Liegen noch um fast einen Yard. Sondstrup bemerkte, daß die Beamten fast instinktiv vor dem Koloß zurückgewichen waren. Und als sein Blick auf die dunklen Flecken im Sand zu ihren Füßen fiel, verstand er die Gefühle der Männer sogar.

»Sondstrup?«

Sondstrup fuhr auf, sah sich verwirrt um und begriff, daß er das Sauriermodell bereits eine ganze Weile angestarrt hatte. Er lächelte entschuldigend, während er neben Dearks trat, der ihn ungeduldig heranwinkte. Der Manager deutete auf einen neben ihm stehenden Polizeibeamten, einen unscheinbar aussehenden Mann Mitte Vierzig. »Das ist Officer Cleveland. Er leitet die Untersuchung.«

»Zumindest im Augenblick, bis Inspektor Leech eintrifft«, bestätigte Cleveland. »Sie sind der Projektleiter hier?«

»Ja.« Sondstrup nickte. »Und ich kann Ihnen Ihre nächste Frage gleich beantworten. Ich weiß nicht, wie es passiert ist. Auch nicht, wie es passiert sein könnte.«

Cleveland runzelte die Stirn, ging aber nicht weiter auf Sondstrups aggressiven Tonfall ein. Aber der Blick, den er mit Dearks tauschte, sprach Bände. Offensichtlich hatte der Manager ihn informiert. »Mr. Dearks tippt auf Sabotage«, sagte er vorsichtig.

Sondstrup hob die Schultern. »Möglich. Wenn ich mir auch nicht erklären könnte, wie die Täter das bewerkstelligt haben sollten.« Er deutete auf das, was von dem Tyrannosaurus übrig geblieben war. »Haben Sie eine Ahnung, was das Ding wiegt?«

Cleveland verneinte.

»Über zehn Tonnen«, sagte Sondstrup. »Der läßt sich nicht eben mal so umkippen, wenn ein paar Leute kräftig gegen ihn drücken.«

Cleveland nickte, kritzelte etwas auf seinen Block und trat dann dicht an die ausgezackte Öffnung in der Hallenwand heran. Der Saurier war einem Panzer gleich durch die Wand gebrochen und hatte das Wellblech wie Papier zerfetzt.

»Vielleicht«, murmelte er nachdenklich, »damit?« Er deutete auf den Kran, der noch immer stur seine Bahn unter der Hallendecke verfolgte, unbeirrbar wie das Pendel einer riesigen Uhr.

»Kaum«, murmelte Sondstrup. »Er hätte das Gewicht nicht getragen. Wahrscheinlich wäre eher die Decke zusammengebrochen.«

»Aber Sie haben ihn doch damit aufgerichtet, oder?«

»Damit und mit vier weiteren«, nickte Sondstrup. »Dadurch verteilte sich die Belastung, und zwei der Kräne waren auf fahrbaren Lafetten montiert.

»Vielleicht –«

»Vielleicht haben die Mörder die drei anderen in aller Ruhe wieder abgestellt?« unterbrach ihn Sondstrup sarkastisch. Er konnte die Maske vorgetäuschter Ruhe, die er in den vergangenen Tagen präsentiert hatte, nicht mehr länger vortäuschen. Eine innere Stimme warnte ihn, daß er auf dem besten Weg war, sich selbst um Kopf und Kragen zu reden, aber er konnte nicht aufhören. »Nachdem sie vorher ungefähr zwei Meilen Ketten und Stahlseile um die Figur gedreht haben, haben sie ihn hochgehoben, quer durch die Halle transportiert und dann wieder hier abgesetzt. Dann haben sie die Einrichtung kurz und klein geschlagen, die zehn Tonnen schwere Figur so umgeschmissen, daß sie Masters erwischt hat, und sind in aller Ruhe weggefahren, ohne von jemandem bemerkt zu werden. Und das alles in knapp zehn Minuten, wie?« Er funkelte Cleveland und Dearks gleichermaßen wütend an. »Denken Sie sich eine bessere Geschichte aus.«

Er fuhr wütend herum, bahnte sich eine Gasse durch die herumstehenden Arbeiter und stapfte auf seinen Pavillon zu. In seinem Inneren tobte es. Wahrscheinlich würde Dearks ihn nach einer Rücksprache mit den Geldgebern in Amerika noch innerhalb der nächsten Stunde von seinen Aufgaben entbinden, aber selbst das war ihm egal.

Er wußte, daß es für die Geschehnisse nur eine einzige vernünftige Erklärung gab. Nur eine einzige Möglichkeit, wie es passiert sein konnte, wie soviel Zerstörung in so kurzer Zeit angerichtet werden konnte. Aber der Gedanke war einfach zu irrsinnig, um ihn auszusprechen. Und Sondstrup war zu sehr Wissenschaftler, um sich nicht selbst zu sagen, daß es unmöglich war.

Als er in den Pavillon ging, streifte sein Blick den Kopf des Gorgosauriers, der über die Wipfel des Urzeitdschungels emporragte.

Plötzlich hatte er Angst.

Im Gegensatz zum vergangenen Tag wurde diesmal auch das äußere Tor bewacht, aber der Wachposten erkannte Craigh und winkte ihn durch. Auch das zweite Tor konnte er ungehindert passieren, aber irgend etwas stimmte nicht. Er spürte es überdeutlich. Eine Atmosphäre hektischer Aktivität lag über der provisorischen Barackensiedlung. Von der Ruhe und Verschlafenheit, die noch bei seinem Aufbruch vor wenigen Stunden geherrscht hatten, war nichts mehr zu spüren. Überall hasteten Männer in blauen verschwitzten Arbeitsmonturen umher; Lastwagen rumpelten über die staubigen Straßen, und von der nahen Baustelle drang das dumpfe Wummern schwerer Maschinen herüber.

Craigh war trotz seiner Eile vorsichtig gefahren, um gewappnet zu sein und rechtzeitig reagieren zu können, falls sich der Anfall wiederholen und er unversehens erneut in einen Wachtraum geraten sollte, aber nichts dergleichen war passiert. Er hatte den Park ohne weitere Zwischenfälle erreicht.

Ursprünglich hatte er vorgehabt, zunächst nach Betty zu sehen, aber statt dessen fuhr er in unvermindertem Tempo durch die kleine Siedlung und hielt am Ende der Straße vor der großen Fertigungshalle an. Ein paar Arbeiter blieben stehen und musterten ihn neugierig, aber niemand sprach ihn an. Er zog den Zündschlüssel ab und nahm in einer automatischen Bewegung die Kamera vom Beifahrersitz, ehe er aus dem Wagen stieg und mit energischen Schritten zu der Halle hinüberging.

Das Gefühl, daß etwas nicht stimmte, verstärkte sich noch. Craigh konnte keine logische Begründung finden, und er versuchte es auch gar nicht erst. Er kannte dieses Gefühl, diese seltsame, irrationale Unruhe, das, was Betty manchmal spöttisch ›sein journalistisches Gespür‹ nannte. Es war die Summe von Hunderten winziger Kleinigkeiten, unbedeutender Eindrücke, die er vielleicht noch nicht einmal bewußt wahrnahm, die sich aber im Lauf der Zeit zu dieser unterschwelligen Gewißheit, daß irgend etwas nicht so war, wie es sein sollte oder aussah, addierten. Sein Gefühl verdichtete sich zur Gewißheit, als er das gewaltige Loch in der Seitenwand der Halle erblickte.

Sondstrup stand mit einigen Arbeitern und einem elegant gekleideten Mann davor und diskutierte sichtlich aufgeregt mit ihnen. Craigh blieb überrascht stehen, als er das Sauriermodell erblickte, das halb aus dem Loch in der Wand ragte. Man brauchte keinen sechsten Sinn, um zu bemerken, was hier nicht in Ordnung war. Diesmal war er sich ziemlich sicher, daß er tatsächlich den Tyrannosaurus vor sich hatte, und es war unschwer zu erkennen, daß das Modell beim Umstürzen die Wand eingerissen hatte.

Er zückte seine Kamera, stellte Belichtung und Entfernung ein und schoß ein paar Bilder, ehe er nähertrat und sich zu der Gruppe gesellte. Sondstrup fuhr überrascht herum, als Craigh hinter ihm auftauchte. Sein Gesicht spiegelte zuerst Überraschung, dann Ärger und schließlich Bestürzung.

Der vornehm gekleidete Mann wandte sich mit offenkundigem Unwillen an den Professor. »Wer ist das? Und was hat der Kerl hier verloren?« Der Unbekannte war um die dreißig Jahre alt, schätzte Craigh, schlank, sportlich und von dem Typus, den man normalerweise im Vorstand einer mittelgroßen Firma anzutreffen erwartet. Sein eleganter Anzug wirkte angesichts der Hitze ganz und gar unpassend.

»Mr. Ellison vom TIME-LIFE-Magazin«, stellte Sondstrup vor. »Und das ist Mr. Dearks. Mein Vorgesetzter.« So, wie er die Worte aussprach, klangen sie nicht sonderlich respektvoll, eher herablassend. Überhaupt schien es zwischen ihm und Dearks Spannungen zu geben, wie unschwer zu erkennen war. Die Abneigung Sondstrups gegenüber seinem geschniegelten – und allem Anschein nach recht arroganten – Chef machte ihn Craigh schlagartig um eine gehörige Portion sympathischer.

Er ging an Dearks vorbei, suchte sich eine günstige Position und versuchte, eine weitere Aufnahme des zerstörten Modells zu machen, doch Dearks schob sich mit einem Satz zwischen ihn und den Saurier. »Hier wird nicht fotografiert«, zischte er. »Haben Sie das Schild nicht gesehen?« blaffte Dearks.

Craigh lächelte entwaffnend. »Welches Schild?«

»Das am Eingang. Sie befinden sich hier auf Privatgelände, und wenn Sie nicht augenblicklich verschwinden, lasse ich Sie hinauswerfen. Die Presse hat hier keinen Zutritt.«

Craigh grinste und deutete mit einer Kopfbewegung auf das zerstörte Modell. »Ich scheine nicht der einzige zu sein, den das nicht davon abhält, hereinzukommen«, sagte er. »Im übrigen befinden ich und meine Kollegin uns schon seit gestern auf persönliche Einladung des Professors hier.«

Dearks starrte Sondstrup an, als wollte er ihn mit Blicken durchbohren. »Stimmt das?«

»Die Einladung erfolgte nach offizieller Rücksprache mit dem Konsortium«, antwortete Sondstrup kühl. »Der Vorabbericht im TIME-LIFE-Magazin sollte das Interesse der amerikanischen Touristen wecken. Einige Reiseveranstalter bestanden auf einer Vorabkampagne, damit anhand erster Anfragen und Reservierungen das Interesse an dem Projekt abgeschätzt werden kann.«

»Und wie es aussieht, werden Sie eine positive Presse ziemlich dringend brauchen«, ergänzte Craigh fast fröhlich. »Irgend jemand ist dabei, Stimmung gegen den Park zu machen. Und er geht verdammt geschickt dabei vor.«

»Glauben Sie?« fragte Dearks abfällig.

»Ja. Das glaube ich. Noch spricht man höchstens mit Neugier von ihrem Projekt. Aber noch so ein paar Zwischenfälle und weitere Todesopfer, und die Leute werden sich auch in ein paar Jahren noch daran erinnern, daß da doch mal diese komische Sache war. Man wird mit Unbehagen von Ihrem Park reden, schließlich mit Abneigung, und zwar gerade in den exklusiven Kreisen, die Sie ansprechen wollen. Eine trotz allem wohlmeinende Presse hingegen könnte die Zwischenfälle vergessen lassen.«

»Und diese positive Einstellung wollen Sie erzeugen, indem Sie Fotos von Arbeitsunfällen und beschädigten Sauriermodellen schießen?« Dearks' Gesichtsausdruck verfinsterte sich noch mehr. »Ich glaube Ihnen kein Wort. Ich kenne Sie persönlich zwar nicht, aber genügend Leute Ihres Schlages. Ihnen geht es nur um Sensationsjournalismus, und wir haben auch ohne Sie schon genug Ärger. Störenfriede wie Sie können wir nicht brauchen.« Er drehte sich abrupt zu Sondstrup um. »Die Einladung ist hiermit widerrufen. Sorgen Sie dafür, daß der Mann verschwindet.«

Er stapfte davon, um einige Arbeiter anzuschnauzen, ob sie nichts Besseres zu tun hätten, als herumzustehen und zu glotzen.

»Mir sind ja schon eine Menge Arschlöcher begegnet, aber der nimmt ganz eindeutig einen Spitzenplatz ein«, murmelte Craigh kopfschüttelnd. »Ich dachte, solche Typen gäbe es im Zeitalter von Mitarbeitermotivation und Gruppendynamik nur noch in billigen Soap-Operas. Aus welchem Zoo ist denn der ausgebrochen?«

»Aus Yale, soviel ich weiß«, erwiderte Sondstrup. »Mit der ganzen Yuppie-Bewegung sind solche Leute wieder nach oben gespült worden. Ich hoffe nur, daß das kein dauerhafter Trend, sondern lediglich eine rasch vorübergehende Modeerscheinung ist. Dearks ist –«

Er unterbrach sich, als einer der Arbeiter auf sie zugeeilt

kam. »Am Tor zwei ist einer der Aborigines und möchte unbedingt mit Mr. Ellison sprechen«, berichtete er.

»Hat er gesagt, um was es geht?« erkundigte sich Craigh.

»Nein. Er sagte nur, es wäre wichtig.«

»In Ordnung, ich komme hin.«

»Bevor Sie zum Tor fahren, können Sie von meinem Büro aus mit ihm sprechen«, bot Sondstrup an. »Sonst machen Sie den Weg unter Umständen umsonst.« Er schaute sich nach Dearks um, der nicht weit entfernt stand. »Außerdem muß ich mit Ihnen reden. Allein«, fügte er leiser hinzu.

Craigh nickte. »In Ordnung.«

Sie gingen zu dem Pavillon hinüber. Als sie das Büro betraten, fiel Craigh auf, daß sämtliche Fotografien der Sauriermodelle von den Wänden entfernt worden waren – anscheinend ziemlich überhastet abgerissen. Die meisten Heftzwecken steckten noch, an einigen hingen Fetzen der Fotos. Er kam jedoch nicht dazu, eine entsprechende Frage zu stellen, da Sondstrup sofort nach dem Telefon griff und mit zwei Tasten eine interne Direktleitung zum Tor wählte.

»Hier Sondstrup«, meldete er sich knapp. »Holen Sie den Aborigine an den Apparat, der Mr. Ellison sprechen möchte.«

Er reichte den Hörer weiter. Craigh wartete, bis er eine Stimme am anderen Ende hörte.

»Mr. Ellison?«

»Am Apparat.«

»Mein Name ist Nipper. Erinnern Sie sich noch? Sie haben gestern mit mir und James gesprochen.«

Craigh hatte zwar den Namen des Aborigine vergessen, erinnerte sich aber an dessen Gesicht. »Mit Ihnen und Dick, meinen Sie wohl«, korrigierte er.

»Natürlich. Bitte entschuldigen Sie den kleinen Test. Ich wollte nur sichergehen, daß wirklich Sie es sind. Nur anhand der Stimme ist das schwer zu erkennen. Dick ist tot.«

»Ich weiß«, erwiderte Craigh und hätte sich im gleichen Moment am liebsten auf die Zunge gebissen. Da es keine direkten Kontakte zwischen den Männern im Park und den Rockern gab, hatte er sich selbst verdächtig gemacht, da er diese Informationen vermutlich von der Polizei hatte, was ja auch stimmte. »Worüber wollen Sie mit mir sprechen?«

»Sie haben gestern abend von einem sonderbaren Traum erzählt, den Sie hatten. Im Gegensatz zu den meisten anderen gehe ich nicht davon aus, daß das nur Spinnerei oder eine Erfindung von Ihnen war.«

»Und?« hakte Craigh nach, darum bemüht, sich die Aufregung nicht anmerken zu lassen, mit der ihn die Worte erfüllten.

»Möglicherweise kann ich Ihnen mehr über Ihren Traum sagen. Über diesen und andere. Aber dazu müßte ich persönlich mit Ihnen sprechen.«

»Ich komme sofort«, sagte Craigh. Dann fiel ihm ein, daß er noch nach Betty sehen mußte und auch Sondstrup noch mit ihm reden wollte. Außerdem war nicht abzusehen, daß sich an Dearks' Entscheidung etwas ändern würde, sie mußten also ihre Sachen packen und das Gelände verlassen. »Nein, warten Sie, ich kann nicht sofort. Sagen wir in einer halben Stunde.«

»Ich werde hier am Tor auf Sie warten.«

Craigh gab den Hörer an Sondstrup zurück, der ihn auflegte. »Sie wollten mit mir reden?«

»Ja.« Der Professor nickte betrübt. »Wahrscheinlich ist es die letzte Gelegenheit. Es tut mir leid, daß Dearks Sie praktisch rausgeworfen hat, aber daran läßt sich nichts ändern. Jedenfalls nicht von meiner Position aus. Ich rechne sogar damit, daß mir das gleiche passieren wird. Natürlich wird er mich nicht des Geländes verweisen, aber ich schätze, meinen Posten werde ich in Kürze los sein. Er hat bereits mit unseren Geldgebern in Amerika gesprochen und wartet vermutlich nur noch auf Antwort. Vielleicht fliegen wir sogar zusammen zurück. Ich nehme an, man wird mich nach der Suspendierung auffordern, sofort einen Rechenschaftsbericht vor dem Konsortium abzulegen, um mich von hier wegzubekommen.«

»Das tut mir leid«, sagte Craigh, und er meinte es sogar ehrlich. Zwar mochte er Sondstrup immer noch nicht sonderlich, aber er hatte das Gefühl gewonnen, daß der Professor genau der richtige Mann für dieses Projekt war – im positiven wie im negativen Sinne. Vielleicht mußte man in einer Position wie der seinen zwangsläufig manchmal zum Arschloch werden, aber wenn, dann gab es einen himmelweiten Unterschied zwischen Arschlöchern wie Sondstrup und solchen wie Dearks.

»Geschenkt.« Sondstrup machte eine wegwerfende Handbewegung. »Ich weiß selbst nicht einmal, ob ich so unglücklich darüber sein soll. Vielleicht halten Sie mich jetzt für verrückt, aber dieser Park macht mir plötzlich Angst. Ich bin mir nicht mehr sicher, ob das, was wir hier tun, wirklich das Richtige ist, ohne daß ich dieses Gefühl begründen kann.«

»Mir geht es genauso«, sagte Craigh ernst. Er war überrascht, ein solches Geständnis ausgerechnet aus dem Munde Sondstrups zu hören. »Was hat diesen Sinneswandel ausgelöst?«

Der Professor zuckte mit den Achseln. »Mehrere Faktoren«, erklärte er ausweichend. »Irgend etwas ist hier einfach nicht so, wie es sein sollte. Diese Sabotageakte und Todesfälle . . . Ich weiß so gut wie Sie, daß meine Theorie, die ich Ihnen letzte Nacht erzählt habe, nicht stimmen kann. Verstehen Sie mich nicht falsch, alles, was ich Ihnen über die Modelle und die Programmierung erzählt habe, stimmt, aber gerade das machte die ganze Angelegenheit so mysteriös. Ich begreife einfach nicht, was hier vorgeht, verstehen Sie? Ich begreife es nicht, und wie soll ich in einer solchen Situation noch die richtigen Entscheidungen treffen? Insofern hat Dearks sogar recht, wenn er mich ablösen läßt, weil er glaubt, die Situation würde mir über den Kopf wachsen. Es ist sogar mehr als das. Ich habe schlicht und einfach das Gefühl, als würde mir alles zwischen den Händen zerrinnen.«

»Der Tyrannosaurus in der Montagehalle – es war doch der Tyrannosaurus, nicht wahr? Was ist vorhin passiert?«

»Wir hatten ihn abgeladen und die letzten Feinarbeiten beendet«, berichtete Sondstrup. »Ich weiß nicht, warum Masters noch in der Halle war. Masters war mein Assistent, Sie haben ihn ein paarmal gesehen. Ich weiß nur, daß der Tyrannosaurus ein ziemliches Stück von seinem ursprünglichen Standort entfernt umgestürzt ist. Dabei hat er Masters unter sich zerquetscht und das Loch in die Hallenwand gerissen. Fragen Sie mich nicht, wie das geschehen konnte. Aber diesmal scheidet Sabotage eindeutig aus.«

Craigh rang einen Moment mit sich. »Halten Sie es für möglich, daß wir es mit übernatürlichen Kräften zu tun haben?« fragte er dann zögernd.

Sondstrup stand auf, trat an die Bar und goß sich einen Whisky ein. »Ich trinke zuviel, ich weiß«, murmelte er. »Das ist nicht mein erster heute. Aber darauf kommt es jetzt auch nicht mehr an. Und was Ihre Frage betrifft: Ich bin Wissenschaftler. Ich glaube nicht an irgendwelchen Spuk. Und ganz bestimmt nicht an einen, der künstliche Saurier zum Leben erweckt oder leere Datenspeicher mit Programmen füllt. Letztlich gibt es mit Sicherheit für alles eine natürliche Erklärung, auch wenn ich momentan noch keinen blassen Schimmer habe, wie diese aussehen könnte.«

»Als übernatürlich hat der Mensch immer das bezeichnet, was er sich nicht erklären konnte«, wandte Craigh ein. Er wählte seine Worte sehr bedächtig, da ihm bewußt war, daß er sich auf dünnem Eis bewegte. Ungeachtet der seltsamen Visionen glaubte er selbst nicht an Spuk und Magie, vertrat eine ähnliche Meinung wie sein Gegenüber. Zumindest war es bislang so gewesen. »Irgendwann hat man eine Erklärung gefunden, hat die vermeintliche Magie wissenschaftlich erfassen und begründen können, und fortan galt das neue Wissen als völlig normal.«

»Jetzt werden Sie philosophisch.« Sondstrup rang sich ein mattes Lächeln ab. »Ist nicht gerade mein Spezialgebiet. Und was Magie und geheimnisvolle Kräfte betrifft, so sollten Sie sich besser mit den Aborigines darüber unterhalten. Viele von ihnen glauben noch an alte Stammesriten, magische Steine und dergleichen mehr. Haben Sie schon einmal von der Traumzeit gehört?«

»Traumzeit?« Craigh runzelte die Stirn. Der Begriff brachte etwas in ihm zum Klingen, gerade im Zusammenhang mit seinen Visionen, doch er wußte nichts damit anzufangen. »Nicht, daß ich wüßte.«

»Ist eine komplizierte Sache. Keine Religion in unserem Sinne, aber ein Glaube, der für die Ureinwohner sehr wichtig ist. Eine Art zweiter Wirklichkeit, eine Ebene neben unserer Realität. Genaueres kann ich Ihnen auch nicht sagen. Ich habe das Ganze nie richtig begriffen, mich auch nie sonderlich dafür interessiert. Aber der Glaube an die Traumzeit und Traumpfade ist untrennbar mit der Mythologie der Aborigines verbunden, und das seit langer Zeit. Wissen Sie eigentlich, daß wir es hier möglicherweise mit einer der ältesten Kulturen der Erde zu tun haben? Es gibt Vermutungen, daß die Aborigines bereits seit fast fünfzigtausend Jahren in Australien leben, und in all dieser Zeit sind sie fast auf dem gleichen kulturellen Niveau geblieben. Erstaunlich, nicht?«

»Mag sein.« Craigh blickte auf seine Uhr. Das Gespräch drehte sich in eine Richtung, die ihm nicht weiterhalf. Er hatte noch einiges zu erledigen, und seine Verabredung mit Nipper rückte näher. »Ich glaube, ich sollte jetzt wohl besser gehen. Betty wird sicher schon auf mich warten.«

»Eine Bitte habe ich noch«, sagte Sondstrup. »Sehen Sie, ich war so lange maßgeblich an diesem Projekt beteiligt, daß es mir ziemlich ans Herz gewachsen ist, trotz Dearks und allem anderen. Tun Sie mir einen Gefallen und wirken Sie auf Miss Sanders ein, daß der Artikel nicht allzu vernichtend ausfällt.«

»Das kann ich Ihnen nicht versprechen. Betty hat ihren eigenen Kopf und läßt sich von mir nichts sagen«, entgegnete Craigh. Und ich weiß auch nicht, ob ich es wirklich will. Wie Sie selbst gesagt haben, auch ich bin mir nicht sicher, ob der Bau dieses Parks wirklich das richtige ist.«

Er tippte grüßend mit zwei Fingern an seine Schläfe und verließ den Pavillon. Beim Hinausgehen sah er noch, wie sich Sondstrup einen weiteren Whisky eingoß.

»Sauer ist vielleicht nicht ganz der richtige Ausdruck.« Betty lächelte scheinbar freundlich, doch es war unschwer zu erkennen, daß dies nur eine vordergründige Maske war, die sie gleich darauf fallenließ, als sie sich im Bett aufrichtete und Craigh zornig anfunkelte. »*Stink*sauer trifft die Sache schon eher. Oder hast du tatsächlich etwas anderes erwartet?«

»Ich . . .« setzte Craigh zu einer Antwort an, doch sie ließ ihn erst gar nicht zu Wort kommen.

»Wie Doktor Wenderworth mir erzählt hat, hätte nicht viel gefehlt, und ich wäre gestern nacht umgekommen«, unterbrach sie ihn zornig. »Aber dir scheint das ja völlig egal zu sein. Du läßt mich einfach hier liegen und verschwindest für ein paar Stunden irgendwohin, ohne dich auch nur zu vergewissern, wie es mir geht. Beim Aufwachen finde ich dann nur einen Schmierzettel, auf dem steht, du wärest bald zurück und ich solle mir keine Sorgen machen. Wirklich toll! Und dann fragst du, warum ich sauer wäre!«

Craigh wechselte einen hilflosen Blick mit Dr. Wenderworth. Der Arzt war gerade bei Betty gewesen, als er in ihre Unterkunft getreten war.

»Er hat gesagt, ich solle dich schlafen lassen, bis du von selbst aufwachst«, verteidigte er sich. »Ruhe wäre das beste für dich. Und du hast auch tatsächlich geschlafen wie ein Murmeltier. Sollte ich vielleicht die ganze Zeit herumsitzen und nur darauf warten, daß du aufwachst?«

»Wenn dir etwas an mir liegen würde, hätte es dir bestimmt nichts ausgemacht!« Sie schnitt eine Grimasse und mußte widerwillig lächeln. »Schon gut, ich weiß, ich übertreibe. Aber du kannst mir glauben, es war kein besonders schönes Gefühl, allein aufzuwachen und am ganzen Körper Schmerzen zu haben. Ich konnte nicht mal aus eigener Kraft aufstehen, da ich wie eine Mumie einbandagiert war. Zum Glück kam Doktor Wenderworth her, um nach mir zu sehen, sonst läge ich wahrscheinlich immer noch bewegungsunfähig hier.«

»Und wie geht es dir?«

»Ich habe mich schon mal besser gefühlt. Aber in Anbetracht der Umstände bin ich wohl noch mal glimpflich davongekommen. Er hat mir erzählt, was passiert ist.«

»Ziemlich glimpflich sogar«, ergriff Wenderworth das Wort. »Die Verbrennungen sind zwar schmerzhaft, aber nicht weiter schlimm, und auch die übrigen Verletzungen werden bald heilen.« Er wandte sich an Craigh. »Die meisten Bandagen konnte ich durch leichte Verbände oder Pflaster ersetzen, aber Ihre Kollegin sollte sich noch einige Tage schonen. Wenn ich mich recht erinnere, habe ich übrigens etwas Ähnliches auch zu Ihnen gesagt. Ausgedehnte Ausflüge in die Wüste sind nicht gerade das, was ich unter *Schonung* verstehe. Außerdem habe ich nichts davon gesagt, daß Sie die Verbände auf eigene Faust abmachen sollen, wenn Ihnen danach zumute ist.«

»Ich mußte weg, es war wichtig«, antwortete Craigh knapp. »Die paar Kratzer werden mich schon nicht umbringen. Ich wollte Sie heute morgen nicht extra wecken, und ein paar Pflaster kann ich mir auch selbst aufkleben.«

»Wo bist du denn überhaupt gewesen?« wollte Betty wissen.

»In Perth. Ich wollte mit dem überlebenden Motorradfahrer sprechen.«

»Und? Hast du?«

»Nein.« Craigh schüttelte den Kopf. »Die Polizei hat Posten vor seiner Tür aufgestellt, die mich nicht durchlassen wollten. Aber ich habe trotzdem einiges erfahren. Wir können später darüber reden. Hast du schon von Dearks gehört?«

»Ich weiß nicht einmal, was ein Dearks ist.«

»Nicht *was*, sondern *wer*, aber irgendwie paßt es schon.« Craigh grinste. »Der Kerl ist Sondstrups Vorgesetzter. Ein geschniegelter Yuppie mit Yale-Abschluß, der sich für den Größten hält und hier jetzt richtig aufräumen will. Eine seiner ersten Meisterleistungen war es, uns des Geländes zu verweisen, weil er momentan keine Presse hier gebrauchen kann. Wir sollen unsere Sachen packen und abhauen.«

»Das kommt gar nicht in Frage«, widersprach Wenderworth. »Als Arzt kann ich es nicht verantworten, Miss Sanders wegzuschicken. Und dagegen kann auch der werte Mr. Dearks nicht anstinken. Für gesundheitliche Fragen bin ich allein zuständig. Sie werden noch mindestens ein oder zwei Tage hierbleiben, bis Ihre Verletzungen einigermaßen auskuriert sind, Miss Sanders.«

»Aber ich bin durchaus in der Lage, aufzustehen«, behauptete Betty.

»Mag sein«, erwiderte Wenderworth schmunzelnd und zwinkerte ihr und Craigh zu. »Aber das braucht Dearks ja nicht unbedingt zu erfahren. Solange Sie also brav auf meine Anordnungen hören und hier liegenbleiben, kann er gar nichts machen.«

»Und was nutzt es mir, wenn ich nur untätig hier herumliege?« wandte Betty ein. »Das bringt den Artikel auch nicht voran. Da kann ich sogar außerhalb des Parks besser recherchieren.«

»Es ist Ihre Entscheidung«, sagte Wenderworth. »Gesundheitlich wäre es in jedem Fall besser, wenn Sie noch eine Weile liegenblieben. Außerdem wären Sie näher am Geschehen, und wenn Sie zwischendurch von Zeit zu Zeit mal aufstehen und ein bißchen umhergehen, kann niemand etwas dagegen haben, solange Sie Dearks gegenüber nicht allzu offen als Journalistin auftreten. Überlegen Sie es sich.«

»Ich finde, er hat recht«, mischte sich Craigh ein. »Solange du hier bist, habe ich einen Grund, das Gelände ebenfalls zu betreten, und im Augenblick könntest du sowieso nicht viel machen. Ich bin gleich mit dem Aborigine verabredet, mit dem wir gestern schon gesprochen haben. Falls er mir etwas Interessantes zu erzählen hat, können wir immer noch sehen, wie wir weiter vorgehen. Vielen Dank übrigens, Doktor.«

»Keine Ursache. Ich hatte zwar erst kurz das zweifelhafte Vergnügen mit Dearks, aber das hat mir gereicht. Wenn ich könnte, würde ich den Typ am liebsten in eine isolierte Krankenstation stecken, da könnte er wohl am wenigsten Unheil anrichten.«

Vielleicht tut er Ihnen ja den Gefallen und erleidet einen Hitzschlag«, gab Craigh grinsend zurück. »Wenn er weiterhin in seinem dicken Anzug herumläuft, könnte es durchaus passieren.«

»Mein Beruf verbietet mir, mir so etwas zu wünschen.« Wenderworth klopfte Craigh auf die Schulter. »Aber vielleicht reicht es ja, wenn Sie nur intensiv genug darauf hoffen. Ich muß weiter, es warten noch ein paar andere Verletzte auf mich. Ich sehe später noch einmal nach Ihnen, Miss Sanders.«

Craigh setzte sich auf die Kante der Pritsche, nachdem Wenderworth die Baracke verlassen hatte. Ein paar Sekunden herrschte ein unbehagliches Schweigen.

»Was gestern abend passiert ist . . .«, begann Craigh zögernd.

»Es ist nun einmal passiert.« Betty strich ihm sanft mit der Hand über seinen Arm. »Ich weiß nicht, wie es dazu gekommen ist. Die Stimmung, die Tanzerei, ich hatte etwas getrunken . . . es kam alles zusammen. Ich hatte es vorher nicht geplant, es ergab sich einfach so. Aber ich bereue es nicht, wenn es das ist, was du meinst. Es war schön.« Sie lächelte etwas verunglückt. »Jedenfalls, bis uns der Himmel auf den Kopf gefallen ist. Ein Orgasmus wie ein Erdbeben. Auch eine interessante Erfahrung.«

»Ich wollte dir noch sagen –«

Ein weiteres Mal fiel sie ihm ins Wort. »Sag es nicht«, bat sie. »Jedenfalls nicht jetzt und hier. Man kann alles zerreden, und das möchte ich nicht.«

»Du hast recht.« Craigh nickte, stand wieder auf und ging unruhig in dem kleinen Raum auf und ab. »Und du willst wirklich das Angebot von Wenderworth annehmen?«

»Es klingt ganz vernünftig. Außerdem dürfte es die einzige Chance sein, noch etwas hier im Park zu bleiben. Wenn wir erst einmal draußen sind, ist es vorbei. Dearks wird uns bestimmt nicht wieder hereinlassen.«

»Vielleicht wäre es sogar das beste, von hier zu verschwinden.«

»Wie meinst du das?«

»Es ist nicht ganz ungefährlich hier. Ich habe mich mit Sondstrup ausgiebig darüber unterhalten. Selbst er ist nicht allzu unglücklich darüber, daß Dearks ihm die Leitung des Projekts voraussichtlich entziehen wird. Irgend etwas geht hier vor, das sich bislang niemand erklären kann. Was gestern nacht passiert ist, war möglicherweise erst ein Anfang.«

»Jetzt übertreibst du.« Skeptisch verzog Betty das Gesicht.

»Du hast nicht mitbekommen, was in den vergangenen Stunden passiert ist. Ich habe erfahren, daß es im Camp der Demonstranten heute nacht einen weiteren Toten gegeben hat. Ein Tier war dafür verantwortlich, das nach der Beschreibung einer Zeugin eine verblüffende Ähnlichkeit mit einem der kleinen Sauriermodelle hatte. Andere Tiere, auf die eine solche

Beschreibung auch nur ansatzweise zutrifft, gibt es hier nicht. Außerdem ist Sondstrups Assistent tot, erschlagen unter dem Modell des Tyrannosaurus, der zuvor auf noch ungeklärte Art die halbe Montagehalle durchquert hat, um schließlich aus ebenfalls ungeklärter Ursache umzustürzen.«

»Soll das heißen, daß du ernsthaft daran glaubst, daß sich die Modelle selbständig bewegen?«

»Ich weiß nicht.« Craigh zuckte mit den Schultern. »Sondstrup behauptet, es wäre unmöglich. Sie sollen sich zwar später bewegen, und zwar mehr, als er anfangs zugegeben hat, aber sie sind noch nicht programmiert. Was von der Zeugenaussage dieses Mädchens zu halten ist, weiß ich nicht, aber auf jeden Fall sind mehrere der Modelle in direktem Zusammenhang mit den Todesfällen von ihrem Platz bewegt worden, ohne daß jemand weiß, wie das geschehen konnte. Und solange ich nicht weiß, was dahintersteckt, fühle ich mich nicht besonders wohl bei dem Gedanken, dich allein hier zurückzulassen.«

»Als du vorhin weggefahren bist, hattest du keine solchen Skrupel.«

»Da wußte ich ein paar Sachen auch noch nicht.«

Betty runzelte die Stirn. »Craigh, ich bin kein Kind mehr und kann gut auf mich selbst aufpassen. Ich glaube kaum, daß irgendein Kunststoffsaurier hier zu Tür hereinspaziert, um mich aufzufressen.«

»Die Tür würde er sicherlich nicht benutzen«, murmelte Craigh. »Aber es ist deine Entscheidung. Ich werde mich jetzt mit diesem Nipper treffen. Er sagte, es wäre dringend. Vielleicht hat er mir wirklich etwas Wichtiges zu erzählen, danach können wir immer noch überlegen, was wir machen.«

»Was glaubst du, wie lange du wegbleibst?«

»Keine Ahnung. Ich hoffe, daß ich in einer Stunde oder so wieder zurück bin.«

Er verabschiedete sich von Betty und verließ die Unterkunft. Mit dem Wagen fuhr er zum Tor, wo Nipper bereits auf ihn wartete.

»Wie sind Sie hergekommen?« erkundigte er sich, nachdem der junge Mann bei ihm eingestiegen war.

»Man hat mich gebracht, aber ich wollte mit Ihnen zurückfahren.« Nippers Gesicht war ernst. »Wie ich schon am Telefon sagte, muß ich unbedingt mit Ihnen sprechen.«

»Ich hoffe, Sie versuchen nicht, mich über den Park auszufragen. Ich habe keine Lust, so etwas wie den Spion für Sie zu spielen«, sagte Craigh und dachte an Leechs Funkgerät hinter seinem Sitz. Lange konnte dieser Tanz zwischen den Fronten nicht gutgehen. Im Gegensatz zu seiner Aufgabe als Reporter hatte er längst die Position eines unbeteiligten Beobachters aufgegeben und damit begonnen, aktiv ins Geschehen einzugreifen. Diese Rolle wollte er nicht noch weiter ausbauen.

»Darum geht es nicht«, behauptete Nipper. »Obwohl ich nach allem, was passiert ist, mehr denn je davon überzeugt bin, daß dieser Park nicht weitergebaut werden sollte. Aber das steht auf einem anderen Blatt. Wie stehen Sie dazu?«

»Was ich denke, spielt keine Rolle«, wich Craigh aus. »Ich weiß zu wenig, um mir ein Urteil zu bilden, und ich bin gekommen, weil ich hoffe, daß Sie mir mehr erzählen können. Was wissen Sie über den Park?«

»Wahrscheinlich weniger als Sie«, gestand Nipper.

»Und warum wehren Sie sich so gegen den Bau? Professor Sondstrup hat recht blumig etwas von Berufsdemonstranten erzählt, die prinzipiell gegen alles wären, und die Motorradgangs sind seiner Meinung nach nur hergekommen, um ein bißchen auf den Putz zu hauen. Was ist an dem Protest wirklich dran?«

Nipper schwieg ein paar Sekunden lang. »Ich fürchte, Sondstrup hat nicht völlig unrecht«, sagte er dann. »Ich habe mitgeholfen, die Umweltschützer zu mobilisieren, und ich habe auch Charles und seine Gang hergeholt. Roderick und seine Leute haben dann nachgezogen. Für sie ging es zu Anfang wirklich nur um ein bißchen Randale.«

»Aber warum das alles?« wollte Craigh wissen. »Warum wollen Sie unbedingt verhindern, daß der Park gebaut wird?«

»Es gibt . . . Gründe«, sagte Nipper zögernd und auf eine Art, die Craigh unwillkürlich aufhorchen ließ. »Aber ich kann Ihnen nichts darüber sagen.«

»Religiöse Gründe?« hakte Craigh nach. »Sondstrup behauptet, selbst die Organisationen zur Vertretung der Aborigines hätten keine Einwände gegen das Projekt erhoben. Dies ist weder heiliger Boden, noch hat dieser Landstrich eine andere besondere Bedeutung.«

Nipper schüttelte den Kopf. »Sie wissen nicht besonders viel über Australien und die Aborigines, nicht wahr?«

»Nein«, gestand Craigh. »Nicht viel.«

»Sehen Sie, für die Weißen stellen wir *ein* Volk dar und noch dazu ein recht primitives. Unsere Kultur ist anders entwickelt. Die Aborigines lebten Jahrtausende in Stammesgemeinschaften, und viele der Stämme sind so vollständig anders entwickelt und teilweise sogar untereinander befeindet, daß man sie nicht einfach in einen großen Topf werfen und als *ein Volk* bezeichnen kann. Jede Stammesgemeinschaft hat ihre eigenen Mythen und Legenden, ihren eigenen Glauben, ihre eigenen Geheimnisse.«

»Wenn ich Sie richtig verstehe, dann wollen Sie damit sagen, daß dieses Land Ihrem Stamm doch heilig ist und andere nur nichts darüber wissen?«

»Ich möchte Ihnen etwas zeigen, Mr. Ellison«, sagte Nipper anstelle einer Antwort. »Bitte lassen Sie uns zum Camp fahren.«

Craigh ließ den Motor an und fuhr los. »Ist der Boden nun heilig?« bohrte er nach.

»Ich kann Ihnen die Frage nicht beantworten«, entgegnete Nipper. »Jedenfalls nicht mit einem einfachen Ja oder Nein. Ich gehöre zwar einem Stamm an, aber ich lebe lange schon nicht mehr in der Stammesgemeinschaft. Als ich mich entschloß, in die Stadt zu gehen, um zu studieren, habe ich mehr als nur ein paar ärmliche Hütten hinter mir zurückgelassen. Ich gehöre weder meiner eigenen noch Ihrer Kultur an, das ist mir in letzter Zeit immer mehr bewußt geworden. Ich hatte gehofft, so etwas wie ein Mittler zwischen den beiden Welten zu werden, aber ich glaube inzwischen nicht mehr, daß dies überhaupt möglich ist. Ihre Kultur ist ein sehr gefräßiger Moloch, der nichts neben sich duldet.«

»Das stimmt nicht«, protestierte Craigh halbherzig. »Es hat schlimme Zeiten gegeben, aber der Imperialismus ist vorbei. Wir versuchen auch Minderheiten alle nur möglichen Rechte einzuräumen.«

Nipper schnitt eine Grimasse. »Ich spreche nicht von rechtlichen Fragen und ein paar Reservaten, wo Wilde zur Belustigung der Touristen Tänze aufführen dürfen«, sagte er grimmig. »Ich spreche von der Kultur, dem Weltbild. Die ganze abendländische Kultur klammert sich an ein rein materielles Weltbild. Sie glaubt an das Fleisch, nicht an den Geist. Für sie existiert nur das Sichtbare, das sich konkret erfassen und nach ihren Regeln beweisen läßt.«

»Und was ist falsch daran?«

»Der Denkansatz. Bei Ihnen wird die Wissenschaft vergöttert, aber diese Wissenschaft entfaltet sich nicht frei, sondern ist nur ein Spiegel Ihres eigenen Geistes. Schon Ihre festgelegte Sprache ist unvollkommen. Sie können nur das erfassen und beweisen, was ohnehin schon in Ihrem Gehirn ist. Sie haben Ihre Vorstellung von Dingen, und von Ihrem Weltbild aus ist es unmöglich, darüber hinauszudenken, weil es keine Worte dafür gibt. Sie erfassen nur den Schatten der Dinge, der sich in Ihrem Gehirn widerspiegelt, nicht die Dinge an sich. Alles weitere sind nur leere Worthülsen. Versuchen Sie sich die Unendlichkeit vorzustellen. Sie haben zwar das Wort dafür und wissen, was gemeint ist, aber Sie können nur mit diesem Wort jonglieren. Es ist ein leeres Symbol. Erst wenn Sie Ihr Denken dahin umstellen, ein Ding selbst zu sehen, statt nur die Vorstellung davon, die Sie mit unvollständigen Worten in Ihrem Verstand erzeugen, dann können Sie die ungefilterte Realität wahrnehmen. Verstehen Sie, was ich Ihnen sagen will?«

»Ich fürchte, nein«, antwortete Craigh. »Jedenfalls nicht ganz. Außerdem weiß ich nicht, was das mit dem Park zu tun haben soll. Ich hatte gehofft, Sie hätten mir etwas Konkretes anzubieten, nicht nur philosophische Betrachtungen.«

»Das habe ich auch.« Nippers Stimme wurde eindringlich. »Ich versuche Ihnen klarzumachen, daß Ihre Art zu denken bei allem, was Sie nicht konkret in die Hand nehmen und betrachten können, sehr schnell an Grenzen stößt. Deshalb können Sie stets nur Teilaspekte der Welt wahrnehmen. Selbst namhafte Naturwissenschaftler haben dies mittlerweile erkannt. Die wahrscheinlich wichtigste Erkenntnis Einsteins war der Nachweis, daß ein mechanistisches Weltbild relativ und unvollkommen ist, daß Zeit und Raum nicht für sich allein existieren, sondern alles eine Einheit bildet. Aber bei der Vorstellung, daß die Zeit an verschiedenen Orten verschieden abläuft, und eine Gerade im Raum in sich gekrümmt sein kann, versagt Ihr Denken. Möglicherweise geht es auch hier um eine solche Grenze, und wir haben es mit etwas zu tun, das außerhalb Ihres Weltbildes liegt, weshalb Sie es nicht verstehen können.«

»Falls Sie darauf hinaus wollen, daß es um etwas Übernatürliches geht, dann hat das mit meiner Kultur nichts zu tun. Bei uns gibt es ebenfalls Spuk und Magie. Ich glaube nur nicht daran.«

Nipper lächelte schwach. »Sehen Sie, genau das meinte ich, als ich Ihre Kultur als gefräßig bezeichnet habe. Sie teilen die Welt auf. Das, was Sie anfassen können, ist natürlich, alles andere ist übernatürlich. Genausogut könnten Sie auch unnatürlich sagen, dann wird deutlicher, daß bereits Ihre Sprache diskriminierend ist. Sie tolerieren nicht, wie Sie behaupten, sondern betrachten andere Denkrichtungen herablassend, machen sich darüber lustig. Ich habe es am eigenen Leib erfahren. Das schamanische Weltbild, mit dem ich aufgewachsen bin, hat einen ganz anderen Denkansatz, es sieht die Welt als Ganzes. Aber bereits nach wenigen Monaten an der Universität habe ich angefangen, ebenso eingleisig zu denken, und das war es, was mich von meinem Stamm mehr entfremdet hat als alles andere. Auch ich kann kaum noch an Kräfte glauben, die man nicht im Labor analysieren, messen und mit Worten eindeutig festlegen kann.«

»Also doch übernatürliche Kräfte, wenn man den negativen Beigeschmack dieses Wortes mal außer acht läßt.«

»Denken Sie an die unterschiedlich schnell verstreichende Zeit und den zugleich geraden, wie in sich gekrümmten Raum. Sprechen wir lieber von Kräften, die Ihrem Denken noch fremd sind. Nicht einfach nur bislang unerklärt, so wie den Menschen vor zweihundert Jahren elektrisches Licht noch wie Magie erschienen wäre, sondern wirklich *fremd*. Möglicherweise etwas, das der ganzen Art Ihres Denkens, Ihrer Logik zuwiderläuft.«

Craigh versuchte, darüber nachzudenken, aber es gelang ihm nicht, sich genügend zu konzentrieren. Die Worte entglitten ihm, wie Sand zwischen den Fingern zerrann. Vielleicht war gerade das schon eine der Grenzen, von denen Nipper gesprochen hatte.

Er war froh, als sie das Camp erreichten und das Gespräch dadurch vorübergehend unterbrochen wurde, doch er wurde überrascht. »Fahren Sie noch ein Stück weiter«, bat ihn Nipper. »Einfach der Straße nach.«

Verwundert kam Craigh der Aufforderung nach. Während sie an dem Camp vorbeifuhren, fiel ihm auf, daß es sich um wesentlich weniger Zelte als bei seinem Besuch am Vortag handelte, und es waren auch kaum Menschen zu sehen.

»Wo sind die anderen?« erkundigte er sich.

»Weggefahren. Als erste die Umweltschützer. Sie wollten wegen der Gewaltaktionen nicht mehr mitmachen. Und auch die meisten von Rodericks Leuten sind abgehauen. Sehen Sie die Hütten da hinten? Halten Sie dort an.«

Während sie sich der Siedlung näherten, mußte Craigh wieder an seinen Traum denken, die Vision. War es ein Zufall, daß Nipper als Beispiel für seine Theorie ausgerechnet Einsteins Erkenntnisse über die unterschiedlich verstreichende Zeit gewählt hatte? Der Traum erfüllte beides, und er ging außerdem über sein nach den drei definierten Dimensionen ausgerichtetes Wahrnehmungsvermögen hinaus. Es konnte nicht sein, daß er irgendeine Art von gedanklichem Kontakt mit dem Bewußtsein eines anderen Menschen gehabt hatte, da der Pilot zu diesem Zeitpunkt längst tot gewesen war. Also waren sowohl die Zeitlinien durcheinandergeraten, da er etwas geträumt hatte, das sich rund fünfzehn Stunden vorher abgespielt hatte, und im Traum war er auch räumlich an einem anderen Ort gewesen.

»Ich glaube, Sie beginnen zu verstehen«, sagte Nipper lächelnd. »Sie denken gerade an den Traum, von dem Sie gestern erzählt haben, nicht wahr?«

Craigh konnte nur stumm nicken.

»Im Gegensatz zu Dick, der alles für eine unsinnige Ausrede hielt, habe ich keinen Moment daran gezweifelt, daß Sie die Wahrheit gesagt haben. Sie wirkten viel zu verzweifelt, als daß es eine Lüge hätte sein können.«

»Was . . . was hat das zu bedeuten?« preßte Craigh hervor.

»Träume sind etwas Besonderes«, sagte Nipper vieldeutig und starrte auf seine auf den Oberschenkeln ruhenden Hände hinab. »Im Traum streifen wir die Fesseln unseres Verstandes und unseres Körpers ab. Aber es hat Opfer gekostet, daß wir uns geistig so weit von unseren Wurzeln entfernt haben. Wir haben unsere Träume verloren. Und wenn sie zurückkehren, wissen wir nicht mehr, was sie bedeuten.«

»Die Traumzeit«, murmelte Craigh.

Nipper blickte überrascht auf. »Was wissen Sie darüber?«

»Nicht viel«, gestand Craigh. »Nur, daß sie irgendwie zur Mythologie der Aborigines gehört. Und der Begriff klingt . . . na ja, faszinierend. Vor allem, da es gerade ein Traum ist, der mir momentan so zu schaffen macht.«

»Möglicherweise gibt es sogar einen größeren Zusammenhang als nur den Begriff. Bitte halten Sie hier an, Mr. Ellison.«

Sie hatten die ersten Häuser erreicht, armselige Hütten in einem erbärmlichen Zustand. Einige Aborigines hielten sich im Freien auf und warfen dem Wagen neugierige und mißtrauische Blicke zu, andere lugten verstohlen aus Fenstern. Die Blicke waren unangenehm für Craigh, zeigten ihm überdeutlich, daß er ein Fremder war und hier im Grunde nichts verloren hatte. Er stellte den Motor ab und sah Nipper an.

»Sie haben am Telefon behauptet, daß Sie mit mir über den Traum sprechen wollen«, erinnerte er. »Bitte sagen Sie mir, was Sie wissen. Was hat diese seltsame Vision mit dem zu tun, was Sie als Traumzeit bezeichnen? Was *ist* die Traumzeit?«

Nipper zögerte ein paar Sekunden. »Das ist nicht mit einigen wenigen Worten zu erklären«, sagte er. »Sie könnten einem Wilden auch nicht mit drei Sätzen die gesamten Grundlagen der christlichen Religion vermitteln.«

»Ist es das, was ich in Ihren Augen bin?« fragte Craigh bitter. »Ein Wilder?«

»Das Beispiel war unglücklich, wenn Sie es so auffassen. Und es paßt auch nicht richtig. Stellen Sie sich vor, Sie müßten einem Blinden ein Bild beschreiben, und Sie müßten es nicht mit Worten, sondern mittels eines Musikinstruments tun. Dann begreifen Sie vielleicht eher die Schwierigkeit. Ihre Sprache ist in diesem Fall das Instrument; sie reicht nicht aus, etwas zu erklären, wofür es bei Ihnen keine passenden Worte gibt. Und um Ihrer nächsten Frage zuvorzukommen: Ja, in gewisser Hinsicht sind Sie ein Blinder. Ich bin es ebenfalls, aber wenigstens konnte ich früher sehen.«

»Dann versuchen Sie wenigstens, es mir zu erklären«, drängte Craigh.

»Sehen Sie, im Weltbild der schamanischen Kultur gibt es zwei verschiedene Zeitperioden, die parallel zueinander existieren. In gewisser Hinsicht könnte man es als zwei Welten bezeichnen, die sich jedoch ununterbrochen gegenseitig beeinflussen. Die eine ist unsere Welt, das, was Sie als objektive Realität bezeichnen würden. Für einen Schamanen aber ist diese Welt nur ein Ausschnitt der Wirklichkeit, der in einen unbegrenzten geistigen Kreis eingebettet ist, eben die Traumzeit. Gewissermaßen ein höheres Kontinuum. Ganz entfernt könnte man es als eine weitere Dimension zu den uns bekannten drei bezeichnen. So wie ein zweidimensionaler Schatten nur ein unvollkommenes Abbild eines dreidimensionalen Gegenstandes ist, so ist auch das, was wie von unserer Welt sehen, nur ein Teil der vollständigen Wirklichkeit.«

»Aber ein zweidimensionales Wesen könnte auch die dritte Dimension nicht erfassen«, wandte Craigh ein.

Nipper lächelte. »Woher wollen Sie das wissen? Wenn es sich die Mühe machen würde, zu sehen, statt alles durch den Filter seiner eigenen Unvollkommenheit wahrzunehmen, würde es erkennen, daß sein Bild der Welt unvollständig ist. Auch ein Schatten, obwohl selbst nur zweidimensional, bewegt sich durch einen dreidimensionalen Raum, der durch die zusätzliche Dimension der Tiefe gekrümmt ist, so wie der unsere durch die Traumzeit. Unsere Schamanen stehen durch ihre überlegenen geistigen Fähigkeiten mit der Traumzeit und ihren Schutzgeistern in Verbindung. Mittels Riten, bei denen heilige Gegenstände verwendet werden, können sie durch gezielte Träume in diesen höheren Kreis eindringen. Für sie ist das Universum kein eigenständiger, von uns unabhängiger Raum, in dem wir leben, sondern wir sind ein Teil des Ganzen, so wie der Splitter eines Hologramms immer das gesamte Bild in sich trägt. Körper und Geist sind eins; was immer wir tun, hat Auswirkungen auf das Ganze – und umgekehrt. Hierin ist die Vorstellungsweise der Schamanen übrigens seit Jahrtausenden den modernen Erkenntnissen der Quantentheorie sehr ähnlich. Und damit kommen wir auch zu Ihrem Traum.«

»Ich sehe noch keinen Zusammenhang«, murmelte Craigh.

»Ich spreche von der Einheit zwischen Mensch und allem anderen Sein. Ihr Bewußtsein ist nach der Auffassung der Schamanen ein Teil des Universums und steht mit allen anderen Teilen in Verbindung, nicht nur auf subatomarer Ebene, sondern auch innerhalb eines höheren Kontinuums. Wir können diese Einheit nicht bewußt herstellen, aber in unseren Träumen gelingt es uns manchmal. Auch Ihr Traum ist ein realer Bestandteil der Traumzeit.«

»Das wird mir allmählich zu hoch«, erklärte Craigh kopfschüttelnd und zündete sich eine Zigarette an. Er verstand nur einen kleinen Teil dessen, was Nipper ihm erzählte, aber dennoch erfüllte es ihn mit einer unterschwelligen Nervosität.

»Mir auch«, gestand Nipper. »Ich habe ja gesagt, ich habe mich von diesem Denken selbst viel zu weit entfernt, um es noch richtig nachzuvollziehen oder überzeugend erklären zu können. Stellen Sie sich die Traumzeit einfach als eine höhere Ebene der Realität vor, in der die Grenzen zwischen Zeit und Raum aufgehoben sind und in die unsere Schamanen eindringen können. Zum Teil können sie sogar über weite Entfernungen hinweg miteinander kommunizieren, wenn sich ihre Bewußtseine in der Traumzeit begegnen. Mehr kann ich Ihnen auch nicht darüber sagen, aber vielleicht reicht es aus, damit sie dem Weltbild unserer Kultur nicht mehr ganz so hilflos gegenüberstehen.«

Craigh blickte sich um, als er hörte, wie jemand gegen das Seitenfenster des Wagens klopfte. Sein Herzschlag beschleunigte sich unwillkürlich, als er den alten Aborigine erkannte, der ihm bereits während der Fahrt von Perth zum Park auf so sonderbare Weise begegnet war. Auffordernd winkte der Ureinwohner ihm zu.

»Wer ist das?« erkundigte sich Craigh.

»Wer?«

»Der alte Mann hier neben dem Wagen.«

Nipper runzelte die Stirn. »Ich weiß nicht, von wem Sie sprechen.«

»Aber Sie müssen ihn doch sehen! Er hat gerade an die Scheibe geklopft und uns auffordernd zugewunken!« Craigh ließ seinen Blick zwischen dem Greis und Nipper hin und her wandern. Als er sich das nächste Mal umblickte, war der alte Mann verschwunden, obwohl die Straße in beide Richtungen völlig frei und übersichtlich war. Craigh schluckte. »Was ... was soll das für ein Spiel sein?« fragte er, und es gelang ihm nicht, einen Unterton von Hysterie völlig aus seiner Stimme herauszuhalten. »Sie *müssen* ihn doch auch gesehen haben! Er stand doch direkt neben der Tür!«

»Möglicherweise hatten Sie einen Traum«, sagte Nipper.

»Aber ich habe nicht geschlafen, und ich habe den Mann so deutlich gesehen, wie –«

»Für diese besondere Art von Träumen brauchen Sie nicht zu schlafen«, unterbrach ihn Nipper. »Wie sah der Mann aus?«

»Er war ein Aborigine und bereits ziemlich alt«, antwortete Craigh. »Graues, fast weißes Haar und ein struppiger, ebenfalls grauer Bart. Das Gesicht war faltig, das Kinn stand ein wenig vor.«

»Morweyn«, sagte Nipper. »Er könnte es gewesen sein. Zu ihm wollte ich Sie bringen. Er ist ein mächtiger Schamane. Was hat er getan?«

Er hat mir zugewunken, als ob ich ihm folgen sollte. Es ist

bereits das zweite Mal heute, daß ich den Mann gesehen habe. Bereits heute morgen ist er mir begegnet. Er stand plötzlich mitten auf der Straße, und die Umgebung begann sich zu verändern. Er sagte, ich solle zu ihm kommen. Ich habe es für Einbildung gehalten.«

»Glauben Sie mir, Mr. Ellison, was Sie gesehen haben, war auf seine Art so real wie Sie selbst oder dieses Auto. Ich werde Sie zu Morweyn bringen. Sehen Sie die Hütte da hinten am Ende der Straße, etwas abseits von den anderen? Dort wohnt er.«

Craigh ließ den Motor wieder an und fuhr los. Sein inneres Gleichgewicht war erschüttert. Einerseits klammerte sich ein Teil von ihm immer noch mit aller Verbissenheit an sein rationales Weltbild, andererseits hatte es jedoch schon so tiefe Risse bekommen, daß diese sich nicht einfach wegleugnen ließen. Er fühlte sich zutiefst verunsichert.

Vor der Hütte, die Nipper ihm genannt hatte, hielt er an. Er wollte aussteigen, doch Nipper hielt ihn zurück. »Einen Moment noch«, bat er. »Da ist noch eins, das ich Ihnen nicht gesagt habe.« Er räusperte sich. »Auf Bitten von Morweyn hin habe ich den Widerstand gegen den Bau des Parks zu organisieren versucht. Aber es ist nicht ganz leicht, mit Morweyn auszukommen. So hat er sich geweigert, mir zu sagen, warum der Park nicht gebaut werden soll. Er sprach nur von Unheil, das dadurch ausgelöst werden würde.«

»Sie haben nur auf eine vage Bitte hin gehandelt?«

»Morweyn ist nicht irgend jemand, sondern ein Schamane, vergessen Sie das nicht. Und Unheil hat der Park bereits jetzt genug gebracht. Es hat mindestens fünf Tote gegeben. Dick, Roderick, Denny, Pete und den Piloten des Flugzeugs. Außerdem wird Charles wohl nicht mehr lange zu leben haben. Das sind bereits sechs Opfer.«

»Sieben«, korrigierte Craigh. »Heute morgen hat es im Park einen weiteren Toten gegeben.«

»Auf jeden Fall zu viele, und ich fürchte, es wird noch mehr geben. In den letzten Tagen ist die Entwicklung eskaliert. Wie ich schon sagte, hat Morweyn mir nichts über das Unheil erzählt, das der Park bringen würde, aber da ist etwas, was möglicherweise wichtig ist. In unserer Kultur wird das Leben in Kreisen gesehen, die keine bestimmte Dauer haben und sich oft überschneiden. Aber irgendwann endet jeder Kreis mit einer Apokalypse, damit es anschließend eine Erneuerung geben kann. Der Rhythmus von Werden und Vergehen. Was besteht, muß untergehen, um etwas neuem Platz zu machen.«

»Und was sind das für Apokalypsen?«

»Nun, für den Kreis eines Menschen ist es der Tod. Ansonsten gibt es viele Formen. Eine Naturkatastrophe beispielsweise. Ein Erdbeben, eine Sintflut, was immer Sie wollen. Möglicherweise steht das mit dem Park in irgendeinem Zusammenhang. Es ist nur eine vage Assoziation von mir, aber ich wollte sie Ihnen wenigstens erzählen. Kommen Sie.«

Bevor Craigh Gelegenheit zu weiteren Fragen fand, hatte der Aborigine die Tür bereits geöffnet, stieg aus und ging auf die Hütte zu. Craigh folgte ihm.

»Sie sind erledigt, Sondstrup, glauben Sie mir.« Stephen J. Dearks sagte es kühl, fast teilnahmslos. Nicht einmal jetzt leistete er sich den Luxus von Triumph in der Stimme. Das, was er sagte, reichte bereits aus und wurde durch den sachlichen Tonfall eher noch bekräftigt. »Die Vorsitzenden des Konsortiums sind von den Vorfällen hier unterrichtet worden und haben meinen Vorschlägen zugestimmt. Sie sind nicht nur Ihres Postens enthoben, sondern werden auch noch heute mittag zurück in die Staaten fliegen. Man erwartet Sie dort zu einem Rechenschaftsbericht über Ihr Versagen. Und glauben Sie nicht, daß Sie irgend etwas beschönigen können. Ich habe bereits eine objektive Beschreibung des Chaos durchgegeben, das ich hier angetroffen habe. Wenn das ganze Ausmaß Ihrer Unfähigkeit herauskommt, wird man Ihnen nicht einmal mehr die Leitung über einen Kindergarten übertragen. Mit viel Glück können Sie wieder an irgendeine Provinzuniversität zurückkehren.«

»Warum langweilen Sie nicht jemand anders?« Sondstrup gab sich kaum weniger teilnahmslos als sein Gegenüber, obwohl es in seinem Inneren brodelte. Aber das lag nicht an Dearks. Der Manager war das kleinste seiner Probleme. Er sah Dearks nicht einmal an, sondern schenkte sich in aller Ruhe einen weiteren Whisky ein. Der wievielte es im Verlauf der letzten Stunden war, wußte er schon nicht mehr, aber nicht einmal der Alkohol konnte die leise, boshafte Stimme in seinem Hinterkopf zum Verstummen bringen, die ihm unermüdlich zuflüsterte, daß er an allem schuld wäre. Das Schlimmste war, daß er nicht einmal wußte, woran er schuld sein sollte. Die Dinge waren ihm aus der Hand geglitten, das stimmte, aber er wußte weder wieso, noch in welche Richtung.

Während der ganzen Monate, in denen er den Bau des Parks geleitet hatte, war alles relativ glatt gegangen. Es hatte immer kleinere Pannen gegeben, und auch die Auseinandersetzungen mit den Aborigines, den Demonstranten und den Rockern waren nicht gerade erfreulich gewesen, doch diese Zwischenfälle waren unerheblich. Die Arbeiten waren ohne größere Rückschläge vorangeschritten. Dann jedoch . . .

Seit der Zerstörung des Pteranodon hatte sich alles überschlagen, und obwohl er es nach außen hin oft genug behauptet hatte, glaubte er inzwischen längst nicht mehr daran, daß es sich nur um Sabotageakte handelte – jedenfalls nicht in der Form, in der er sie bislang betrachtet hatte. Die Rocker hatten nicht die Möglichkeit gehabt, die Modelle so weit zu transportieren, wie diese teilweise von ihrem Standort entfernt gewesen waren, und auch sonst wäre niemand dazu in der Lage gewesen. Die einzige Erklärung, so verrückt sie auch anmutete, war es tatsächlich, daß sich die Modelle selbst bewegt hatten. An übernatürliche Kräfte zu glauben, weigerte sich Sondstrup mit aller Beharrlichkeit. Aber da es schlichtweg unmöglich war, heimlich Programme in die Modelle einzuspeisen, mußte jemand einen anderen Weg gefunden haben, sie zu gezielten Bewegungen zu veranlassen. Möglicherweise eine Art Fernsteuerung? Auch das hätte einen enormen technischen Aufwand bedeutet. Seine Techniker hätten es gemerkt, wenn jemand entsprechende Vorrichtungen in die Modelle eingebaut hätte.

Irgend etwas Wesentliches hatte er bislang nicht bedacht, aber er kam einfach nicht darauf, was es war. Es war ihm – zumindest im Augenblick – völlig egal, daß man ihm die Leitung des Projekts entzogen hatte. Ihm bereitete die Apokalypse Sorgen, zu der es zwangsläufig kommen mußte, wenn sich die Folge der Vorfälle mit der bisherigen Schwere und besorgniserregenden Steigerung des Tempos fortsetzte. Dieses als Freizeitparadies geplante Projekt würde in einer Katastrophe untergehen, und Dearks war ganz sicher niemand, der etwas unternehmen konnte, um dies zu verhindern.

»Wann startet das Flugzeug?« erkundigte sich Sondstrup gleichgültig. »Das haben Sie doch sicher schon überprüft.«

»Leider erst heute abend um halb sechs.«

»Dann lassen Sie mich so lange in Ruhe. Noch ist das mein Büro. Also verschwinden Sie.« Er wedelte mit der Hand, als wollte er eine lästige Fliege verscheuchen.

Dearks musterte ihn herablassend. »Ihre Reaktion wird freilich in meinen Bericht einfließen«, sagte er. »Es verbessert Ihre Situation nicht gerade, daß Sie sich in einer Lage wie dieser in den Alkohol flüchten.« Er ging zur Tür und öffnete sie, verharrte dann aber noch einmal. »Ach ja, noch eins. Jetzt kann ich es Ihnen ja sagen. Ich wußte von Anfang an, daß es ein Fehler sein würde, Ihnen die Leitung dieses Projekts zu übertragen, aber man wollte ja nicht auf mich hören. Ich habe Sie noch nie ausstehen können.«

»Gut.« Sondstrup nickte. »Das beruht auf Gegenseitigkeit. Und jetzt lassen Sie mich endlich in Ruhe. Ich muß nachdenken.«

»Glauben Sie mir, es wird mehr als nur ein bißchen Nachdenken erfordern, wenn Sie Ihren Kopf noch aus der Schlinge ziehen –«

Er brach ab, als aus dem Freien Schreie aufklangen. Vereinzelt fielen Schüsse. Mit einem Satz war Sondstrup auf den Beinen, schob Dearks kurzerhand zur Seite und drängte sich an ihm vorbei. Zum Schutz gegen das grelle Sonnenlicht beschattete er seine Augen mit den Händen. Dennoch konnte er ein paar Sekunden lang kaum etwas sehen, und dann . . .

Entsetzt prallte er zurück. Für einen kurzen, schrecklichen Moment glaubte er, nun endgültig den Verstand verloren zu haben, oder vielleicht gaukelte der Alkohol ihm auch nur etwas vor, aber gleichzeitig wußte er, daß das grauenhafte Bild vor ihm Wirklichkeit war.

Die Giganten der Vorzeit waren zum Leben erwacht.

Alle.

Es war, als wäre sein allerschlimmster Alptraum bezüglich des Parks Realität geworden. Der sorgsam aufgebaute Zykadenwald in der Talsohle war kaum noch mehr als ein Trümmerfeld. Riesige geschuppte Leiber schoben sich zwischen den künstlichen Pflanzen hindurch, die größten von ihnen walzten die Kunststoffbäume und -büsche einfach nieder. Die meisten der Arbeiter flohen in heller Panik. Ein paar Wachmänner schossen in schrecklicher Hilflosigkeit auf die heranstampfenden Modelle, ohne den Giganten etwas anhaben zu können.

Einige der Bauarbeiter bewiesen sogar die Kaltblütigkeit, sich den Sauriern mit ihren Fahrzeugen entgegenzustellen. Sondstrup sah, wie der Fahrer einer Planierraupe einen gut zwei Yards langen Ornitholestes, der auf seinen dünnen, absurd lang erscheinenden Beinen auf ihn zugestelzt kam, mit dem Schaufelblatt hochhob und aus der Höhe zu Boden stürzen ließ. Das Tier (*Tier? Kunststoffmodell!*) landete seitlich auf seinem Leib und bemühte sich, wieder auf die Beine zu kommen. Wuchtig ließ der Fahrer der Raupe das schwere Schaufelblatt auf den Ornitholestes niedersausen. Die Kreatur wand sich und schlug mit den Armen und Beinen um sich, aber die Elektronik in ihrem Inneren war wohl zu stark beschädigt.

Es *konnte* sich nicht um die Elektronik handeln, schoß es Sondstrup durch den Kopf. Selbst das größte Computergenie der Welt war nicht in der Lage, ein Programm für solche Bewegungen zu schreiben. Das lag nicht nur daran, daß sie viel zu realistisch ausfielen, sondern vor allem an der Tatsache, daß sie eine Reaktion auf ein so nicht voraussehbares Ereignis darstellten. Eine Reaktion erforderte eigenständiges Handeln, und die Grundvoraussetzung dafür war Intelligenz.

*Aber wie konnte eine Maschine Intelligenz entwickeln???*

»Was ... was ist das?« keuchte Dearks. Er umklammerte Sondstrups Arm so fest, daß es weh tat, doch der Professor registrierte es kaum. »Was hat das zu bedeuten?«

Sondstrup beachtete ihn nicht. Er sah, wie ein über fünf Yards langer Panoplosaurus, ein Panzersaurier aus der Familie der Nodosauriden, wie ein Rammbock auf die Planierraupe zustürmte, sich dabei sehr viel schneller bewegte als die lebenden Vorfahren des Modells. Er prallte seitlich gegen die Planierraupe und ließ das schwere Fahrzeug halb zur Seite kippen, bevor es in seine ursprüngliche Position zurückfiel. Der Fahrer wurde von seinem Sitz heruntergeschleudert. Er war entweder verletzt oder zu benommen, um sich vor dem Panoplosaurus in Sicherheit zu bringen. Der Saurier stampfte über den hilflos am Boden Liegenden hinweg.

»Sie ... kommen auf uns zu!« stieß Dearks hervor.

Auch Sondstrup erkannte es zu seinem Entsetzen. Die Sauriermodelle tobten wie wild umher, aber es war dennoch erkennbar, daß sie sich alle in der gleichen Richtung bewegten, auf die Barackensiedlung zu. Schwerfällig kamen bereits die ersten von ihnen den Hang heraufgestampft. Ein Triceratops, ein neun Yards großes Ungeheuer, das nur aus Panzerplatten und Hörnern zu bestehen schien; die scheinbar endlose Masse des Phosbosuchus, des größten Krokodiles, das jemals auf der Erde gelebt hatte, immer mehr und mehr hüpfender, kriechender und stapfender, in unvorstellbarer Wut brüllender Ungeheuer, die allen Naturgesetzen zum Trotz plötzlich zum Leben erwacht waren.

Die ersten der aus dem Urzeitwald fliehenden Arbeiter erreichten die Siedlung. Auch viele der Menschen, die gerade frei hatten, waren inzwischen von dem infernalischen Lärm ins Freie gelockt worden und starrten ungläubig und entsetzt auf das sich bietende Bild.

Hinter der Masse der Fliehenden wälzte sich wie ein wahrgewordener Alptraum die Flut der Saurier heran, beinahe hundert Ungeheuer in unterschiedlichsten Größen und Gestalten.

Ein unaufhaltsames, apokalyptisches Bestiarum der Hölle.

Eine fast greifbare Stille hing in der kleinen Hütte, aber das Schweigen war für Craigh nicht unangenehm, sondern vermittelte ihm ein Gefühl von Geborgenheit, von Ruhe. Unverwandt starrte er Morweyn an, und der greise Aborigine erwiderte seinen Blick. Wie Craigh kaum noch anders vermutet hatte, handelte es sich um den alten Mann, den er bereits in seinen Visionen gesehen hatte. Beim Betreten der armseligen Hütte hatte er etwas sagen wollen, wenigstens einen Gruß, doch Nipper hatte ihm mit einer knappen Geste zu schweigen bedeutet.

Seither mochten mehrere Minuten vergangen sein, in denen sie Morweyn stumm gegenübersaßen. Eine Vielzahl von Fragen brannte Craigh auf der Zunge, aber er spürte, wie sich seine Ungeduld mit jedem Moment ein wenig mehr legte. Möglicherweise war auch das fast hypnotische Licht der beiden Kerzen auf dem Boden dafür verantwortlich, deren Schein die fensterlose Hütte mit Zwielicht und tanzenden Schatten erfüllte. Er hatte sich bislang kaum im Inneren des Raumes umgesehen. Bereits vom ersten Moment seines Eintretens an war sein Blick wie magisch von dem des alten Mannes angezogen worden. Craigh wußte, daß er hypnotisch beeinflußt wurde, doch er versuchte keinen Augenblick lang, sich dagegen zu wehren, verspürte nicht einmal den Wunsch danach, sondern genoß das Gefühl der Ruhe, das ihn durchströmte.

Schließlich sagte Morweyn einige Worte in der Sprache der Aborigines.

»Er freut sich, daß Sie seinen Wunsch erfüllt haben und zu ihm gekommen sind«, übersetzte Nipper. »Leider spricht er Ihre Sprache nicht, aber ich werde zwischen Ihnen vermitteln.«

»Aber er hat bereits mit mir gesprochen. Ich habe ihn deutlich verstanden, als . . .« Craigh brach ab.

»Sie haben geträumt«, entgegnete Nipper. »Einen Traum, der mehr als ein Traum war. In Träumen ist vieles anders.«

»Bitte sagen Sie ihm, wer ich bin, und daß ich ein paar dringende Fragen an ihn –«

»Er weiß, wer Sie sind«, unterbrach ihn Nipper. »Vergessen Sie nicht, er war es, der Sie sprechen wollte, nicht umgekehrt. Er hat Sie gerufen.«

»Wie konnte ich ihn vorhin sehen und hören? Diese Visionen – was hat das alles zu bedeuten?«

Nipper übersetzte die Frage und lauschte einige Sekunden den Worten des Greises, ehe er sich wieder an Craigh wandte. »Er sagt, er hätte Ihnen Träume geschickt. Sie wären zwar ein Weißer, aber Sie wären erstaunlich empfänglich für Botschaften der zweiten Welt.«

Craigh musterte Morweyn einige Sekunden lang unsicher und ließ seinen Blick dann zu Nipper wandern. »Was meint er damit?«

Anstatt zu antworten, stand der greise Aborigine umständlich auf. Er trat an ein Regalbrett, auf dem eine Vielzahl von Töpfchen, Krügen und anderen Gefäßen aus Ton stand. Er nahm einen der kleinen Krüge und ein Schälchen und setzte sich wieder. Dann griff er nach einigen mit seltsamen Symbolen bemalten Steinen und legte sie zwischen sich und Craigh nieder. Er schloß die Augen bis auf einen winzigen Spalt. Nach einigen Sekunden begann er leise zu summen.

»Was soll das?« raunte Craigh seinem Begleiter leise zu. Ein Teil seiner Ruhe war verflogen, er begann sich wieder unwohl zu fühlen.

»Seien Sie still«, zischte Nipper ihm ebenso leise zu. »Versuchen Sie Ihren Verstand zu leeren und hören und sehen Sie einfach.«

Morweyn griff nach einem ebenfalls mit Symbolen verzierten Stock, an dessen Ende sich weitere Hölzer befanden. Er drehte ihn, so daß die Hölzer zu schwirren begannen und dabei einen seltsamen, an- und abschwellenden Ton erzeugten. Der Laut war durchdringend, erzeugte eine fremdartige Melodie. Ebenso wie die Kerzenflammen übte auch sie eine hypnotische Wirkung auf Craigh aus. Er merkte, wie seine Augenlider schwer wurden. Auch als Morweyn das Schwirrholz schließlich wieder zur Seite legte, glaubte Craigh, die Geräusche immer noch zu hören. Er wußte nicht mehr, wieviel Zeit verstrich. Sekunden und Minuten schienen jede Gültigkeit verloren zu haben.

Der greise Schamane öffnete das Gefäß, goß eine zähfließende, ölige Flüssigkeit in das Schälchen und reichte es Craigh. Der Reporter nahm es zögernd entgegen und betrachtete es. Der Anblick des Trankes weckte Abscheu in ihm. Er meinte Bewegungen wie von kleinen Tieren unter der öligen Oberfläche wahrzunehmen. Angeekelt wollte er das Schälchen auf den Boden stellen, doch Nipper ergriff seinen Arm und hinderte ihn daran, die Bewegung zu Ende zu führen.

»Trinken Sie!« sagte er scharf.

»Ich . . . ich kann nicht«, preßte Craigh hervor. Sein Ekelgefühl verstärkte sich.

»Sie müssen! Es ist eine unglaubliche Ehre, die Morweyn Ihnen damit erweist.«

»Was . . . ist das für ein Zeug?«

»Sie wollen doch mehr über Ihre Träume erfahren. Der Trank wird Ihnen dabei helfen. Trinken Sie! Es ist völlig ungefährlich. Eine Mixtur aus Kräutern, die es Ihnen ermöglichen wird, an die Quelle Ihrer Träume zu gelangen.«

»Eine . . . Droge?«

»Zum Teil. Aber Sie läßt sich nicht mit Ihren Drogen vergleichen. Trinken Sie jetzt endlich, oder Sie werden niemals etwas erfahren.«

Craigh rang mit sich. Mit Drogen hatte er Erfahrungen. In seiner Jugendzeit hatte er häufig Gras und Hasch gerauscht, auch ein paarmal Kokain geschnupft, und dann natürlich der Alkohol. Eine Zeitlang war er keine Nacht nüchtern ins Bett gegangen, aber vor harten psychedelischen Drogen war er stets zurückgeschreckt. Darum jedoch ging es ihm in diesem Fall nicht. Neben dem Ekel vor dem Gebräu empfand er vor allem Angst vor den Erfahrungen, die er möglicherweise machen würde; eine unterschwellige Furcht davor, daß sie ihn im Inneren so veränderten, daß es für ihn keine Rückkehr in sein früheres Leben und Denken mehr geben würde.

Aber Craigh begriff auch, daß er schon zu nahe an der Grenze stand, als daß er noch zurück könnte. Widerwillig hob er das Gefäß und setzte es an seine Lippen. Er hatte erwartet, daß der Trank so abscheulich stinken würde, wie er aussah, doch er roch nichts. Mit einem entschlossenen Schluck leerte er das gesamte Schälchen. Die Flüssigkeit brannte in seinem Mund und seinem Hals, doch sie schmeckte nicht einmal so widerlich, wie er befürchtet hatte, sondern erinnerte ihn ein wenig an Kräutertee.

Craigh stellte das Schälchen auf den Boden zurück. Noch immer konnte er deutlich das Geräusch der Schwirrhölzer hören, es schien sogar lauter zu werden. Morweyn summte nach wie vor die an- und abschwellende Melodie vor sich hin und wiegte dabei seinen Oberkörper hin und her.

Sein Zeitempfinden hatte Craigh bereits verloren, und nun merkte er, wie sich langsam auch sein Gefühl für den Raum veränderte. Die Perspektiven innerhalb der Hütte schienen zu verschwimmen; der kleine Raum erschien ihm größer als zuvor, und während vorher das Kerzenlicht die meisten Farben hatte verblassen lassen, so kehrten sie nun allmählich intensiver werdend zurück. Es war ein Vorgang, der ihn im ersten Moment erschreckte, doch dieser Schrecken verflog so schnell, wie er gekommen war.

Morweyn hörte auf zu summen und öffnete die Augen. »Sie brauchen keine Angst zu haben«, drang seine Stimme an Craighs Ohr. »Ihnen wird nichts geschehen.«

»Nipper hat doch gesagt, Sie sprechen unsere Sprache nicht«, wandte Craigh ein.

»Manchmal spreche ich sie und manchmal nicht. Und manchmal sprechen Sie die unsere. Ich wünschte, Sie wären bereits früher gekommen. Es ist fast schon zu spät.«

»Zu spät für was?«

»Die Kreise überschneiden sich und löschen sich aus. Traum und Realität verschwimmen ineinander, und nur die stärkere Welt, die wahre, wird unbeschadet daraus hervorgehen. Die Welt der Träume.«

»Die Traumzeit.« Es war keine Frage, sondern eine Feststellung, die Craigh traf und die nicht allein auf dem gründete, was Nipper ihm erzählt hatte. Seine Wahrnehmungen veränderten sich. Er hatte das Gefühl, seine Umgebung klarer als jemals zuvor zu erkennen, als würde er sie nicht mit den Augen, sondern direkt mit seinem Bewußtsein in reiner, unverfälschter

Form wahrnehmen. Vieles daran befremdete ihn, und nicht nur die kräftigeren Farben und leicht veränderten Perspektiven. Das waren Wahrnehmungen, die Schilderungen zufolge auch bei normalen Drogentrips auftraten, aber was er hier erlebte, ging darüber hinaus. Er *spürte* eine Beziehung zwischen sich und allem um sich herum, sah nicht sich auf der einen und seine Umwelt auf der anderen Seite, sondern empfand sich selbst als einen Teil der Welt. Es war eine Empfindung, die sich nicht mit Worten beschreiben ließ, und mit einem Mal begann er zu verstehen, was Nipper gemeint hatte, als er über die Unvollkommenheit der Sprache gesprochen hatte, die Welt allumfassend in Worte zu kleiden.

»Die Traumzeit«, bestätigte Morweyn. »Wenigstens eine ihrer ersten Stufen. Nur wenige Weiße haben bislang eine solche Erfahrung gemacht. Ich war mir nicht sicher, ob es bei Ihnen gelingen würde. Aber es zeigt, daß ich recht hatte. Als Nipper mir von Ihrem Traum erzählte, wußte ich, daß Sie derjenige sein mußten, von dem die Geister mir erzählten.«

»Wer soll ich sein? Was hat mein Traum zu bedeuten?« wollte Craigh wissen.

»Sie sind es, der die alte Ordnung zerstört.« Morweyn deutete langsam auf einen der Steine vor sich, griff dann danach und verrückte ihn. »Es mußte passieren, alles war schon lange vorherbestimmt. Nichts währt ewig. Als dieser Park gebaut wurde, wußte ich, daß Sie kommen würden. Es war nur eine Frage der Zeit.«

»Ich?« Craigh warf einen Blick zu Nipper, doch der junge Aborigine saß teilnahmslos neben ihm und ignorierte ihn. Vielleicht bekam er von dem Gespräch gar nichts mit, selbst das erschien Craigh inzwischen nicht mehr unwahrscheinlich. »Aber es war reiner Zufall, daß gerade ich meine Kollegin zu dieser Reportage begleitet habe.«

Ein verstecktes Lächeln spielte um Morweyns Mundwinkel. »Nicht unbedingt Sie selbst, aber jemand Ihres Erbes. Sie sind stärker in alles verstrickt, was hier vorgeht, als Ihnen bewußt ist, aber Sie sind nur ein Werkzeug, ein Mittler zwischen den Welten. Durch Ihre Ankunft haben sich die Durchgänge zwischen den Welten weiter geöffnet. Traum und Wahrheit vermengen sich und bringen Unheil über beide Welten.«

Craigh wollte die Augen senken, um dem durchdringenden Blick des alten Mannes auszuweichen, doch es gelang ihm nicht. Er hatte das Gefühl, von seinem Körper losgelöst zu existieren. »Warum gerade ich?« murmelte er.

»Niemand kann sich die Rolle aussuchen, die ihm vom Schicksal zugedacht wurde. Der Durchgang zwischen den Welten wurde erschüttert, Ihr Traum war eine Folge davon. Ihre Vorfahren waren Engländer, nicht wahr?«

»Das stimmt«, bestätigte Craigh, obwohl er sicher war, daß Morweyn die Antwort kannte. »Aber was hat das –«

»Ebenso wie die Ahnen von Nippers Freund Charles aus England stammen. Auch er trägt etwas von Ihrem Blut in sich, aber in wesentlich schwächerer Form. Sein Erscheinen hier reichte jedoch aus, die Wirklichkeit Ihrer Welt erstmals zu erschüttern, aber es war nur eine leichte Erschütterung.«

»Der Pterodaktylus«, sagte Craigh. »Es war Wirklichkeit, was ich geträumt habe, nicht wahr?«

»Nein.« Morweyn schüttelte leicht den Kopf. »Es war ein Traum, der in Ihre Wirklichkeit hinübergewechselt ist und die Wirksamkeit Ihrer Naturgesetze aufgehoben hat. Etwas aus der Traumzeit hat von Ihrer Welt Besitz ergriffen. Am stärksten überschnitten sich diese Kreise, wenn Ihr bewußtes Denken eingeschränkt war. Entweder, wenn Sie geschlafen haben, oder wenn Sie sich in so starker emotionaler Aufregung befanden, daß Ihre Gefühle stärker als Ihr Verstand waren.«

Craigh erinnerte sich, daß er die Vision im Schlaf gehabt hatte und der bislang schwerste Angriff der Saurier stattgefunden hatte, während er sich mit Betty in der Duschbaracke geliebt hatte, wobei er sich zweifellos in einer starken emotionalen Erregung befunden hatte. Er zögerte ein paar Sekunden lang. »Aber warum sind es gerade Alpträume?« fragte er dann. »Nach dem, was ich bislang über Ihre Traumzeit gehört habe, scheint sie doch keine böse Welt zu sein. Warum also bringen diese Träume gerade Tod und Vernichtung?«

Das Lächeln um Morweyns Mundwinkel verstärkte sich,

aber es wirkte zugleich auch bitter. »Wie kann ein Traum gut oder böse sein?« gab er zurück. »Er kann von Schönheit wie auch von Zerstörung handeln, aber in sich selbst kann er niemals schlecht sein.«

»Wortklauberei«, behauptete Craigh. »Sie wissen, was ich meine. Die Träume, von denen Sie sprechen, bewirken, daß die Sauriermodelle zum Leben erwachen, alles um sie herum zerstören und Menschen töten. Warum sind es gerade diese Träume anstelle von Träumen einer Idylle? Die wären doch ebensogut möglich.«

Diesmal war es Morweyn, der sich mit der Antwort Zeit ließ. »Sie haben recht« sagte er schließlich. Träume können etwas zum Schönen wie zum Zerstörerischen hin verändern, und es gibt einen Grund, warum es nur die Träume von Zerstörung sind, die über Ihre Welt hereinbrechen. Aber es hätte wenig Sinn, es Ihnen mit Worten erklären zu wollen. Ich werde es Ihnen zeigen, wenn Sie es wirklich wissen wollen.«

»Ich bin gekommen, um Antworten zu erhalten«, antwortete Craigh.

»Dennoch. Manchmal sind Antworten schlimmer als unbeantwortete Fragen.« Morweyn machte eine Pause, dann nickte er und stand langsam auf. »Aber wenn Sie es wirklich wollen, dann folgen Sie mir.«

Craigh wurde sich bewußt, daß er wieder in der Lage war, sich zu bewegen. Auch er stand auf. Als er sich umblickte, sah er seinen eigenen Körper immer noch auf dem Boden sitzen, doch erschreckte ihn der Anblick nicht. Er folgte Morweyn aus der Hütte.

Professor Sondstrup überwand seine Erstarrung, kurz bevor die ersten Saurier die kleine Arbeitersiedlung erreichten. Er zog den immer noch wie gelähmt auf das furchtbare Bild starrenden Dearks kurzerhand mit sich.

Die Menschen rannten in wilder Panik schreiend durcheinander und wichen immer weiter zurück; einige blieben auch einfach entsetzt stehen, wie Dearks zuvor gelähmt von dem grauenhaften Anblick, der sich ihnen bot. Die Schreie gingen im Schnauben und Brüllen der Giganten fast unter. Die Erde zitterte unter den Fußtritten der Kolosse.

Es war, als wären die Berge am Horizont zum Leben erwacht. Gegen das grelle Sonnenlicht waren die heranstürmenden Giganten nur undeutlich zu erkennen; große, formlose Schatten, die sich mit der unaufhaltsamen Gewalt einer Naturkatastrophe auf die schutzlose Siedlung zuwälzten.

Metall zerriß kreischend, und Holz barst, als der riesige Brachiosaurus, der mit seinen gut zwanzig Yards Länge und über zehn Yards Höhe das vermutlich größte Landtier war, das es je gegeben hatte, seinem Namen alle Ehre machte und mit brachialer Gewalt an der Spitze der grauenhaften Schar in das Dorf stürmte. Unter seinen riesigen trampelnden Füßen verwandelte sich eine der Wellblechhütten in einen Haufen formlosen Schrotts. Er blieb stehen, trat nach den zerfetzten Blechteilen zwischen seinen säulenartigen Beinen und stieß ein ungeheures Brüllen aus, das selbst den Himmel zum Vibrieren zu bringen schien. Flammen leckten zwischen den Trümmern hervor, schlugen nach seinen gepanzerten Beinen und fanden irgendwo in den zermalmten Überresten des Gebäudes neue Nahrung. Für ein, zwei Sekunden war der Unterleib der Echse in hoch auflodernde Stichflammen gehüllt. Aber die Hitze schien den Giganten nur zu neuer Wut anzustacheln. Er machte einen plumpen, tapsenden Schritt, der ihn fast fünf Yards weit vorantrug, und zermalmte mit einem wütenden Schwanzhieb ein weiteres Gebäude.

Als wäre dies ein allgemeines Angriffsignal gewesen, stürzte sich gleich darauf die gesamte Horde der Urzeitbestien auf die Siedlung.

Betty war von dem Lärm aus einem leichten Schlummer gerissen worden und aus dem Bett gesprungen. Für einige Sekunden war auch sie von dem grauenhaften Anblick wie gelähmt gewesen, aber sie gewann ihre Fassung rasch wieder. Vielleicht lag es daran, daß sie die Saurier nie so intensiv wie die Arbeiter als leblose, elektronische Modelle gesehen hatte, daß sie ihren Schrecken über die Unmöglichkeit des Geschehens schneller als diese überwand. Sie trug nur ein T-Shirt und einen Slip. So schnell sie konnte, schlüpfte sie in eine Hose und streifte ihre Sandalen über, dann stürmte sie aus der Hütte – geradewegs hinein in die Hölle.

Die Siedlung hatte sich in einen brodelnden, kochenden Hexenkessel voller Tod und Vernichtung verwandelt.

Menschen schrien. Das Brüllen und Fauchen der Bestien hallte über die Siedlung, und überall loderten Brände auf. Während die großen Echsen einfach über die Baracken hinwegtrampelten und das Stahlblech wie Papier zermalmten, brach die Mehrzahl der kleineren Monster wie eine Horde leibhaftiger Teufel über die Siedlung und ihre Bewohner herein. Ein paar beherzte Männer versuchten sich den Bestien entgegenzuwerfen, aber gegen die stählernen, unverwundbaren Leiber der Saurier hatten sie keine Chance. Zwei, drei Männer stürzten sich in einem verzweifelten Versuch, das Grauen aufzuhalten, auf einen knapp anderthalb Yards großen Saurier. Die Klauen des Ungeheuers zischten durch die Luft und hinterließen eine Spur des Todes. Ein Wagen stürzte wie ein gewichtsloses Spielzeug um und explodierte, als ihn der Schwanzhieb eines der großen Reptilien traf.

Betty entdeckte Sondstrup ein Stück entfernt. Zusammen mit einer Gruppe von Wachmännern versuchte er, die blindlings durcheinanderrennenden Menschen aufzuhalten und einen wenigstens in Ansätzen geordneten Rückzug zu organisieren. Er brüllte Befehle und gestikulierte wild mit den Armen. Inmitten des allgegenwärtigen Chaos schien er tatsächlich noch ein wenig Überblick zu behalten. Auf seine Anordnungen hin wurden einige Fahrzeuge zu provisorischen Barrikaden zusammengefahren, und der Fahrer eines Baggers ließ seine Schaufel immer wieder auf kleinere Saurier niedersausen, bevor er sich mit einem Sprung aus der Steuerkanzel vor einem der heranstürmenden Giganten in Sicherheit bringen mußte.

Betty rannte zu der Gruppe um Sondstrup hinüber. Der Professor hatte inzwischen die Hilflosigkeit seiner Bemühungen erkannt, die Saurier aufzuhalten. »Wir müssen fliehen!« brüllte er und deutete auf die Rohbauten der Hotels, die hinter der

Siedlung in die Höhe wuchsen. »Wenn wir es bis dahin schaffen, haben wir eine kleine Chance!«

Es wurde zu einem Wettlauf mit dem Tod, und nicht alle gewannen ihn.

Es war anders als alles, was Craigh jemals erlebt hatte, und so sehr ihn die Fremdartigkeit auf der einen Seite faszinierte, so sehr erfüllte sie ihn auf der anderen auch mit Angst. Was er zuvor entdeckt hatte, waren nur die Spuren von Ereignissen, die sich mit menschlicher Logik nicht erfassen ließen, die zerstörten Saurier, die sich an anderen Orten befunden hatten, ihre Abdrücke im Boden, das, was Charles erzählt hatte, und dergleichen mehr. Auch seine Vision vom Angriff des Pterodaktylus auf das Flugzeug und die Wachträume, in denen ihn Morweyn zu sich gerufen hatte, ließen sich noch als Traumgespinste abtun, als etwas, das sein Unterbewußtsein ihm vorgegaukelt hatte, doch jetzt gab es diese Möglichkeit für ihn nicht mehr, und er begriff, warum ihn Morweyn gewarnt hatte.

Diesmal *handelte* er bewußt innerhalb eines Traumes, und es war eine völlig fremdartige Erfahrung. Daran, daß es sich um einen Traum handelte, gab es keinen Zweifel, doch reichte dieses Wissen nicht dazu aus, ihn erwachen zu lassen. Craigh hatte sich sogar ein paarmal kräftig gekniffen, ohne davon aufzuwachen, obwohl er den Schmerz deutlich gespürt hatte. Er beherrschte seinen Körper, und dieser reagierte, wie er es gewohnt war, und dennoch war er nicht wirklich, so wenig wie die Welt, durch die er ging. Craigh wußte, daß sein Körper immer noch in der Hütte saß, aber er merkte den Unterschied nicht. Innerhalb dieser Traum-Umgebung war seine gegenwärtige Erscheinungsform völlig real, und das war eine so neuartige Erfahrung, daß er sie nur mit Mühe verkraften konnte.

Die kleine Siedlung der Aborigines war verschwunden gewesen, als er hinter Morweyn aus der Hütte getreten war, und als er nach einigen Schritten zurückgeblickt hatte, war auch die Hütte selbst nicht mehr zu entdecken gewesen. Um ihn und Morweyn herum erstreckte sich nur Wüste, so weit das Auge reichte. Sie stiegen Sandhügel hinauf und durchquerten Dünentäler, und obwohl der Boden unter ihren Füßen weich und nachgiebig war und sie bei jedem Schritt bis fast zu den Knöcheln im Sand einsanken, bereitete das Gehen Craigh keine Mühe.

In der Ferne entdeckte er schließlich eine Vielzahl dunkler Punkte. Es schien sich um Reiter zu handeln, eine kleine Armee, doch war er sich nicht sicher, dafür war die Entfernung zu groß. Ohne nachzudenken wollte er sich in diese Richtung wenden, aber Morweyn hielt ihn zurück. »Wir werden ihnen begegnen«, sagte er. »Aber unser Ziel liegt woanders.«

Ohne sich um seinen Begleiter zu kümmern, ging er in der entgegengesetzten Richtung weiter. Craigh warf noch einen letzten Blick zu der berittenen Schar hinüber, dann folgte er ihm. Kurz darauf waren die Reiter hinter einem Sandhügel verschwunden.

Craigh konnte nicht sagen, wie lange sie unterwegs gewesen waren, bis sie schließlich eine Felsgruppe erreichten, die ihm vage bekannt vorkam. Morweyn trat durch einen Spalt zwischen den Felsen. Dahinter erstreckte sich ein schmaler, niedriger Stollen. Grob behauene Stufen führten in die Tiefe.

»Wohin bringen Sie mich?« fragte Craigh beklommen.

»An einen geheimen Ort«, erwiderte Morweyn. »Einen heiligen Ort.«

»Ich habe diese Felsen schon einmal gesehen. Wir befinden uns auf dem Gelände des Parks.«

»Eines Tages wird hier der Park errichtet werden«, verbesserte Morweyn. »Bis dahin werden jedoch noch beinahe zwei Jahrhunderte vergehen.«

»Zwei . . . Jahrhunderte?« Craigh schluckte mühsam. »Aber das ist . . . unmöglich. Wollen Sie sagen, daß wir uns in der Vergangenheit befinden?«

»Gestern und heute spielen im Traum keine Rolle«, erklärte der Aborigine. »Im Traum ist die Zeit bedeutungslos. Sie werden erleben, was vor langer Zeit geschah. Heute. Jetzt. Sie werden der erste weiße Mann sein, der diesen Ort betritt, wenn auch nur in dieser besonderen Form.«

»Die Droge«, murmelte Craigh. »Es liegt alles an dem Gebräu, das Sie mir zu trinken gegeben haben, nicht wahr? All das passiert nicht wirklich, ich bilde es mir nur ein. Es ist –«

»Ein Traum«, fiel ihm Morweyn ins Wort. »Und der Trank hat Ihnen geholfen, den Zugang dazu zu finden, mehr nicht. Die Vergangenheit ist nicht weniger real als die Gegenwart. Hier liegt der Schlüssel für alles, was Ihnen unverständlich erscheint. Wenn Sie gesehen haben, was ich Ihnen zeigen werde, werden Sie begreifen, was in Ihrer Zeit geschieht, und warum Sie der Auslöser dafür sind.«

Er wollte weitergehen, doch Craigh hielt ihn noch einmal zurück. »Ein heiliger Ort«, sagte er. »Aber man hat mir versichert, daß das Gelände des Parks niemals heiliger Boden gewesen wäre«, sagte er.

»Sie werden alles begreifen«, antwortete Morweyn ausweichend. »Kommen Sie jetzt.«

Craigh folgte ihm die Stufen hinunter, und sie gelangten in eine von Fackeln erleuchtete Höhle, deren Ausmaße er nur schwer schätzen konnte, da sich vor seinen Augen immer noch die Perspektiven verschoben. Fast zweihundert Aborigines hielten sich in der Höhle auf, Frauen und Männer aller Altersgruppen, auch Kinder und Greise. Die meisten der erwachsenen Männer hatten komplizierte Muster und Symbole mit weißer Farbe auf ihre Gesichter gemalt, so daß ihre Züge kaum noch zu erkennen waren.

Craigh ließ seinen Blick über die Menschen gleiten, während sie ihn in keiner Form beachteten. »Wer sind diese Leute?« fragte er. »Ihr Stamm?«

Morweyn schüttelte den Kopf. »Schatten der Vergangenheit«, antwortete er. »Die Menschen sind seit langem tot. Sie sind einst hierher geflohen, um hier Schutz zu finden.«

»Schutz wovor?«

»Vergessen Sie nicht, Sie werden Zeuge von etwas sein, das sich vor langer Zeit ereignete«, erinnerte Morweyn anstelle einer Antwort. »Niemand hier kann uns sehen oder hören, und es gibt keine Möglichkeit, in das Geschehen einzugreifen. Wir sind nur unbeteiligte Beobachter, was auch immer geschieht.«

»Zweihundert Jahre«, murmelte Craigh. »Damals fanden gerade die heftigsten Kämpfe der Briten gegen die Aborigines statt. Meine Familie stammt aus England. Einer meiner Vorfahren hat damals an den Kämpfen teilgenommen und sich durch besondere Tapferkeit ausgezeichnet. Wahrscheinlich der einzige Held, den meine Familie je hervorgebracht hat. Mein Großvater erzählte mir oft von ihm, als ich noch ein Kind war. Er hoffte wohl, daß ich mir ein Beispiel daran nehmen würde.«

Morweyn führte ihn durch die Höhle. Einige der Aborigines waren ihm so nahe, daß Craigh nur den Arm auszustrecken brauchte, um sie zu berühren, doch er schreckte instinktiv davor zurück. Er hatte nun oft genug gehört, daß dies nur ein Traum und er gar nicht körperlich hier wäre, doch gerade die Vorstellung, daß seine Hand widerstandslos in den Körper eines der Menschen eindringen könnte, wie man es in Gruselfilmen manchmal bei Geistern sah, flößte ihm Angst ein.

Zusammen mit seinem Begleiter näherte er sich einer Gruppe von Männern, in deren Mitte ein alter Mann saß, der ihn vage an Morweyn erinnerte und der wie dieser ein Schamane zu sein schien. Der Greis hantierte mit Steinen, auf die ähnliche Symbole gemalt waren, wie Craigh sie auf den Steinen in Morweyns Hütte gesehen hatte. Der Schamane strich mit den Fingern darüber und legte sie in immer neuer Anordnung vor sich hin, bis er plötzlich aufschaute und Craigh anblickte. Anders als bei den übrigen Aborigines schien sein Blick nicht achtlos durch den Reporter hindurchzugehen. Der Schamane starrte ihn direkt an, und für einen Moment hatte Craigh das fast sichere Gefühl, daß der alte Mann ihn im Gegensatz zu den anderen sehen konnte. Mehrere Sekunden lang kreuzten sich ihre Blicke, dann wandte Craigh den Kopf zur Seite. Er wollte Morweyn fragen, wer der Mann war, doch er kam nicht mehr dazu.

Vom Eingang her ertönten plötzlich Geräusche. Gebrüllte Befehle waren zu hören, dann der Lärm von harten Stiefelabsätzen auf der Treppe. Ein ängstliches Raunen ging durch die Reihen der versammelten Aborigines. Furchtsam klammerten sich einige der Menschen aneinander.

»Sie kommen«, sagte Morweyn leise. Er brauchte nicht zu

erklären, von wem er sprach. Craigh wußte auch so, daß es sich um die Reiter handelte, die sie vorhin gesehen hatten.

»Wie haben sie dieses Versteck gefunden?« fragte er.

»Sie haben Gefangene gemacht. Einer von ihnen hat es ihnen als Preis für sein Leben verraten.«

Die ersten britischen Soldaten, gekleidet in rote Uniformjacken, weiße Hosen und bis über die Knie reichende Lederstiefel, erschienen im Eingang der Höhle. Sie hielten Gewehre in den Händen, die sie auf die Eingeborenen richteten. Die vordersten Aborigines wichen furchterfüllt vor ihnen zurück. Mehr und mehr Soldaten drangen in die Höhle ein, bis es schließlich fast drei Dutzend waren. Befehligt wurden sie von einem schnauzbärtigen, nicht einmal unsympathisch wirkenden Mann, dessen Aussehen Craigh vage bekannt vorkam.

»Sie . . . sie werden die Menschen doch nicht töten?« stieß Craigh keuchend hervor. »Wir können das doch nicht tatenlos zulassen!«

»Es gibt nichts, was wir tun könnten«, erwiderte Morweyn ohne erkennbare Gefühlsregung. »Alles wird so geschehen, wie es vor zweihundert Jahren geschehen ist.«

Totenstille hatte sich in der Höhle ausgebreitet. Die Sekunden schienen sich zu Ewigkeiten zu dehnen. Der bärtige Offizier ließ seinen Blick über die Aborigines wandern. Auch er selbst hielt ein Gewehr in den Händen. Einige der Soldaten warfen ihm bereits nervöse und zum Teil ungeduldige Blicke zu. »Sie müssen den Befehl geben«, raunte ein rangniedrigerer Offizier ihm zu. Er bekam keine Antwort. »Sir? Hören Sie, was ich sage, Colonel Ellison?«

*Ellison?* Überlaut hallte der Name in Craighs Gedanken wider. *Colonel Ellison?*

Mit einem Mal wußte er, woher ihm das Gesicht bekannt vorkam. Die Ähnlichkeit zu ihm selbst war nur flüchtig, jedoch unübersehbar, wenn er sich den Schnurrbart wegdachte. Colonel Robert Ellison war der Vorfahre, von dem sein Großvater ihm früher erzählt hatte, der in Australien so hoch dekorierte Kriegsheld. Nun mußte Craigh miterleben, daß ihm die Auszeichnungen für das Abschlachten wehrloser Menschen verliehen worden waren. Nur langsam sickerte die ganze schreckliche Wahrheit in sein Bewußtsein.

»Feuer!« befahl Colonel Ellison. Er legte selbst ebenfalls auf einen Mann an und drückte ab. Auch die anderen Soldaten begannen zu schießen. Die Schüsse dröhnten in der Felshöhle wie Kanonendonner. Zahlreiche Aborigines brachen tot zusammen. Schreie ertönten. Ungerührt luden die Soldaten nach und schossen erneut.

Craigh wandte den Blick ab. Er spürte, wie Übelkeit in ihm aufstieg, und ihm wurde schwindelig. Fast blindlings taumelte er in Richtung des Ausgangs. Der Pulverrauch brannte in seinen Augen und seiner Lunge, doch er nahm es kaum wahr. Er war fast taub vom Donnern der Schüsse.

Irgendwie schaffte er es, die Treppe zu erreichen und die Stufen hinaufzuwanken. Die frische Luft half ihm, seine Übelkeit niederzuringen, und er atmete ein paarmal tief durch.

Um ihn herum befanden sich weitere Soldaten. Es mußten Hunderte sein. Die meisten waren aus den Sätteln ihrer Pferde gestiegen, saßen oder standen in Gruppen beieinander, unterhielten sich und scherzten. Das Massaker, das sich in der Höhle abspielte, schien sie völlig unberührt zu lassen; vielleicht nur deshalb, weil sie nicht selbst gesehen hatten, was sich nur ein kleines Stück von ihnen entfernt abspielte, vielleicht aber auch, weil der militärische Drill und der Kriegsalltag sie schon abgestumpft hatten. Keiner von ihnen nahm Craigh wahr.

Morweyn kam ebenfalls aus der Höhle heraus und legte Craigh mitfühlend die Hand auf die Schulter. »Ein schrecklicher Anblick, ich weiß«, sagte er. »Aber dies alles liegt lange zurück.«

»Ihr Befehlshaber . . . er war mein Vorfahre«, preßte Craigh hervor.

Morweyn nickte. »Und durch ihn wurde dieser heilige Ort entweiht«, erklärte er. »Nicht nur durch den Tod der Menschen. Aber dadurch, daß ihr Blut gerade hier vergossen wurde, sind die Mauern zwischen Ihrer Welt und der Traumzeit brüchig geworden, und in unserer Zeit brechen sie nun vollends. Die Träume von Leid und Schmerz und Tod werden real.«

Das Schießen in der Höhle hatte aufgehört, die Soldaten kamen nacheinander heraus. Einige von ihnen waren blaß im Gesicht, offensichtlich waren sie also doch noch nicht völlig abgestumpft.

»Verschließt den Eingang!« befahl Colonel Ellison.

Einige Soldaten wuchteten einen gut mannsgroßen Felsbrocken aus seiner bisherigen Position. Mit vereinten Kräften wälzten sie ihn vor den Zugang. Er paßte so genau vor die Öffnung und verschloß sie vollständig, daß Craigh vermutete, daß er auch vorher schon von den Aborigines dazu benutzt worden war, ihr Heiligtum vor einer zufälligen Entdeckung zu schützen.

»Ganze Abteilung aufsitzen!«

Die Soldaten kehrten zu ihren Pferden zurück und stiegen in die Sättel. In leichtem Trab ritten sie davon, als ob nichts gewesen wäre.

Craigh sah ihnen nach, bis nur noch eine Wolke von aufgewirbeltem Sand und Staub von ihnen zu erkennen war, dann ließ er seinen Blick zu dem verschlossenen Höhleneingang wandern.

»Dieses Massaker ... dieses sinnlose Abschlachten von Menschen«, murmelte er und schüttelte erschüttert den Kopf. Er wußte, daß er die Bilder dieses Infernos für den Rest seines Lebens nicht mehr vergessen würde. »Ich habe nie verstanden, wie Menschen zu so etwas fähig sein können. Und niemand weiß bis heute, was hier geschehen ist. Sondstrup und seine Leute scheinen nicht einmal bemerkt zu haben, daß sich unter den Felsen eine Höhle befindet.«

»Sie hätten es höchstens durch Zufall entdecken können.«

»Und mein Vorfahre, der große Held, von dem man mir als Kind immer vorgeschwärmt hat, trägt für alles die Verantwortung!« Craigh konnte es einfach nicht fassen.

Morweyn blickte ihn einige Sekunden lang stumm an, dann senkte er den Kopf. »Sie sind nicht der einzige, der eine schwere Last zu tragen hat, die seine Ahnen ihm aufgebürdet haben«, sagte er mit brüchiger Stimme. »Ich habe schon erwähnt, daß es einen Verräter gegeben hat, der den Soldaten erzählt hat, wo sich diese Höhle befindet. Er war eines der ganz wenigen Stammesmitglieder, die dieses Massaker überlebt haben. Die Geister der Traumzeit vergaben ihm, und später wurde er von einem anderen Stamm aufgenommen. Um von seiner Schuld geläutert zu werden, wurde er zu einem Schamanen, so wie sein Sohn und dessen Sohn. So wie Colonel Ellison ein Vorfahre von Ihnen war, so stamme ich von diesem Verräter ab.«

Rasch wandte er sich um und stapfte mit weitausholenden Schritten davon. Craigh mußte sich beeilen, um mit ihm mitzuhalten. Er spürte, daß Morweyn nicht weiter über das sprechen wollte, was sich damals hier ereignet hatte, deshalb verzichtete er darauf, die ungezählten Fragen zu stellen, die ihm auf der Zunge brannten.

Nach einer Zeit, die ebensogut Minuten wie auch Stunden gedauert haben konnte, erreichten sie wieder die armselige Hütte des Schamanen. Ihre Traumreise hatte ein Ende gefunden.

»Ihre Story wenigstens dürfte ein Knüller werden«, sagte Sondstrup mit Galgenhumor. »Vorausgesetzt, Sie werden jemals dazu kommen, Sie zu schreiben und zu veröffentlichen.«

Betty verzog flüchtig das Gesicht. Ihr war nicht nach Scherzen zumute, nicht einmal nach Galgenhumor. »Im Augenblick ist der Artikel das wenigste, was mich interessiert. Und es sieht auch nicht danach aus, als ob ich noch Gelegenheit zum Schreiben finden würde.«

Genaugenommen, fügte sie in Gedanken hinzu, sah es nicht einmal danach aus, als ob irgend jemand von ihnen die kommende Nacht überleben würde. Sie waren nicht ganz siebzig Menschen, die das Hotel erreicht hatten. Wie viele Leute insgesamt im Park gearbeitet hatten, hatte sie lieber erst gar nicht gefragt, aber es mußten weit mehr als siebzig gewesen sein. Es war möglich, daß einige von ihnen sich noch irgendwo da draußen vor den Sauriern versteckt hielten, sie hoffte es inbrünstig. Die Chancen dafür standen jedoch nicht besonders gut.

Sie hatten fast eine halbe Stunde gebraucht, das Hotel zu

erreichen. Sechs von ihnen waren während der Flucht von den Bestien eingeholt und getötet worden, und daß überhaupt so vielen die Flucht gelungen war, lag nur daran, daß die Saurier es nicht in erster Linie auf sie abgesehen zu haben schienen, sondern einen blindwütigen Vernichtungstrieb auslebten, statt sie gezielt zu verfolgen. Die Ungeheuer zerstörten, was immer sie fanden; ob es sich um Unterkünfte, Maschinen oder Menschen handelte, schien ihnen gleichgültig zu sein. Wie eine unaufhaltsame, tödliche Flut wälzten sie sich vorwärts, eine breite Schneise der Verwüstung hinter sich zurücklassend. Die Barackensiedlung war praktisch dem Erdboden gleichgemacht worden; was nicht von den Ungeheuern niedergetrampelt worden war, war ein Raub der ausgebrochenen Brände geworden, und auf dem übrigen Gelände des Parks sah es nicht viel besser aus.

»Gibt es denn absolut keine Möglichkeit, Hilfe herbeizurufen?« erkundigte sich Betty.

Sondstrup zuckte resignierend mit den Schultern. »Glauben Sie mir, seit Stunden denke ich über kaum etwas anderes nach. Aber die Telefonstation wurde vernichtet. Für Notfälle befand sich dort auch noch ein Funkgerät mit großer Reichweite, doch es dürfte mit Sicherheit ebenfalls zerstört sein. Und außerdem . . .«, er warf einen Blick in Richtung der glaslosen Fensteröffnungen, ». . . wollen Sie hingehen und nachsehen?«

Betty schwieg. Natürlich hatte Sondstrup recht, aber das machte es nicht weniger bedrückend. Es wäre Selbstmord gewesen, das Hotel zu verlassen. Wenn sie hierblieben, hatten sie wenigstens noch eine kleine Chance. Irgendwann würde jemand bemerken, daß hier etwas nicht stimmte, und Hilfe herbeiholen. Solange mußten sie durchhalten. Sie fragte sich, wo Craigh blieb. Er war nun schon seit Stunden weg, hätte eigentlich längst zurückkehren müssen. Sobald er bemerkte, was hier los war, konnte er die Polizei benachrichtigen. Im Grunde gab es nur eine Erklärung dafür, daß dies nicht schon längst geschehen war, aber Betty weigerte sich, die Möglichkeit ins Auge zu fassen, daß Craigh etwas passiert sein könnte, daß er möglicherweise ebenfalls schon ein Opfer der Bestien geworden war.

Sie hatten sich in einem Seitenflügel im sechsten Stock des Rohbaus verschanzt, hoch genug, daß nicht einmal die großen Saurier ihnen hier etwas anhaben konnten. Im Gegensatz zu den provisorischen Baracken der kleinen Siedlung war der gewaltige Hotelkomplex auch massiv genug, um selbst dem Ansturm der Giganten trotzen zu können. Einige der Ungeheuer hatten es versucht, es aber bald wieder aufgegeben. Auch wenn etwas sie auf unselige Art zum Leben erweckt hatte, so waren sie dennoch künstliche Geschöpfe. Im Gegensatz zu ihren lebenden Vorbildern waren sie nicht dazu bestimmt, sich im Überlebenskampf zu bewähren, und entsprechend empfindlich war ihr elektronisches Innenleben. Die künstliche Haut des gewaltigen Triceratops, der einige Male wie ein Rammbock gegen die Grundmauern angerannt war, war aufgeplatzt, seine Hörner abgebrochen und seine Nackengelenke offenbar aus den Halterungen gesprungen, denn sein Schädel stand in falschem Winkel vom übrigen Körper ab. Ziellos stapfte das riesige Ungeheuer hin und her, hatte offenbar jede Orientierung verloren. Immer wieder prallte er gegen ein Hindernis, manchmal auch andere Saurier, und einige der kleinen Modelle waren unter seinen säulenartigen Beinen zerquetscht worden. Schließlich stürzte die Bestie zur Seite. Funken sprühten aus gerissenen Kabeln in ihrem Nacken, dann blieb der Triceratops reglos liegen.

»Ich glaube nicht, daß Wellers die Nacht überlebt, wenn er nicht schnellstens in ein Krankenhaus gebracht wird«, sagte Dr. Wenderworth, der neben Sondstrup getreten war. Wellers war einer der Bauarbeiter. Ein kleinerer Saurier hatte ihn kurz vor dem rettenden Eingang des Hotels erwischt und ihm mit seinen Klauen schlimme Verletzungen zugefügt. »Ich habe die Blutungen stoppen können, aber die Wunden sind zu schlimm, und er hat bereits zu viel Blut verloren.«

»Können Sie keine Transfusion vornehmen?«

Morweyn schnitt eine Grimasse. »Wie denn, mit den Mitteln, die ich hier habe?«

»Schon gut. Versuchen Sie, was Sie können.«

Betty trat an eines der Fenster. In der hereinbrechenden Dämmerung sah die Schar der Monster, die das Hotel belagerten, noch bedrohlicher aus als zuvor. Sie wußte, daß die Sicherheit, die ihnen das Hotel bot, nur relativ war. Die Eingänge waren zu klein für die großen Saurier, aber es gab noch keine Türen in dem Rohbau, und zumindest die kleinen Modelle konnten mühelos eindringen. Es war nur eine Frage der Zeit, bis sie den Weg zu ihnen fanden.

Der Brachiosaurus trat mit einem mächtigen Schritt näher an das Gebäude heran, stieß ein durchdringendes Brüllen aus und schnappte nach ihr. Obwohl selbst die gigantische Bestie nicht zur ihr heraufreichte, zuckte Betty unwillkürlich zurück.

Einer der Wachmänner gab von einem benachbarten Fenster aus einen Schuß ab. Er hatte auf eines der Augen des Brachiosaurus gezielt, die empfindlichste – genaugenommen sogar die einzige empfindliche – Stelle der Ungeheuer, doch er verfehlte sein Ziel um eine Winzigkeit, und die Kugel prallte wirkungslos vom Schädel der Bestie ab. Ein direkter Treffer ins Auge konnte einen Kurzschluß auslösen und die Elektronik der Modelle stören, sie im günstigsten Falle sogar lahmlegen. Bei einigen der Saurier war ihnen dies bereits gelungen, doch sie besaßen zu wenig Munition, als daß sie sämtliche Angreifer auf diese Art ausschalten könnten.

»Verdammt, was soll das?« blaffte Sondstrup den Mann an. »Ich habe Befehl gegeben, nicht zu schießen. Jede einzelne Kugel kann noch wichtig sein!«

»Ich war sicher, ihn zu treffen«, verteidigte sich der Wachmann.

»Und selbst wenn, so hätte es nichts genutzt. Der Brachiosaurus stellt für uns zur Zeit keine Gefahr dar.«

»Jetzt nicht, aber falls wir aus dem Hotel fliehen müssen, wird –«

»Halten Sie den Mund!« befahl Sondstrup scharf. »Noch sind wir hier, und wir werden hier die Stellung halten, bis Hilfe eintrifft. Mit solchem Gerede machen Sie nur die Leute verrückt.«

»Lassen Sie ihn doch in Ruhe«, mischte sich Dearks ein. Der Manager kauerte fast apathisch in einer Ecke des Raumes und hatte seit ihrer Flucht kaum ein Wort gesagt – nicht unbedingt ein Verlust, wie Betty fand. Seine Hände zitterten, und in seinen Augen glitzerte eine Spur beginnenden Wahnsinns. Die ganze Situation ging offenkundig über seinen Verstand; von ihnen allen verkraftete er das Geschehen am schlechtesten. Auch Betty wußte immer noch auf einer unterbewußten Ebene ihres Denkens, daß es schlichtweg unmöglich war, daß die Sauriermodelle erwachten und eigenständig handelten, aber ebenso wie den anderen war es ihr gelungen, dieses Wissen zu verdrängen und sich damit abzufinden, *daß* es geschah – ob unmöglich oder nicht. Dearks gelang dies offenbar nicht. »Ich finde, der Mann hat recht«, stieß er weiter hervor. »Wir sollten diese . . . diese *Dinger* abknallen. Alle!«

Sondstrup verzichtete darauf, ihm ein weiteres Mal zu erklären, daß sie dafür nicht genügend Munition besaßen. Er ignorierte Dearks einfach, und nach einigen Sekunden ließ dieser den Kopf wieder nach vorne sinken und fuhr fort, erfolglos darüber nachzugrübeln, wie das Unmögliche möglich geworden sein konnte.

In den vergangenen Stunden hatte Sondstrup mit größter Selbstverständlichkeit wieder das Kommando übernommen, und selbst wenn Dearks versucht hätte, es ihm streitig zu machen, hätte sich niemand darum gekümmert. Die Menschen kannten den Professor und vertrauten ihm. Betty war anfangs skeptischer gewesen, da seine Alkoholfahne nicht zu überriechen gewesen war, doch Sondstrup hatte ihre Bedenken durch sein Handeln schnell zerstreut. Der Schock schien ihn schlagartig ernüchtert zu haben, und er bewies ein beachtliches Organisationstalent. Selbst die fast diktatorische Selbstherrlichkeit, mit der er Befehle erteilte und die sie anfangs abgestoßen hatte, war genau kalkuliert. Um ihre Panik niederzuringen, brauchten die meisten Menschen in Situationen wie dieser jemanden, der ihnen klipp und klar sagte, was sie zu tun hatten. Es war die einzige Möglichkeit, etwas Organisation in das Chaos zu bringen, und Sondstrup hatte diese Karte meisterhaft ausgespielt. Er hatte dafür gesorgt, daß ihre Verteidigung so optimal war, wie es unter den gegebenen Umständen zu schaffen war.

Es gab nur zwei Zugänge zu diesem Flügel des Hotels, einen breiten Korridor und eine schmale Feuertreppe. Die Feuertreppe hatte Sondstrup zumauern lassen. Es würde mindestens bis zum nächsten Morgen dauern, bis der Mörtel vollends getrocknet und gehärtet sein würde, so daß die Mauer momentan keinen völligen Schutz bot, aber Sondstrup hoffte darauf, daß sie zumindest die Modelle, die klein genug waren, die enge Feuertreppe heraufzuklettern, aufhalten würde.

Der andere Korridor war zu breit, um ihn ebenfalls einfach zuzumauern. Eine Mauer dieser Größe würde bei nur halb getrocknetem Mörtel schon beim ersten kräftigen Stoß zusammenbrechen. Statt dessen hatten sie diesen Weg durch mehrere Barrikaden aus Schutt, Steinen, Balken und anderen Baumaterialien blockiert. Auch hierbei war Sondstrup generalstabsmäßig vorgegangen. Die erste und stabilste dieser Blockaden hatten sie bereits ein Stockwerk tiefer im Treppenhaus errichtet, und sie diente nur dazu, die Saurier aufzuhalten. Mehrere der Ungeheuer waren bereits dagegen angerannt, ohne sie wegräumen zu können, und daraufhin weitergezogen.

Die nächste, nicht ganz mannshohe Barrikade befand sich in ihrem Stockwerk im Durchgang vom Treppenhaus zum Korridor. Sollten die Bestien die Treppe heraufkommen, würden die Wachmänner sie von hier aus unter Beschuß nehmen. Auf der Treppe würden die Saurier unbeholfen sein und leicht zu treffende Ziele abgeben, außerdem würde jeder, der zurückstürzte, die nachfolgenden mit sich reißen. Die letzte, vorläufig noch nicht ganz geschlossene Barrikade schließlich hatten sie unmittelbar im Türdurchgang des großen Aufenthaltsraumes, in dem sich die meisten von ihnen befanden, errichtet. Sollte auch diese fallen ...

Betty führte den Gedanken nicht zu Ende. Soweit durfte es nicht kommen. Sie blickte sich in dem Raum um. Im flackernden Licht der Fackeln, die sie entzündet hatten, sah sie in den Gesichtern der Menschen Angst, Entsetzen und zum Teil kaum noch zu bändigende Panik, nur in ganz wenigen noch Hoffnung.

Das Poltern von Steinen ertönte aus dem Korridor, gleich darauf drang ein Bersten an ihre Ohren.

»Sie haben die Blockade durchbrochen!« vernahm sie den entsetzten Ruf eines Mannes.

Die Zeit des Wartens war vorbei. Der Kampf ums Überleben trat in die letzte und entscheidende Phase.

Das Erwachen war anders, als Craigh es sich vorgestellt hatte, hatte nichts mit dem Aufwachen aus einem normalen Schlaf zu tun. So einfach, wie er mit seinem Traumkörper aufgestanden und weggegangen war, so einfach setzte er sich nun wieder hin und wurde erneut eins mit seinem Körper. Er blinzelte ein paarmal und bewegte den Arm. Alles war so wie zu dem Zeitpunkt, bevor er die Droge genommen hatte. Neben ihm saß Nipper noch immer bewegungslos im Schneidersitz auf dem Boden. Die einzige Veränderung betraf die beiden Kerzen, die deutlich weiter heruntergebrannt waren. Es mußte eine beträchtliche Zeit verstrichen sein, doch das registrierte Craigh nur am Rande. Er stand noch immer ganz im Banne dessen, was er gerade auf so mysteriöse Art miterlebt hatte. Es war nur ein Traum gewesen, und dennoch zweifelte er nicht daran, daß sich alles genauso zugetragen hatte, so wenig, wie er noch daran zweifelte, daß dem Piloten genau das zugestoßen war, was er in seiner Vision vom Vortag miterlebt hatte.

»Sie wissen nun, was geschehen ist«, sagte Morweyn und zeigte damit, daß der Traum immer noch nicht ganz vorüber war, sonst hätte ihn Craigh nicht verstehen können. »Ihr Vorfahre hat einen heiligen Ort mit Blut entweiht und damit das Gefüge von Zeit und Raum erschüttert. Dieser Riß zwischen den Welten besteht bis heute fort, angefüllt mit den Todesängsten all der Menschen, die damals gestorben sind. Ihre Ankunft hier war der Schlüssel, der dieses Tor erneut öffnete.«

Morweyns Worte bestätigten nur, was Craigh ohnehin schon wußte, und dennoch taten sie weh, sehr weh. Nicht er war der Schuldige, sein einziges Vergehen bestand darin, der entfernte Nachkomme eines Mannes zu sein, der einst ein schreckliches Verbrechen begangen hatte. Dennoch drohte er unter dem Gewicht der auf seinen Schultern lastenden Verantwortung zusammenzubrechen. Er hatte nicht wissen können, was seine Ankunft hier bewirken würde, und trotzdem war letztlich er es gewesen, auf den all die Zerstörungen und vor allem die schreckliche Anzahl der Toten zurückgingen, die es bereits gegeben hatte. Wenn er den Auftrag abgelehnt hätte, wie er es ursprünglich vorgehabt hatte, bis er erfuhr, daß Betty den Artikel schreiben und er mit ihr zusammen reisen sollte, wenn irgend etwas sein Herkommen verhindert hätte, wäre all das nicht passiert.

»Sie dürfen sich keine Vorwürfe machen«, sagte Morweyn, als hätte er seine Gedanken gelesen. »Wenn Sie nicht gekommen wären, dann irgendein anderer Nachkomme. Über kurz oder lang wäre es passiert, es war unausweichlich. Vielleicht ist es trotz allem sogar noch Glück, daß es jetzt passiert ist. Stellen Sie sich vor, es hätte sich erst in ein paar Jahren ereignet, wenn sich Tausende von Besuchern im Park befunden hätten.« Er griff nach den heiligen Steinen vor sich, hob sie hoch und legte sie zur Seite. »Richten Sie Ihr Denken nicht in die Vergangenheit, sondern auf die Gegenwart und in die Zukunft. An Ihnen allein liegt es nun, was weiter geschieht.«

»Aber was soll ich denn tun?« Hilflos sah Craigh den greisen Schamanen an. »Ich glaube nicht, daß es ausreicht, wenn ich einfach so schnell wie möglich abreise, oder?«

»Nein«, bestätigte Morweyn. »Dafür ist es längst zu spät. Der Riß wurde geöffnet, und er wird geöffnet bleiben, sofern Sie ihn nicht schließen. Der Kreis Ihrer Welt und der der Traumzeit werden sich mehr und mehr überschneiden. Der Welt der Träume wird dies nichts anhaben können, da Ihre Welt ohnehin ein kleiner Ausschnitt ihres viel größeren Kreises ist. Aber für Ihre Ebene der Wahrnehmung kann eine solche Überschneidung nur in Vernichtung enden, wenn Sie es nicht verhindern. Sie müssen die Schuld einlösen, die Ihr Vorfahre auf sich geladen hat. Das ist der einzige Weg.«

»Dann sagen Sie mir, was ich zu tun habe«, verlangte Craigh, doch Morweyn schüttelte nur den Kopf.

»Der Weg liegt vor Ihnen«, behauptete er. »Aber Sie müssen ihn allein finden und gehen. Meine Aufgabe ist damit erfüllt.

Alles weitere betrifft nur noch Sie allein. Der Kreis muß geschlossen werden.«

»Aber Sie müssen mir helfen!« drängte Craigh. »Es gibt so vieles, was ich noch nicht verstehe. Wenn die Gefahr wirklich so groß ist, wie Sie behauptet haben, dann sind auch Sie und die anderen Menschen hier bedroht.«

Morweyn sagte etwas in der Sprache seines Volkes.

»Lassen Sie den Unsinn!« stieß Craigh hervor. »Ich weiß, daß Sie mich verstehen und meine Sprache sprechen. Verdammt, ich brauche Ihre Hilfe, begreifen Sie das nicht?«

Nipper, der bislang regungslos neben ihm gesessen hatte, blickte auf und musterte Craigh fragend. »Nun? Haben Sie die Antworten gefunden, die Sie gesucht haben?«

Craigh nickte geistesabwesend. »Ich . . . erzähle es Ihnen später«, antwortete er ausweichend.

Erneut sagte Morweyn etwas in seiner Heimatsprache. »Er möchte, daß Sie jetzt gehen«, übersetzte Nipper. »Sie müßten sich beeilen. Ihnen bliebe nicht mehr viel Zeit, um das zu tun, was getan werden muß.«

Craigh stand abrupt auf, als er begriff, daß er von Morweyn nichts mehr erfahren würde. »Ich fahre zurück zum Park«, sagte er. »Kommen Sie mit?«

Nipper nickte. Craigh warf dem Schamanen einen letzten Blick zu und schlug das Tuch vor der Türöffnung zurück. Was immer Morweyn mit ihm getan hatte, es hatte lange gedauert. Die Dämmerung war bereits hereingebrochen; in ein paar Minuten würde es dunkel werden. Er hörte, wie Morweyn ihm etwas nachrief. »Was hat er gesagt?« wandte er sich an Nipper, während sie auf den Wagen zugingen.

»Er wünschte Ihnen, daß die guten Geister Sie beschützen mögen«, erklärte Nipper. »Bei Ihnen würde man wohl *Viel Glück* sagen.«

»Ich glaube, das kann ich brauchen . . .«

Craigh stieg ein und ließ den Motor an. Er wartete, bis Nipper eingestiegen war, dann gab er Gas. Instinktiv spürte er, daß Eile geboten war. Er hatte fast den ganzen Tag verloren, ohne zu wissen, was in der Zwischenzeit im Park vorgegangen war.

Düstere Vorahnungen plagten ihn. Wenn Morweyn mit seinen Andeutungen recht behielt, stand eine Katastrophe unmittelbar bevor, soviel immerhin hatte er begriffen – aber er hatte keine Ahnung, was er dagegen unternehmen konnte. Er zündete sich eine Zigarette an und erzählte Nipper mit knappen Worten, was er in der Vision gesehen hatte.

»Das also war es«, murmelte der junge Aborigine.

»Was meinen Sie?«

»Die Gefahr, die er meinte. Morweyn sprach nur von einer Bedrohung, die der Park darstellte. Und niemand aus unserer Sippe wußte, was damals geschah. Einst waren wir ein mächtiger Stamm. Nicht groß, aber wir hatten mächtige Schutzgeister. Übrig geblieben ist davon nur die kleine Sippe. Die Nachkommen des Verräters, der die Weißen damals an den heiligen Ort führte und die unseren Stamm ausgelöscht haben.«

»Sie glauben, daß es wirklich so war?«

»Wirklichkeit ist ein relativer Begriff«, erwiderte Nipper. »Dieser Traum –«

»Verdammt, hören Sie auf!« unterbrach ihn Craigh barsch. »Keine weitere Philosophiererei! Ich habe genug von Träumen, Geistern und dergleichen mehr. Ich will einfach nur wissen, was ich jetzt tun soll.«

»Sie sagten, Sie hätten die Felsen, unter denen die Höhle lag, im Park gesehen?«

»Ja. Jedenfalls bin ich mir ziemlich sicher. Und ich vermute, daß ich dorthin gehen soll. Aber ich habe keine Ahnung, was ich dort tun soll!«

»Ich bin sicher, Sie werden es wissen, wenn Sie erst einmal dort sind«, sagte Nipper. »Es hat wenig Sinn, sich jetzt den Kopf darüber zu zerbrechen. Morweyn hätte Ihnen geholfen, wenn es in seiner Macht stünde. Wenn er sagt, daß Sie Ihren Weg allein gehen müssen, dann hat er gute Gründe dafür.«

Craigh antwortete nicht. Er hatte den äußeren Zaun erreicht und mußte bremsen. Das Tor war verschlossen, aber von einem Wachposten war weit und breit nichts zu entdecken, was ihm angesichts der Vorfälle in der vergangenen Nacht und dem, was Dearks am Vormittag gesagt hatte, sehr merkwürdig erschien.

Sein ungutes Gefühl verstärkte sich, als er ausstieg, um das Tor zu öffnen, und er bemerkte, daß es nicht einmal verschlossen, sondern nur angelehnt war. Er öffnete es hastig ganz, stieg wieder in den Wagen und fuhr weiter.

Am zweiten Tor sah es nicht anders aus. Auch hier gab es keinen Wachposten. Der Öffnungsmechanismus jedoch ließ sich nur elektrisch betätigen. Craigh schwang sich über den Zaun und betrat das kleine Pförtnerhäuschen. Es gab zwar einen Lichtschalter, aber die Deckenlampe ging nicht an. Craigh zog sein Feuerzeug aus der Tasche und schnippte es an. Es fiel ihm nicht schwer, den richtigen Knopf für den Öffnungsmechanismus zu finden, doch als er ihn drückte, passierte nichts. Offenbar war der Strom ausgefallen. Craigh griff nach dem Hörer des Telefons. Aus der Leitung drang kein Freizeichen, auch nicht, als er wahllos ein paar Ziffern drückte. Das Telefon war ebenfalls tot. Sein Gefühl, daß etwas nicht in Ordnung war, verdichtete sich zur fast sicheren Gewißheit. Er atmete einige Male tief durch und meinte, leichten Brandgeruch in der Luft wahrzunehmen, war sich jedoch nicht sicher.

Er kehrte zum Wagen zurück, ließ sich schwer auf den Fahrersitz fallen und legte die Hände auf das Lenkrad. »Irgend etwas stimmt nicht«, murmelte er. »Strom und Telefon sind ausgefallen. Es muß etwas passiert sein.« Nipper antwortete nicht, und nach einigen Sekunden schloß Craigh die Tür und legte den Sicherheitsgurt an. Er setzte mit dem Wagen ein Stück zurück. »Schnallen Sie sich ebenfalls an und halten Sie sich gut fest«, sagte er.

»Was haben Sie vor?«

»Irgendwie müssen wir ja schließlich durch das Tor kommen.«

Ohne sich weiter um Nipper zu kümmern, gab er wieder Gas. Die Reifen drehten für einen Moment durch, dann schoß der Wagen mit einem Satz vorwärts. Craigh reizte die Gänge bis zur äußersten Drehzahl aus und versuchte, seine Furcht zu unterdrücken. Aktionen wie diese nahmen sich in Filmen immer harmlos aus und endeten meist erfolgreich, aber er wußte nur zu gut, daß zwischen Filmen und der Realität oft ein himmelweiter Unterschied klaffte. Das Tor sah nicht übermäßig massiv aus, doch im Gegensatz zum Blech des Wagens bestand es aus Stahl. Aber selbst wenn er gewollt hätte, wäre es jetzt bereits zu spät zum Bremsen gewesen.

Ein furchtbarer Schlag erschütterte den Wagen, als er das Tor rammte. Metall kreischte. Craigh wurde nach vorne geschleudert, und der Sicherheitsgurt schnitt in seine Brust, daß ihm die Luft aus den Lungen gepreßt wurde und er glaubte, seine Rippen würden zerquetscht. Aber seine Rechnung ging auf. Die Verriegelung des Tores zerbarst unter dem Aufprall mit lautem Knall, und die beiden Flügel flogen auf; einer wurde sogar halb aus seiner Verankerung gerissen.

»O Mann, Sie müssen den Verstand verloren haben«, stöhnte Nipper. Er betastete seine Brust, als wollte er sich vergewissern, daß nichts gebrochen war.

»Der Gewalt fehlt es an Stärke, wenn der Verstand die Oberhand gewinnt«, gab Craigh grinsend zurück, aber auch sein Bedarf an Aktionen wie dieser war vorläufig gedeckt. Die Vorderfront des Wagens war eingebeult worden, aber wie durch ein Wunder brannte der linke Scheinwerfer noch. Craigh beschleunigte wieder, mußte jedoch gleich darauf bremsen, als er ein Hindernis auf der Straße entdeckte. Es schien sich um eine verkrümmte menschliche Gestalt zu handeln, aber er war sich nicht sicher, dafür konnte er zu wenig erkennen. Er stieg aus, näherte sich der Gestalt vorsichtig und umrundete sie.

Es handelte sich um einen Mann in mittlerem Alter, doch kam für ihn jede Hilfe zu spät. Er war tot, dem getrockneten Blut nach zu schließen bereits seit mindestens einer Stunde. Sein Körper war schrecklich zugerichtet, es schien, als wären ein Dutzend Raubtiere gleichzeitig über ihn hergefallen. Oder ein besonders großes . . .

»Ist er tot?« fragte Nipper.

Craigh nickte stumm. Der Boden neben der Straße war aufgewühlt, aber deutlich waren die Spuren eines gewaltigen Tieres zu entdecken. Er brauchte sie nicht näher zu untersuchen, um zu sehen, von welchem Tier, zumindest welcher *Art* von Tier sie stammten. Der Ausfall von Strom und Telefon, die Tatsache, daß sie niemand um den Toten kümmerte, daß überhaupt nirgendwo ein Mensch zu sehen und alles totenstill war – hier handelte es sich nicht um einen der eher kleinen Zwischenfälle, wie sie sich in den vergangenen Tagen und Nächten ereignet hatten. Diesmal mußte es ungleich schlimmer als zuvor sein. Möglicherweise hatte sogar die Apokalypse, von der Nipper und Morweyn gesprochen hatten, bereits begonnen.

Und irgendwo hier im Park befand sich Betty ...

Craigh fuhr an dem Leichnam vorbei und raste auf die Siedlung zu. Die Verwüstungen wurden schlimmer, je weiter er kam. Umgeworfene oder sogar vollständig zerstörte Baufahrzeuge säumten die Straße. Nirgendwo war Licht zu entdecken.

Als die ersten Baracken in der nur dürftig vom Mondlicht erhellten Dunkelheit vor ihm auftauchten, trat er so abrupt auf die Bremse, daß er erneut nach vorne geschleudert wurde und schmerzhaft mit der Brust gegen das Lenkrad prallte, da er diesmal nicht angeschnallt gewesen war. Nipper konnte dem Ruck mit reaktionsschnell gegen das Armaturenbrett gepreßten Händen die schlimmste Wucht nehmen.

Die Siedlung sah aus, als hätte ein erbitterter Krieg getobt. Jede einzelne Baracke war zerstört, viele ausgebrannt. Craigh sprang ins Freie. Fassungslos angesichts des Ausmaßes der Zerstörung blickte er sich um. Zahlreiche Tote lagen zwischen den Trümmern, die meisten genauso entsetzlich zugerichtet wie der Mann, den er zuvor gefunden hatte.

Craigh rannte auf die Baracke zu, die er sich mit Betty geteilt hatte. Angst und nacktes Entsetzen hatten sich wie ein stählerner Reif um seine Brust gelegt und schienen ihm die Luft abzuschnüren. Die Baracke war ebenfalls zerstört, nur noch ein unförmiger Schutthaufen aus Holz, Wellblech und Teilen der Inneneinrichtung. In blinder Raserei packte er die Trümmerstücke und schleuderte sie zur Seite. Von Betty war nichts zu entdecken, dennoch schuftete er wie ein Besessener weiter. Splitter bohrten sich in seine Haut, und scharfe Kanten zerschnitten ihm die Hände, doch er bemerkte es nicht einmal.

Erst als Nipper ihn schließlich von hinten umklammerte und ihm die Arme an den Körper preßte, kam er langsam wieder zur Besinnung. Sein Atem ging keuchend, und sein Puls raste. Craigh zwang sich, langsamer zu atmen, um sich zu beruhigen.

»Ihre Begleiterin ist nicht hier«, sagte Nipper eindringlich und ließ ihn los. »Wir müssen klaren Verstand bewahren. Es ist nicht gesagt, daß alle tot sind.«

»Aber . . . wo können Sie sein?« preßte Craigh keuchend hervor.

»Vielleicht konnten sie fliehen.« Nipper blickte sich um, gleich darauf packte er Craigh aufgeregt am Arm und deutete mit der anderen Hand nach vorne. »Sehen Sie! Das Hotel da hinten!«

Craigh richtete seinen Blick auf den Rohbau, der sich wie ein zyklopischer Schatten drei, vier Meilen entfernt gegen den Nachthimmel abhob. Hinter einigen der Fenster, ein paar Stockwerke über dem Erdboden, brannte Licht. Es waren keine elektrischen Lampen, sondern ein flackerndes Licht wie von Fackeln, doch gerade dadurch stellten sie ein deutliches Lebenszeichen dar. Neue Hoffnung durchpulste Craigh. Wenn es im ganzen Park einen Ort gab, der wenigstens etwas Schutz vor den offenbar in größerer Zahl zum Leben erwachten Ungeheuern bieten konnte, dann war es das riesige, noch im Bau befindliche Hochhaus.

»Wir müssen hin«, stieß er hervor. »Vielleicht ist auch Betty dort.«

Er wollte zum Wagen zurücklaufen, doch Nipper verstellte ihm den Weg. »Verdammt, benutzen Sie endlich Ihren Kopf«, blaffte er Craigh an. »Wollen Sie sich umbringen? Sehen Sie doch genauer hin!«

Für einen Moment hätte ihn Craigh am liebsten kurzerhand zur Seite gestoßen, aber dann drehte er sich widerwillig um und betrachtete das Hotel nach einmal genauer. Diesmal konzentrierte er sich nicht nur auf die erleuchteten Fenster, und diesmal sah er auch die Bewegungen vor dem Hochhaus. Es war zu dunkel und die Entfernung zu groß, als daß er ohne Fernglas Einzelheiten erkennen konnte, aber die gigantischen, sich bewegenden Umrisse vor dem Gebäude waren unverkennbar. Auch konnte er die Zahl der Saurier nicht abschätzen, aber es mußten viele sein, obwohl nur schwach die Umrisse der wahren Giganten wahrzunehmen waren.

»Sie . . . sie belagern das Haus!« stieß er hervor, und im gleichen Moment begriff er, was das bedeutete. Die Telefonanlage war ausgefallen, und damit gab es für die Menschen vermutlich keine Möglichkeit mehr, mit der Außenwelt Kontakt aufzunehmen. Sie waren von jeder Verbindung abgeschnitten, und anscheinend war es ihnen auch nicht mehr gelungen, vor dem Angriff der Bestien einen Hilferuf durchzugeben, sonst würde es hier bereits von Polizei nur so wimmeln. Der Park war isoliert, so daß niemand außerhalb wußte, was hier vorging.

»Kommen Sie!« rief er, ergriff Nipper am Arm und zog ihn ein paar Schritte weit mit sich.

»Was haben Sie vor?«

»Ich muß Hilfe anfordern.« Er dachte an das Funkgerät. Wollte er nicht meilenweit fahren, um jemanden zu benachrichtigen, stellte es gegenwärtig die einzige Verbindung zur Außenwelt dar. Er nahm es aus dem Wagen, stellte es auf die Motorhaube und zog die Antenne an der Seite des Kastens heraus. Die Bedienung war denkbar einfach, da das Gerät nur auf einer Frequenz sendete und empfing. Er schaltete es ein, griff nach dem Mikrophon und drückte auf einen Knopf, der ein Sendesignal abstrahlte.

Es dauerte nur ein paar Sekunden, bis er Antwort bekam. Leech selbst war sofort am Apparat. »Hier Inspektor Leech«, drang seine von statischem Knistern begleitete Stimme aus dem Lautsprecher. »Sind Sie das endlich, Ellison? Ich warte schon seit Stunden auf eine Nachricht von Ihnen.«

»Ich habe keine Zeit für Erklärungen«, sprudelte Craigh hervor, ohne seine Gedanken vorher zu ordnen. »Hier im Park ist die Hölle los. Sie müssen sofort kommen! Und bringen Sie Verstärkung mit, am besten Hubschrauber. Wahrscheinlich müssen Sie die Menschen evakuieren. Es hat bereits zahlreiche Tote gegeben. Die Überlebenden haben sich offenbar in den Rohbau des Hotels geflüchtet.«

»Verdammt, Ellison, wovon sprechen Sie überhaupt? Was ist geschehen?«

»Die Saurier. Sie sind zum Leben erwacht! Viele von ihnen, vielleicht sogar alle. Ich habe keine Ahnung, was genau passiert ist. Ich bin selbst gerade erst hier angekommen. Das Gelände ist völlig verwüstet.«

»Jetzt reißen Sie sich erst einmal zusammen und berichten Sie von Anfang an!« unterbrach ihn Leech.

»Dazu ist keine Zeit. Es ist unmöglich, das zu beschreiben. Die Saurier belagern das Hotel, ich kann sie von hier aus sehen. Kommen Sie her, so schnell Sie können. Sie müssen die Leute aus dem Hotel holen.«

»Wo genau sind Sie im Augenblick?«

Craigh kam nicht mehr zum Antworten. Neben ihm stieß Nipper einen erschrockenen Schrei aus. Craigh fuhr herum.

Voller Entsetzen starrte er auf die schwarzen, scherenschnittartigen Silhouetten von fünf, sechs der gigantischen Ungeheuer, die vom Hotel aus rasend schnell auf sie zugestapft kamen.

Sondstrup, der sich gerade mit einem Mann unterhielt, brach mitten im Wort ab, als die Hiobsbotschaft aus dem Treppenhaus ertönte, fuhr herum und stürmte aus dem Raum, auf den Korridor hinaus. Betty folgte ihm. Einer der Wachmänner an der Türöffnung versuchte sie aufzuhalten, aber sie tauchte geschmeidig unter seinen Armen hindurch. Die Verbände, die sie noch immer trug, behinderten sie, und die hastige Bewegung ließ einen feurigen Schmerz durch ihre Brust zucken. Sie taumelte mehr durch die Türöffnung, als daß sie lief, aber sie erreichte den Korridor und hastete weiter zur ersten Barrikade. Acht Wachmänner waren mit angelegten Gewehren und Pistolen dahinter in Deckung gegangen.

Betty konnte einen Blick über die Barrikade werfen. Die Blockade im Treppenhaus war von den Sauriern inzwischen fast zur Hälfte niedergerissen worden. Mit ihren Klauen fetzten sie Balken und Steine zur Seite und vergrößerten rasend schnell die Öffnung.

»Zum Teufel, Sie haben hier nichts verloren!« rief Sondstrup und zerrte Betty zurück. Gehen Sie zurück zu den anderen!« Er kam nicht dazu, sich weiter um sie zu kümmern. Einige der kleineren Saurier zwängten sich bereits durch den Durchbruch. Mit ungelenk wirkenden Bewegungen kamen sie die Treppe heraufgekrochen. Einige hoppelten fast wie Känguruhs. Ohne ihre Klauen und Reißzähne hätten sie fast possierlich aussehen können.

»Nicht schießen!« befahl Sondstrup. »Sie sind zu klein, um uns wirklich gefährlich werden zu können, und wir werden die Munition noch dringender brauchen. Treibt sie einfach so zurück! Und Sie verschwinden endlich von hier, Miss Sanders!«

Betty trat einige Schritte nach hinten, nur gerade so weit, daß sie immer noch beobachten konnte, was passierte. Sondstrup war zu beschäftigt, um sie weiter zu beachten. Sie wußte, daß sie sich unvernünftig verhielt, aber immerhin ging es auch um ihr Leben. Es wäre ihr unmöglich gewesen, untätig in dem Aufenthaltsraum abzuwarten.

Die ersten der kleinen Saurier erreichten die Barriere. Die Wachmänner hatten ihre Gewehre umgedreht und schlugen mit den Kolben auf die Bestien ein. Auf den Stufen fanden die Saurier kaum Halt. Sie wurden von den Schlägen aus dem Gleichgewicht gebracht, die meisten von ihnen kippten nach hinten und stürzten die Treppe wieder hinab, wobei sie andere mit sich rissen. Bei einigen wurde die empfindliche Elektronik dabei so stark beschädigt, daß sie nicht wieder in die Höhe kamen.

Der Vormarsch der Ungeheuer geriet ins Stocken, aber es waren einfach zu viele. Die meisten, die in die Tiefe gestoßen wurden, rappelten sich sofort wieder auf und griffen erneut an. Die beschädigten Modelle wurden von den anderen mühelos zur Seite gedrängt. Eine kaum überschaubare Masse geschuppter oder stachelbewehrter, mit messerscharfen Klauen und Reißzähnen versehener Urzeitbestien wälzte sich die Treppe hinauf. In ihren Augen glaubte Betty eine bösartige Intelligenz zu erkennen, und im Gegensatz zum Verhalten ihrer oftmals ziemlich dummen realen Vorfahren hatte das bislang fast generalstabsmäßige Vorgehen der Sauriermodelle gezeigt, daß sie tatsächlich über eine Form von Intelligenz verfügten.

Einige Minuten lang wogte der ungleiche Kampf hin und her,

und es gelang den Wachmännern, die Angreifer auf Distanz zu halten, aber es war abzusehen, daß diese Taktik nicht mehr lange fußen würde. Immer häufiger gelang es den Sauriern, bis unmittelbar an die Barriere heranzukommen, bevor sie zurückgetrieben werden konnten, und oftmals klammerten sie sich dann an Steinen fest und rissen diese bei ihrem Sturz aus der Barriere heraus. Einige der Bestien schafften es sogar, bis auf oder sogar über die Barriere zu springen. Sondstrup streckte eines der Ungeheuer, das Betty anspringen wollte, mit einem gezielten Schuß ins Auge nieder. Der Saurier machte noch einige unbeholfene Bewegungen und blieb dann reglos liegen. Sondstrup stemmte ihn mühsam mit beiden Händen hoch und schleuderte ihn über die Brüstung, zwei weiteren Angreifern entgegen, die dadurch zurück in die Tiefe gestoßen wurden.

Betty war blaß geworden und ein Stück zurückgewichen, dennoch konnte sie sich nicht überwinden, in den Aufenthaltsraum zurückzukehren.

Einer der Wachmänner hatte nicht soviel Glück wie sie. Eine fast nur aus langen Beinen bestehende Bestie wich einem Kolbenstoß aus und setzte mit einem Sprung über die Barriere. Mit ihren kleinen, wie verkümmert aussehenden Ärmchen schlug sie nach dem Wachmann. Ihre Krallen rissen seine Uniform auf und fügten ihm schreckliche Wunden an der Brust zu. Gleich zwei der anderen Männer schlugen mit ihren Gewehren nach dem Saurier. Einer der Hiebe war so wuchtig, daß er die Halsgelenke des Ungeheuers brechen ließ. Der Kopf baumelte haltlos vom Rumpf herab. Reglos blieb der Saurier liegen.

Sondstrup sprang auf den verletzten Mann zu. »Fassen Sie mit an!« herrschte er Betty an. Gemeinsam trugen sie den Verwundeten in den Aufenthaltsraum zurück. »Kümmern Sie sich um ihn!« befahl Sondstrup an Wenderworth gerichtet, was völlig unnötig war, da der Arzt ohnehin bereits herbeigeeilt kam. »Und Sie bleiben jetzt hier, Miss Sanders!«

Er hastete zu der Barrikade zurück. Diesmal machte Betty gar nicht erst den Versuch, ihm zu folgen. Als sie nach dem Verletzten gegriffen hatte, hatte sie noch einen Blick über die Barrikade geworfen und gesehen, daß die Blockade ein Stockwerk tiefer inzwischen fast völlig von den Sauriern beiseite geräumt worden war. Auch größere Ungeheuer, manche mehr als mannshoch, kamen nun die Treppe heraufgestürmt und rannten gegen die Barriere an. Sie mit Schlägen und Stößen zurückdrängen zu wollen, war aussichtslos. Schüsse donnerten durch das Treppenhaus. Der Pulverdampf war bis in den Aufenthaltsraum zu riechen.

Betty sah einige Sekunden lang zu, wie Wenderworth sich bemühte, die Blutungen des Verletzten mit Tüchern zu stillen, dann konnte sie den Anblick der gräßlichen Wunden und des vielen Blutes nicht mehr ertragen. Sie hatte das Gefühl, kaum noch Luft zu bekommen, und trat an eine der Fensteröffnungen. Immer noch hielten sich vor dem Hotel zahlreiche der großen Saurier auf, die zu unförmig waren, in das Gebäude selbst einzudringen, aber nun kam Unruhe in die Bewegungen der Bestien. Mehrere der Giganten, an ihrer Spitze der gewaltige Brachiosaurus, wandten sich um und stapften davon. Noch schienen sie unentschlossen zu sein, blickten immer wieder zum Hotel zurück, aber zumindest die größten von ihnen entfernten sich immer weiter.

»Sie ziehen sich zurück!« brüllte einer der Wachmänner neben Betty. Sofort wurde sein Ruf aufgenommen. Bewegung kam in die gerade noch so apathisch ihrem Schicksal entgegenharrenden Menschen. Die Bauarbeiter drängten zu den Fenstern, um selbst zu sehen, was geschah. Es wurde gedrängelt und geschoben, so daß Betty kaum noch Luft bekam, doch das war ihr im Augenblick egal.

Wilde Hoffnung flackerte in ihr auf, erlosch aber auch rasch wieder. Mehrere der besonders großen Kolosse waren tatsächlich davongestampft und inzwischen von der Dunkelheit verschluckt worden, aber die übrigen trafen keine Anstalten, es ihnen gleichzutun. Unbeirrt setzten sie ihre Belagerung des Hotels fort, und die Schüsse aus dem Korridor zeigten Betty, daß auch dort der Kampf mit unverminderter Härte weitertobte.

Dennoch keimte weiterhin Hoffnung in ihr. Ganz ohne Grund waren die Giganten sicherlich nicht verschwunden. Es gab zahlreiche mögliche Erklärungen. Angefangen damit, daß die unbegreifliche Kraft, die ihnen Leben verlieh, im Erlöschen begriffen war und die größten Modelle dies als erste zu spüren bekamen, bis hin zu der Aussicht, daß endlich Hilfe eingetroffen war.

Sie zwängte sich zwischen den Männern hindurch und warf einen Blick in den Korridor. Ein beträchtlicher Teil der Barriere war inzwischen von den Sauriern niedergerissen worden. Immer noch leisteten die Männer vom Sicherheitsdienst erbitterten Widerstand, aber es war zu erkennen, daß es sich im Grunde nur noch um ein Rückzugsgefecht handelte.

»Schließt endlich die zweite Barriere!« brüllte Sondstrup.

In fieberhafter Eile wurde die Lücke im Türdurchgang verrammelt. Die übrigen Wachmänner bezogen dahinter Posten. Sie deckten den Rückzug der Verteidiger an der ersten Barriere, die von den Sauriern überrannt wurde. Drei der Wachmänner lagen regungslos am Boden, vermutlich tot. Die übrigen begannen zu rennen. Die Posten am Türeingang feuerten auf die hinter ihnen heranstürmenden Bestien und trieben diese durch gezielte Schüsse in die Augen zurück. Erschöpft kletterten die Männer über die Barriere in den Aufenthaltsraum zurück, als letzter von ihnen Sondstrup. Keiner war ohne Blessuren davongekommen, doch handelte es sich nur um mehr oder weniger harmlose Fleischwunden.

Hinter ihnen quollen mehr und mehr Ungeheuer in den Korridor. Nur die letzte Barriere trennte sie jetzt noch von den Menschen im Aufenthaltsraum.

Selbst Craigh, der auf diesen Anblick vorbereitet gewesen war, brauchte einen Augenblick, um seinen Schrecken zu überwinden. Die Front der Ungeheuer rückte mit unglaublicher Geschwindigkeit näher, an ihrer Spitze der riesige, wütend brüllende Brachiosaurus, den er von einigen Fotos wiederzuerkennen glaubte, die Sondstrup ihm gezeigt hatte. Neben ihm wälzte sich etwas durch die Wüste, das auf den ersten Blick an einen überdimensionalen Igel erinnerte, dahinter erkannte

Craigh die massige Gestalt des Brontosaurus. Hinter den drei Sauriern brachen sieben, acht weitere Alptraumgestalten aus der Dunkelheit hervor, jede eine Steigerung des Vorgängers, jede anscheinend noch eine Spur wilder und bizarrer als die andere.

Craigh kümmerte sich nicht weiter um das Funkgerät. Er setzte mit einem kraftvollen Sprung über die Motorhaube des Wagens und warf sich auf den Fahrersitz. Nipper hatte bereits neben ihm Platz genommen. In seinem Gürtel steckte ein Revolver, den er einem der Toten abgenommen hatte. Craigh trat das Gaspedal durch. Der Wagen machte einen Satz nach vorne und gewann, eingehüllt in eine Staubwolke, an Geschwindigkeit, doch sie kamen nicht weit.

Ein Iguanodon, ein Koloß von fast neun Yards Länge, brach plötzlich mit einer Geschwindigkeit, die seinem scheinbar plumpen Körper Hohn sprach, aus der näherrückenden Phalanx der Giganten aus. Drei, vier mächtige Sätze brachten ihn an die Straße heran. Craigh bremste und versuchte dem Ungeheuer auszuweichen. Die mächtigen, muskelbepackten Arme des Giganten griffen nach dem Fahrzeug und verfehlten es nur knapp. Gleich darauf schien der Iguanodon mitten in der Bewegung zu erstarren, als das grelle Lichtbündel des voll aufgeblendeten Scheinwerfers ihn erfaßte. Zwei, drei Sekunden lang stand er reglos inmitten der blendenden Lichtflut und blinzelte; seine Augen schienen Schwierigkeiten zu haben, sich an die plötzliche Helligkeit zu gewöhnen.

Nipper zog seine Waffe, kurbelte das Seitenfenster herunter und zielte mit fast unmenschlicher Kaltblütigkeit. Der Revolver bellte auf, aber die Kugel prallte als harmloser Querschläger von der Schnauze des Monstrums ab. Nipper stützte den Arm auf, zielte sorgfältig und drückte zweimal hintereinander ab. Dicht über der Nasenwurzel des Sauriers blitzte ein greller Funke auf, als die Kugel von den stahlharten Panzerplatten abprallte. Der zweite Schuß war besser gezielt: Das Auge der Bestie zerbarst mit leisem Klirren. Das Ungeheuer schrie auf und tastete mit plumpen, ungeschickt wirkenden Bewegungen nach der verletzten Stelle; fast, als wäre es wirklich fähig,

Schmerzen zu empfinden. Nipper grinste, zielte noch einmal und schoß der Bestie auch noch das andere Auge aus.

Der Saurier begann zu toben. Sein kleiner eiförmiger Schädel pendelte wild hin und her. Die Arme schlugen in sinnlosen, unkontrollierten Bewegungen durch die Luft, und unter seinen trampelnden Füßen zerbarst der Asphaltbelag der Straße. Die Schwanzspitze peitschte in wilder Agonie durch die Luft und streifte den Wagen. Selbst die flüchtige Bewegung reichte aus, das Blech einzubeulen und das Fahrzeug zum Schaukeln zu bringen.

»Weg hier!« brüllte Nipper. »Er ist blind.«

Der Iguanodon stapfte auf die Stelle vor, an der sich der Kombi gerade noch befunden hatte, aber Craigh hatte bereits den Rückwärtsgang eingelegt und zurückgesetzt. Er warf einen nervösen Blick auf die bedrohlich nahe herangerückte Front der übrigen Giganten, gab Gas und wich dem Iguanodon in weitem Bogen aus.

Dann jedoch tauchte irgend etwas Riesiges, Massiges neben dem Wagen auf. Craigh sah eine verschwommene Bewegung im Rückspiegel. Eine gigantische, scheinbar endlose lange Masse aus grünen Schuppen und zuschnappenden Kiefern katapultierte den Wagen regelrecht in die Luft. Craigh schrie auf, riß in einer instinktiven Bewegung die Arme über den Kopf und wartete auf den Aufprall. Er hörte das Knirschen von Metall, den entsetzten Schrei Nippers und das wütende Fauchen des Ungeheuers. Für eine schreckliche halbe Sekunde schien der Wagen schwerelos in der Luft zu hängen, ehe er auf die Straße zurückfiel.

Craigh hatte das Gefühl, als würde ihm jeder Knochen im Leib gebrochen. Er schlug mit dem Kopf gegen das Seitenfenster und ein scharfer, stechender Schmerz fuhr durch seinen Rücken, aber er blieb wie durch ein Wunder bei Bewußtsein. Neben ihm sackte Nipper zwischen die Sitze. Craigh stöhnte und tastete nach dem Türgriff. Plötzlich sah er die ungeheure Masse des Brachiosaurus über dem Wagen in die Höhe wachsen; ein furchteinflößender, zu bizarrem Leben erwachter Berg, gegen den er sich klein und hilflos wie ein Insekt vorkam. Der

Saurier knurrte wütend; ein dumpfes, vibrierendes Grollen, das sich bis in Craighs Körper fortpflanzte.

Er stieß die Wagentür auf, ließ sich ins Freie fallen und rollte sich zur Seite. Direkt über ihm ragte die gigantische Bestie auf. Für die Dauer eines Herzschlages bohrte sich der Blick ihrer Augen in den Craighs, und er war sicher, daß es sich nicht um mechanisch bewegte Glasaugen handelte. Für einen Augenblick hatte er das Gefühl, nicht nur in die Augen eines intelligenten, sondern sogar eines überlegenen Wesens zu schauen; Augen, in denen eine unbeschreibliche Bosheit zu schimmern schien. Er wußte, daß dem nicht so war, daß es nur ein in die Realität herübergewechselter Alptraum war, aber da weder er noch sonst irgendein Mensch in der Lage war, sich aus diesem Traum zu befreien, war dieser gleichbedeutend mit der Realität. Was geschah, das geschah, jetzt und hier, egal aus welchen Gründen.

Der Brachiosaurus senkte seinen im Vergleich zu seinem übrigen Körper und dem fast giraffenartig langen Hals geradezu winzigen Kopf. Mondlicht spiegelte sich auf den meißelförmigen Zähnen der Bestie. Craigh wälzte sich noch weiter zur Seite und entkam um Haaresbreite dem zuschnappenden Maul. Er rollte sich unter dem Auto hindurch, richtete sich auf der anderen Seite auf und begann zu rennen. Als er gerade die ersten Schritte zurückgelegt hatte, stieß das Ungeheuer hinter ihm den Kombi fast spielerisch mit seinen Vorderbeinen um.

Von Nipper war nichts zu entdecken, und Craigh hätte ohnehin keine Gelegenheit gehabt, sich um den Aborigine zu kümmern. Er war vollauf damit beschäftigt, selbst wenigstens noch ein paar Minuten am Leben zu bleiben. Sein Ziel war ein wuchtiger Bagger, hinter dem er sich in Deckung warf.

Der Brachiosaurus hatte sich so auf den Kombi konzentriert, den er mit kraftvollen Tritten in einen Haufen unbrauchbaren Schrott verwandelte, daß er seine Flucht offenbar nicht bemerkt hatte. Anscheinend hatten die Ungeheuer Schwierigkeiten, in der Dunkelheit richtig zu sehen. Auch wenn sie zum Leben erwacht waren, waren sie dennoch nach wie vor die mechanischen Gebilde, die Sondstrup und seine Techniker entwickelt hatten. Ihr Sehvermögen war nur darauf ausgerichtet, Hindernisse wahrzunehmen, die bei ihren vorprogrammierten Bewegungsabläufen unvermittelt in ihrer unmittelbaren Nähe auftauchten, etwa allzu vorwitzige Touristen, damit eine Sicherheitsschaltung sie sofort verharren ließ, bevor sie jemandem Schaden zufügen konnten. Diese eingeschränkte Sichtweise stellte möglicherweise ihre Achillesferse dar, ihr großes Handikap, das er für sich ausnutzen konnte. Von unbändigem Zorn erfüllt, stapfte der Brachiosaurus auf der Suche nach ihm umher, wobei er und der zu ihm gestoßene Brontosaurier sich gegenseitig behinderten.

Craigh rannte weiter. Unbeschadet erreichte er eine zusammengestürzte Lagerhalle und duckte sich hinter die Trümmer. Kaum drei Yards von ihm entfernt stapfte einer der anderen Saurier vorbei, ohne ihn zu entdecken. Die Ungeheuer schienen zwar seine Gegenwart zu spüren, waren jedoch offenbar nicht in der Lage, seine genaue Position auf diese Weise zu wittern.

Nicht weit von sich entfernt nahm Craigh eine Bewegung wahr. Nipper hatte hinter den Trümmern einer eingestürzten Mauer Deckung gesucht und winkte ihm zu. Craigh hastete zu ihm hinüber und kauerte sich neben ihm nieder. Er war schweißüberströmt, das Hemd klebte ihm unangenehm am Körper. Sein Atem ging stoßweise und keuchend, und sein Herzschlag raste.

»So eine verdammte Scheiße«, stöhnte er. »Solange diese Monster hier herumlaufen, schaffen wir es niemals bis zu den Felsen.«

»So dürfen Sie erst gar nicht denken«, widersprach Nipper heftig. »Negatives Denken lähmt Sie. Wenn Sie schon von Anfang an nicht glauben, daß Sie etwas schaffen können, dann schaffen Sie es auch nicht.«

»Warum erzählen Sie nicht diesen verdammten ... *Dingern* da ein paar von Ihren Weisheiten?« keuchte Craigh. »Vielleicht lassen die sich damit aufhalten.« Er war unfair, und er wußte es. Nipper hätte ihn erst gar nicht zu begleiten und sich damit selbst in diese Lebensgefahr zu bringen brauchen. Er müßte dem Aborigine dankbar sein, doch seine Nerven waren so aufgeputscht, daß er ein Ventil für seine aufgestauten Emotionen brauchte.

»Keine Weisheiten«, korrigierte Nipper. »Wahrheiten. Vergessen Sie nicht, daß Sie gewissermaßen der Schlüssel zu allem hier sind. Es besteht eine Verbindung zwischen Ihnen und den Träumen. Die Saurier spüren Ihre Aufregung und Angst, und das macht sie noch wilder. Sie müssen sich zur Ruhe zwingen.«

»Das sagt sich so einfach. Warum bringen Sie mir nicht einfach in einem Schnellkurs das Meditieren bei, damit ich keine Angst mehr habe?«

Nipper ging erst gar nicht auf seine Worte ein. »Glauben Sie, daß Sie den Weg zu den Felsen finden?« fragte er statt dessen ruhig.

»Ich weiß nicht . . . ich glaube schon, aber ich bin mir nicht sicher. Wir sollten hier warten, bis Leech und seine Leute eintreffen. Dann dürften wir eine größere Chance haben.«

»Und die Menschen im Hotel sind bis dahin vielleicht schon tot«, entgegnete der Aborigine. »Bis die Polizei hier ist, kann es noch gut eine halbe Stunde dauern. Ist Ihnen nicht aufgefallen, daß wir es hier nur mit einigen der ganz großen Saurier zu tun haben, denen, die ohnehin nicht in das Gebäude eindringen können? Haben Sie sich noch nicht gefragt, was mit den anderen ist?«

Instinktiv warf Craigh einen Blick über die Schulter in Richtung Hotel. »Sie glauben, sie werden von den anderen Sauriern angegriffen?«

»Oder zumindest belagert. Ich war noch nie in dem Rohbau und weiß nicht, ob man sich im Inneren sicher verkriechen kann, aber da das Ding noch längst nicht fertig gebaut ist, bezweifle ich es eher. Schon deshalb kann jede Minute wichtig sein. Wir können nicht einfach tatenlos abwarten, bis die Polizei eintrifft. *Sie* können es nicht. Soweit es mich betrifft, so weiß ich sowieso nicht, warum ich bei dem ganzen Wahnsinn überhaupt mitmache.«

»Weil es auch um Sie und Ihren Stamm geht«, erwiderte Craigh niedergeschlagen. »Wenn Morweyn recht behält, wird sich die Katastrophe nicht nur auf den Park beschränken, sondern immer weitere Kreise ziehen. Und wenn es der Polizei oder dem Militär gelingt, die Saurier zu vernichten, bleibt der Riß zwischen Wirklichkeit und Traum immer noch bestehen. Irgendein anderer Alptraum wird sich anstelle der amoklaufenden Saurier erfüllen, und wie es aussieht, bin ich der einzige hier, der das verhindern kann.«

»Dann tun Sie es!«

Craigh schüttelte den Kopf. »Sie begreifen nicht, was ich sagen will. Ich darf kein unnötiges Risiko eingehen. Falls ich sterben sollte, kann niemand sonst den Riß schließen, es sei denn, irgendein weitläufiger Verwandter, der wie ich von Robert Ellison abstammt, kommt zufällig her, um es an meiner Stelle zu tun. Wir *müssen* warten, bis wir uns den Felsen halbwegs sicher nähern können.«

Nipper schwieg ein paar Sekunden und starrte zu den Giganten hinüber, die auf der Suche nach ihnen durch die Überreste der Siedlung stapften und alles zerstörten, was ihnen bei ihrem ersten Angriff versehentlich entgangen war.

»Vielleicht haben Sie recht«, murmelte er schließlich. »Vielleicht ist genau das die große Gewissensentscheidung, die Sie treffen müssen. Aber denken Sie auch daran, was möglicherweise gerade im Hotel geschieht, und daß sich Ihre Kollegin möglicherweise dort befindet.«

Craigh ballte die Fäuste. »Früher gab es ein paar schöne Bräuche«, preßte er hervor. »Da hat man die Überbringer schlechter Nachrichten kurzerhand umgebracht. Aber leider sind die guten Zeiten vorbei, und es würde wohl auch nichts ändern.« Er warf einen langen Blick zum Hotel hinüber. Der Gedanke, daß Betty dort möglicherweise gerade um ihr Leben kämpfte und starb, während er untätig hier herumsaß und auf die Polizei wartete, war unerträglich. Trotz des Streits am Morgen wußte er seit der vergangenen Nacht zweifelsfrei, daß er sie liebte. Selbst in dieser Situation tat der bloße Gedanke an sie weh und beschleunigte seinen Herzschlag. »Entscheiden Sie sich«, drängte Nipper. »Jede Sekunde kann kostbar sein.

Craigh nickte widerwillig. »Versuchen wir es«, murmelte er.

»Ihr seid verrückt, wenn ihr wirklich hierbleiben wollt!« stieß Mona hervor. Sie hatte die Fäuste in die Hüften gestemmt und ließ ihren Blick über die Gesichter der Gangmitglieder schweifen, die sich in einem Halbkreis vor ihr versammelt hatten. »Wem nutzt das denn noch? Gegen den Park können wir sowieso nichts mehr ausrichten. Nach dem Überfall gestern nacht dürften die alles so abgeriegelt haben, daß nicht mal mehr eine Maus unbemerkt hineinkommt. Und im Grunde ging es doch von Anfang an keinem von euch um diesen verdammten Park. Wir sind doch alle nur hergekommen, um ein bißchen Stunk zu machen. Laßt uns verschwinden, solange wir es noch können. Ich bin bestimmt nicht aus dem Krankenhaus abgehauen, um mich hier doch noch von dem Biest erwischen zu lassen, das Dick umgebracht hat.«

Die Flucht war ihr nicht sonderlich schwergefallen. Die Polizei hatte sie ein paarmal verhört, und sie hatte eine Skizze des Ungeheuers angefertigt, das sie in dem Zelt gesehen hatte. Ihre Verletzungen waren nicht besonders schlimm, und es lag auch nichts gegen sie vor, dessentwegen man sie festhalten konnte. Lediglich wegen des erlittenen Schocks sollte sie noch ein, zwei Tage zur Beobachtung im Krankenhaus bleiben, allerdings vermutete sie, daß dies auf eine Anordnung der Polizei zurückging, die wollte, daß sie für eventuelle weitere Verhöre zur Verfügung stand. Darauf jedoch hatte sie nicht die geringste Lust.

Am späten Nachmittag war Burt sie besuchen gekommen, ein kräftiger, blondhaariger Hüne aus der Gang, der schon seit langem ein Auge auf sie geworfen hatte, ohne bislang bei ihr landen zu können. Getreu dem Motto, daß Frechheit stets siegt, hatte sich Mona angezogen und war am Ende der Besuchszeit seelenruhig mit ihm aus dem Krankenhaus spaziert, nachdem sie sich unauffällig am Bereitschaftszimmer der Schwestern auf ihrer Station vorbeigedrückt hatte. Zusammen mit Burt war sie zum Camp der anderen zurückgefahren, wobei die *anderen* nur ein versprengtes Häufchen darstellten. Sowohl aus Rodericks wie aus Charles' Gang war jeweils gerade noch ein Dutzend Mitglieder übrig geblieben, die anderen hatten ebenso wie die Umweltschützer bereits das Weite gesucht.

»Wenn du abhauen willst, bitte. Niemand hindert dich daran«, erwiderte Jesse, ein kräftiger Kerl mit schwarzem, straff zurückgekämmtem und vor Pomade glänzendem Haar. Er hatte früher zu Charles Leuten gehört, aber nach dem Tod der beiden Anführer – jedenfalls vermutete Mona, daß auch Charles inzwischen tot war, und wenn nicht, dann konnte es sich bei seinen schrecklichen Verletzungen nur noch um eine Frage der Zeit handeln – war dies bedeutungslos geworden. Die alte Feindschaft zwischen den Gangs war längst begraben. »Aber ich für meinen Teil will rausfinden, was das alles zu bedeuten hat. Charles, Roderick, Denny, Pete und Dick – ich will wissen, wie und warum sie gestorben sind. Früher hätten wir es nicht so einfach hingenommen, wenn man einen von uns umgebracht hätte. Wir hätten Himmel und Hölle in Bewegung gesetzt, um den Schuldigen zu finden und uns zu rächen. Und jetzt sollen wir alles einfach so auf sich beruhen lassen? Ohne mich, Schätzchen!«

»Ich hab' euch doch erzählt, wie Dick gestorben ist. Und bei den anderen war es wahrscheinlich nicht anders«, ereiferte sich Mona. Sie strich sich mit der Hand durch ihre blonde Löwenmähne. »Eines der verdammten Monster aus dem Park hat Dick umgebracht. Da stehen Dutzende von denen herum, und einige sind ganz verflucht groß. Wenn eins von den Riesendingern hier aufgetaucht wäre, hätte es wahrscheinlich uns alle erwischt. Wollt ihr ernsthaft gegen diese Monster kämpfen?«

»Blödsinn!« behauptete Jesse. »Du bist die einzige, die dieses Ding gesehen haben will. Vielleicht hattest du ja gerade was geschluckt und warst high.«

»Ich habe mir nichts eingebildet, du Arsch«, fauchte ihn Mona an. »Und ich habe auch nichts geschluckt.«

Jesse grinste herablassend. »Vielleicht hast du ja auch alles nur erfunden und Dick in Wahrheit selbst mit einem Messer aufgeschlitzt, weil er nicht so gut war, wie du gedacht hast.«

Mona trat einen Schritt auf ihn zu und funkelte ihn wütend an. »Was willst du damit sagen?«

»Ich will damit sagen, daß du doch von morgens bis abends nur Ficken im Kopf hast. Denkst du, ich gebe viel auf die Hirngespinste von einer, die nur daran denkt, für wen sie als nächstes die Beine breitmachen kann?«

»Du bist ein verdammtes Arschloch«, zischte Mona. »Und wahrscheinlich nur neidisch, weil ich mich lieber zunähen lassen würde, als mich von einem wie dir auch nur anfassen zu lassen. Wenn du unbedingt hierbleiben und dich umbringen lassen willst, nur zu. Ich weiß gar nicht, warum ich überhaupt zurückgekommen bin. Ich jedenfalls verdufte, solange ich es noch kann. Überlegt euch, ob ihr mitkommt oder lieber bei dem da bleiben wollt.« Sie machte eine verächtliche Kopfbewegung in Jesses Richtung und legte einen Arm um Burts Schultern. »Hauen wir ab.«

Burt lächelte wie ein glückliches Kind, während er mit ihr zu seiner Harley hinüberging, und eigentlich war er das auch: ein zu groß geratenes Kind. Mona hatte ihm vorher kaum mehr als ein paar Blicke gewidmet, aber jetzt kam er ihr gerade recht. Mit seiner Hilfe war sie aus dem Krankenhaus abgehauen, und er würde sie auch von hier wegbringen. Er war nicht sonderlich helle im Kopf, und besonders umwerfend sah er auch nicht aus, aber er war kräftig und ihre Fahrkarte zurück nach Sydney. Vielleicht würde sie ihm tatsächlich wenigstens mal eine Chance geben, ihr zu zeigen, was er im Bett draufhatte.

Als sie gerade hinter ihm auf die Maschine steigen wollte, hörte sie hinter sich aufgeregte Rufe und drehte sich noch einmal um. Entsetzt starrte sie auf das halbe Dutzend in der Dunkelheit nur undeutlich zu erkennenden Kreaturen, die sich über einen Sandhügel auf das Camp zuwalzten.

»Fahr los!« brüllte sie, während sie sich von panischer Angst getrieben in den Sattel schwang. »Bloß weg von hier!«

Burt gab so stark Gas, daß die Harley sich vorne aufbäumte und Mona fast heruntergefallen wäre.

Hinter ihr rannten die übrigen Rocker zu ihren Maschinen. Das Aufheulen der Maschinen vermischte sich mit dem zornigen Brüllen der Saurier. In wilder Flucht rasten sie davon, die Ungeheuer in der Dunkelheit hinter sich zurücklassend.

Der ungleiche Kampf wurde mit aller Verbissenheit geführt, und dennoch konnte es keinen Zweifel daran geben, wie er enden würde, wenn keine Hilfe von außen eintraf. Sondstrups Wachmänner wußten, daß es allein auf sie ankam. Sie bewiesen eine unglaubliche Kaltblütigkeit und Nervenstärke. Dicht an dicht kauerten sie hinter der Barriere und schossen mit fast mechanischer Präzision auf die Saurier draußen im Korridor. Gerade bei den kleinen und mittelgroßen Modellen erzielten sie beachtliche Erfolge. Die Augen waren die verwundbarste Stelle der Bestien, und die meisten erlitten nach einem direkten Treffer einen Kurzschluß, der sie zerstörte. Aber hinter ihnen drängten immer wieder neue nach, ohne die geringste Rücksicht auf ihr eigenes Leben zu nehmen. Die zerstörten Modelle blockierten den Korridor für die anderen, doch auch hier bewiesen diese methodisches Vorgehen, indem sie die Hindernisse zurückzerrten und den Weg auf diese Art wieder freiräumten. Das Brüllen und Toben der Bestien erfüllte das Hotel. Der Anblick hätte ein Bild aus Dantes *Inferno* sein können.

Immer häufiger gelang es den Angreifern, bis dicht an die Barriere vorzudringen, aber bislang war es noch jedesmal gelungen, sie wieder zurückzuschlagen. Die zerstörten Modelle direkt vor dem Türdurchgang konnten von den anderen nicht so leicht weggeschafft worden, so daß die Barriere dadurch noch verstärkt wurde.

Dennoch war es nur eine Frage der Zeit, bis sie fallen würde. Es ging nur darum, das Unvermeidliche hinauszuzögern, falls doch noch eine Rettung von außerhalb erfolgen sollte. Immer noch wußte Betty nicht, warum die Sauriergiganten so plötzlich verschwunden waren, doch ihre Theorien, die sie daran geknüpft hatte, hatten sich bislang nicht erfüllt. Weder hatten auch die anderen ihren Angriff eingestellt, noch war etwas von eintreffender Hilfe zu entdecken.

Immer wieder starrte Betty aus den Fenstern in die Nacht hinaus. Sie hatte vor allem auf Craigh gehofft. Etwas tief in ihr sagte ihr, daß er nicht tot war.

Vielleicht war es ein Fehler gewesen, hierher zu kommen. Nach dem Schock, den das Erwachen der Saurier bedeutet hatte, und nachdem die Ungeheuer innerhalb kürzester Zeit die Siedlung so vollständig zerstört hatten, war es verlockend gewesen, an einen Ort zu flüchten, der wenigstens für eine gewisse Zeit etwas Schutz versprach. Jetzt wußte sie, daß es nur eine Illusion gewesen war, höchstwahrscheinlich eine tödliche. Zumindest einige von ihnen hätten vermutlich eine größere Überlebenschance gehabt, wenn sie einzeln und in verschiedene Richtungen geflohen wären. Das riesige Gelände des Parks bot genügend Verstecke. Aber statt diese Chance zu nutzen, hatten sie Schutz in der Masse gesucht, und nun würden sie gemeinsam sterben. Die Vorstellung, sich allein irgendwo da draußen vor den Ungeheuern zu verstecken, erfüllte Betty mit Schrecken, aber hier hatten sie sich im Grunde selbst in eine Falle manövriert.

Falls die Saurier wirklich so etwas wie Intelligenz besaßen, hatten die Biester sie möglicherweise sogar mit voller Absicht hierhin fliehen lassen, um sie hier alle auf einen Schlag zu erwischen.

Aber diese Gedanken halfen jetzt nichts mehr. Was geschehen war, war geschehen und ließ sich nicht mehr rückgängig machen. Betty wandte sich wieder vom Fenster ab.

Ihre Ohren waren fast taub von den fast ununterbrochenen, wie Kanonendonner innerhalb des Betonbaus widerhallenden Schüssen. Sobald einer der Wachmänner sein Magazin leergeschossen hatte, sprang er zurück, so daß ein anderer mit einer geladenen Waffe seinen Platz einnehmen konnte. Der Vorrat an Munition jedoch ging nun rasch zu Ende. Zwei der Wachmänner unmittelbar an der Barriere mußten sich bereits darauf beschränken, ihre Gewehre als Kolben zu benutzen und auf die heranstürmenden Saurier einzuschlagen.

Ein vielfacher Aufschrei ging durch den Raum, als es dem ersten Ungeheuer gelang, die Barriere zu überwinden. Es handelte sich um einen der mannshohen, mit seinen langen Beinen fast känguruhartig aussehenden Saurier, der mit einem gewaltigen Sprung über das Hindernis hinwegsetzte. Mit einem seiner Hinterläufe blieb er an einem Balken hängen und stürzte nach vorne, direkt auf einen der Wachmänner, den er unter sich begrub. Mit einem einzigen Hieb ihrer Klauen riß die Bestie ihm den Hals auf.

Sondstrup warf sich von hinten auf den Rücken des Sauriers und umklammerte dessen Hals. Seinen Revolver hatte er fallengelassen, dafür hielt er nun ein Messer in der Hand. Der Saurier bog den Kopf mit einem zornigen Fauchen zurück und versuchte nach ihm zu schnappen. Sondstrup stieß ihm das Messer bis zum Heft ins linke Auge. Die Klinge durchdrang das Glas. Etwas knisterte. Sondstrup riß das Messer heraus und rammte es ins zweite Auge des Ungeheuers. Einige Funken blitzten auf, dann brach der Saurier zusammen und blieb reglos liegen. Sondstrup rappelte sich auf und schlenkerte seine rechte Hand. »Zum Glück nur Schwachstrom«, stieß er hervor. »Aber weh tut es trotzdem.«

Wenderworth eilte herbei und kniete neben dem verletzten Wachmann nieder, konnte jedoch nichts mehr tun. Der Mann war bereits tot.

Ein weiterer Saurier schaffte es, auf die Barrikade zu klettern, bevor er von einem wuchtigen Gewehrschlag zurückgetrieben wurde.

Einige Gebete klangen im Raum auf. Die Menschen wußten, daß die Entscheidung unmittelbar bevorstand. Die wenigen Sekunden, die es gedauert hatte, die Lücke zu schließen, die der eingedrungene Saurier gerissen hatte, waren bereits entscheidend gewesen.

Eine weitere Echse erklomm die Barrikade und drang in den Aufenthaltsraum ein. Zwei der in zweiter Reihe bereitstehenden Wachmänner zertrümmerten ihr mit den Kolben ihrer leergeschossenen Gewehre den Schädel, doch ein zweites Ungeheuer folgte ihr sofort.

Die Barrikade erbebte, als sich von außen gleich drei der Bestien dagegenwarfen. Einige Steine rutschten aus ihrer Verankerung, und gleich darauf brach die Blockade vollständig in sich zusammen, als mehrere Saurier zugleich darüber hinwegkrochen. Die Wachmänner wichen zurück. Mehr und mehr der Bestien drangen in den Aufenthaltsraum ein. Einige der Bauarbeiter hatten sich mit Stöcken und Werkzeugen bewaffnet und leisteten zusammen mit den Wachmännern ebenso erbitterte wie erfolglose Gegenwehr.

Betty sah einen gelblich-grün gefleckten Saurier mit muskulösen Beinen, einem langen Schwanz und einem fast leguanartigen Kopf auf sich zukommen. Sie erinnerte sich, wie Sondstrup ihr am Vortag eines der Modelle voller Stolz als Deinonychus vorgestellt hatte.

Sie wich zurück, bückte sich nach dem Gewehr eines toten Wachmannes und schwang es wie eine Keule vor sich. »Zurück, du verdammtes Mistvieh, oder ich schlage dir den Schädel ein!« zischte sie, und obwohl sie genau wußte, daß der Saurier sie nicht verstehen, sie sogar nicht einmal hören konnte, da die Modelle kein Gehör besaßen, schien ihre Entschlossenheit das Ungeheuer zu warnen. Sie schlug mit dem Gewehr zu und traf den Saurier seitlich am Kopf. Unwillig schüttelte er den Schädel und stieß ein wütendes Fauchen aus.

Ein fremdes Geräusch drang plötzlich an ihre Ohren. Es kam näher und wurde dabei lauter, und nach einigen Sekunden konnte sie es als das Knattern von Rotorblättern eines Hubschraubers identifizieren. *Zu spät!* dachte sie in ohnmächtiger Verzweiflung. Die Polizei hatte endlich mitbekommen, daß etwas hier nicht stimmte, aber sie kam um wenige Minuten zu spät. Sie würden alle tot sein, bis es den Polizisten gelingen würde, sich bis zu ihnen vorzukämpfen – falls dies ohne den Einsatz von Militär überhaupt gelang.

Sie war für Bruchteile von Sekunden abgelenkt, und dieser Augenblick reichte dem Ungeheuer vor ihr. Es schnappte zu, bekam den Gewehrkolben mit seinen Zähnen zu fassen und riß ihr die Waffe aus der Hand.

Betty stieß einen Schrei aus. Sie taumelte zurück, stolperte über die Beine eines reglos daliegenden Mannes und stürzte zu Boden. Verzweifelt versuchte sie zur Seite zu kriechen, doch ihre Beine versagten ihr den Dienst.

Langsam, wie in Zeitlupe, senkte sich das weit aufgerissene Maul der Bestie auf sie nieder. Betty schloß die Augen.

Atemlos preßte sich Craigh mit dem Rücken gegen einen der täuschend echten Kunststoffbäume. Fest hielt er den Griff des Revolvers umklammert, den er genau wie Nipper einem Toten abgenommen hatte. Gegen die gigantischen Saurier kam ihm die Waffe fast wie ein Spielzeug vor, und dennoch vermittelte sie ihm das Gefühl, nicht ganz hilflos zu sein. Schließlich hatte Nipper bei dem Iguanodon bewiesen, daß auch Kugeln den Sauriern etwas anzuhaben vermochten, wenn es gelang, ihre Augen zu treffen.

Er blickte zu dem jungen Aborigine hinüber, der ein paar Schritte entfernt hinter einigen Farnnachbildungen Deckung gesucht hatte. Nur wenige Yards entfernt stapfte einer der Giganten auf der Suche nach ihnen vorbei.

Craigh wußte nicht mehr, wie sie es geschafft hatten, den künstlichen Urwald zu erreichen. Es grenzte an ein Wunder, und es war ein weiteres Wunder, wie es ihnen gelungen war, bis jetzt zu überleben. Vielleicht wachten die Schutzgeister, deren Beistand Morweyn ihnen gewünscht hatte, tatsächlich unsichtbar über sie.

Sie hätten absolut keine Chance gehabt, wenn die Saurier nur ein wenig besser sehen könnten. Um den Dschungel zu erreichen, hatten sie mehrmals große, freie Flächen überqueren müssen, manchmal nur wenige Dutzend Schritte von den Giganten entfernt. Natürlich waren sie nicht unbemerkt geblieben. Mochten die Bestien sie auch nicht deutlich sehen, so nahmen sie doch Bewegungen wahr, aber mit knapper Not war es Craigh und dem Aborigine stets gelungen, sich rechtzeitig irgendwo zu verstecken, bevor die Ungeheuer sie erreichten.

Seit sie den weitgeschwungenen Talkessel erreicht hatten, ging es etwas besser. Die Bäume, Büsche und Farngewächse boten ihnen einen recht guten Schutz. Dennoch verloren die Giganten ihre Spur nicht. Es schien tatsächlich so zu sein, wie Craigh zuvor schon vermutet hatte: daß die Saurier auf irgendeine Art *spüren* konnten, wo ungefähr sie sich befanden. Und er ahnte, wieso dies so war. Er war derjenige, der das alles ausgelöst hatte, der den Riß zwischen der realen Welt und der Welt der Träume geöffnet hatte. Deshalb gab es eine besonders enge Verbindung zwischen ihm und den Alptraumkreaturen.

Vorsichtig spähte er um den Baumstamm herum. Die fast zehn Yards große, stachelbewehrte Scheußlichkeit stand nur wenige Schritte von ihm entfernt, pendelte mit dem Kopf hin und her und suchte die Umgebung nach ihm ab, wobei sie ein dumpfes Grollen ausstieß. Nach einigen Sekunden, die Craigh wie endlose Stunden vorkamen, brüllte sie noch einmal wütend und stapfte dann weiter, Büsche und Farne unter ihrem Gewicht zermalmend. Craigh atmete geräuschvoll aus und steckte den Revolver in seinen Hosenbund zurück.

Nipper kam geduckt zu ihm herübergehuscht. »Das war knapp«, sagte er leise. »In welche Richtung müssen wir?«

Craigh blickte sich um und zuckte hilflos mit den Schultern. Er hatte geglaubt, sich halbwegs orientieren zu können, indem er einfach dem Weg folgte, auf dem Sondstrup gestern mit ihm und Betty gegangen war, doch das hatte sich rasch als Illusion entpuppt. Nicht nur sah in der Dunkelheit alles völlig anders aus als im hellen Sonnenlicht, der Park war zudem so schlimm verwüstet, daß keine Wege mehr zu erkennen waren. Zusätzlich waren sie durch das Auftauchen von Sauriern ein paarmal zu Umwegen gezwungen gewesen, hatten rennen müssen, waren einige Male vermutlich sogar im Kreis gelaufen, so daß er inzwischen völlig die Orientierung verloren hatte. Zweimal waren sie bereits auf Felsgruppen gestoßen und hatten geglaubt, ihr Ziel erreicht zu haben, doch beide Male hatte sich dies zu ihrem Leidwesen als Irrtum herausgestellt.

»Ich weiß es nicht«, gestand Craigh niedergeschlagen. »Es sieht alles gleich aus. Ich habe nicht einmal mehr eine Ahnung, wo wir uns befinden.«

Nipper schwieg ein paar Sekunden lang und dachte nach. »Sie haben vorhin davon gesprochen, daß die Saurier uns vermutlich deshalb immer wieder aufspüren, weil sie die Verbindung zwischen Ihnen und dem Durchbruch zur Welt der Traumzeit wahrnehmen können«, sagte er dann mit mühsam erzwungener Ruhe. »Wir sollten es einmal umgekehrt versuchen. Wenn es eine solche Verbindung gibt, können Sie sich vielleicht ebenfalls daran orientieren.«

»Aber ich spüre nichts«, widersprach Craigh.

»Sie müssen Ihren Verstand so gut es geht ausschalten. Schließen Sie die Augen.«

Craigh kam der Aufforderung nach.

»Jetzt versuchen Sie, an überhaupt nichts zu denken. Lauschen Sie einfach nur in sich hinein.«

Craigh bemühte sich, jeden bewußten Gedanken aus seinem Bewußtsein zu verbannen, aber die panische Angst, die er verspürte, überdeckte alle anderen Empfindungen und machte seine Bemühungen zunichte. Je verbissener er sich darauf zu konzentrieren versuchte, sie zu unterdrücken und an gar nichts zu denken, desto weniger gelang es ihm. Die unheimlichen Geräusche, mit denen die irgendwo in seiner Nähe umherstapfenden Giganten den Park erfüllten, vereitelten jeden Versuch, sich zu entspannen. Statt dessen verkrampfte er sich immer mehr.

»Es ... es geht nicht«, stieß er hervor.

»Kämpfen Sie nicht gegen Ihre Angst an«, drängte Nipper. »Im Gegenteil. Nehmen Sie sie bewußt wahr und versuchen Sie, ihre Herkunft zu erkennen.«

Craigh drehte sich mit geschlossenen Augen einmal im Kreis. »Diese Richtung«, sagte er und deutete nach vorne. Er war sich nicht sicher, ob er wirklich etwas gefühlt hatte, aber die angegebene Richtung erfüllte ihn instinktiv mit der größten Furcht.

»Also gut«, sagte Nipper. »Versuchen wir es dort.«

Sie hasteten weiter, mußten allerdings nach kaum hundert Yards bereits eine weitere Zwangspause einlegen. In der Dunkelheit hätten sie um ein Haar die gewaltige Gestalt des Brontosauriers zu spät bemerkt. Das Ungeheuer stand regungslos vor ihnen und schien nur darauf zu warten, daß sie sich ihm näherten.

Craigh warf sich zu Boden und zerrte dabei auch Nipper mit sich in den Schutz einiger Farne. Der Kopf des Brontosaurus zuckte herum. Anscheinend hatte die Bestie sie doch bemerkt, zumindest eine Bewegung wahrgenommen. Zwischen den Farnblättern hindurch meinte Craigh, ihren Blick direkt auf sich gerichtet zu sehen. Schwerfällig drehte sich das Ungeheuer herum. Mit einem Schlag seines Schwanzes knickte es zwei Bäume und trampelte einen weiteren nieder, scheinbar ohne es überhaupt zu bemerken. Es machte einen Schritt vorwärts. Eines der monströsen Beine senkte sich kaum eine Armlänge von Craigh entfernt nieder und erschütterte den Boden. Es kostete ihn alle Kraft, nicht aufzuspringen und in blinder Panik davonzustürzen, aber genau dazu wollte ihn der Saurier treiben.

Der Brontosaurus senkte den Kopf und schnüffelte fast wie ein Hund herum, obwohl er keine künstliche Nase hatte. Er entfernte sich einen Schritt.

»Wir müssen weg hier«, raunte Nipper. Auch wenn der Saurier sie nicht hören konnte, sprach er dennoch instinktiv leise.

Craigh nickte. Sie wagten nicht, sich aufzurichten. Dicht auf den Boden gepreßt, robbten sie unter den Farngewächsen hindurch. Erst als sie sich ein paar Dutzend Schritte weit entfernt hatten, setzte sich Craigh auf. Seine Arme zitterten von der ungewohnten Anstrengung.

»O Mann, lange halte ich das nicht mehr durch. Noch eine solche Begegnung, und ich glaube, ich verliere den Verstand. Wie bin ich bloß in diesen ganzen Mist hineingeraten?«

»Niemand von uns kann seinem Schicksal entfliehen«, gab Nipper zurück. »Wir –«

Craigh starrte ihn finster an. »Keine weiteren klugen Sprüche über Vorsehung und dergleichen!« sagte er drohend. »Die sind nun wirklich das letzte, was ich ertragen kann.« Gleich darauf mußte er grinsen, und auch Nipper fiel in das Grinsen ein. Grauen und Humor hatten schon immer dicht beieinander gelegen; ab einer gewissen Intensität entwickelte selbst der größte Schrecken komische Züge. Vielleicht war es eine typisch menschliche Eigenschaft, selbst im Entsetzlichen noch einen Funken Humor zu sehen, eine Selbstschutzreaktion des Gehirns, um nicht durchzudrehen, selbst wenn es sich nur um puren Galgenhumor handelte.

»Wissen Sie, was ich statt dessen jetzt dringend brauchen

könnte?« fügte Craigh hinzu. »Einen großen Schluck verdammt guten amerikanischen Bourbon. Den könnte ich jetzt wirklich brauchen. Dringender als je zuvor.«

Nipper starrte ihn fassungslos an, doch noch bevor der Aborigine Gelegenheit zu einer Antwort fand, stand Craigh mit einer hastigen Bewegung vollends auf und eilte weiter. Sie umrundeten den Brontosaurus in weitem Bogen.

Craigh war inzwischen sicher, daß er die Richtung, in der sie gehen mußten, um ihr Ziel zu erreichen, tatsächlich spüren konnte. Es war wie ein Ziehen in seinem Inneren, das ihn mit Furcht erfüllte, das gleichzeitig aber auch ein Locken darstellte.

Nach einigen Minuten schließlich erreichten sie eine kleine Lichtung. Eine Felsgruppe erhob sich darauf, und diesmal waren es die richtigen Felsen. Craigh brauchte es erst gar nicht zu sagen, auch Nipper schien von sich aus zu spüren, daß sie ihr Ziel erreicht hatten.

Sie traten auf die Felsen zu. Der Felsbrocken, der vor zweihundert Jahren vor den Eingang zur Höhle gerollt worden war, befand sich noch an der gleichen Position, in der ihn Craigh während seiner Traumzeitreise gesehen hatte. Wenn man es nicht wußte, ließ sich nicht ahnen, daß sich dahinter etwas verbarg. Auch Sondstrups Leute schienen die Felsgruppe erst gar nicht genauer untersucht zu haben, sondern hatten sie einfach wie einige andere große Felsen in den Park integriert. Die Oberfläche des Gesteins war mit trockenen Flechten und einem dürren, gelblichen Moos überzogen. Die Pflanzen machten es noch schwerer, die winzigen Ritzen zwischen den Felsen zu erkennen. Hätte Craigh es nicht besser gewußt, wäre auch er gar nicht auf den Gedanken gekommen, daß sich dahinter der Eingang zu einer Höhle befinden könnte.

Er stemmte sich gegen den Felsbrocken, der den Zugang verschloß, konnte ihn jedoch nicht einmal ins Wanken bringen.

»So hat das keinen Sinn«, keuchte er. »Wir müssen etwas finden, das wir als Hebel benutzen können. Nachdem wir es bis hierher geschafft haben, werden wir wohl doch noch diesen Stein aus dem Weg bekommen.«

Die beiden Männer schauten sich nach geeigneten Hilfsmitteln um. Nipper hob ein gut zwei Yards langes und fast beindickes Stück des gehärteten Spezialkunststoffes auf, aus dem die künstlichen Pflanzen angefertigt worden waren. Es stammte vom Stamm eines Baumes, den einer der Giganten niedergetrampelt hatte.

Craigh rollte währenddessen einen kleineren Steinbrocken heran, der ihm gerade bis zum Knie reichte. Nipper schob ein Ende des Kunststoffstückes so unter den großen Felsen, daß es etwa zwei Fuß entfernt auf dem kleineren Brocken auflag.

»Helfen Sie mir!« verlangte er und zerrte an dem entgegengesetzten Ende. Auch Craigh packte zu. Gemeinsam zogen die Männer mit aller Kraft an dem schräg in die Höhe gerichteten Hebel, der ihre Kraft vervielfacht auf den Felsen übertrug.

Der Kunststoff knirschte bedrohlich, doch er hielt. Das Schaben von Gestein war zu hören. Die beiden Männer setzten noch einmal alle Kraft ein. Langsam, fast wie in Zeitlupe, neigte sich der Felsbrocken zur Seite, bekam Übergewicht und gab den Eingang zu der Höhle frei. Erschöpft atmeten die Männer auf und ließen den Kunststoffhebel los. Craigh massierte seine schmerzenden Oberarmmuskeln und trat an den Zugang zu der Höhle heran.

Sah man von der Umgebung ab, schien sich nichts verändert zu haben, seit er diesen Ort in seiner Traumvision aufgesucht hatte. Er starrte in die Tiefe. Nur die obersten Stufen der Treppe waren im Mondlicht schwach zu erkennen.

»Ich fürchte, hier müssen wir uns nun trennen«, sagte Craigh mit belegter Stimme. »Alles weitere ist jetzt allein meine Sache, genau wie Morweyn es gesagt hat.« Er schlug Nipper freundschaftlich auf die Schulter. »Ich glaube, ohne Sie hätte ich es nicht bis hierher geschafft.«

»Ich und meine Leute sind genauso davon betroffen«, erinnerte Nipper. »Ich habe also nicht nur im eigenen Interesse gehandelt.« Er legte den Kopf in den Nacken. »Hören Sie das?«

Craigh nickte. Deutlich war aus der Ferne ein nahender Hubschrauber zu hören. »Leech hat schnell geschaltet. Ich hoffe, daß es nicht schon zu spät ist.« Er zögerte einen Moment. »Falls ich nicht zurückkommen sollte, hätte ich noch eine Bitte an Sie.

Versuchen Sie, ob Sie Betty finden und sagen Sie ihr, daß ich sie liebe. Erklären Sie ihr, was geschehen ist. Tun Sie das für mich?«

»Ich verspreche es«, erwiderte Nipper. »Und ich hoffe, daß Sie Erfolg haben werden bei dem, was Sie dort unten erwartet. Mögen Morweyns Geister Sie auch weiterhin beschützen.«

»Ich glaube nicht, daß das jetzt noch nötig ist«, entgegnete Craigh leise. Er lächelte Nipper noch einmal flüchtig zu, drehte sich dann abrupt herum und begann, die Treppe hinunterzusteigen.

Nach einigen Stufen meinte er in der Tiefe flackerndes Licht zu entdecken, wie von Fackeln. Es wurde heller mit jeder Stufe, die er tiefer hinabstieg. Einige Sekunden verharrte er am Ende der Treppe. Der Anblick überraschte ihn nicht wirklich. Tief in seinem Inneren hatte er die ganze Zeit über gewußt, was geschehen würde, was seine Aufgabe war.

*Der Kreis muß geschlossen werden*, hatte Morweyn gesagt, und jetzt begriff Craigh, was mit diesen Worten gemeint gewesen war. Nach dem schamanischen Weltbild verlief die Entwicklung der Welt in Kreisen. Gegenwart und Vergangenheit hatten sich hier überschnitten, Realität und Traumwelt, und er war das Verbindungsglied zwischen diesen Kreisen.

Er ließ seinen Blick über die ängstlich zusammengekauerten Aborigines in der Höhle schweifen. Anders als in seiner Vision nahmen sie diesmal auch ihn wahr, starrten ihn an. Sie rückten stumm ein Stück zur Seite, schufen eine schmale Gasse. Wie in Trance ging Craigh auf den Schamanen zu und ließ sich schweigend neben ihm nieder. Einige der anderen Aborigines traten auf ihn zu. Widerstandslos ließ er es geschehen, daß sie ihm die Kleidung auszogen. Sie trugen eine weiße Paste auf seinen Körper auf, malten Symbole auf seine Haut und wichen schließlich immer noch stumm wieder auf ihre Plätze zurück.

Von der Treppe her konnte er Lärm hören, den gleichen Lärm wie schon einmal, dann erschienen die ersten englischen Soldaten im Eingang. Noch einmal blickte er in das Gesicht Colonel Ellisons, hörte er den verhängnisvollen Befehl zum Feuern, und noch einmal begann das Massaker.

Ellison selbst legte auf ihn an und schoß. Als Craigh den Schmerz spürte, mit dem die Kugel in seine Brust einschlug, begriff er, daß sich Gegenwart und Vergangenheit endgültig miteinander vereint hatten, daß er selbst durch sein Opfer die Schuld seines Vorfahren auslöschte. Während er zusammenbrach und spürte, wie das Leben aus ihm herausfloß, mußte er noch einmal an Morweyns Worte denken.

Der Kreis hatte sich geschlossen.

Betty hatte einmal gehört, daß die Zeit im Augenblick des Todes stillzustehen schien. Sie hatte nie daran geglaubt, doch jetzt erlebte sie es am eigenen Leib. Die Sekunden dehnten sich endlos, aber der tödliche, alles vernichtende Schmerz, auf den sie wartete, kam nicht. Schließlich wagte sie, die Augen wieder zu öffnen.

Die Kiefer des Deinonychus klafften dicht über ihr auf; ein mit Doppelreihen nadelspitzer Zähne besetzter Rachen, die ihr vermutlich mühelos mit einem einzigen Biß den Kopf abtrennen konnten. Aber der Saurier bewegte sich nicht. Starr und unbeweglich wie eine Statue stand er über sie gebeugt, Schädel und Arme in einer grotesken Position erstarrt, als wäre die Zeit von einem Augenblick zum anderen stehengeblieben. Langsam, beinahe widerstrebend, dämmerte Betty die Erkenntnis, daß das Ungeheuer sie nicht töten würde. Nicht mehr.

Plötzlich fiel ihr auf, wie still es war. Immer noch war das Geräusch des über dem Hotel kreisenden Hubschraubers zu hören, und der Wind trug das entfernte Heulen einer Polizeisirene heran, aber der Kampfeslärm war verstummt.

Betty drehte mühsam den Kopf und starrte ungläubig auf das phantastische Bild, das sich ihr bot. Die Armee der Saurier war erstarrt. Sie waren wieder zu dem geworden, was sie gewesen waren: totes Metall und Kunststoff, leblose Statuen, die nicht mehr als ins Riesenhafte vergrößerte Spielzeuge darstellten. Auch die Menschen rührten sich kaum, schienen ebenso wie sie noch kaum an ihre Rettung im letzten Moment glauben zu können.

Mühsam richtete sich Betty auf Hände und Knie auf und kroch unter dem Deinonychus hervor. Ihr Rücken schmerzte höllisch, und ihr Herz hämmerte zum Zerspringen.

Auch in die anderen Menschen kam nun wieder Bewegung. Vereinzelte Jubelschreie klangen auf, schließlich immer mehr. Die Menschen fielen einander in die Arme, riefen alle wild durcheinander. Einige sanken sogar auf die Knie und beteten.

Aber auch in den letzten Sekunden hatte es noch Tote gegeben. Dearks war einer von ihnen. Der Manager saß noch genauso wie zuvor an die Wand gekauert, doch sein Kopf war von dem Hieb eines Saurier in eine blutige Masse verwandelt worden.

Professor Sondstrup kam auf Betty zu, reichte ihr die Hand und half ihr beim Aufstehen. Auch er blutete aus zahlreichen Wunden, doch schienen die Verletzungen nicht allzu schwer zu sein, und auch auf seinem Gesicht zeigte sich ein halb ungläubiger, halb euphorischer Ausdruck. »Alles in Ordnung?« erkundigte er sich.

Benommen nickte Betty. *In Ordnung?* Hatte er wirklich *in Ordnung* gesagt? Nein, nichts war in Ordnung, aber das war im Moment gleichgültig. Sie war nie besonders gläubig gewesen, aber selbst sie ertappte sich dabei, daß ihr ein Dankesgebet für das Wunder ihrer Rettung über die Lippen quoll.

Das alles lag nun gut ein halbes Jahr zurück, und mittlerweile wußte sie, daß es kein göttliches Eingreifen gewesen war, das sie in jener schrecklichen Nacht rettete, sondern daß es irgend etwas mit Craigh zu tun hatte. Craigh hatte sich damals geopfert, um ihr und den anderen das Leben zu retten.

Was genau passiert war, wußte sie bis auf den heutigen Tag nicht, wollte es im Grunde genommen auch nicht wissen. Die Polizisten waren in das Hotel gestürmt, aber an alles, was danach geschehen war, besaß sie nur noch eine undeutliche Erinnerung. Sie konnte sich nicht einmal mehr erinnern, ob es noch in dieser Nacht oder erst am folgenden Tag gewesen war, daß sie sich mit Nipper unterhalten hatte. Der Aborigine hatte lange mit ihr gesprochen, hatte ihr erzählt, was Craigh getan hatte, doch sie hatte kaum etwas davon verstanden. Er hatte über Träume gesprochen, Alpträume, die auf etwas zurückgingen, was ein Vorfahre Craighs vor rund zwei Jahrhunderten getan haben sollte und die für das ganze Geschehen verantwortlich gewesen sein sollten, doch woran sie sich am besten von dem ganzen mehrstündigen Gespräch erinnern konnte, war Craighs Abschiedsgruß, den Nipper ihr übermittelt hatte.

Craigh.

Auch was mit ihm geschehen war, würde wohl ewig ein ungeklärtes Geheimnis bleiben. Die Medien in aller Welt hatten sich auf Berichte über die Katastrophe gestürzt. Es gab wilde Spekulationen, wie es zu dem Amoklauf der computergesteuerten Sauriermodelle hatte kommen können, ohne daß irgend jemand bis jetzt eine plausible Erklärung gefunden hatte. Fest stand nur, daß der Park nie zu Ende gebaut werden würde. Die schreckliche Bilanz, die er hinterlassen hatte, waren fast hundertfünfzig Tote gewesen. Anfangs hatte man sogar befürchtet, daß die Zahl noch wesentlich höher läge, doch zahlreiche Menschen waren dem Wüten der Saurier entkommen und blindlings in die Wüste hinausgeflohen. Die meisten von ihnen waren von der Polizei gefunden worden, gut zwei Dutzend jedoch blieben vermißt.

Einer der Männer, die in den Akten offiziell als vermißt geführt wurden, war Craigh Ellison.

Nipper hatte die Polizisten zu einer unterirdischen Felshöhle geführt, in die Craigh hinabgestiegen sein sollte. Was anschließend mit ihm passiert war, darüber wußte auch er nichts. Im Inneren der riesigen Höhle, die einst ein Heiligtum der Aborigines gewesen war, hatte man fast zweihundert zu Skeletten verfallene Tote gefunden, Angehörige eines Stammes der Ureinwohner, die dort einst abgeschlachtet worden waren. Eines der zwei Jahrhunderte alten Skelette hatte Craighs Armbanduhr getragen. Untersuchungen hatten ergeben, daß es sich um das Skelett eines Weißen handelte. Einige Zähne wiesen Plomben auf, wie es sie zur damaligen Zeit noch gar nicht gegeben hatte, und die mit Füllungen übereinstimmten, die Craigh im Laufe der letzten Jahre von einem amerikanischen Zahnarzt gemacht bekommen hatte.

Diese Informationen waren den Medien nicht mitgeteilt worden. Niemand konnte sich einen Reim auf diese unglaubliche Entdeckung machen, doch in Anbetracht der übrigen, weitaus spektakuläreren Ereignisse kümmerte sich auch kaum jemand intensiv darum. Selbst Betty bemühte sich, jeden Gedanken daran zu verdrängen, wie sie überhaupt seit damals versuchte, alles zu vergessen, was mit dem Park im Zusammenhang stand.

Alles – bis auf eins. Sanft strich sie über ihren Bauch.

Bredham war einem Nervenzusammenbruch nahe gewesen, als sie es rundheraus abgelehnt hatte, eine Story über die Ereignisse zu schreiben, aber schließlich war ihm nichts anderes übrig geblieben, als es zu akzeptieren. Betty hatte eine fast zweimonatige Kur gemacht, und in den nächsten Wochen würde sie ihren Schwangerschaftsurlaub antreten. Das Kind war von Craigh, das Ergebnis der einen Nacht, in der sie ihn geliebt hatte, und sie hatte sich entschlossen, es auszutragen. Sie fühlte sich nicht nur Craighs Andenken gegenüber dazu verpflichtet, sondern sie wollte das Kind auch aus tiefstem Herzen. Craigh und sie hatten keine gemeinsame Zukunft gehabt, und wahrscheinlich wäre es mit ihnen auch nicht gutgegangen, aber auf diese Art lebte wenigstens etwas von ihm in ihr weiter.

Eine Sprechstundenhilfe öffnete die Tür des Wartezimmers. »Miss Sanders, bitte.«

Betty stand auf und folgte ihr ins Sprechzimmer des Arztes. Doktor Osmond stand bei ihrem Eintreten hinter seinem Schreibtisch auf und reichte ihr die Hand. Er war ein junger Arzt mit einer vertraueneinflößenden Art. Betty mochte ihn, und sie fühlte sich bei ihm geborgen.

»Setzen Sie sich doch«, sagte er, nachdem er sie begrüßt hatte, und deutete auf einen Stuhl. »Gibt es irgendwelche Komplikationen, oder sind Sie nur zu einer Routineuntersuchung gekommen?«

Betty nahm Platz, zögerte aber mit der Antwort und kaute

nervös auf ihrer Unterlippe herum. »Beides«, sagte sie schließlich. »Ich glaube nicht, daß man es Komplikationen nennen könnte. Körperlich scheint alles in Ordnung zu sein, nur ...« Sie brach ab und schwieg ein paar Sekunden lang. »In letzter Zeit schlafe ich ziemlich schlecht«, fügte sie dann hinzu. »Ich habe immer häufiger seltsame Träume. Sehr, sehr seltsame Träume ...«

ENDE

**Band 20 130**

**Heike und**
**Wolfgang Hohlbein**

**Die Heldenmutter**

Eigentlich ist Lyra nur ein armes Bauernmädchen, doch dann findet sie das Kind der erschlagenen Elfenprinzessin und muß fliehen. Denn dieses Neugeborene wird gejagt, weil eine alte Prophezeiung es zum Befreier des Landes erklärt. Um dem Kind ein Leben in Krieg und Kampf zu ersparen, greift Lyra selbst zum Schwert. Gegen den übermächtigen Feind steht ihr nur ein Helfer zur Seite – der Zauberer Dago. Doch kann sie einem Mann vertrauen, der aus dem Nichts zu kommen scheint?

BASTEI LÜBBE

**Sie erhalten diesen Band im Buchhandel, bei Ihrem Zeitschriftenhändler sowie im Bahnhofsbuchhandel.**